신용우 역사소설

천추태후

천추태후 / 신용우 지음. -- 서울 : 산수야, 2008
368p. ; 21cm

ISBN 978-89-8097-178-7 03810 : ₩12,000
한국 현대 소설[韓國現代小說]

813.6-KDC4
895.734-DDC21   CIP2008003120

신용우 역사소설

千秋太夢

천추태몽

산수야

천추태후 千秋太后

초판 1쇄 발행 _ 2008년 12월 20일
초판 2쇄 발행 _ 2009년 1월 20일

지은이 _ 신용우
펴낸이 _ 권윤삼
펴낸곳 _ 도서출판 산수야

등록번호 _ 제 1-1515호
등록일자 _ 1993년 4월 30일
주소 _ 서울시 마포구 망원동 472-19호
전화 _ (02)332-9655
팩스 _ (02)335-0674

ISBN 978-89-8097-178-7 03810

값 12,000원

태후 황보 씨가 김치양과 통하여 아들을 낳아 왕의 후계자로 삼고자 꾀하고 대량
원군 순을 핍박하여 중을 만들었다. 서경도순검사 강조가 군졸을 거느리고 와서
목종을 폐하고 새 임금을 맞아 세웠다. 이윽고 황보유의 등이 대량원군을 받들고
이르러 즉위케 했다. 목종은 태후와 더불어 목 놓아 울며 법왕사에 출어했다.

– 《고려사》에서 –

천 년을 두고 풀어야 할 천추의 한

1652년 음력 사월, 그믐 밤.

장마가 시작되기에는 이른 시기임에도 굵은 빗줄기가 대전 기왓장을 두드리고 있었다.

퇴궐했던 이완이 효종의 부름을 받아 말을 타고 궁으로 향했을 때에는 울음도 내지 않았던 하늘에서 대전 문턱을 넘어서자마자 굵은 빗줄기를 쏟아냈다. 마치 효종과 이완이 밀담을 나누니 느구도 듣지 말라고 소리를 막아주는 것 같았다.

이완이 대전에 들어 예를 갖추자 효종이 입을 열었다.

"천추의 한을 품시다. 고려의 헌애왕태후獻哀王太后였건 천추태후千秋太后가 천 년을 두고서라도 풀어야 한다고 했던 북벌의 꿈을 이루자는 것이오. 선대왕 전하의 삼전도 굴욕을 풀고, 형님이신 소현서자의 꿈이었던 북벌을 이루지 못하면 내가 천추의 한을 품고 저승으로 갈 것 같소.”

이완은 놀람을 금할 수 없었다.

효종이 즉위하면서 자신을 포도대장으로 불러들이더니, 김자점을 비롯한 공서파들을 대대적으로 숙청한 후 바로 어영대장에 임명했을 때 무슨 일이 일어날 것이라는 짐작은 했다. 하지만 그것이 이렇게 빨리 올 줄은 몰랐다.

그러나 아직까지도 소현세자와 조카인 원손 석철의 죽음을 배경으로 왕위에 오른 효종에 대한 조정 일부의 눈이 곱지 않았다. 게다가 두 번의 호란을 끝내고 백성들의 살림이 겨우 안정되어가는 이 상황에서 북벌을 논한다는 것은 왕 스스로 위험을 자초하는 길이 될 수도 있다. 그 사실을 효종도 알고 있을 텐데, 그를 불러 북벌 이야기를 꺼낸다는 것이 의아하기까지 했다.

그런 데다 ‘북벌을 하자’는 표현을 ‘천추의 한을 풀자’고 했다. 천추태후라면 고려 목종의 어머니로, 스스로 태후라 칭하며 송을 배척하고, 오랑캐인 거란과 손잡아 북벌을 하고자 했던 여인이 아닌가? 물론 사실이 그렇지는 않겠지만, 유학을 중시하는 조선에서는 부군인 경종이 죽고 나자 신라 왕족의 후손인 김치양이라는 사내와 간음하여 아들을 낳고, 그를 왕으로 삼으려다가 정변을 당해 실각한 여인이라고 전해진다. 즉, 권력과 색정에 눈이 멀었던 여인이 아닌가?

게다가 태조대왕 이후로 중원에 반기를 든 사람은 입에 올리지도 않는 것이 원칙인데. 지금 효종은 그것을 무시하고 먼저 천추태후에 대해 거론하며 북벌의 꿈을 이루자고 했다.

이완은 혼란스러워 뭐라 대답할 수 없었다. 그러자 이완의 입장을 충분히 이해할 수 있다는 듯 효종이 말을 이었다.

"짐이 장군을 들라고 했을 때에는 비 한 방울 오지 않더니 지금은 장마 비가 내리는 듯하오. 하늘도 우리의 밀담을 허락하신다는 뜻 같으니 허심탄회하게 말하겠소. 고려 초기의 여걸 천추태후는 힘없는 우리가 옛 고구려 땅인 요동을 정벌한다는 것은 꿈도 못 꿀 일이니, 우선 거란과 손잡고 중원을 정벌한 후 요동을 차지하자고 했던 여인이 아니오? 설마 그랬던 태후의 원대한 꿈을 논했다고 해서, 조정에서 짐을 탄핵하려 하겠소? 단지 가진 것을 붙들고 안주하려는 사대부들이 중원을 탐한 여인을 입에 올리는 것을 두려워할 뿐이오. 예전, 터조대왕께서도 요동 정벌을 하시려다가 이 힘없는 나라에서는 할 수 없는 일이라며 돌아오신 적이 있소. 하지만 형님이신 소현세자는 요동 정벌을 조선의 힘만으로는 할 수 없다는 것을 알고 나름의 방안을 세웠고, 그것은 이미 천추태후가 꿈꾸던 것이었소. 그러나 지금 이 시대의 사대부들이 행여 자기 것을 잃을까 두려워 형님을 독살한 것과 마찬가지로, 고려 시대의 신라 육두품 출신의 관리들 또한 소유한 것을 잃을까 두려워 태후를 몰아냈소. 짐이 잘못 말한 게 있다면 지적해주시오."

이완은 할 말이 없었다. 그도 이미 아는 이야기들이었다. 사실 그뿐만이 아니라 조선의 학식 있는 자들이라면 모두가 아는 일이었다. 다만 청의 눈치를 보느라고 사실을 사실대로 표현하지 못하는 것이 지금의 현실이자, 태조대왕과 태종은 물론 세종대왕 시기를 거쳐 짜 맞춰진 일일 뿐이다.

이완이 대답을 못 하자 효종이 다시 입을 열었다.

"천추의 한을 풀고자 하는 짐의 뜻을 이해하고 또 함께할 사람이라고 믿으니, 장군에게 청에 있을 때 소현 형님과 용골다 장군이 나눈 대화와 그 근원이 된 천추태후의 이야기를 들려주고 싶소. 형닙은 실리주의 자였고 실현 가능성이 없는 일은 결코 벌이지 않았소. 그것을 알기에 용골대 장군 역시 형님에게 존경과 경의를 표했고, 우호 관계를 지속하기 위해서는 조선의 요동 차지와 청의 안정된 중원통치가 필요하다고 했소. 이 기회를 이용해 자세히 말씀드리리다."

1
탄생

광종이 즉위하자 조정과 호족들을 평정하는 피바람이 잘 날 없이 흩날렸다. 그런 혼란 속에서도 신정왕후 황보 씨의 도움으로 고려 왕권은 모양새를 갖춰나갔고, 광종은 자신의 의지대로 국정을 수행할 수 있게 되었다.

광종이 즉위한 지 열다섯 해가 되던 964년.

왕권을 안정시키기 위한 광종의 제안에 따라 족내혼을 치른 신정왕후 소생 왕욱과 정덕왕후 유 씨의 딸 선의공주는 슬하에 아들 셋을 두고, 이렇다 할 정치적 사건에 연루되지 않은 채 풍류와 사냥을 즐기며 살고 있었다.

왕욱은 태조의 적자이면서도 정치판이 싫었던 탓에 형이자 매제인 광종이 정해준 선의공주만 부인으로 맞이했을 뿐, 다른 여인은 들이지 않앉다. 호족이나 왕손 중에서 부인을 들였다가 처가와 연루되었다는 의심을 받으면 자신은 물론, 세 아들에게도 좋지 않기 때문이었다.

그러나 왕욱의 생각과는 다르게 신정왕후는 지금 만삭인 선의공주가 딸을 낳아주기를 학수고대했다.

선의공주가 산통을 시작했다는 소식을 들은 신정왕후는 저녁상을 물리고 초조하게 해산 소식을 기다렸다. 그러다 깜박 잠이 들어 꿈을 꾸었다.

꿈속에서 그녀는 막 아이를 낳으려는 만삭의 산모였다. 어찌나 배가 아프고 산고가 심한지, 도저히 감당할 수 없어 졸도하기 직전에 이르러서야 해산을 했다. 그러면서도 머릿속으로는 '부군인 태조께서 승하하신 지 몇 년이 흘렀는데 이제 와서 해산이라니, 도저히 믿을 수 없는 노릇이군.' 이라는 생각이 떠나지 않았다.

그런데 그렇게 힘들여 해산한 것이 누런 황룡이었다. 황룡은 입에 커다란 여의주를 물고 태어나자마자 힘차게 하늘로 박차고 올라갔다가, 품속으로 다시 돌아왔다.

'세상에! 아무리 부군이 없는 상황에서 아이를 낳았다지만, 배 아파 낳은 것이 황룡이라니? 그러나 황룡이 아니라 두꺼비라 해도 정성스레 키우는 것이 어미된 입장이 아닌가?'

신정왕후는 극진한 정성으로 황룡을 돌봤고, 황룡은 아주 훌륭한 모습으로 성장했다. 그러자 또 산통이 시작되었다.

신정왕후가 '내가 이 나이에 무슨 아이를 또 낳는 걸까?' 하며 의아해하는데, 산고가 황룡 때보다 더 심했다. 얼마 후 아이를 낳았는데 이번에는 청룡이었다.

'세상에! 아이를 또 낳은 것도 희한하고 부끄러운 일인데 청룡을 낳다니, 이 얼마나 황당한가?'

그러나 걱정은 나중에 할 일이었다. 이번에 낳은 청룡 역시 먼저 낳은 황룡처럼 하늘로 비상했다가 다시 품속으로 돌아왔기 때문이다. 돌아온 청룡은 무럭무럭 자란 황룡과 잘 어울리며 사이좋게 지냈다. 가끔씩 충돌이 있었지만 그래도 잘 지냈다.

그런데 그 두 마리의 용은 말이 청룡과 황룡이지, 마치 온 세상의 금은보화를 모조리 가져다가 만들어놓은 것처럼 눈이 부셔서 제대로 볼 수도 없었다. 사람보다 더 좋은 것을 낳았다는 생각이 들 정도로 용들은 아름다웠다.

그렇게 두 마리의 용이 자라는 모습을 보면서도 무언가 허전함을 느낄 때쯤 또 산통이 시작되었다. '아무리 꿈이라지만 어찌 이런 일이 있을까?' 하는 생각과 함께 이미 잠에서 깬 듯한 기분이 들었다.

그런데 이번에 낳은 것은 청룡이기는 하나 하늘을 날지도 못하고, 겨우 바닥을 돌아다니는 수준이었다. 이미 자리를 잡고 성장한 청룡이 괴롭히고 못 살게 굴어도 저항을 못했다. 신정왕후는 그 청룡이 어찌나 마음에 걸리는지 어떻게든 돌보아주어야겠다고 생각했는데, 그것도 잠시였다. 나중에 태어난 청룡이 앞서 태어난 청룡만큼이나 크고 훌륭한 모습으로 성장해 있었다. 게다가 먼저 태어난 청룡이 또 괴롭히려 하자, 그에게 덤벼들어 덥석 물려는 것이 아닌가? 마치 지금까지 당한 모든 수모를 갚아주기라도 하겠다는 듯 죽일 것처럼 덤벼드는 모습을 본 순간, 신정왕후는 온몸이 얼어붙는 것 같았다.

깜짝 놀란 신정왕후는 그들이 싸워서는 안 된다는 생각에 손을 휘저으며 다가가려 하다가 눈을 떴다.

잠에서 깬 신정왕후는 묘한 기분이 들었다. 꿈이 아니라 실제 상황을 본 것 같았다. 꿈속에서 '아무리 꿈이라지만 어찌 이런 일이 있을까?' 하고 생각했던 것까지 또렷이 기억났다. 신정왕후는 잊어버리려 해도 잊히지 않는 그 꿈을 확인이라도 하듯 배를 쓸어내렸다. 그러나 아무것도 변한 게 없었다.

며느리가 산통을 시작했다는 소식을 들은 후 선잠을 자다가 꾼 꿈치고는 너무도 기이했다. 게다가 용을 세 마리나 낳았다는 것은 차마 입에 올릴 일이 못 되었다.

'환갑의 나이에 권세가 탐이 나, 감히 용상을 넘보는 꿈을 꾼 것이 아닐까?'

그러나 그것은 분명 아니다.

'그렇다면 자식들 중에 앞으로 용상에 앉을 사람이 있는 것일까?'

하지만 그것도 가능성이 희박하기 그지없는 일이었다. 아직 사위인 광종이 건재하고 그 후손인 귀여운 외손자가 있다. 그런데도 용을, 그것도 세 마리나 낳는 꿈을 꾸다니 도저히 이해가 가지 않았다. 그저 늙은이가 선잠에 꾼 개꿈이라고 넘겨버리기에는 꺼림칙했다.

그러나 꿈 이야기는 누구에게도 할 수 없었다. 만일 이 이야기가 광종의 귀에 들어간다면 장모인 자신이나 처남은 물론, 그 자식들까지도 무사할 리 없었다.

지금 광종은 왕의 권위에 도전하는 자는 무조건 역도로 몰아 피로 응징하며 왕권 강화에 모든 힘을 쏟고 있는 중이다. 만일 신정왕후가 왕을 뜻하는 용을 세 마리나 낳는 꿈을 꿨다고 누군가를 통해서 듣는다면, 이미 늙은 왕후가 자식을 더 낳을 리는 없으니 지금 있는 자식들 중 누군가를 지칭하는 것이라며 모두 죽여 없앨 것이다.

신정왕후는 꿈을 꾸지 않는 편이 훨씬 좋았을 거라는 생각이 들었다.

그때 선의궁 나인이 선의공주가 예쁜 딸을 낳았다는 소식을 가져왔다. 신정왕후가 그리도 기다리던 손녀의 탄생이었다.

그런데 조금 전에 꾸었던 꿈 때문인지, 딸을 낳았다는 소식을 들어도 마음이 편하지 않았다. 욱에게는 이미 세 명의 아들이 있다. 만일 꿈에 나온 용이 세 손자를 뜻하는 것이라면 안 좋은 일이다. 형제간에 몇 살이나 터울이 있다고 셋 모두 왕이 된단 말인가? 그건 보위 기간을 채 삼 년도 못 채우고 모두 죽는다는 뜻이다. 그것은 태조 이후의 왕들이 왕위를 이어받았을 때처럼 숨 가쁜 일이 될 것이다. 그런 보위에는 오르지 않는 것이 낫다.

하지만 며느리가 산통을 시작했다는 소식을 듣고 꾼 꿈이니, 오직 딸을 낳기를 바라는 마음과 태어날 손녀가 왕자와 혼인하고 자식을 낳아 대대로 행복하기를 바라는 마음에서 꾼 꿈이라고 생각했다. 아니, 그렇게 생각하고 빨리 잊는 것이 자신은 물론 자손들도 보호할 수 있는 방법이었다.

신정왕후는 몸을 일으켜 선의궁으로 건너갈 채비를 서둘렀다.

"늙으니까 꿈에서도 헛것을 보나, 원……."

혼잣말을 해보았으나 말끝에선 아쉬움을 지우지 못했다.

선의궁에 이르자 며느리이자 태조 왕건과 여섯 번째 비인 정덕왕후 유 씨의 딸이기도 한 선의공주가 산고에 지쳐 있을 모습이 눈에 선했다. 신정왕후는 뭐라고 축하와 위로의 말을 해주어야 할까를 생각하며 방으로 다가갔다. 그런데 궁중 나인들이 방문을 여는 순간, 방에서 영롱한 푸른 기가 돈다는 느낌이 들어 주위를 둘러보았다. 마치 꿈속에서 보았던 용이 내뿜었던 빛 같았다. 그 빛은 선의공주 옆에 누워 있는 갓 난아이에게서 퍼져 나오고 있었다.

신정왕후는 눈을 껌벅였다. 잠에서 깬 지 얼마 되지 않은 데다, 계속 꿈 생각을 했기 때문이라며 도리질해보았다. 그런데도 푸른 기는 가시지 않았고, 갓난아이의 곁에 앉자 오히려 빛이 퍼져 나오는 것이 확실히 느껴졌다.

그때 아이가 울음을 터뜨렸다. 두 주먹을 불끈 쥐고 발길질까지 하면서 우는 폼이 꼭 낳은 지 며칠은 지난 것 같았다. 게다가 울음소리가 어찌나 큰지, 도저히 갓 태어난 아이 같지 않았다. 발그레 홍조를 띤 얼굴로 내는 소리가 너무 우렁차서 신정왕후가 넋을 잃고 바라보는데, 아이에게서 퍼져 나오던 푸른 기가 불끈 쥔 두 주먹 사이로 빨려 들어가듯 걷히더니, 울음을 그쳤다.

"어마마마께서 오신 것을 알고 반갑다는 인사를 드리나봅니다. 아들을 셋이나 낳고서 딸을 낳았는데도 이번 산고는 몇 배나 힘들었습니다. 어찌나 힘든지, 아이를 낳고 눈을 떠보니 방 안이 온통 파랗게 보였습니다. 전에 둘째 치를 낳았을 때에는 세상이 온통 노랗게 보이더니, 이번에는 더 힘이 들어서 푸르게 보였나봅니다."

선의공주의 말을 듣는 순간 신정왕후는 꿈이 다시 떠올랐다. 둘째 아들 치가 태어났을 때 세상이 온통 노랗게 보였다는 말은 꿈속의 황룡을 연상시켰고, 방에 들어와 갓난아이를 보고서는 청룡을 연상했다. 예삿일이 아닌 듯싶었으나 그 말은 목 안 깊숙한 곳으로 넘겼다.

"정말 수고 많았다. 아이가 이렇게 크니 더 힘들었겠구나. 갓 태어난 아이라고 누가 믿겠느냐? 마치 낳은 지 며칠은 지난 아이 같지 않느냐? 아이도 건강하게 잘 우니 이제 마음 푹 놓고 쉬거라. 산모가 건강해야 아이도 건강한 법 아니냐?"

신정왕후는 쉬라는 말을 남기고 자리에서 일어났다. 산모에 대한 배려였다. 자꾸 며느리의 말과 꿈의 내용이 이어져 보통 아이가 아닐 거라는 생각이 들었으나, 이 일은 무덤까지 가져가리라 마음먹으며 자리를 떠났다.

이튿날 정오가 지난 무렵, 왕욱이 신정왕후를 찾아왔다.

궁 안에 산다고는 하지만 왕욱은 사냥과 풍류를 즐기기 위해 자주 궁을 비웠고, 모자가 대면하는 것이 지금의 궐내 상황으로 봐서 좋지 않은 까닭에 두 사람의 만남은 오랜만이었다.

"오랜만이구나. 그렇게 예쁜 딸을 생산하느라 수고 많았다. 어제 가보니 산모가 너무 힘들어해서 바로 나왔다. 그래서 지금 선의궁에 갈 참이었단다."

신정왕후가 반갑게 말하자 왕욱이 대답했다.

"어마마마와 다른 분들이 걱정을 많이 해주신 덕분에 산모가 제법 기운을 차렸습니다. 저도 지금 막 들렀는데, 모두 건강했습니다. 걱정하시지 않아도 될 것 같습니다."

그러고는 무언가 할 이야기가 있는 듯 잠시 멈췄다가 말을 이었다.

"오늘 전하와 오찬을 했습니다. 전하의 하명을 받고 갔더니 오찬을 권하시며, 어제 태어난 딸을 잘 키우라 하셨습니다. 그리고 딸의 성을, 이미 태조대왕께서 약조하신 바도 있고, 또 전하의 뜻도 같으니, 어마마의 성을 받아 황보로 하라고 명하셨습니다. 그리고 요즘은 어디로 사냥을 다니며 그 지방의 민심은 어떠냐고 물으시더니, 딸을 생산하느라 수고했다는 치하와 함께 산모에게 선물을 하사하시고, 제게도 사냥을 좋아하니 주겠노라며 아끼시는 활과 화살을 하사하셨습니다."

신정왕후는 왕욱의 이야기를 듣자, 사위인 광종이 약속을 지키려 한다는 생각에 안도감이 들었다. 그리고 아들과 함께 오랜만에 담소를 나누며 광종이 자신을 찾았던 날을 떠올렸다.

　내선을 받은 광종은 정종이 서거하자 왕위에 대해서 곰곰이 생각하다가 나름대로 결론을 내린 후 신정왕후를 찾았다. 그리고 엄밀하게 따지면 작은 어머니이자 장모인 신정왕후에게, 아직 즉위식을 치르지 않은 자신의 신분에 맞게 깍듯하게 예의를 갖춘 후 입을 열었다.

　"소자, 비록 부족하나마 하늘의 뜻으로 선위를 받은 이상, 힘없고 무능력한 왕은 되기 싫습니다. 비단 소자뿐만이 아니라 소자의 뒤를 이을 왕들을 위해서도 왕권을 강화해야 하니, 마마께 도와주십사 청을 드리러 왔습니다. 이미 왕위를 거쳐 가신 두 분 형님 모두 명을 다하지 못했다는 것은 마마께서 더 잘 아시리라 믿습니다. 큰형님 혜종은 호족 가문 출신이 아니다 보니 세력기반이 약해 즉위하자마자 제거의 대상이 되었습니다. 둘째 형님 정종은 서경 세력에 의존하다가 대광 왕식렴 숙부께서 졸하시자 결국 남방 호족들에게 제거되고 말았습니다. 소자 역시 이대로 왕이 되었다가는 언제 돌아가신 형님들의 전철을 밟을지 모를 일입니다. 소자, 마마의 사위이자 아들로서 누구보다 강력한 왕실을 만들어 이후로는 결코 도전받지 않을 권위를 세우고 싶습니다. 그 첫째 방법으로 왕권이 안정될 때까지는 왕실 족내혼을 더 굳건하게 하려고 합니다. 그래서 지방 호족들을 포함한 다른 세력이 왕실로 들어와 결속력을 흩트리지 않게 만들려 합니다. 해서 드리는 말씀인데, 지금 정덕궁에 계시는 정덕왕후와 태조대왕의 소생인 선의공주는 나이를 비롯한 여러 가지로 봤을 때 처남과 잘 어울리는 배필이라고 생각합니다. 마마께서 처남을 설득하셔서 선의공주와의 혼인을 이루어주시지요."

광종은 단도직입적으로 이야기했다. 그 말인즉, 이제껏 궁 안의 권력 다툼으로 인해 서로 죽이고 죽는 상황이 비일비재했음을 인정한 것이다. 그리고 그 암투 속에서 자신의 안위와 고려 왕실을 지키기 위해 도움을 청한 것이다. 딸을 둔 어미로서, 이제 며칠 후면 광으로 즉위할 사위의 목숨과 안위가 보장되는 나라를 위한 일을 마다할 이유는 없었다.

"내 아들 욱과 선의공주가 혼인하면 주상께서는 무엇을 득하십니까? 나는 아들도 물론 걱정이 되기는 합니다만, 그보다는 이제 곧 보위에 오르실 주상과 왕후가 더 걱정입니다."

신정왕후 역시 솔직한 심정을 그대로 드러내며 되물었다. 그러자 광종은 왕권 강화를 위한 속내를 털어놓았다.

"지금 각 지방의 호족들은 서로 자신과 가까운 왕을 세우려 하고 있습니다. 왕이 관리를 고르는 것이 아니라, 관리가 왕을 골라 세우는 형국이 되어버리고 만 것입니다. 그런데 소자는 이미 북쪽의 유력한 호족인 황보 가문과 연을 맺었으니, 처남이 정주를 중심으로 한 호족인 유씨 가문과 혼인을 한다면 두 가문을 보아서라도 누구도 감히 섣부른 행동을 할 수 없을 것입니다. 뿐만 아니라 앞으로도 왕권이 강화될 때까지는 족내혼을 더 확장시켜야 합니다. 물론 예이기는 하나, 만일 욱과 선의공주가 혼인하여 딸을 낳고 제가 아들을 낳았는데 서로의 조건이 맞는다면 둘을 이어주는 것입니다. 그러면 고려 왕실의 정통 적자와 황보 가문의 피가 섞인 왕실 적자의 혼인이 되니 내부의 힘을 결집할 수 있을 것입니다. 그러면 아무도 섣부르게 왕권에 도전하는 짓을 할 수 없겠지요."

광종은 한 가지 약속을 더 했다.

"처남을 설득하여 선의공주와 혼사를 치르게 하신다면, 처남의 소생 중 아들은 왕 씨의 성을 따르겠지만, 딸은 이미 태조대왕께서 약속하신 대로 황보 씨의 성을 따르도록 할 겁니다. 그렇게 함으로써 제가 황보 가문의 사위라는 것을 만천하에 드러낼 것입니다."

광종의 그 말이 신정왕후의 어깨를 가볍게 해주었다. 자신의 가문이 광종을 적극 옹호해줄 수 있도록 만드는 계기가 되었기 때문이다.

그렇게 장모인 신정왕후와 황보 가문의 막강한 후광을 업고 즉위한 광종은, 처음 육칠 년간은 조용히 지내다가 신정왕후가 추천한 후주의 쌍기를 등용하면서 사오 년 동안 노비안검법을 시행했다. 또한 과거제도를 창설하고, 백관의 공복을 제정하며, 왕의 시위군을 강화하는 등 여러 가지 개혁을 하더니, 최근 이삼 년 동안은 개혁을 하면서 불거진 문제를 해결했다. 그리고 제도를 개혁하면 기반이 약해질 것을 염려해서 반대하는 호족이나 중신들을 과감하게 숙청하는 철퇴를 내리는 중이었다.

오죽하면 광종 스스로도 심하다는 생각을 했는지, 아니면 자칫 민심을 잃을 것을 우려해서인지, 지난해에는 귀법사를 창건하고 그곳에 제위보를 설치해 각종 법회와 재회를 개설했다. 또한 귀법사 승려 균여에게 화엄종을 통합하게 하는 등 적극적인 불교정책을 폄으로써 호족세력에 반발하는 민중들을 포섭해, 집권적인 왕권과 개혁정치를 성원해줄 지지 세력을 얻기 위해 노력했다.

칼바람을 휘날리며 왕권 강화를 위해 노력하던 광종이 장모와의 첫 약속을 지키겠다는 이야기를 듣고 나자, 신정왕후는 마음이 가벼워졌다. 그러나 한편으로는 광종이 왕자를 낳고 왕욱이 딸을 낳는다면 더 견고한 족내혼을 할 수 있을 거라고 했던 게 떠오르면서, 어제 꿨던 세 마리의 용에 관한 꿈이 상기됐다.

　작은 돌부리 하나에 물줄기의 흐름이 바뀌듯, 작은 사실 하나가 역사의 큰 흐름을 바꾼다. 고려 역사의 줄기를 바꿀 천추태후는 그렇게 태어났다.

2

성장

그즈음 발해가 위치했던 자리에는 거란의 요나라가 굳건히 자리 잡고 있었다. 그리고 중원이라 불리는 땅에선 959년 후주의 세종이 죽고, 일곱 살의 시종훈이 즉위했다. 어린 왕을 모시고 통일 전쟁을 해야 한다는 사실을 부담스럽게 느낀 군인들에 의해 추대된 후주의 근위대장이자 정복전쟁의 최선봉에 선 조광윤은, 960년 시종훈으로부터 선양을 받아 송나라를 세우고 중원을 통일해나갔다.

오대십국이었던 중원은 통일국가를 이루기 위한 전쟁에서 벗어난 지 얼마 되지 않았고, 고려와 송의 중간에 선 요나라는 영토가 넓지 않고 비옥한 땅이 없어 물자 부족에 시달리던 중에 926년 백두산의 화산 폭발로 인해 자멸해가는 발해를 수중에 넣은 뒤라, 다른 곳을 정복하는 것보다 비옥한 발해 땅과 그 유민들을 잘 이용해 경제를 안정시키는 것이 더 중요한 시기였다.

　그리고 고려의 광종은 반기를 든 호족들을 숙청하는 한편, 열한 살 난 아들 왕유를 세자로 책봉한 후 그를 중심으로 세력을 결집시키는 중이라 삼국은 나름대로 평화를 유지하고 있었다.

　세 아들을 낳고 헌애까지 얻은 왕욱은 딸이 예뻐서인지, 아니면 나이가 들어서인지, 사냥이나 풍류를 즐기러 궁 밖으로 나가는 시간이 줄어들었다. 그리고 부인인 선의공주와 세 아들, 헌애를 사이에 두고 즐기는 시간이 많아졌다. 부부가 함께해서인지 헌애의 첫 돌이 지나자 선의공주가 또 회임을 했다. 그리고 선의공주의 배가 불러가면서 왕욱은 세 아들과 딸을 돌볼 기회를 많이 갖게 되었다. 그러나 아이들을 돌보는 것이 사내 혼자의 힘으로는 벅차서 주로 모후인 신정왕후와 함께 했다.

　신정왕후는 사 남매가 찾아오면 무얼 하고 싶은지 물었는데, 아직 어린 헌애를 제외하면 사내아이들이라 그런지 장치기 놀이나 투호, 심지어는 격구를 하고 싶다고 했다. 격구는 잘못하면 다칠 위험이 있으니 장치기 놀이나 투호를 하라고 달래서 궁중 나인들과 어울려 놀게 하면, 이제 막 걸음을 뗀 헌애도 틈바구니에 끼어들고 싶어서 안달을 했다. 신정왕후는 그런 헌애가 사내 같은 성격으로 자랄까봐 걱정이 앞서다가도, 요즘 같은 난세에는 비록 여아라 할지라도 남아처럼 용맹해야 한다는 생각에 한편으로는 대견했다. 그럴 때면 헌애가 태어나던 날 꾼 꿈이 떠올랐다.

　신정왕후가 사 남매의 재롱에 휩싸여 있는 동안에도 시간은 여지없이 흘러 선의공주가 복중 태아를 출산했다.

　이번에도 딸이었다. 헌애의 재롱 때문인지 또 다른 생각이 있기 때문인지는 몰라도, 신정왕후는 손자를 얻은 것보다 더 기뻤다. 출산한 이튿날, 신정왕후는 즐거운 마음으로 새로 태어난 동생과 대면시키기 위해 사 남매를 데리고 선의궁에 들었다.

선의궁에 들자, 헌애가 늘 그랬듯 신정왕후의 무릎을 차지했고, 삼 형제는 갓 태어난 아이 곁에 둘러앉아 신기한 듯 보았다. 그때 신정왕후는 방 안이 온통 푸른 기와 누런 기로 감싸인 듯한 기분을 느꼈다. 아니 실제로 그런 기가 감돌고 있었다. 그러나 그것도 잠시, 갑자기 선의공주가 배를 움켜쥐고 통증을 호소했다. 신정왕후는 아이들을 데리고 급히 밖으로 나왔고 의원들이 들었다.

처소로 돌아온 신정왕후는 선의공주가 걱정되어 상궁에게 아이들을 잘 돌보라고 이르고는 다시 선의궁으로 향했다. 걱정하는 마음으로 급히 걸음을 옮기던 신정왕후는 선의궁에서 나온 의원과 마주쳤다.

"지금 선의공주의 용태는 어떠하냐?"

"산후 하혈이 심해서, 지혈제를 처방하고 침을 놓아도 전혀 효과가 없습니다. 현재 궁내의 의원들이 모두 진맥을 해본 상황인데, 하혈이 멈추지 않으면 며칠이 지나지 않아 송구한 일을 당할 수도 있습니다."

그 말을 들은 신정왕후는 다리가 후들거렸다.

이제 갓 태어난 아이까지 합하면 오 남매다. 지아비에게서 태어난 딸이자 며느리인 선의공주가 아이들을 두고 먼저 간다면 시어미된 자신이 그저 죄스러울 뿐 아닌가?

'제발 제 목숨을 거두어가시고 며느리를 살려주십시오. 부처님, 천지신명님, 조상님, 비나이다.'

간절히 빌며 처소로 들어섰는데, 며느리의 모습은 의원들에게 들었던 것 이상으로 심각했다.

"많이 불편한 것이냐?"

선의공주는 시어머니의 물음에 답은 하지 않고, 떨리는 눈으로 신정왕후를 쳐다보았다. 신정왕후는 선의공주의 눈을 볼 때마다 여자인 자신이 보아도 정말 아름답다고 생각했다. 마치 고요하게 타는 가야금 가락을 듣는 것처럼 평온하기 그지없는 눈이었다. 그러나 하루 만에 그 아름답던 눈이 퀭해졌다. 그 눈에서 어느 순간 눈물이 흐르기 시작했다. 신정왕후는 깜짝 놀라 곁으로 바싹 다가앉았다.

"의원을 불러야겠다."

그러자 선의공주가 손을 내저으며 작은 목소리로 입을 열었다.

"어마마마, 의원이 온다고 해서 나을 병이 아니라는 걸 이미 알고 있습니다. 저야 지금 죽는다 해도 그동안 지아비이신 왕욱 왕자님과 어마마마의 사랑을 한껏 받았으니 여한이 없습니다만, 아이들이 마음에 걸리는 것은 어찌할 수 없습니다. 이제 겨우 걸음을 뗀 헌애와 갓 태어난 아이를 두고 갈 걸 생각하니 눈물이 앞을 가립니다.'

신정왕후는 의원에게서 들었던 말이 떠올라 눈시울이 뜨거워졌다. 그러나 약한 모습을 보여서는 안 된다는 생각에 얼른 마음을 다잡고, 한 손으로는 며느리의 눈물을 닦아주고 또 다른 손으로는 자신의 눈물을 닦았다.

"무슨 말을 그리 하느냐? 어서 기운을 차려야지, 이 늙은 시어미를 두고 무슨 망발이냐?"

하지만 눈물이 그치지 않는 것은 어쩔 수 없었다. 선의공주 역시 눈물이 그치지 않았다.

"어마마마, 눈물을 거두세요. 이미 말씀드린 대로 저는 지금 죽는다 해도 여한이 없습니다. 다만 어린 아이들이 이 험한 구중궁궐에 어미도 없이 남아 제 명을 다할 수 있을지 걱정될 뿐입니다. 하오니 어마마마께서 제 빈 자리를 잘 지켜주세요."

선의공주는 호족들과 왕권 다툼의 틈바구니에 낀 왕손들의 목숨이 어떤 것인지 누구보다 잘 알고 있었다. 그래서 부군인 왕욱이 풍류와 사냥을 핑계로 자주 궁을 떠나면서도 외가에만 들를 뿐, 여타 호족들과는 아예 만나지도 않으며 추호도 의심받을 행동을 하지 않았다는 것도 알고 있었다.

그런 상황에서, 낳아서 다 키우지도 못 한 오 남매를 두고 먼 길을 떠날 생각을 하니 마음을 가눌 길이 없었고, 왕욱의 든든한 버팀목이 되어준 시어머니를 보자 서글픈 마음이 눈물이 되어 흘렀다. 그래서 신정왕후에게 자식들을 부탁한 것이다.

결국 그 말이 선의공주의 유언이 되었다. 며칠이 지나지 않아 선의공주는 세상을 떠났다.

선의공주의 장례 절차를 마무리한 왕욱은 광종을 찾았다. 자신과 선의공주 사이에서 태어난 아들 효덕과 치, 경장, 그리고 이제 갓 세 살이 된 딸 헌애와 아직까지 핏덩이라는 표현이 어울리는 헌정을 어머니인 신정왕후에게 맡기고 싶다는 뜻을 전하기 위해서였다.

"전하께서도 아시다시피 제일 큰 자식인 효덕이 이제 겨우 열 살을 넘겼고 제일 어린 헌정은 아직 핏덩이입니다. 이 어린 것들을 누가 돌본다 한들 어미가 돌보는 것만 못할 것입니다. 그래도 유모에게 맡기는 것보다는 아이들의 할머니이신 신정왕후께서 돌봐주시는 게 나을 것 같아 전하께 윤허해주십사 이렇게 찾아뵈었습니다."

그러자 광종은 조용히 고개를 끄덕였다.

"처남이 그리 생각하는데 누가 반대를 할 수 있겠소? 더더욱 다른 분도 아니고 할머니가 그 손자들을 돌본다는데 이상할 것이 없지 않소? 다만 짐이 생각하기에는 처남이 재혼을 하는 게 더 낫지 않을까 하오. 처남은 내자를 선의공주만 둔 까닭에 이제 안사람이 없지 않소? 아직 처남의 나이가 한창이니, 재혼을 고려해보지 그러시오?"

광종은 진심으로 왕욱의 재혼을 권유했다. 그러나 왕욱의 생각은 달랐다.

"감히 전하의 면전에서 드릴 말씀은 아니오나, 어린 자식들을 키우는 것도 벅찬 터라 혼인까지 할 여유는 없을 듯합니다.'

대답은 그리 했지만 내심 왕욱도 재혼을 생각해보았다. 그러나 재혼을 한다면 그 상대에 대한 여러 가지 추측이 나돌 것이고, 그것이 오 남매에게 이익을 주기보다는 해를 끼칠 가능성이 높다는 것을 알기에 거절한 것이다.

본인이 하지 않겠다는 걸, 광종이 아무리 왕이라 해도 강요할 수는 없는 일이었다. 게다가 광종은 신정왕후가 자신에게 협력을 아끼지 않는다는 것과 왕욱이 권력과 거리를 둔 삶을 즐기고 있다는 걸 알기에, 굳이 그를 권력구도에 끼워넣고 싶은 마음이 없었다. 그래서 신정왕후가 아이들을 키우는 것은 당연한 일이라며 윤허했다.

광종의 윤허하에 신정왕후가 아이들을 키우게 되자, 왕욱은 사냥과 풍류를 뒤로하고 신정왕후의 궁에 머물며 아이들과 함께하는 시간을 가졌다.

그러나 그것도 길지는 않았다.

헌애가 여섯 살, 헌정이 네 살이 된 해의 음력 십일월. 자녀들과 함께

하기 위해 거의 궁에만 머물던 왕욱은 오랜만에 외가로 사냥 여행을 가기로 했다.

겨울잠을 자기 위해 활동을 멈추려는 맹수를 사냥하는 것이 제 맛이라는 게 왕욱의 생각이었다. 겨울잠을 자지 않는 맹수라 할지라도 가을의 풍요를 만끽한 이 시기가 가장 힘이 왕성할 때이니 지금 해야 했다. 힘없고 지친 맹수들을 잡는 것은 힘이 없음을 이용해 줍는 것이지 진정한 사냥이 아니었다.

왕욱은 사냥을 떠나기 전에 오 남매를 불렀다.

"이 아비가 그동안 사냥을 가지 않은 이유는 어머니가 세상을 떠난 후 외로워할 너희들과 함께하기 위해서였다. 하지만 지금은 할마마마께서 너희들을 위해 헌신하신 덕분에 모두 건강하게 장성했다. 태어나자마자 어미를 잃은 헌정도 이제 훌륭하게 자랐다. 또한 효덕은 열다섯이 됐으니 이르다고 할 수도 있겠으나 어른이 된 셈이다. 이제 이 아비가 자리를 비워도 너희들끼리 충분히 잘 지낼 수 있다는 판단이 들어 사냥을 떠나기로 결심했다. 그러니 아비가 자리를 비우는 동안 할마마마 말씀 잘 듣고, 너희들끼리 우애가 상하지 않도록 서로 위하고 아끼면서 살아가야 한다."

왕욱은 아이들을 천천히 보며 말을 이었다.

"궁중도 그렇지단 세상은 매우 험하다. 서로 믿지 못하고 남이 나보다 앞서서는 안 된다는 생각으로 해하느라 분주한 곳이 세상이다. 그런 험한 세상에서 형제끼리 우애가 좋지 못하다면 아무도 너희들을 도와주거나 지켜주지 못할 것이다. 누가 뭐라 해도 서로 믿고 의지하여 힘을 합칠 때, 주변의 모든 이들에게 너희가 무시할 수 없는 존재로 보인다는 것을 잊지 말아야 한다. 조금 손해를 보는 것 같아도 형제들에게 힘을 실어주어야 함을 명심하길 바란다. 그럼 이 아비가 멋있고 살찐 동물을 많이 잡아올 테니, 그때까지 사이좋게 지내야 한다. 그리고 다시 한 번 이야기하는데, 할마마마 말씀 잘 들어야 한다."

왕욱의 말은 사냥을 떠나는 사람이 하는 당부라기보다는 유언 같았다.

형제간의 우애를 강조하고 사냥을 떠난 왕욱은 싸늘한 시신이 되어 돌아왔다.

왕욱은 말을 타고 멧돼지를 쫓다가 열중한 나머지, 말을 탄 채 낭떠러지로 떨어져 추락사했다고 한다. 그러나 왕욱이 멧돼지를 추격하던 장소는 그가 한두 번 사냥을 간 곳이 아니었다. 설사 눈을 감고 간다 해도 충분히 갈 수 있을 정도였다. 그런 곳에서 추락사하다니, 아무리 추격에 열중했다 해도 있을 수 없는 일이었다.

며칠 전에 아들이 떠날 때에만 해도 이런 결과를 여측할 수 없었던 신정왕후는, 싸늘한 아들의 시신을 어루만지며 이루 말할 수 없는 슬픔에 휩싸였다. 아들이 사냥을 떠나기 전날 찾아와서 한 이야기가 머릿속에서 떠나지 않았다.

'어마마마, 소자는 내일 사냥을 떠납니다. 물론 소자가 걱정하지 않아도 어마마마께서 아이들을 잘 돌봐주시리라 믿습니다만, 부디 제가 자리를 비우는 동안 아이들을 잘 지켜주십시오. 지금 전하께서는 이미 왕권이 확고해졌다고 믿으시면서도, 북방 호족인 처가를 부담스러워하시는 것 같습니다. 물론 어마마마께서 계시는 동안에야 처가에 대한 전하의 생각이 변하지 않겠지만, 혹시 제가 외가를 등에 업고 무슨 일을 꾀하지 않을까 하고 의심하실 수도 있습니다. 만약 그런 의심을 받는다면 제 아이들은 결코 무사할 수 없을 것입니다. 어린 것들을 지켜줄 수 있는 분은 오직 어마마마뿐이라는 것을 잘 알고 계시리라 믿습니다.'

왕욱은 북방 호족 가문에서 위험인물로 꼽을 수 있는 유일한 사람이 자신이라는 것을 알고 있었다. 그리고 헌애가 태어났을 때 광종이 평소에 아끼던 활과 화살을 선물로 준 이유는 사냥을 열심히 다니라는 뜻이 아니라, 자신에게 무기를 겨누지 않기를 바라는 마음에서 믿고 하사한 것임을 잘 알고 있었다. 그러나 헌정을 낳고 며칠이 지나지 않아 선의공주가 죽는 바람에, 이런저런 생각을 할 겨를도 없이 아이들이 성장하는 모습을 지켜보았다. 그렇게 사 년이 지나자 신정왕후 덕분에 아이들이 건강하게 성장했고, 이제는 헌정도 네 살이 되어 마음을 놓을 수 있게 되었다. 그래서 그동안 미뤘던 것을 행동으로 옮겨도 아이들에게 지장이 없고, 오히려 앞날에 도움이 될 거라는 판단이 들었다.

신정왕후는 언젠가 이런 날이 올 것이라 짐작하고 늘 불안해했으나, 사냥을 떠나기 전날 남긴 그 말이 생각을 행동으로 옮길 거라는 뜻인 줄은 미처 몰랐다.

재혼도 거부하며 자식들의 앞날만을 생각했고, 사 년이라는 세월 동안 좋아하는 사냥 한번 하지 않으며 궁 안에서 한 발자국도 나가지 않았다고 해도 과언이 아닌 왕욱이었다. 그랬던 아들이 오랜만에 사냥을 나서더니 싸늘한 시신이 되어 돌아왔다. 어느 것이 올바른 선택인지 판단하여 행동으로 옮긴 아들을 보며, 신정왕후의 가슴은 얼음덩어리처럼 싸늘히 굳어가고 있었다.

그런 그녀의 머릿속에서는 태조대왕과 혼인해 왕욱을 낳는 동안 벌어진 일들이 주마등처럼 지나갔다.

태조는 궁예를 몰아내고 왕이 되자, 고구려의 뒤를 잇는다는 뜻에서 국호를 고려라 정했다. 그것은 당나라 때부터 고구려를 고려라고 불렀다는 점에서 착안한 것이었다. 그리고 고구려의 옛 기상과 고토를 수복한다는 의미를 담아 도읍을 개경으로 옮기면서, 비록 지금은 서경을 도읍으로 할 수 없으나 중요한 곳이니만큼 그곳을 북진의 발판으로 삼을 것이라고 했다. 그렇게 도읍을 개경으로 옮긴 지 일 주년이 되던 날, 왕건은 기념연회가 끝나고 나서 개국 사대공신인 신숭겸, 복지겸, 홍유, 배현경 등과 함께 국정을 논했다.

"이렇게 많은 호족들이 참여한 것은 기쁜 일이지만, 고구려의 옛 기상과 고토를 수복하려면 북방에 더 신경을 써야 하는데, 아직 부족하오."

왕건이 말을 꺼내자 홍유가 입을 열었다.

"고구려 출신 호족들 중 북방에서 가장 세력이 막강한 황보 가문의 삼중대광 황보제공 대감에게 여식이 있어, 왕후 마마로 맞이하기 위해 이천 호족 서신일 옹을 통해 준비하고 있습니다. 서신일 옹과 황보제공 대감은 아주 가까운 사이이기 때문에 제가 그쪽에 부탁을 했습니다. 제가 직접 이야기를 꺼냈다가는 전하께서 북방 발해 출신의 여식을 원하는 것처럼 보일 수도 있어 서신일 옹이 중간 역할을 하도록 한 것입니다."

신라 호족들을 포용한 것을 가지고 자만하다가는 자칫 신라에서 고려로 바뀐 것에 불과해 보일까봐 우려한 왕건의 뜻에 따라 이미 홍유를 비롯한 개국공신들이 나름대로 준비를 하고 있었다.

본인도 북방 호족과 혼인 관계를 맺고 싶다는 뜻을 드러내 결국 황보 가문과 결혼한 왕건은 신정왕후를 아꼈고, 그녀와의 사이에서 대종 왕욱과 대목공주를 낳았다.

925년 구월, 발해의 장수 오백여 명이 왕욱을 낳은 날에 고려에 귀화를 했다. 924년 말에 일어난 백두산의 화산 폭발로 인해 발해의 중경은 폐허로 변했다. 수도 상경 역시 피해가 너무 커서 근처 부족들 간의 교역과 교통 중심지로서의 역할을 잃었고, 발해는 더 이상 존속이 힘든 형편이 되었다. 지금 말머리만 북으로 돌린다면 발해가 자연히 고려에 합병될 것임을 잘 알고 있었지만, 그렇게 했다가는 남쪽에 남아 있는 신라와 후백제의 공격으로 고구려의 존망이 위태로워 그럴 수 없는 형편이었다. 그런 사정으로 인해 발해는 머지않아 거란에 복속될 것이 자명했다.

발해의 장수들 중에서 고구려의 후손들이 중심이 되어 기왕이면 고구려의 후예라고 표명한 고려로 귀순하자고 결정을 내렸는데, 황보 가문과 친분이 두텁던 신덕 장군이 결정적인 역할을 했다. 결국 황보 가문 덕분에 북방 호족들을 품에 안은 것은 물론, 장수들이 대거 투항함으로써 북방이 튼튼해졌고, 별다른 노력 없이 군사력이 증강되었다. 누구보다 그런 사실을 잘 알고 있었던 왕건은 왕욱과 신정왕후를 더욱 사랑하게 되었으며, 대목공주가 광종의 왕후가 된 것 역시 광종 스스로 원한 일이기도 하지만 그들을 사랑한 태조의 영향 또한 컸다.

발해의 장수들이 귀화함으로써 황보 가문이 궁중에서는 물론 북방에서도 무시할 수 없는 세력으로 자리 매김한 것은 사실이지만, 왕에게는 위협적인 존재가 될 수도 있었다. 결국 광종이 그 세력을 두려워하여 자신의 아이들에게 어떤 해를 입힐 수도 있다는 생각을 한 왕욱은 싸늘한 시신이 되어 돌아오지 않았는가?

신정왕후는 누구에게도 말할 수 없는 그동안의 일들을 가슴에 품으며, 적어도 살아 있는 동안 오 남매에게 아버지가 죽은 이유를 알려주어야 한다고 다짐했다. 그래서 만일 저들 중 누군가가 용꿈의 주인공이 된다면, 다시는 이런 일이 없는 나라를 만들어주기를 바랐다.

왕욱이 죽고 난 후, 신정왕후는 오 남매와 같이하는 시간이 더 많아졌다. 낮에 아이들이 공부하는 시간을 제외하고는, 무예 연습 때는 물론 놀이 시간을 비롯해 잠자리에 들 때까지 하루 종일 함께했다.

아이들과 더불어 식사를 하면서 어린 헌애와 헌정의 밥 의에 반찬을 얹어주기도 하고, 물그릇을 들어 마시기 좋도록 받쳐주기도 하면서 어머니의 자리를 메우는 할머니의 역할을 톡톡히 했다. 그리그 손자들과 헌애가 공부를 하러 가면 어린 헌정이 노는 모습을 지켜보다가, 돌아오는 아이들을 맞이했다.

정오가 지나면 손자들이 무예 연습을 했는데, 신정왕후는 이때에도 늘 지켜보곤 했다. 그런데 오라버니들이 무예 연습을 하는 동안 헌정은 할머니의 치마폭을 맴돌며 재롱을 피우느라 정신이 없는 반면, 헌애는 오라버니들을 따라서 했다. 검술은 물론, 시위를 당기지 못하는데도 궁술을 하겠다고 고집을 피우고, 심지어는 말까지 같이 타겠다고 했다. 그래서 헌애를 위해 활과 화살을 별도로 제작했을 뿐만 아니라, 말안장도 특별히 만들어야 했다.

그러나 그렇게 한 것이 결코 헛일은 아니었다.

헌애는 오라버니들보다 훨씬 더 무예 수업을 좋아랬고, 나이에 어울리지 않게 잘했다. 게다가 기본 동작을 한 가지 알려주면, 나머지 동작은 가르쳐주지 않아도 척척 해냈다.

또한 궁술에서 보이는 명중률도 높았다.

그런 헌애의 무예 실력을 본 스승들은 소질과 열의가 대단하다며 칭찬을 아끼지 않았다. 그 칭찬은 헌애의 신분 때문에 비위를 맞추느라 하는 거짓이 아니었다.

그뿐만이 아니었다. 오라버니들은 무예 수업이 끝나면 으레 궁인들과 어울려 장치기 놀이나 격구를 즐겼는데, 헌애는 그때마다 꼭 자신도 해야 한다면서 놀이를 즐겼다. 장치기나 격구를 할 때에도 양보하거나 지기 싫어하며 악착같이 할 뿐만 아니라, 오히려 오라버니들보다 나았다.

그런 헌애를 보고 있노라면 신정왕후는 자꾸 용꿈 생각이 났다.

매일 반복되는 일과를 마치고 하루해가 지면 딱히 할 것이 없는 아이들은 신정왕후에게 옛날이야기를 해달라고 조르곤 했다.

아버지인 왕욱이 죽은 때가 겨울이라, 부모를 잃은 아이들은 긴 겨울밤이 외로웠다. 물론 책을 읽을 수도 있겠지만, 그렇게 고상한 방법으로 외로움을 달래기에는 아직 어렸다.

신정왕후는 아이들이 옛날이야기를 해달라고 조를 때, 한창 재롱을 부릴 나이인데 그럴 부모가 없어 외로움을 느끼는 손자손녀들에게 무언가를 해줄 수 있다는 게 기뻤다. 그래서 그저 전해오는 민화 같은 것을 들려주는 정도로만 이야기했다. 하지만 몇 달이 지나자 그것에도 한계가 왔다. 게다가 아이들이 선과 악을 구분해 과연 어느 것이 옳은 일인가를 스스로 판단하게 하고, 바른 심성을 기르게 해주고 싶다는 생각을 했다. 그래서 차츰 권선징악에 대한 이야기로 화제를 돌렸는데, 아이들이 더 집중해서 들어주었다.

이야기를 듣는 아이들의 태도를 지켜보던 신정왕후는, 해가 바뀔수록 할머니로서 그리고 왕족으로서 그들에게 도움이 되도록 올바른 역사를 알려주는 게 자신의 임무라고 느끼게 되었다. 그래서 시작한 것이 고구려에 대한 이야기였다.

딱딱한 역사 이야기를 아이들의 수준에 맞춰 재미있고 유익하게 들려주기 위해 노력한 덕분인지, 아이들은 이제까지 들은 어떤 것보다 더 흥미로워 했다. 그런데 첫째 오라버니와 열 살이나 차가 나는 헌애의 태도가 가장 진지했고, 가끔씩 제 수준에서 알아듣기 힘들면 가차 없이 질문했다. 되도록 쉽게 이야기하기 위해 노력했지만 어린 헌애가 듣기에는 이해하기 힘든 게 확실했다. 그러나 헌애는 한 번도 지루해하거나 따분해하는 기색 없이 진지하게 임했다.

그래서 신정왕후는 알기 쉽고 재미있게 꾸며진 고구려 역사를 설명하기 위해 노력했다.

"아주 먼 옛날이란다. 지금 우리가 살고 있는 개경에서 북쪽으로 말을 타고 몇십 일 걸릴 거리만큼 올라가면, 아름다운 호수가 있단다. 사람들은 그 호수의 이름을 바이칼이라고 불렀다. 맑고 깨끗한 호수의 주변에는 마음 착하고 예쁜 백성들이 모여 살고 있었지. 그들은 원래 부여라는 나라에서 살던 사람들이었는데, 그중에 고주몽이라는 활을 잘 쏘는 왕자가 있었다. 고주몽은 부여의 막내 왕자였지만, 똑똑하고 무예가 출중하다 보니 형들의 질투를 받아 외톨이 신세가 되었단다. 그러나 그는 마음이 어질고 백성들을 섬길 줄 아는 왕자였기 때문에 많은 백성들이 그를 좋아했지. 하지만 결국 형들의 질투를 산 고주몽은 부여를 떠날 수밖에 없게 되었고, 많은 사람들이 그를 따라 나섰다. 그렇게 바이칼 호수 주변에 모여 정착한 그들은 왕을 필요로 했는데, 가장 적당한 사람이 고주몽이라는 것에 이견이 없었지. 그래서 백성들은 고주몽을 왕으로 추대했고, 왕이 된 고주몽은 나라 이름을 고구려라 했다.* 그리고 자신들의 나라를 뜻하는 깃발에 다리가 셋 달린 신비의 까마귀, 삼족오를 그려 넣었지. 원래 까마귀는 다리가 둘이지만, 조상대대로 전해오는 말에 의하면, 단군의 뒤를 이어 탄생할 새로운 제국의 왕이 될 사람만이 다리가 셋 달린 까마귀를 볼 수 있다고 했다. 그런데 고주몽은 그 새를 실제로 보기 위해서 겪어야 한다는, 전설 속에서 전해져 내려오는 일들을 해결하고 나서 갓 부화되어 하늘로 날아가는 삼족오를 보았지. 물론 그 이후로 그 새를 본 사람은 아무도 없지만 말이다. 고구려를 세운 고주몽은 백성들이 편히 살 수 있도록 나라를 잘 다스렸다. 또한 당시 중원을 차지한 한나라가 영토를 넓히기 위해 한사군을 설치한 후 우리 민족을 노예 부리듯 하자, 그들을 하나씩 격파해 백성들을 구하는 것은 물론 그 땅을 우리의 영토로 삼았다. 그렇게 넓힌 영토가 무려 바이칼 호수에서 요하*'*' 너머에 이를 정도로 광활했단다. 잘은 모르지만, 말을 타고 달린다 해도 몇 달은 걸릴 만큼 넓었지. 지금의 중원 사람들이 랴오허강이라고 부르는 요하는, 원래 우리 선조들이 압록강*'**'이라고 부르기도 하고, '맑고 넓은 물줄기'라는 뜻을 담아 '아리수'라고도 했던 우리 강이었단다."

아이들이 흥미진진하다는 듯 귀를 기울이자, 신정왕후는 흐뭇한 얼굴로 이야기를 계속했다.

"고주몽 왕이 죽고 나서 보위를 이은 왕들도 모두 백성들을 아끼고

---

* 고구려의 기원에는 두 가지 학설이 있다. 하나는 고주몽이 압록강의 지류인 동가강 근처에 고구려를 설립했다는 것이고, 다른 하나는 바이칼 호수 근처에 세웠으나, 식량문제를 해결하기 위해 남진했다는 것이다. 이로 인해 몽골과 우리가 같은 민족이라는 학설 또한 제기되었다. 몽골의 시조모인 알랑고아는 고주몽의 딸이라는 학설을 몽골에서는 정설로 채택하고 있다.

사랑하면서 나라를 잘 다스리는 것은 물론, 영토를 더 넓혔지. 그들은 남쪽으로도 내려갔단다. 왜냐하면 북쪽은 초원지대이거나 추워서 자급자족할 수 없는 곳이 많아 항상 식량이 부족했거든. 하지만 그보다는, 대륙을 정복하고 싶어도 남쪽의 신라와 백제가 자꾸 국경을 공격해서 북진에만 신경을 쓸 수 없었기 때문이란다. 또한 신라와 백제는 같은 민족이 세운 나라이니 언젠가는 가장 강한 나라에 의해 통일이 되어야 한다는 깊은 뜻도 담겨 있었지. 그래서 광개토대왕과 장수왕 때에는 비옥한 토지를 확보하는 것은 물론 남쪽 국경도 안정시키고, 민족 통일을 위해서 신라와 백제를 공격하기도 했는데, 그때 차지한 땅은 우리가 살고 있는 개경보다 훨씬 남쪽에 있단다. 물론 지금 우리가 살고 있는 이 땅 역시 고구려의 영토였지. 그런데 중원의 수나라가 고구려의 막강한 힘을 두려워한 나머지, 양제라는 왕 때 백십만 대군을 이끌고 쳐들어왔다. 그러나 그들은 을지문덕이라는 용맹한 장수의 지략에 속아 대패했고 결국 도망쳤단다. 양제는 결코 이길 수 없다는 것을 몰랐는지 두 번이나 고구려를 침범했고, 그때마다 대패하여 쫓겨 갔다. 결국 수나라는 고구려를 침략하느라 나라를 돌보지 않은 왕의 실정으로 인해 도탄에 빠진 백성들이 곳곳에서 반란을 일으켜 멸망하고 말았지. 그러나 중원의 견제는 그것으로 끝나지 않았어. 수나라를 뒤이은 당나라의 태종 또한 직접 군사를 이끌고 고구려를 침입했단다. 하지만 안시성에서 양만춘 장군이 쏜 화살에 한 쪽 눈을 맞아 애꾸가 되어 돌아가는 수모만 당했을 뿐, 결국 고구려를 어찌하지 못했다. 그 뒤로도 당나라는 두 번이나 더 공격을 했지만 고구려는 절대 그 정도에 망할 나라가 아니었다.”

　신정왕후가 여기까지 말하자 아이들은 다음 이야기가 듣고 싶어서인지 이구동성으로 물었다.

"그럼 왜 망했사옵니까?"

신정왕후는 이 아이들을 마냥 귀엽다고만 하는 건 돌보는 게 아니라 망치는 것이라고 생각했다. 게다가 왕족이라는 신분 때문에 아무도 싫어할 일은 시키지 않을뿐더러, 하기 싫다고 안 해도 뭐라 할 사람이 없다. 육체노동은 모르지만 사람이 살아가면서 마땅히 해야 할 생각까지 하지 않으면 안 된다는 것이 신정왕후의 생각이었다. 그래서 아이들이 옛날이야기를 해달라고 조를 때 인내심과 사고력을 동시에 높여줄 필요가 있다고 여겼고, 이렇게 대답했다.

"오늘은 여기까지 이야기하고 나머지는 내일 해주마. 내일 또 이야기를 듣고 싶으면 약속을 하나 해야 한다. 오늘 저녁에 고구려가 왜 망했을지 각자 생각해보고, 내일 할머니 앞에서 대답한 사람만 계속 들을 수 있는 거다."

이야기를 끊어서 궁금증을 높이는 한편, 해답을 스스로 풀어나감으로써 사고력을 높이고 인내심을 키우게 하려는 것이었다.

다음 날, 예상대로 아이들은 이야기를 해달라고 졸랐다.

"그럼 어제 약속한 대로 대답해보거라. 고구려는 왜 망했을 것 같으냐?"

신정왕후는 자신이 질문을 해놓고도 우습다는 생각을 했다. 어제 처음으로 고구려 이야기를 들은 아이들에게 벌써부터 그런 걸 묻다니, 제대로 된 대답이 나올 리 없었다.

그런데 아이들이 예상 외로 많은 생각을 해왔다. 물론 나이에 따른 한계가 있었으나 아이들이 한 생각이라고는 믿기지 않을 정도였다. 게다가 이제 여덟 살인 헌애의 발언은 누가 가르쳐준 것처럼 명료해 신정왕후를 놀라게 했다. 아이들은 수나 당의 공격을 물리칠 정도로 강한 고구려라면, 내부문제보다는 외부의 어떤 요인에 의해 멸망했을 것이라고 한결같이 대답했다.

"고구려가 그렇게 강한 데다 할마마마의 말씀대로 대대로 백성들을 섬기는 왕들이 보위에 있었다면, 수나라처럼 왕에게서 민심이 떠나 멸망했다고는 보기 어렵사옵니다. 그래서 외부적인 어떤 요인이 있지 않을까 하는 것이 저희들의 생각이옵니다."

미리 모여서 함께 생각했다는 전제하에서 가장 맏이인 효덕이 이야기했다.

사고력과 인내심을 키워주기 위해서 던진 작은 질문에 아이들이 모여서 토의까지 할 줄은 몰랐다. 신정왕후는 아이들이 하나된 마음으로 뜻을 모으는 데 촉매역할을 했다고 생각하니 기쁘기 그지없었다. 그런데 헌애는 거기에 하나를 덧붙였다.

"할마마마, 소녀의 소견은 이렇사옵니다. 할마마마께서는 어제, 남쪽 땅이 탐이 나서가 아니라 남쪽 국경이 혼란한 것을 막기 위해 신라와 백제를 공격한 고구려의 왕들이 있다는 이야기를 하셨사옵니다. 즉 국경을 어지럽히는 세력을 방치하면 북으로 뻗어나가는 데 지장을 초래할 것이라 생각했다는 말인데, 결국 그것이 지나쳐서 멸망의 요인이 된 게 아닌가 하옵니다."

문제의 핵심을 집어낸 것은 확실했다. 다만 아직 주변국의 정세라든가 외교라는 단어를 몰라서인지 그런 표현을 쓰지 않았을 뿐이다. 그런데도 고구려가 신라와 백제와의 관계에서 제대로 역할을 했다면 나당연합군이라는 민족 최대의 치욕을 막을 수 있었을 거라는 사실과 일맥상통하는 말을 했다.

신정왕후는 손자손녀들이 대견하기만 했다. 그래서 이제껏 들려주었던 고구려 이야기를 조금 더 역사적으로 바꿔서, 고구려의 정신이야말로 고려가 이어받아야 할 것이라는 사실을 인식시켜주고 싶었다.

　신정왕후는 이후에도 이야기의 전반부가 끝나면 아이들에게 생각할 수 있는 질문을 하나씩 내어 이튿날 대답을 듣기로 했다.

　아이들의 의견을 모두 들은 신정왕후는 이야기를 이어나갔다.

　"너희들이 생각한 대로, 고구려는 백성들의 반란이나 내부 분열에 의해 멸망한 게 아니었단다. 신라라는 남쪽의 작은 나라 때문이었지. 신라는 경상도를 기반으로 한 기름진 옥토로 인해 풍부한 물자를 가졌고, 자신만의 문화를 만들 수 있었지. 하지만 넘치게 풍요롭고 문화 발전이 극에 달해 내부의 힘을 어디론가 내뿜지 않는 한 곧 내분이 일어날 거라는 결론에 도달했다. 게다가 신라는 성골, 진골 등의 상위층 귀족들이 대부분의 부와 권력을 쥐고 있었기 때문에, 힘을 분산하기 위해서라도 외부로 눈을 돌려야 했지. 물론 신라도 진흥왕이 집권했을 때에는 영토를 꽤 넓혔지만, 기껏해야 반도의 중턱도 넘지 못했다. 나중에 무열왕이 되는 김춘추가 연합하여 백제를 멸망시키고자 찾아왔지만, 고구려는 일언지하에 거절한 후 반도를 전쟁으로 끌고 가려는 김춘추를 죽이려다가 살려 보냈지. 목숨을 건진 김춘추는 호시탐탐 고구려를 노리는 당나라를 끌어들여 땅을 상납하고 삼국을 통일하는 치욕적인 방법을 생각해냈단다. 당나라와 신라가 힘을 합쳐서 백제를 물리치고 나면 고구려를 한꺼번에 공격하자는 것이었지. 그래서 그는 당나라 황제에게 알현을 청했지만, 거절당했단다. 다른 중신들 역시 김춘추를 만나주지 않았다. 아니, 그에게 목숨을 보존하고 싶다면 빨리 당을 떠나라는 충고를 해줬단다. 김춘추는 자신의 말이 황제에게 전달될 수 있는 방법을 찾다가, 당의 조정에서 비리에 연루되어 근신을 명받은 소정방을 알게 됐지. 소정방은 근신 중이기는 했지만, 여러 측면에서 볼 때 황제가 무시할 수는 없는 인물이었단다. 그래서 김춘추는 신라에서 뇌물로 쓰기 위해 가져온 보물을 이용해 소정방을 만났다. 그리고 당이 해상을 이용해 서쪽으로 들어오고 신라가 동쪽에서 공격해 백제를 멸강시킨 후, 신라와 당의 연합군이 남쪽에서 고구려를 치고 대륙의 당나라 본대가 북쪽에서 공격하면 확실히 승산이 있으니 함께하자고 제안했다. 그리고 그 대가로 신라는 대동강 이남의 땅만 차지하고, 대동강 이북은 모두 당나라에 상납하기로 했지. 소정방은 땅을 상납하겠다는 김춘추의 제안을 거절할 이유도 없고, 자신의 상황을 헤쳐 나갈 방법이 될 수 있다는 생각이 들어, 이튿날 당 고종을 찾아가서 김춘추의 말을 전했다. 그리고 이번에야말로 역대 선왕들께서 이루고자 했던 고구려 정벌을 할 기회라고 역설했지. 고종은 처음엔 그 말을 믿으려 하지 않았지만 곧 생각을 바꿨단다. 먼저 고구려를 정벌하고 백제와 신라를 치자고 했으면 당연히 거절했겠지만, 백제를 친 후 이기면 고구려를 공격하자는 데다, 신라는 고구려 땅의 일부와 백제 땅만을 원한다니 크게 손해 볼 게 없다는 심산이었지. 게다가 소정방이 직접 군사를 이끌고 백제로 향한다니 두말할 게 없었단다. 그는 죽이거나 귀양을 보내기엔 군부 세력과의 인맥이 두터워서 골치 아픈 존재였거든. 만약 백제와의 전투에서 이기면 고구려 공격도 생각해볼 만하고, 져서 죽어도 좋고, 살아서 돌아오면 병사들의 목숨과 국력을 낭비했다는 이유로 저거할 수 있으니 좋았지. 그래서 패전을 한다면 모든 책임을 소정방이 진다는 조건을 걸어 원군을 보내기로 했단다. 결국 각자의 나라에서 제거될 입장에 놓인 김춘추와 소정방의 조건은 맞아떨어졌고, 그로 인해 김춘추는 역사에 씻을 수 없는 죄를 짓고 말았지. 그렇게 백제와 고구려는 멸망했지만, 고구려 땅의 상당 부분이 해동성국 발해가 된 건 불행 중 다행이었단다. 그들은 고구려의 후예임을 자부하며 오랜 세월을 살았지만, 백두산의 화산이 내뿜은 불길 때문에 멸망한 후에는 우리의 동족이나 진배없는 거란이 그 땅을 차지했다. 중원에 내주지 않은 것만도 천만다행이지. 즉 우리 고려인이야말로 고구려의 후손이며, 고구려를 계승하기 위해서 국호까지 고려라 한 것이니 반드시 옛 땅을 수복하고 그곳에 있는 우리 민족들과 어울려 살아야 할 의무가 있단다."

이야기를 마친 신정왕후는 감정이 북받쳤다. 아이들 앞에서 너무 격하지 않았나 싶었으나, 차라리 잘됐다는 생각도 들었다.

"자, 오늘은 여기까지다. 내일 또 이야기를 들으려면 무엇을 해야 하는지 알고 있겠지? 내일은 할머니가 해준 이야기 중에서 누가 저지른 일이 가장 잘못되었나에 대해 생각해서 발표해보거라. 그리고 오라버니들은 여동생들과도 함께 의견을 모으거라. 헌애가 말한 의견이 좋지 않더냐?"

그러자 둘째인 치가 대답했다.

"안 그래도 함께 의견을 나누었사옵니다, 할마마마. 헌정은 아직 어려 함께 토의하지 않았지만, 헌애는 함께 했사옵니다. 그런데 저희가 의견을 말하자 헌애가 자신의 생각은 다르다면서 따로 발언한 것이옵니다. 할마마마께서는 어떻게 생각하실지 모르지만, 앞으로도 모두 함께 의견을 나눈 후 의견이 같은 사람들의 대표가 발표를 하고, 다른 의견은 따로 발표를 하려 하는데 어떻사옵니까?"

순간 신정왕후는 아이들이 다르게 보였다. 지금까지는 마냥 아이로만 보였는데 그게 아니었다. 이미 수준이 어른 못지않았다. 신정왕후는 너무 기뻤다.

"그렇게 한다면야 이 할머니로서는 더 바랄 게 없지. 너희들이 우애 좋게 상의해서 뜻을 발표하고, 또 동일하지 않은 의견을 무시하지 않고 본인이 직접 발표하도록 배려한다니 기쁘구나."

신정왕후는 말을 하며 자신도 모르게 눈물이 나오려는 것을 억지로 참았다.

이튿날, 다시 한자리에 모였다. 아이들은 의견이 일치했으며, 오늘은 헌애가 발표할 차례라고 말했다.

"어제 할마마마께서 말씀하셨듯이 같은 민족끼리 영토를 나누어 갖고 국명을 달리했으니, 힘겨루기를 해서 힘 있는 나라가 통일하는 것은 당연하다고 생각하옵니다. 그러나 김춘추는 고구려의 영토를 내주는 조건으로 당나라를 끌어들였고, 결국 원래 영토의 삼 할도 못 되는 땅만 차지했사옵니다. 그랬으면서 통일을 이뤘다는 것은 아주 잘못된 생각이며, 결국 그 때문에 고구려의 영토를 모두 잃은 것이나 마찬가지이니 억울하기 그지없사옵니다."

헌애가 발표를 마치자, 둘째 치가 자신 역시 이견이 없지만 덧붙이고 싶은 것이 있다며 발언했다.

"물론 김춘추가 당나라를 끌어들인 것이 옳지 않다는 의견은 저도 같사옵니다. 하지만 할마마마의 이야기를 듣고 여러 가지로 생각해본 결과, 어찌 보면 그 상황에서 그와 신라가 살아남기 위한 유일한 방법을 선택했을 수도 있사옵니다. 결국 그것은 잘못된 선택이었지만, 살아남기 위해 택한 자구책이 아니었나 하옵니다."

아이들이 토의한 내용은 비록 부족했지만, 신정왕후는 뿌듯했다. 그

때 헌애가 눈을 초롱초롱하게 뜨고 신정왕후를 바라보며 질문했다.

"할마마마, 소녀, 궁금한 것이 있사옵니다. 왜 세 나라는 다른 방법을 생각하지 않은 것이옵니까? 신라와 백제가 힘을 합쳐 해상을 통해 당나라의 옆구리를 공격하고, 고구려가 육로를 통해서 장안성을 공격한다는 생각을 왜 못한 것이옵니까? 그렇게 했다면 중원이 얼마든지 우리 손에 들어올 수 있었을 것이고, 지금의 고려는 대륙을 호령하는 나라가 되었을 게 아니옵니까?"

질문하는 헌애를 바라본 신정왕후는 문득 죽은 아들 대종 왕욱과 며느리 선의공주의 얼굴이 겹쳐 보이는 듯했다. 그러자 헌애의 얼굴이 푸른 기가 감도는 영롱한 보석처럼 아름답게 보였다. 신정왕후는 헌애의 나이에 어울리지 않는 당찬 질문에도 놀랐지만, 그 영롱한 빛에 다시 한 번 놀라면서 대답했다.

"좋은 질문이다. 오늘처럼 서로 이야기해나간다면 얼마든지 풀 수 있는 문제 아니겠느냐? 그러니 앞으로 할머니가 이야기하기보다는 서로 의견을 주고받으며 궁금증을 풀어가자꾸나."

신정왕후는 헌애가 어려서부터 오라버니 셋과 벗하며 지낸 까닭에 호탕하고 하고 싶은 이야기는 꼭 하고야 마는 성격인 데다, 약간 조급하다는 것을 잘 알고 있었다. 그래서 즉시 대답을 하기보다는 스스로 인내심을 발휘해 생각해보도록 이끌어주고 싶은 욕심에 그렇게 대답했다. 그리고 시간이 허락되는 한 여러 이야기를 들려주고 싶었다.

물론 매번 고구려 이야기를 하겠지만 방향성을 달리해, 오늘은 수와의 전쟁에서 대승한 이야기를 한다면, 내일은 당 태종의 눈을 애꾸로 만들면서 승리한 주필산 전투 이야기를, 다음엔 안동도호부를 비롯한 당의 잔재를 쓸어내려고 노력했던 해동성국 발해 이야기를 하면서, 어떻게 해야 주변국과의 관계를 현명하게 유지할 수 있을지 생각하도록 유도하고 싶었다.

3

혼례

신정왕후의 지극 정성 덕분인지 오 남매는 아무 탈 없이 무럭무럭 자랐다. 이제 열세 살이 된 헌애와 열한 살 난 헌정은 단아하고 우아한 미인이요, 여성의 고운 자태와 몸매가 드러날 만큼 성숙한 모습을 갖춰가고 있었다. 다만 한 가지 차이가 있다면, 어릴 때부터 오라버니들과 어울렸던 헌애는 고운 생김새와는 다르게 여전히 말 타기와 활쏘기 내기를 즐기는 여걸인 반면, 헌정은 할머니의 치마폭을 떠나지 않아 전형적인 여자아이로 자랐다는 것이다.

그러나 세월은 오 남매만 자라게 한 것은 아니었다.

세월은 기다리지 않고 흐른다. 다만 지난 세월을 그리워하며 현재를 탓하는지, 아니면 오는 세월 속에서 자신이 무엇을 해야 할지 생각하고 그에 맞게 인생을 설계하는지에 따라 차이가 생기는 것이다.

광종은 피비린내를 흩뿌리며 지방의 호족들을 평정해 왕권을 강화시켰다고 자평했지만, 그의 번뜩이는 칼날 아래에서 죽어간 호족들은 지나간 세월을 그리워했고, 몸을 낮추며 앞으로 무엇을 해야 할까를 고민하던 중 반가운 때를 맞이했다.

　광종이 죽자 그의 아들 유가 경종이 되어 왕권을 이어받았다. 광종이 죽기 전에 그의 왕권 강화 정책 아래에서 호족들과 얽힌 관계로 인해 몇 번이고 죽을 고비를 넘긴 경종은, 동생인 효화세자가 어린 나이에 죽자 무사히 보위에 올랐다. 그는 광종이 왕권을 확고히 했다고 믿었기에, 아버지가 수립해놓은 것을 그대로 받아들이고 싶었다. 그러나 왕권은 겉보기와 달리 확고하지도 평온하지도 않았다.

　광종에게서 억압을 받은 호족들은 보복을 꿈꾸고 있었다. 그중 특히 광종이 정덕왕후 유 씨의 딸 선의공주를 비로 맞아들이지 않고 처남인 왕욱에게 시집보냄으로써 상대적으로 소외감을 느꼈던 신라계 호족들의 반발이 심했다.

　게다가 광종은 어려운 일이 있으면 늘 신정왕후 황보 씨와 상의를 했고, 신정왕후의 딸이자 이복동생이며 아내인 대목왕후 황보 씨는 깍듯이 대하면서, 이복형이었던 혜종의 딸은 아내로 맞이하고도 왕후로 봉하지 않고 경화궁에 머문다고 하여 경화궁 부인이라 불렀다. 공주가 왕에게 시집을 갔는데도 왕후가 아니라, 그저 '부인'이 된 것이다. 비록 혜종이 어느 지방 호족의 권력도 배후에 두지 못했다고는 하나 지나친 처사였다. 그러자 정주 유 씨 가문은, 가문의 수장이라 해도 과언이 아닌 유덕영의 딸 정덕왕후 유 씨의 자녀인 선의공주가 왕후로 간택되지 못하고 왕욱에게 시집간 것에 대해 직접적으로 불평을 못 하고, 경화궁 부인에게 적절한 대우를 해줘야 한다고 볼멘소리로 투정하기 시작했다.

물론 광종이 살아 있을 때에는 아무도 그런 이야기를 입에 담지 못했다. 그런 불평은 곧 죽음을 의미했기 때문이었다. 그러나 광종은 죽고, 이제 아버지가 다진 왕권 위에 군림하고자 하는 경종이 존재할 뿐이었다.

경종은 즉위하자마자 그해 시월에 항복해온 신라 경순왕 김부에게 식읍을 이천 호나 더 늘려 만 호로 책정해주었다. 광종이 신라계 호족들에게 행한 탄압정책을 어떻게든 달래볼 생각으로 한 일이었으나, 그것이 다른 불씨를 낳았다. 경주의 신라계 호족들에게는 그것이 고마운 일일지도 모르나, 경주를 제외한 다른 지역의 신라계 호족들에게는 새로운 불만을 낳았고, 그것은 이제까지 소외된 그들이 불만을 토해내는 계기가 되었다.

태조의 여섯 번째 비인 정덕왕후 유 씨의 아버지 시중 유덕영의 후손 유정웅과 태조의 첫째 비인 신혜왕후가 후손을 두지 못하자 정덕왕후가 입궁하도록 주선했던 신혜왕후의 아버지 삼중대광 유천궁의 후손 유영균, 그리고 비록 본은 충주이나 같은 유 씨이고, 정종과 광종의 어머니이자 경종의 할머니인 신명순성왕후의 아버지 내사령 유긍달의 후손 유경성이 서로 맥을 놓아 한자리에 모였다. 그들 셋이 모인다는 것은 경주 귀족들을 제외한 신라의 지방 호족들이 모두 모였다고 할 만큼 큰 힘을 발휘했다.

그들은 광종의 노비안검법으로 인해 사병을 거느리기는커녕 당장 논밭에 나가서 일할 노비조차 없는 형편이 되었다는 것과 부모님들이 사재를 털어 양성한 사병들이 고려 건국에 이바지했다는 사실을 들추며 흥분했다.

"계속 이런 식으로 전장에서 데려온 포로들을 노비로 삼지 못하고 양민으로 보내야 한다면, 설사 전쟁이 나더라도 누가 사병들을 풀어서 고려를 위해 충성하겠소?"

"그동안 고려를 위해 병법을 익히고 전장에서 싸우느라 충성을 다한 병사들이 학문을 닦지 못한 것은 자명한 일이거늘 과거제도를 만들다니, 이것은 왕이 건국에 공을 세운 호족들을 내치기 위한 방법이 아니오? 그렇지 않다면 과거를 보지 않는다 해도 호족의 가문에는 적절한 보상을 내려야 하오."

"노비는 엄연한 전리품이거늘, 왕이 노비를 풀어주라고 함은 호족들이 전리품을 가질 자격이 없다는 말과 다를 바가 없지 않소? 게다가 노비를 없애라니, 이는 호족들의 힘을 약화시켜 이 나라를 독식하겠다는 뜻과 진배없소."

그들이 마음을 맞춰 나눈 대화는 이런 것들이었다.

그러나 그들은 단지 호족들의 특권으로 주어졌던 관직을, 과거제도로 인해 받지 못할까봐 우려했을 뿐이다. 또한 노비안검법으로 인해 이제껏 부리던 노비들이 양민이 된 것을 불평한 것이다. 노비가 줄어들면 농사를 지을 사람이 줄고, 그것은 곧 그만큼 재력이 약해진다는 뜻으로, 사병의 숫자 역시 줄어들 것이다. 게다가 노비 중 대다수가 전쟁 포로로, 무예를 하는 그들을 사병으로 부리고 있었는데 놓아줬으니 세력이 약해질 수밖에 없었다.

호족들은 그 불만들을 모아, 노비 신분에서 양민이 된 자들을 다시 노비로 보내줄 것과 과거제도에 따른 호족들의 처우에 대한 대책을 상소했다.

신라계 호족인 유 씨 가문이 연합해서 올린 상소를 받아든 경종은, 결단을 내릴 시점이 왔다는 것을 알게 되었다.

처음엔 선왕인 광종 대에서 왕권이 확립됐다고 생각했다. 그러나 광종에게는 말 한마디 못 했던 사람들이 이제 와서 정책을 바꿔달라고 상소한다는 것은, 아직 왕권이 확고하게 자리 잡지 못했다는 뜻이었다. 경종은 저들을 달래야 하나 아니면 부왕처럼 피의 숙청을 해서라도 입을 봉해야 하나를 심각하게 고민했다.

그러나 경종이 고민할 시간은 그렇게 길지 못했다. 중부 호족인 유 씨 가문이 상소를 올렸다는 말이 언제 퍼져 나갔는지, 곳곳의 호족들이 세력의 대소를 막론하고 상소를 올렸다.

'개국공신의 후손들이 푸대접을 받고 있다.'

'노비안검법을 실시한 이후로 부릴 노비가 없어 손수 땔감을 해오는 실정이니 방면한 노비들을 다시 심사하자.'

'방면했던 모든 노비를 제자리로 돌리는 것은 물론이요, 이미 양민이 된 그들의 자식도 노비로 데려와야 한다.'

'고려 건국 이전에 상당한 땅을 소유한 가문의 자손인데, 건국을 위해 선친이 사병들을 양성하느라 토지를 팔아가며 충성한 결과 역분전을 하사받기는 했으나, 그것도 선친이 사병 양성을 위해 쓴 비용에 비하면 형편없이 모자라 그마저 팔아 빚을 갚았다. 그래서 끼니를 잇기도 힘드나 명색이 지방 호족이라 남들 앞에서 기색도 못 하니 선처를 바란다.'

상소들은 여러 가지 내용이었으나 한 가지 공통점은 어쨌든 무언가를 내달라는 것이었다.

상소들을 본 경종은 부왕을 따라 칼로써 이들을 다스린다는 건 어려운 일이라는 생각이 들었다. 부왕의 칼이 무서워 숨죽이고 있던 자들이 일제히 일어난 것이니, 만일 다시 억압하려 했다가는 그들 역시 칼로 대항할 것이라는 생각이 들었다. 그렇게 된다면 감당할 수 없을 것 같았다.

그렇다면 그들을 달래기 위해서 무언가 내놓아야 하는데, 경종에게는 마땅히 줄 것이 없었다. 그들이 요구하는 대로 노비 안검법을 원점으로 돌릴 수도 없는 노릇인데, 대신 무엇을 줘야 한단 말인가?

고민하던 경종은 묘안이라고 하기에는 부족하지만 나름의 방법을 떠올렸다. 그는 우선 상소들을 모아 지방별로 나누어서 경단과 주된 내용을 작성하게 했다.

그 결과, 그의 예측이 맞았다. 대부분의 지방에서 나 로라하는 호족들이 올린 것은 주로 노비안검법에 관한 상소였다. 그리고 힘이 약한 호족들은 상소의 내용이 구체적이든 아니든 무언가 보상을 바랐다.

그런데 이천 지방의 대호족인 서 씨 가문과 북방 최고의 호족인 황보 가문에서는 상소가 올라오지 않았다. 물론 이천 서 씨 가문은 태조대왕을 충심으로 도왔던 서신일 옹의 아들 서필이 광종 때 내의령까지 지낸 바가 있었다. 그리고 그 아들 서희 또한 960년, 과거에 갑과로 급제해 광평원 외랑을 거쳐 내의시랑이 된 후, 지금 서른넷의 젊은 나이로 좌승에 오른 상태였다. 호족들이 반발하는 과거의 특혜를 누린 가문으로 등재된 것이다. 즉 다른 호족들이 병법과 무예에 능통한 자신들이 어찌 학문을 알겠느냐고 불평할 때, 서필은 아들에게 학문을 가르친 것이다. 남들이 과거제도로 호족들을 붕괴시키려 한다고 불만을 말할 때, 서필은 변화하는 시대에 대처하는 방법을 알려준 것이다.

사실 공부만 하면 누구라도 붙을 수 있는 과거제도 자체를 부정한다는 것은, 공부하기 싫으니 거저 벼슬을 달라는 것과 다를 바 없었다. 경종이 그것을 모를 리가 없었다.

또한 황보 가문에서 상소가 없는 것도 어쩌면 당연한 일이었다. 그들은 노비안검법 실시 직후에 대목왕후를 통해 그 제도를 강력하게 반대했지만, 광종이 대목왕후를 그렇게 아끼면서도 들은 척도 안 한다는 말을 듣고는 즉각 철회했다. 그때 신정왕후의 보이지 않는 손이 작용했을 것이라는 말도 있었다. 경종 역시 그런 정황쯤은 이미 알고 있었다.

특이한 점은 황보 씨와 서 씨 주변의 호족 세력들 역시 상소를 올리지 않았다는 것이었다. 그것은 그들이 주변 호족들에게 상소를 올리지 말라고 설득했음을 뜻했다.

사실 이천이나 황주 지방의 호족들이라 해도 다른 지방 호족들의 사정과 다를 바가 없었다. 그들도 가진 것을 내놓았는데 좋을 리가 없었다. 그런데도 상소가 없다는 것은 황보 씨와 서 씨 가문이 그만큼 주변 호족들을 잘 다스렸다는 뜻이었다.

여기까지 생각이 미치자 경종은 신정왕후를 만나서 혜를 구하기로 했다. 부왕 역시 중대한 문제의 해법은 그분에게서 얻었다는 것에 생각이 미치자, 경종은 더 이상 지체할 수가 없어 신정왕후의 궁으로 향했다.

경종이 방으로 들었을 때, 오라버니들과 편을 갈라 마상 궁술 시합을 마치고 돌아온 헌애는 옷도 갈아입지 않은 채, 할머니 곁에서 수를 놓고 있던 헌정과 신정왕후에게 신나게 시합 이야기를 하고 있었다. 신정왕후는 경종에게 작은 할머니이자 외할머니였다. 그래서 헌애와 헌정은 경종의 사촌이면서 외사촌이기도 했다. 그러나 경종은 현재 왕이고 그들은 왕손일 뿐이었다. 두 사람은 얼른 자리에서 일어나 경종에게 예를 갖췄다.

"재미있게 담소를 나누는데 제가 괜한 걸음을 한 것 같습니다."

경종이 말하며 신정왕후 쪽을 보았다.

"아닙니다. 이제 막 일어서려는 참이었습니다, 전하."

헌애는 대답하며 다시 자리에서 일어서려 했다. 그러자 경종이 말렸다.

"가라고 한 말이 아니다. 그런데 오랜만에 두 누이를 보니 어여쁜 여인들로 변해 있구나. 헌애는 말이라도 타다 온 것이냐?"

경종이 옷차림을 보며 묻자 헌애는 얼굴이 발그스름해져 고개를 다소곳이 숙였다. 그 모습을 본 경종은 헌애가 어디 한 군데 나무랄 것이 없는 여인의 자태와 빼어난 미모를 지녔다는 생각이 들었다.

"헌애는 승마복을 입었는데도 자태가 그리 곱고 여쁘니, 만일 치장을 하고 있었다면 이 오라비가 청혼이라도 할 뻔했구나. 그리고 헌정은 누구를 닮아 정숙함을 그리 예쁘게 갖췄느냐? 설령 네가 남장을 할지라도 한눈에 여인임을 알 수 있겠구나."

경종의 칭찬에 두 사람은 고개를 숙이고 아무 말도 못 했다. 그러자 신정왕후가 대신 답했다.

"그리 칭찬을 해주시니 고맙습니다. 어미가 일찍 세상을 떠나는 바람에 이 할미의 손으로 오 남매를 키웠는데, 주상의 말씀대로 헌정은 내 치마폭을 떠나지 않아 여인네의 모습 그대로 자랐고, 헌애는 오라버니들과 주로 어울린 까닭에 무예는 물론 승마에도 뛰어나 오늘도 제 오라비들과 마상 궁술 시합을 하고 돌아왔다고 합니다. 지금 그 얘기를 하던 참입니다."

"마상 궁술 시합이오? 궁술은 국가에서 적극 장려하는 것이니 좋은 일입니다. 그런데 누가 이겼습니까?"

경종이 호기심을 갖고 물었다.

"글쎄, 헌애가 오라비들을 이겼다지 뭡니까?"

신정왕후가 대답하면서 웃자 헌애의 다소곳이 숙인 얼굴에 다시 홍조가 돌았다. 경종은 그 모습이 너무 예쁘고 아름답게 느껴졌다.

"오라비들을 이길 정도면 짐도 상대가 되지 않겠구나. 하지만 언제 시간을 내어 짐과도 한번 겨루어보자. 짐이 헌애를 이길 수는 없을 것 같지만 말이다. 그런데 내기에 이겨서 무엇을 득했느냐?"

경종은 헌애의 아름다우면서도 힘이 넘치는 자태와 말 한마디 없이 다소곳이 앉아 있는 헌정의 여인다운 모습에 신정왕후를 찾아온 목적마저 잊고 물었다. 그러자 헌애가 매혹적인 목소리로 답했다.

"치 오라버니가 마상 궁술을 하러 나오느라 특별히 가져온 것이 없다고 하면서 이 목검을 내기에 걸었기에 제가 이겨서 가져왔으나, 할마마마의 말씀을 들으니 돌려주는 것이 합당하다는 생각이 들어 돌려주러 갈까 하였습니다."

"내기에서 이겨 득한 물건을 돌려주려고 한다? 그것은 무슨 연유냐?"

"예. 제가 벼락 맞은 대추나무로 만든 목검을 내기에서 이긴 대가로 가져왔을 때에는 그저 전리품을 얻은 기분이었으나, 할마마마께서 아끼는 물건을 잃으면 자칫 의가 상할 수도 있다고 말씀하셨습니다. 이 목검은 원래 귀한 것으로, 할마마마의 말씀에 의하면 치 오라버니가 많이 아끼는 것이라 하니, 돌려주는 것이 당연한 일인 듯합니다."

헌애의 대답을 들은 경종은 환한 얼굴이 되었다.

"마음도 얼굴만큼이나 곱구나. 흔히 내기에서 득한 물건은 그 값을 쳐준다 해도 돌려주지 않고 소유함으로써 이겼다는 기쁨을 두고두고 느끼고 싶어 하는 것이 사람들의 마음이거늘. 그래, 좋다. 짐이 헌애의 예쁘고 착한 마음에 보상을 해주마. 마침 짐에게도 그렇게 생긴 목검이 하나 있다. 그것 역시 벼락 맞은 대추나무로 만든 것으로, 액운을 물리치고 견고하기가 진검과 다를 바 없다 하여 어떤 이가 짐에게 선물한 것인데, 막상 보위에 오르고 나니 그 목검을 만질 기회가 별로 없단다. 하니 헌애가 그 목검을 치에게 돌려주는 대신, 짐이 가지고 있던 것을 주마.”

말을 마친 경종은 헌애는 물론 신정왕후조차 입을 열 틈도 주지 않고 궁인을 불러 처소에 보관된 목검을 가져오라고 일렀다. 헌애가 머리를 깊이 숙이며 인사했다.

“전하, 황공하옵니다.”

그러자 경종이 대답하며 껄껄 웃었다.

“황공할 것 없다. 무릇 물건이라는 것은, 필요로 하고 쓸 줄 아는 사람이 소유해야 한다. 짐은 오히려 목검의 주인을 찾은 것 같아 기쁘구나. 부디 더 무예에 정진하여 언젠가 나라를 위해 쓸 기회가 왔을 때 발휘하도록 하려무나.”

그리고 자매가 자리에 있음을 관여하지 않고 입을 열었다.

“사실 할마마마와 두 가지 중요한 상의를 하고자 이렇게 찾아뵈었습니다.”

경종이 무언가 상의할 게 있어 왔다는 말을 들은 헌애와 헌정은 자리에서 일어나려 했다. 그러자 경종이 만류했다.

“아니다. 같이 이야기하자꾸나. 어차피 우리 고려와 왕실을 위한 일인데 왕손들이 들으면 안 될 것도 없지 않겠느냐? 그리고 같이 이야기하다 보면 짐이나 할마마마께서 미처 생각하지 못한 부분을 말해줄 수도 있지 않겠느냐?"

그렇게 권유한 경종은 곧장 본론으로 들어갔다.

"첫 번째는 혼사 문제입니다. 돌아가신 왕욱 숙부의 장남인 효덕은 이미 혼사를 치렀으나 둘째인 치가 아직 혼자입니다. 마침 막내 여동생인 문덕공주가 일찍 혼인했다가 지금 혼자가 된 바, 치와 혼인을 하면 나이나 성품 면에서 잘 어울릴 듯하니, 두 사람을 맺어주는 게 좋을 듯합니다."

신정왕후는 광종이 닦은 왕권 강화 정책에 대한 호족들의 거센 반발로 경종이 어려움을 겪고 있는 것을 이미 알고 있었다. 뿐만 아니라 친정인 황보 가문에서 무슨 움직임이 있을까봐, 이미 궁에 들어와 중서문하성에 있는 황보영랑과 장군으로 봉해진 황보철기를 통해 단속을 철저히 하고 있었다. 그런데 경종이 찾아와 치와 문덕공주의 혼인을 제안할 것이라고는 생각하지 못했다.

하지만 여자든 남자든 짝을 잃으면 재혼을 하는 게 당연하므로 망설일 이유가 없었다.

"주상의 말씀을 들으니 시합은 헌애가 이긴 게 아니라 치가 이긴 것 같습니다. 주상의 성은에 힘입어 선왕의 공주를 아내로 맞이하고 그렇게 아끼는 목검도 도로 찾으니 말입니다."

신정왕후는 만면 가득 웃음을 지었다. 이 한마디로 혼사는 결정이 난 것이었다. 그러자 신정왕후는 두 번째 문제가 무엇인지 궁금해졌다.

물론 추측은 하고 있었다. 지금 거세게 상소를 올리는 호족들을 어떻게 달랠지 상의하자는 것일 게다. 그렇다면 헌애와 헌정이 자리에 있는 게 불편할 수도 있다는 생각이 들어 두 사람에게 그만 나가보라고 말하자 경종이 정색을 했다.

"아닙니다, 할마마마. 두 사람 역시 제 아우이고 고려 왕실의 후손들이니, 소자가 말씀드린 대로 함께 의논하는 것이 좋을 듯합니다. 할마마마께서 괜찮으시다면 두 사람과 함께한 자리에서 이야기하고 싶습니다."

순간 신정왕후는 느끼는 바가 있었다.

신정왕후는 채 스물도 되기 전에 궁궐로 들어와 오십 년이 넘는 세월을 보냈고, 이제 일흔을 넘겼다. 사람이 일흔을 넘기고 나면 웬만한 일에는 신경을 안 쓴다. 그것은 사건의 전말을 몰라서가 아니라, 말이 나오는 순간 속까지 훤히 꿰뚫어 볼 수 있기 때문이다. 하물며 눈치 하나로 살아야 제 목숨을 다하고 죽을 수 있다는 궁궐에서 그리 오랫동안 살아왔으니, 이 정도면 모든 것을 알아차리고도 남음이 있었다.

"주상께서 이 할미의 여손들을 그리 어여삐 여기시니 그마울 뿐입니다."

신정왕후는 여손들의 앞날에 대해 과히 걱정하지 않아도 될 성싶어 경종에게 진심으로 감사했다.

잠시 여유를 두고 경종이 다시 입을 열었다.

"이미 할마마마께서도 아시리라고 믿습니다만, 지금 지방에 있는 대소 호족들의 상소가 빗발치고 있습니다. 해서 이 일을 어찌해야 현명하게 수습할 수 있을지 할마마마께 여쭙고 싶습니다. 소자의 소견으로, 지금 다시 칼을 빼들었다가는 호족들이 간과하지 않을 것은 물론이요, 민심 또한 흉흉해질 것입니다. 그렇다고 노비안검법으로 그나마 호족들의 세력을 약화시키고 민심을 수습해놓은 상태에서 저들의 요구대로 그것을 무효화한다면, 이번에는 민심이 흔들릴 것입니다. 태조대왕께서 건국과 통일전쟁을 이루는 중에 여러 호족들이 포로는 물론 일부 죄 없는 양민까지도 노비로 삼은 것을, 선왕께서 제자리로 돌려놓으신 덕분에 민심이 겨우 왕권으로 기울었는데 말입니다. 물론 호족들이 차지했던 민심이 상당수 이반되어 왕에게로 향했으니 그것 역시 못마땅할 테지요. 그들 역시 왕권보다 무서운 것이 민심이라는 것을 아니까요. 그런 상태에서 칼을 휘두른다면 민심도 왕이 권력 남용을 한다며 등을 돌릴 겁니다. 세상은 강약이 조화를 이뤄야 하듯, 아바마마께서 호족들을 칼로 강하게 다스리셨으니 이제 달래야 할 텐데 그 묘안이 떠오르지 않아 괴롭습니다. 그런데 상소를 분석해보니, 할마마마의 황보 가문과 이천 서 씨 가문만이 조용했습니다. 해서 할마마마께 고견을 듣고자 합니다."

신정왕후는 잠시 생각할 시간이 필요해 화제를 슬쩍 돌렸다.

"이천 서 씨라면 황보 가문과도 참 인연이 깊습니다. 서필 공이 살아 있을 때는 물론이고, 지금도 좌승 서희 대감이 이 할미에게 자주 문우를 하는 까닭에 오 남매와도 잘 압니다."

신정왕후는 서 씨 가문과 함께 상의를 해보는 것도 좋다는 뜻을 은근히 비쳤다. 경종 역시 그 뜻을 알아들을 수 있었다. 그러나 우선 해결책의 가닥을 잡아야 서 씨 가문과 함께 할 수 있지 않겠는가?

그런 경종의 마음을 읽기라도 한듯 신정왕후가 입을 열었다.

"양민을 다시 노비로 만든다는 것은 그나마 수습된 민심을 어지럽힐 수도 있으니 아니 될 말입니다. 대신 내어줄 것에 대해 자세히 생각해보시는 게 좋을 듯합니다. 지금 상소를 올리고 불만을 토로하는 호족들은 대부분이 남쪽 호족들로, 김부에게는 식읍을 이천 호나 늘려 하사했으면서 자신들에게는 아무것도 주지 않았으니 그에 대한 불만을 토로하는 것일 겝니다."

신정왕후의 말을 듣자 경종도 무언가 가닥이 잡히는 것 같았다.

기실 호족들이 노비가 없어서 농사도 못 지을 정도라고 투덜대기는 하지만, 수입이 줄어듦에 따라 세력이 약화되는 것을 두려워하는 게 진짜 이유일 것이다. 그렇다면 수입을 늘려줌으로써 불만을 없앨 수도 있다는 뜻이었다.

신정왕후와의 대화 속에서 문제의 해법을 찾은 경종은 자신이 즉위했을 때 약한 세력을 보강하기 위해서 집정관으로 삼았던 왕선을 불렀다. 그리고 그에게 전지와 시지에서 조세를 수취하는 권리, 즉 수조권을 호족들에게 부여할 테니, 사색공복제를 기준으로 제도를 제정하라고 명했다. 비록 지금은 조세권을 받을 만한 위치에 있지 않은 자라도 나라를 위해서 공헌했다면 인품을 고려해 조세권을 부여하겠다고 명한 것이니, 결국 호족들에 대한 배려였다.

경종이 즉위한 다음 해 십이월, 전시과가 완성 단계에 들어가 반포할 날만 남았다. 그런데 집정관 왕선이 태조대왕의 아들 천안 부원군을 죽이는 사건이 발생했다. 집정관으로서 상당한 권력을 손에 쥐고 있음은 물론이요, 경종의 부족한 세력을 뒷받침해주던 그였으나 그냥 넘어갈 일이 아니었다.

사실 경종은 왕선에게 참소당한 것에 대한 복수를 해도 좋다고 한 적이 있었다. 하지만 그것은 원칙에 어긋났을 뿐만 아니라, 당한 상대가 태조대왕의 아들이었다.

경종은 어쩔 수 없이 오른팔과 다름없는 왕선을 귀양 보내고 앞으로는 보복을 금지한다는 칙령을 내린 후, 서둘러 전시과를 반포하여 호족들을 달랠 수 있는 구실을 만들었다. 그러나 호족들의 불만이 잦아들 것이라는 경종의 예상은 빗나갔다.

경종은 즉위 당시에도 혼자 힘으로 험난한 시기의 정국을 끌고 가기에는 역부족이라는 사실을 잘 알고 있었기에 왕선을 집정관으로 삼았다. 그 왕선을 자신의 손으로 귀양을 보냈으니, 그만큼 세력이 약해졌다는 것을 의미했다. 무마책으로 서둘러 전시과를 발표하고 나서 해가 바뀌었음에도 호족들의 불만은 수그러들지 않았다.

경종이 힘 있게 권력을 움켜쥘 방도를 세우지 못했음에도, 겨울이 가고 봄도 지나 더위가 찾아오는 유월이 되었다. 날씨가 더워질수록 지방 호족들의 불만 또한 점점 달아올랐다.

경종은 답답한 마음을 활시위에 담아 날려 보내려는 마음에서 저녁 무렵에 궐내 활터를 찾았다.

궁인들과 활터로 가면서 보니 누군가가 이미 활을 쏘고 있었다. 시위를 당기는 폼이 보통 실력이 아닌 듯해 유심히 살펴보니, 화살마다 과녁에 명중하고 있었다. 이렇게 훌륭한 활 솜씨를 가진 사람이 누군가 궁금해서 자세히 보니 헌애였다. 멀리서 보아도 헌애의 아름다운 모습은 매혹적이었다.

전에 신정왕후의 궁에서 만났을 때의 모습이 잔영처럼 계속 남아, 동생이 아닌 여인으로 느껴지던 헌애였다. 경종은 좀더 가까이에서 보고 싶은 마음에 걸음을 재촉했다. 어느 정도 가까이 다가가자 인기척을 느낀 헌애가 황급히 고개를 숙였다. 경종이 빠른 걸음으로 다가가 말했다.

"괜찮다. 고개를 들고 활쏘기를 계속하려무나."

그러면서 살며시 손을 잡자 헌애의 볼이 발그스름하게 달아올랐다.

"이렇게 고운 손으로 쏜 화살이 모두 과녁에 명중되다니 대단한 실력이로구나. 곱디고운 손과 가녀린 몸매의 어디에서 그리 힘이 솟아나느냐?"

경종이 입에 침이 마르도록 칭찬하자 헌애는 몸 둘 바를 몰랐다.

"짐이 공연히 활쏘기를 하는데 방해를 한 셈이 되었구나. 하지만 이미 왔으니 어쩌겠느냐? 대신 우리, 활쏘기 내기를 하면 어떻겠느냐? 전날 치를 이겨 목검을 득한 솜씨이니 당연히 짐이 지겠지만, 네가 이리 활을 잘 쏘는데 진다고 해서 창피할 것이 무에 있겠느냐?"

그러자 헌애가 다시 얼굴을 붉히면서 대답했다.

"황공하옵니다, 전하. 하오나 어찌 소녀가 감히 전하와 활쏘기 내기를 할 수 있겠습니까? 부디 내기를 하자는 하명을 거두소서."

그러자 경종이 정색을 했다.

"짐은 절대 빈말을 한 것이 아니다. 짐은 진정으로 헌애와 시합을 해보고 싶구나. 말했듯이 짐이 질 거라고 이미 각오했으니, 괘념치 말고 최선을 다하면 된다. 그저 짐이 궁술로 한 수 배워보려는 욕심을 낸다고 생각하려무나. 그리고 내기에서 이기는 사람의 청을 지는 사람이 들어주면 어떻겠느냐? 짐이 이길 가능성은 극히 낮지만, 짐이 이기면 네가 짐의 청을 들어주고, 네가 이긴다면 무슨 청이든 들어줄 것이다. 어떠냐, 내기 품목이?"

그러자 헌애가 공손히 하답했다.

"그럴 리야 없겠지만 만일 소녀가 이긴다면 전하께서는 얼마든지 소녀의 청을 들어주실 수 있겠으나, 전하께서 이기셔서 소녀에게 청을 하신다 한들 미약하기 그지없는 힘으로 어찌 전하의 청을 들어드릴 수 있겠습니까? 소녀, 그 약속을 지킬 수 없을 것 같습니다."

그 말을 들은 경종은 만면에 미소를 띠었다.

"어찌 그리 마음이 고우냐? 짐과의 내기에서 이기면 청을 하면 될 것이고, 진다 한들 부족한 것 없는 짐이 무엇을 청할까 싶어 하자고 할 수도 있는 것인데, 약조를 지킬 수 없을 것 같으니 하지 말자는 그 마음이 너무 예쁘구나. 하지만 아무 걱정 말거라. 짐이 이길 리도 없거니와, 설령 이긴다 해도 네가 감당할 수 있는 것을 청할 것이다. 자, 그럼 시작하자꾸나."

그래서 둘은 각자 열 발씩의 화살을 쏘기로 했다. 그런데 불만을 토로하는 호족들이라고 생각하며 과녁을 맞힌 덕분인지, 경종의 화살이 모두 명중했다. 헌애 역시 모두 명중시켰다. 결국 화살을 모두 쏜 결과는 무승부였다. 그러자 경종이 말했다.

"다행히 짐이 체면을 지켰구나. 우리가 적도 아니거늘 굳이 승부를 가릴 게 무에냐? 비겼으니 서로의 청을 들어주면 될 것이 아니냐? 헌애가 먼저 말해보아라. 무엇을 해주면 좋겠느냐?"

경종이 청하라고 했지만 헌애는 선뜻 말을 꺼내지 못했다. 경종이 채근하자 헌애는 마지못해 입을 열었다.

"전하, 황공하오나 소녀에게 한 가지 청이 있기는 합니다. 언젠가 사냥을 가실 기회가 생기거든 소녀도 한번 데려가주소서. 소녀, 진심으로 사냥을 가고 싶습니다."

그러자 경종이 박장대소했다.

"기껏 짐에게 청한다는 것이 사냥에 데려가달라는 것이냐? 마음이 참으로 순박하구나. 짐은 네가 행여 어려운 부탁을 할까봐 마음을 졸였는데 말이다. 왜, 오라버니들이 데려가주지 않더냐? 하기야 여인의 몸으로 사내들과 어울려 사냥을 나선다는 게 쉬운 일은 아닐 터, 그래. 알았다. 한 번이 아니라 열 번이라도 데리고 갈 것이다. 자, 그럼 서로 비겼으니 짐도 청을 할 것이다. 들어주겠느냐?"

헌애는 한 번이 아니라 열 번이라도 데리고 가겠다는 경종의 대답이 기뻤다. 그리고 청을 들어달라는 경종의 말을 들으니 공연히 가슴이 콩닥콩닥 뛰는 것 같았다.

"하명하시면 소녀, 목숨이라도 드리겠습니다."

목숨이라도 주겠다는 헌애의 말을 들은 경종은 자신감이 생겼다. 그래서 시중을 들기 위해 따라나선 궁중 나인들이 모두 듣고도 남을 만큼 큰 소리로 외쳤다.

"목숨이라도 내어준다 했느냐? 짐에게 헌애의 목숨이 아니라, 헌애가 필요하다면 어찌하겠느냐?"

그러자 이제껏 경종을 똑바로 보지 못하던 헌애가 무슨 뜻인지 모르겠다는 표정으로 눈을 동그랗게 뜨고 쳐다봤다.

"짐은 헌애의 목숨이 아니라 헌애가 필요하니, 짐에게 시집와줄 수 있느냐는 말이다. 짐과 혼인해주려무나."

헌애는 놀란 나머지 무릎을 꿇고 머리가 땅에 닿도록 몸을 숙였다.

"전하, 어찌 소녀처럼 미약한 사람이 감히 전하와 혼인을 한다는 말씀입니까? 더 훌륭한 여인들이 많사온데, 과분한 명이시옵니다."

그러자 경종이 다가와 살며시 헌애의 손을 잡아 일으켰다.

"네 눈에는 더 훌륭한 여인들이 보이는지 모르나, 짐의 눈에는 너보다 더 예쁘고 훌륭한 여인들이 보이지 않는구나. 짐에게는 네가 가장 아름답고 예쁘고 마음씨 착하고 훌륭하다. 내 일찍이 너의 지혜로움과 용맹함, 슬기로움을 들어 알고 있었고, 전일 할마마마를 뵈러 갔을 때 미모 역시 빼어난 것을 보고 왕후로 맞아들일 마음을 가졌으나, 짐보다 더 좋은 배필을 만나게 해주고 싶어 차마 말을 하지 못했다. 하지만 요즘 짐이 너무 힘들구나. 청을 받아들여 곁에 머무르면서 지혜를 나누어 다오. 들어주겠느냐?"

경종이 부드러운 목소리로 묻자, 헌애는 얼굴을 들지 못하고 고개만 끄덕였다. 그런 헌애의 가슴속에서는 까닭을 알 수 없는 힘이 솟아오르고 있었다.

헌애와 경종이 그해 가을에 혼인하기로 하자, 황보 씨 가문의 행보가 빨라졌다. 이미 궁에 들어와 관직을 수행하고 있던 황보영랑과 황보철기가 서희와 자리를 같이했다. 경종과 헌애가 결혼하기 전에 조용한 나라를 만들기 위해서였다.

그들은 호족들의 불만을 잠재우기 위해 전시과도 발표했으니, 선왕대의 피바람을 다시 일으키지 않기 위해서라도 조심히 처신하는 게 좋을 거라고 그들을 설득하고자 했다. 그러니 중부 호족들 가운데에서도 영향력이 상당할 뿐만 아니라, 황보 가문과 인연이 깊은 서 씨 가문이 대신 나서달라고 청했다. 계속 시끄러우면 신라 귀족 출신들과 북방 호족들이 연합해서 중부 호족들을 제거하는 수밖에 없기 때문이다. 그러나 같은 호족들끼리 척지기 싫으니 원만하게 일이 처리되도록 서 씨 가문이 나서기를 바랐다. 서희는 그 말을 충분히 알아들었을 뿐만 아니라, 당연하다는 생각이 들었다.

그런 연유로 서희가 중심이 된 서 씨 가문이 나서서 설득한 결과, 차츰 호족들의 불평이 누그러지기 시작하더니, 헌애와 경종이 혼례를 올리기로 한 가을이 되자 그나마 평온해졌다. 물론 호족들은 광종의 칼날을 잊지 않았지만. 경종이 광종의 적자로서 왕위를 이어받았기 때문에 왕권에 관해서는 어떠한 이견도 제기할 수 없을뿐더러 자칫 왕권에 대한 도전으로 보일 수 있는 행위는 안 하는 것이 옳다고 생각했다. 그리고 태조대왕의 사랑을 듬뿍 받았던 왕후이자 광종의 장모이며, 경종의 외할머니이자 헌애공주의 할머니인 신정왕후 황보 씨가 궐내의 어른으로 자리하고 있다는 사실도 영향력을 끼쳤다. 후일에 어떤 계기가 생기면 그때 다시 권리를 주장하는 게 가문과 목숨을 보존하는 길이지, 마냥 맞서서 대항하다가는 멸문당할 수도 있다는 것을 알고 있었다.

어쨌든 겉으로나마 평온한 가운데 헌애와 경종은 혼례를 치렀다. 그것이 헌애와의 혼례로 인해 황보 가문이 나서서 노력해준 공이라는 것을 알고 있는 경종은, 안 그래도 사랑스런 헌애에게 더욱 사랑을 쏟으며 침소를 자주 찾았다.

매일이라는 말이 지나치지 않을 만큼 헌애왕후의 처소를 자주 찾는 경종이 왕후의 충언을 여지없이 받아들인다는 것은 모든 중신들이 알고 있었다. 그런데 헌애왕후의 충언 중에는 경종의 마음을 무겁게 하는 게 있었다.

경종이 헌애왕후와 혼례를 치른 지도 어느덧 두 해나 지났다.

그런데 그해 유월에, 송이 공봉관 합문기후 왕선이 경종을 정식 왕으로 책봉해 시중^{侍中}으로 삼고, 식읍 천 호를 가한 일이 있었다. 헌애와 혼인하기 전에 이미 송의 좌사어부솔 우연초와 사농사승 서소문이 와서 경종을 고려의 왕으로 책봉하고, 광록대부 검교대부 사지절현토주제군사 현토주도독 대순군사 식읍 삼천 호로 삼았는데, 그 후 외교상 가까워지자 송나라가 고려의 왕을 그만큼 더 신임한다는 것을 보여준 것이다.

송나라 사신이 왔다고는 하지만 그것은 낮 동안의 일에 불과했다. 하여 경종은 변함없이 헌애왕후의 침소를 찾았다.

　그런데 무슨 불만이 있어서인지 아니면 몸이 불편한 것인지, 그녀는 밝은 얼굴이 아니었다. 평소에 경종이 침소로 들면 갖은 애교를 부리며 어깨를 주무르는 등 자신이 할 수 있는 모든 방법을 동원해서 피로로 지친 경종을 위로해주던 그녀였다. 그런데 이 날은 아무런 말도 없이 경종을 맞이했다.

　그런 헌애왕후를 본 경종은 의아했다. 혹시 몸이 편치 않냐고 물으니 그렇지 않다고 대답했는데, 평소의 말투와 목소리 그대로였다. 경종은 혹 자신이 월경 일에 잘못 찾아온 것이 아닌가 하는 생각에 물어보았다. 그러자 헌애왕후는 고유의 매혹적인 웃음과 사내라면 누구라도 가슴이 설레고도 남을 비음이 섞인 목소리로 답했다.

　"전하, 소첩에게 그리도 관심이 없으십니까? 그것이 끝난 지 며칠이나 되었다고 그런 말씀을 하십니까?"

　대답은 평소의 헌애왕후와 다를 바가 없었다.

　그러나 헌애왕후가 왕을 맞이하고도 아무 말이 없는 건 다음 날도 마찬가지였다.

　경종은 왕후에게 분명히 뭔가 할 이야기가 있다는 것을 직감했다. 그래서 잠자리에 들기 전에 일부러 곤하니 약주를 한 잔 했으면 좋겠다고 하여 주안상을 들였다. 그리고 헌애왕후와 한 잔씩 주고받으며 말을 꺼냈다.

　"왕후는 도대체 무슨 일이 있기에 짐의 마음을 무겁게 하는 것이오?"

　"전하, 소첩의 우매함이 전하의 심기를 어지럽혔다니 드릴 말씀이 없습니다. 황공할 따름입니다."

　평소 같으면 미소가 가득한 얼굴로 대답했을 헌애왕후는 더 이상 이렇다 할 말이 없었다. 경종은 자신이 모르는 아픔이 있을 거라는 생각이 들어, 조급한 목소리로 물었다.

"왕후, 짐이 왕후의 심기를 불편하게 하였소? 짐의 마음이 무거워 이루 헤아릴 길이 없으니 연유를 말해주면 안 되겠소?"

그러자 헌애왕후가 고개를 숙이며 대답했다.

"전하께서 소첩의 심기를 불편케 하셨다니 당치도 않습니다. 단지 어렸을 적에 할마마마께 들었던 이야기의 끝부분에 대한 대답이 생각나지 않아서 고심하다 보니, 소첩이 전하의 심기를 불편하게 한 것 같습니다. 황공하옵니다."

경종은 그제야 근심을 걷고 웃음을 띠었다.

"할마마마라면 신정궁 할마마마를 말씀하시는 것 아니오? 도대체 무슨 이야기이기에 왕후의 얼굴이 그리 어둡단 말이오? 그 이야기를 해보시오. 짐이 끝부분에 대한 답을 해줄 수도 있지 않겠소?"

그러자 헌애의 얼굴이 금세 환해졌다.

"역시 전하의 고견은 소첩의 부족함을 채우고도 넘치십니다. 소첩은 전하의 현각^{賢覺}까지는 미처 깨닫지 못했습니다. 전하께서 그리 말씀해주셨으니, 가벼운 마음으로 이야기를 시작하겠습니다."

그러고는 특유의 매혹적인 미소를 띠었다.

"삼백여 년 전에 고구려라는 나라가 있었습니다. 고구려는 바이칼 호에서 요하를 건너, 송나라의 일부까지 차지했을 정도로 아주 넓은 땅을 가지고 있었습니다. 연개소문이라는 천하의 영웅은 고구려의 대막리지였습니다. 당시 왕이었던 보장왕은 연개소문의 뜻에 적극 동조하고 뜻을 같이했습니다. 백제와 동맹을 맺어 신라를 견제하고, 백제가 신라를 수중에 넣게 한 뒤, 백제는 바다를 통해 당을 공격하고 고구려는 육로를 통해서 공격하면 중원을 정복할 수 있을 거라는 원대한 뜻을 품은 연개소문과 보장왕은 배짱이 맞았던 것입니다. 그런데 신라의 김춘추라는 인물이, 당이 해로를 통해 백제의 서쪽을 치고 신라가 동쪽을 친다면 백제를 멸하는 것은 그리 어려운 일이 아니라고 계산했습니다. 이는 연개소문이 한 생각과 비슷한 것처럼 보이지만, 하나는 당을 치는 것이고 다른 하나는 당이 치는 것이니, 결과가 정반대였습니다. 그런데 마침 당나라에 온갖 비리에 연루되어 근신에 처해진 소정방이라는 장수가 있었습니다. 김춘추가 그를 찾아가서 뇌물로 매수한 결과 소정방은 당 고종에게 직소를 했고, 고종은 없어지면 좋을 장수가 전쟁에 나가겠다니 병사를 주어 밑져야 본전인 장사를 했지요. 그렇게 신라와 당은 함께 백제를 무너뜨리고 고구려를 멸망시켰음에도, 신라는 겨우 대동강 이남을 차지했을 뿐입니다. 왜 그랬는지, 저는 그것을 풀지 못했습니다.”

경종은 헌애왕후가 지금 무엇을 말하고 싶은지 알고 있었다. 경종이 송에 굽히는 것이 싫다는 뜻이었다. 그리고 지금은 거란이 세운 요나라가 사이에 있어 송이 가만히 있지만, 만일 요나라 없이 고려와 국경을 마주한다면 고려를 범하고도 남을 거라는 의미였다. 지금까지의 역사가 그것을 증명하고 있었다.

게다가 만일 신라, 백제, 고구려가 두루 친교가 있었다면 역으로 당이 신라와 고구려에 멸망당할 수도 있었다. 또한 거란이 세운 요나라가 차지하고 있는 곳은 고구려 땅의 일부였으며 그 후 발해가 자리했었고, 고려는 신라와 백제의 위치보다 조금 더 북쪽으로 올라와 있을 뿐이니 고구려가 신라를 치고 내려왔듯 거란이 내려올 수도 있었다. 헌애왕후의 말은 차라리 송을 버리고 거란과 연합하여 연개소문이 꿈꾸던 중원

정벌을 이루자는 뜻이었다.

　경종도 그런 생각을 못 하는 게 아니었다. 그러나 실로 답답하게도, 송의 문물을 최고인 것으로 여기고 그것을 받아들이는 일만이 고려가 살 수 있는 길인 양 여기는 중신들의 사고방식을 고칠 자신이 없었다. 그리고 거란은 단순히 오랑캐가 아니나, 같이 살아갈 사이라는 확신은 없었다. 변명 같지만 권좌를 지키고 있는 것도 선왕 덕분일 뿐 조치를 취할 힘이 없었다.

　경종이 스스로 답답해하는 것을 알았는지, 헌애왕후가 취기가 올라 발그스름해진 얼굴에 아름다운 미소를 띠우며 말했다.

　"전하, 소첩의 좁은 소견과 우매함을 용서하소서."

　그리고 술잔을 채우자 경종은 뭔가 아쉽기는 하지만 흡족한 표정으로 미소를 띠었다.

　"그래도 짐에게 그런 말을 해주는 사람은 왕후밖에 없구려. 고마운 일이나, 왕후의 고민을 지금 당장 풀어줄 수 없어 미안하기 그지없소이다. 하지만 짐이 그것을 풀지 못하고 죽으면 후손이라도 반드시 풀게 하리다."

　이후 둘에겐 더 이상의 말도 술도 필요 없었다.

　부부의 몸이 달아오르면 이 세상 그 무엇도 필요하지 않은 것이다.

4
왕자 송

경종과 헌애왕후의 사이가 주변에서 시샘을 할 정도로 열정적이다 보니 아이를 갖는 것은 당연한 일이었다. 헌애왕후가 회임을 하자, 경종은 거의 매일 밤 그녀의 침소를 찾았다. 그렇게 반복되는 생활 속에서 어느 날 헌애왕후가 경종에게 제안했다.

"전하, 송구한 말씀이오나 소첩의 아우 헌정에게 여인의 자태가 물씬 풍기는 아름다운 여인이라 말씀하신 것을 기억하고 계십니까?"

"그거야 짐의 진심을 말한 것인데 잊을 까닭이 있겠소?"

경종은 갑자기 그런 질문을 왜 하느냐는 듯이 보았다. 헌애왕후는 큰 결심이라도 한듯 굳은 표정으로 입을 열었다.

"전하, 황공하오나 지금도 전하의 생각이 그러시다면 아우 헌정을 왕후로 책봉하시는 게 어떨지요?"

경종은 전혀 생각지 못한 소리를 하는 헌애왕후를 이해하기 힘들다는 표정으로 바라보았다. 그러자 그녀는 무언가 각오를 한 표정을 지었다.

"이미 고려 왕실에서는 왕권을 강화하기 위해 족내혼을 추진했고, 치 오라버니 역시 전하의 권유로 문덕공주와 결혼했습니다. 덕분에 태조 대왕의 손자손녀들까지는 혼사가 마무리되었지만, 왕후의 후손인 아우 헌정은 아직 배필을 정하지 못한 실정입니다. 따라서 족내혼의 원칙을 지키고 전하의 권위를 높이자는 뜻에서, 또 거란과 송과의 관계를 푸는 데 도움이 되게 하기 위해서라도 헌정을 왕후로 맞아들이시는 게 좋을 듯합니다."

경종은 무슨 뜻인지 알겠다는 듯 고개를 끄덕였다.

"하지만 족내혼을 한다 해도 짐이 헌정과 혼인하는 것은 옳지 않은 것 같소. 짐은 이미 왕후를 맞아 더 없이 행복하거늘, 너무 과한 욕심이 아닌가 하오."

경종은 진심으로 헌애왕후를 사랑하고 있었으므로 그녀면 족하다고 생각했고, 그 마음은 변함이 없었다. 그러나 헌애왕후는 완고했다.

"그렇지 않습니다, 전하. 외람되오나 만일 헌정이 족내혼을 이유로 다른 왕족과 혼인한다면, 그만큼 전하의 힘이 분산되어 대업을 이루시 기가 어려워지지 않을까 우려됩니다. 비록 황보 가문이 큰 힘은 없다 하나, 선왕 전하의 왕후께서도 황보 가문 태생이요, 소첩 역시 전하를 모시고 있으며, 할마마마이신 신정왕후께서도 정신적 지주로 궁 안에 계십니다. 만약 헌정까지 왕후로 맞이하신다면 소첩의 가문은 그 영광 스런 성은에 몸 둘 바를 모를 것입니다. 하오니 이렇게 전하께 힘을 실 어 드릴 일을 마다하지 마십시오."

헌애왕후의 말이 맞았다. 헌정까지 왕후로 맞아들인다면 북방 호족은 더 이상 신경 쓰지 않아도 될 일이었다. 그것은 헌정이 신라 호족 출신인 욱郁 숙부나 기타 왕족과 혼인하는 것과는 큰 차이가 있었다.

그러나 경종은 마음이 내키지 않았다. 경종은 그 이유를 솔직히 털어놓았다.

"짐이 왕후의 마음을 모르는 게 아니오. 하지만 내키지 않는구려. 헌정이 미흡해서가 아니라, 짐에게 시집을 온다 해도 왕후를 사랑하는 것만큼 귀애할 자신이 없어서요. 아니 그보다는 짐이 자칫 헌정을 사랑하여 왕후를 잊게 된다면 슬플 거요."

경종은 헌애왕후를 사랑하는 마음을 잃고 싶지 않다는 심정을 그대로 드러내었다. 그러자 헌애왕후가 부드럽고 사랑스런 목소리로 대답했다.

"전하께서 소첩을 그리 귀애해주시는데 어찌 소첩이 그것을 모르겠습니까? 하오나 그것은 심려하실 일이 아닌 듯합니다. 제 아우 헌정도 바른 마음가짐을 가진 여인이라, 전하의 심기를 어지럽히며 투기를 하지는 않을 것입니다. 게다가 미모 역시 출중하니 전하를 즐겁게 해드리는 것은 물론, 피로를 풀어드릴 것입니다. 그리고 설령 전하께서 헌정을 소첩보다 사랑하신다 해도 대업을 이루시기 위함이니 소첩은 괜찮습니다. 소첩은 소탐하는 옹졸한 왕후는 되기 싫습니다. 또한 아무리 전하께서 헌정을 귀애하신다 해도, 소첩을 아끼시는 전하의 그 마음이 변하실리야 있겠습니까? 더하고 덜하고의 차이는 그리 중요한 것이 못 됩니다."

헌애왕후도 여인이다. 그런데 자신의 입으로 다른 여인을 맞아들이라 청하고 있는 것이다. 마음은 아팠지만 지금 자신의 욕심을 챙기고 있을 때가 아니라는 것을 누구보다 잘 알고 있었기에 아우 헌정을 비로 맞음으로써 왕권이 분산되지 않게 하라는 것이었다. 그래야 고구려 고토 수복의 꿈을 펼칠 수 있을 거라는 계산이었다.

헌애왕후가 적극적으로 권하자 경종은 헌정과 혼계를 치른 이후 송과 거란의 관계 유지를 위해 어찌해야 할지 그녀의 의견을 들어보고 싶었다.

"만일 짐이 헌정과 혼사를 치른다면, 그 후에 어찌하면 좋겠소?"

그러자 헌애왕후는 이제까지 수집한 정보와 일어난 일들을 바탕으로 설계한 계획을 펼쳤다.

"지난해 김부가 졸했을 때, 전하께서는 경순왕이라는 시호를 내리시어 신라 귀족들이 전하의 성은에 감복하도록 하셨습니다. 또한 경순왕의 여식인 헌숙왕후를 제일 비로 맞아들이신 덕분에 경주를 중심으로 한 신라의 귀족세력들은 이미 전하께 충성을 다하고 있습니다. 그리고 한동안 신라 부흥 운동을 한다던 무리들은 이미 이 땅을 떠나 여진 부락으로 갔습니다. 따라서 이 땅에 남아 있는 신라 출신들은 고려의 백성이라 해도 좋을 것입니다. 북방 호족들 또한 황보 가문의 힘으로 고려에 충성하고 있습니다. 게다가 황보 가문은 발해에 남아 있다가 거란에 합류한 장군들과 지금도 끊임없이 교류하며 우호를 다지고 있습니다. 그들은 고구려와 발해의 후손임을 자부하는 마음으로, 언젠가 고려와 거란의 관계가 정상화되는 그날을 위해서 뜻을 모으고 있는 것입니다. 게다가 고려와 여진보다는 거란과 여진의 관계가 더 원만한지라, 그들과 뜻을 합친다면 여진과의 관계를 다지는 것도 크게 어려움이 없을 것입니다. 결국 신라의 후손임을 자부하는 여진, 스스로 고려와 동족이나 마찬가지라는 거란과 뜻이 맞는다면, 송을 포함한 중원을 걱정할 필요가 없다는 것입니다. 오히려 그들과 힘을 합쳐 중원을 정복하고 그 옛

날 고구려의 영토를 차지할 수도 있을 것입니다. 사실 고려가 거란을 오랑캐라 부르는 이유는, 당시 거란이 발해를 거의 무혈로 합쳤다고 하여 태조대왕께서 멀리하라 하셨기 때문이 아닙니까? 그러나 다가올 날들을 위해서 반드시 관계 개선을 해야 할 것입니다. 물론 그렇게 되기는 어려운 일이요, 또 부단한 노력을 기울여야 하겠지만, 거란과의 관계만 원활해진다면 최소한 북쪽 국경만은 안정될 수 있으니 미룰 수 없는 일입니다. 그리고 고려는 거란을 멀리하고 있을지언정, 거란은 형제국이라 하여 고려에 매우 우호적입니다. 다만 한 가지, 중신들 중에 거란은 오랑캐요 송은 받들어 모실 나라로 생각하는 사람들이 많다는 것이 문제입니다. 그들의 생각을 바꿀 수는 없으니, 중신들을 한 명씩 바꾸어나가는 것이 더 손쉬울 것입니다. 그리고 소첩이 듣기로는, 고구려 출신 호족이나 중신들은 물론 중부 지방 출신들이 신라계 호족들에 비해서 상대적으로 거란의 중요성을 인식하고 있다고 합니다. 이제 경주 중심의 호족들은 바라는 만큼의 안정을 찾았으니, 거란과의 관계도 중요하다고 여기는 중부 지방의 호족들과 고구려 출신 호족들의 가문에서 사람들을 중용하시어 대업을 이루시면 될 것입니다. 단, 황보 가문이 전면에 나서면 자칫 중부 지방 호족들의 반감을 살 수도 있으니, 중부 지방 호족들 중 한 사람을 전하의 측근에 두시어, 직책의 고하를 막론하고 그와 모든 일을 상의하시는 게 옳을 듯합니다. 황보 가문을 대표하는 북부 호족들의 귀와 입 역할은 소첩이 열과 성을 다하여 차질 없이 수행할 것입니다."

경종은 헌애왕후의 계획대로만 된다면 요즘 자신의 마음을 무겁게 하는 거란과의 관계를 해결하는 데 상당히 도움이 되리라는 생각이 들었다. 비록 그 일을 쉽사리 할 수 있을까 하는 의구심이 들기는 했지만, 그렇다고 시작도 안 해볼 수는 없는 노릇이었다.

눈에 넣어도 아프지 않을 헌애왕후를 지금보다 조금이라도 멀리하게 될까봐 심기가 편치는 않았으나, 그녀의 말대로 대의를 위해서 마음의 상처는 접어두어야 할 것이다. 경종은 헌정을 왕후로 맞이하기로 하고, 길일을 잡아 혼례를 치르리라 마음먹었다.

경종은 헌정을 왕후로 맞아들임으로써 전례에 없이 자매를 왕후로 맞아들이는 셈이 되었다. 그것도 북방 고구려계의 가장 막강한 호족인 황보 가문의 피를 이어받은 자매를 말이다.

헌정까지 왕후로 맞아들인 그해 끝 무렵, 이전에는 발해였으나 지금은 경계가 불분명한 고려와 거란의 국경 땅에 살고 있던 유민들 수만 명이 고려에 귀환했다. 경종은 이 모든 것이 헌애왕후의 충언을 받아들인 결과라고 생각하며, 대업을 이루기 위해서 세밀하게 준비를 해나가고 있는 작금의 일들을 돌아보았다.

경종은 새로운 인재들을 발굴하여 측근에 두고 세력기반을 튼튼히 했다. 그리고 나아가서는 현재 진행되고 있는 송과 거란의 외교 관계에 대한 새로운 판을 짜기 위해서, 그들과 가까이 지내며 여러 가지 당면한 정책들을 논하고 늦게까지 시간을 보냈다. 그러자 항간에서는 왕이 중신들을 멀리하고 소인들을 가까이 하여 밤늦게까지 유희와 오락, 음주에 열중한다고 끊임없이 험담이 나돌았다. 뿐만 아니라, 왕이 정사를 팽개치고 엉뚱한 잡기에만 열중한다고도 했다.

그러나 그렇지 않다는 것을 왕 스스로 말할 수도 없는 노릇이었다. 새로운 정책을 도모하여 현재의 외교 판도를 바꾸고자 한다는 사실이 알려지면 송과의 외교 마찰이 일어날 것은 물론이요. 송이 최상인 줄 아는 무리들이 가만히 있지 않을 것이다. 어느 정도 준비가 된 후에 알리는 게 순서였다. 그리고 반대 세력이 미처 반기를 들기도 전에 시행해야 했다.

물론 서희를 비롯한 일부 중신들은 왕이 지금 무엇을 준비하고 있는지 알고 있었으나, 뜻하신 바를 이루려 하시니 신하된 도리로 별다른 하명이 있을 때까지 지켜보자는 입장이었다. 하여 그들 역시 구체적으로 험담에 반박할 수도 없는 노릇이었다. 결국 언젠가는 모두 알 일이었다. 다만 그 시기가 문제였다.

경종이 시기에 대해 고민하고 있는데, 헌애왕후의 궁에서 전갈이 왔다. 그러지 않아도 아침나절에 산통이 시작됐다는 소식을 듣고, 초조한 마음에 입맛이 없어 점심 수라도 거르다시피 한 경종이 벌떡 일어났다.

"전하, 감축드리옵니다. 왕자 마마를 순산하셨습니다."

"그래? 왕자라고?"

경종은 기뻐 어쩔 줄을 몰랐다. 체통도 잊은 채 안절부절못하던 그는 이내 명했다.

"내 이러고 있을 때가 아니다. 왕후에게 갈 것이니 채비를 하여라."

경종은 작금의 머리 아픈 일들을 모두 잊고 헌애궁으로 한달음에 갔다.

경종이 들어서자 헌애왕후가 일어나려 했다. 경종은 이를 말리며 말했다.

"아무리 왕후가 여장부라 할지라도 왕자를 낳고 어찌 바로 일어나려 하시오? 그냥 누워 계시오. 정말 수고하셨소. 후손을 보는 것만 해도 기쁘거늘, 왕자를 생산해주다니 이보다 기쁜 일이 없구려. 역시 왕후는 내 최고의 보물이오."

헌애왕후는 산고에 지친 자신보다는 경종이 걱정됐다.

"전하, 용안이 많이 수척해 보입니다. 정무도 중요하지만 옥체를 보존하시는 게 우선이니, 부디 건강을 챙기소서. 다른 일들은 옥체를 보존하신 연후에 하셔도 늦지 않습니다."

"물론이오. 짐이 오래 살아야 갓 태어난 우리 왕자가 무사히 보위에 오를 것이며, 왕후와 함께 대업을 이룰 수 있을 게 아니오? 하니 아무 염려 말고 몸을 추슬러 함께 머리를 맞대고 일을 풀어갑시다. 다행히 왕후가 추천해준 좌승 서희 대감이 심혈을 기울여 도와주는 덕분에 아직은 이렇다 할 탈 없이 잘 진행되고 있소. 이제 머지않아 그 윤곽이 완성될 것이고, 그리되면 중신들 앞에도 드러낼 것이오. 그러면 짐에 대한 험담들은 모두 사라지겠지요."

경종은 껄껄 웃으며 자신을 두고 수군거리는 말들을 떠올렸다.

"비록 지금은 심기가 상하시더라도 인내하셔야 합니다. 하지만 전하의 말씀대로 윤곽이 중신들 앞에 드러나면 모두 전하를 우러러볼 것입니다. 소첩 역시 빨리 몸을 추슬러 전하를 모시고 그날을 함께하고 싶습니다."

헌애왕후는 하루라도 빨리 자리에서 일어나, 중신들의 음해를 받아가면서까지 자신의 충언을 받아들여 일을 추진하고 있는 경종을 도와주고 싶었다. 설령 도와주지 못한다 해도, 최소한 곁에서 중신들의 오해로 힘들어하는 경종의 마음이나마 위로해주고 싶었다.

그러나 현실은 헌애왕후의 바람과 다른 방향으로 가고 있었다.

헌애왕후의 왕자 생산이 준 기쁨이 채 가시기도 전에, 내의영 최지몽이 왕승 등의 모반을 변고했다.

왕승 일당은 처음에 경종이 현신들을 멀리하고 소인들과 어울려 오락과 유희에 열중한다고 비하하고 다녔다. 그러나 세상에 비밀은 없는 법. 그들은 곧 경종이 신진 세력을 유입하여 세력을 구축하고, 그들과 더불어 외교 관계의 획을 새로 긋는 계획을 세우고 있다는 것을 눈치 챘고, 그것이 송을 주군국으로 섬겨야 한다고 주장해오던 자신들의 앞날에 먹구름을 띄울 거라 잘못 판단했다. 경종은 다만 외교의 방향을 틀어 동조하고 따라오는 중신들은 그대로 중용하고, 그러지 않는 중신들은 새로운 사람으로 바꿀 작정이었지, 대대적인 숙청을 하고 싶지는 않았다.

그러나 왕승 일당은 이미 광종의 칼을 맞은 뒤라 그런지, 왕이 추구하는 노선에 반대했던 신하들이 죽음을 맞을 거라 겁을 먹었고, 앉아서 당할 바에는 경종을 내몰고 새로운 왕을 세우자고 모반을 계획했다. 물론 최지몽이 사전에 역모를 발고하는 바람에 불발로 그쳤지만, 그 사건이 준 파장은 이루 말할 수 없었다.

결국 경종은 왕승을 처벌하던 날 쓰러져 눕고 말았다.

백성을 올바르고 편안하게 이끌어가기 위해서 일하는 게 최우선이라고 여겨 밤낮을 가리지 않고 정무에 몰두하면서 때가 되면 모두가 알게 되리라는 신념 하나로 비난의 화살을 이겨낸 경종이었다. 그런데 중신인 왕승이 모반을 계획했다는 것에 모든 의욕을 잃었고, 그 일파를 처벌하고 나자 삶이 허무할 뿐 낙이 없다는 생각이 들며 그동안의 피로가 한꺼번에 밀려와 쓰러진 것이다.

새로 태어난 왕자가 막 옹알이를 하는 모습을 보면서도 경종은 자리에서 일어나지 못했고, 병세는 더 깊어만 갔다.

해가 바뀌었다. 헌애왕후가 낳은 왕자 송은 이제 첫 돌이 지나 아버지의 얼굴을 알아보았고, 방긋 웃음을 지으며 두 팔을 벌리고 한두 발자국을 뗄 수 있게 되었다. 그 무렵 경종은 병이 깊은 것을 스스로 느낄 수 있었다.

경종은 중신들 중 고명대신이 될 만한 신하들과 처남이자 매제인 개령군 치를 침소로 불렀다.

"한 번 나면 죽는 것은 현철한 이도 피하기 어렵고, 수명의 길이는 어찌할 수 없는 일이오. 짐이 병이 깊어 중책을 놓았으므로, 병을 물리치고 건강을 회복하기를 바라며 어진 이에게 양위함으로써 근심을 풀까 하오. 개령군 치는 태조대왕의 적손이며 짐이 믿는 자이니, 능히 조종의 대업을 받들고 국가의 창기를 보전할 수 있을 것이오."

결국 치를 뒤이을 왕으로 삼으라고 내선을 명했다. 경종은 주변을 모두 물리고 성종으로 즉위할 치만 남게 했다. 그리고 가까이 오라 한 후 입을 열었다.

"짐의 처남이자 매제인 개령군에게 내선하게 되어 그나마 다행이오. 게다가 할마마마께서 아직 정신적인 지주로 함께허주시니 안심이오. 단 하나 마음에 걸리는 일이 있다면, 트집 잡기 좋아하는 중신들 중 일부가 아직 어린 왕자 송이 엄연히 살아 있는데도 개령군이 보위를 이어받는다는 게 말이 안 된다고 할 거라는 것이오. 그 때문에 개령군의 심기가 상할 수 있다는 생각이 드오. 그래서 짐이 부탁하오. 우리 송 왕자를 보호해주시오. 중신들이 송 왕자를 빌미로 개령군이 보위를 이어받는 게 옳지 않다고 반발을 하면, 혹 왕으로서 정무를 수행하는 데 송 왕자가 방해가 된다는 생각에 걸림돌로 느껴질 수도 것이오. 처남 매부지간이니 툭 터놓고 말씀드리겠소. 왕가에선 걸림돌이 된다 싶으면 제거하는 게 통례이지 않소? 하지만 부탁이니, 어린 송을 반드시 보호해주시구려."

치는 몸 둘 바를 몰랐다. 비록 잘못된 통념이기는 하나 경종의 말이 당연한 이치로 받아들여지는 것이 왕가였다. 걸림돌이 되는 상대를 제거하지 못하면 자신이 제거된다. 그것을 알고 있는 경종이 걱정하는 건 당연했다.

"전하, 그런 말씀을 하시니 소인이 몸 둘 바를 모르겠습니다. 이 자리에서 감히 전하께 약속을 드리건대 송 왕자는 반드시 지킬 것입니다. 전하께는 아드님이지만 제게는 조카입니다. 그것도 제 누이인 헌애왕후께서 낳으신 조카입니다. 한데 어찌 소인이 송 왕자를 해하리라 생각하십니까? 결코 오늘의 약조를 어기지 않을 것이니 걱정하지 마십시오. 그리고 만일 소인이 아들을 낳는다면 그 아들에게 일러 송 왕자를 지키게 할 것이며, 만일 아들을 얻지 못한다면 반드시 보위를 송 왕자에게 돌려줄 것이오니 심려 마소서."

치는 진심으로 말했다. 그러자 경종이 말했다.

"말이라도 고맙기 그지없구려. 말로만 끝나지 않기를 진심으로 바라오. 짐이 이 세상에서 떠나갈 때를 알기에 보위를 누구에게 물려주어야 하는지를 고민하다가 개령군을 선택한 가장 큰 이유는, 처남이 신정 할마마마의 손자라는 것이었소. 송에게는 외삼촌이자 내게는 처남이자 매제이니 송을 반드시 보호해줄 거라 믿었소. 그리고 황보 가문의 전폭적인 지지를 받을 수 있다는 이유도 있소. 아시다시피 아직 고려의 왕은 호족들을 무시할 수 없기 때문이오. 그리고 마지막으로, 처남이야말로 고려를 가장 잘 이끌어나갈 사람이오. 처남은 일찍 부모를 여의고 신정왕후이신 할마마마께 교육받으며 자랐고, 짐은 그 과정을 헌애왕

후에게서 엿볼 수 있었소. 그건 고구려의 기백이 살아 있는 교육이라는
게 한눈에 보였소. 고려가 나아갈 길이 그 교육 안에 모두 들어 있었다
고 해도 과언이 아니었소. 게다가 금상첨화로 황보 가문은 중부 호족들
과도 가까이 지내고 있소. 특히 좌승 서희의 집안과 절친하니 큰 힘이
될 것이오. 짐에게도 헌애왕후와 그의 의견이 많은 도움이 되었소. 그
러니 부디 짐의 뜻에 따라 고려를 잘 이끌어주시오. 또한 헌애왕후와
헌정왕후 역시 잘 지켜주시오. 욕심이 과해 헌정왕후를 맞이하고 몇 해
지나지도 않았는데 이리 되었으니 부탁드리겠소. 그리고 헌애왕후는
총명하고 미모도 뛰어나 어느것 하나 흠잡을 것 없는 여인이건만 짐이
박복하여 먼저 세상을 떠나니 부디 잘 부탁하오."

경종은 고명대신들 앞에서 아꼈던 말들을 치에게 털어놓았다. 경종
을 보는 치의 마음도 편치는 못했다. 그러나 경종의 뜻을 받들어 나라
를 잘 다스리고, 그의 아들 송 왕자와 누이들을 잘 돌코리라고 다짐하
는 수밖에는 없었다.

경종이 지금 얼마나 송 왕자와 헌애왕후를 걱정하는지, 치는 잘 알고
있었다. 만일 누군가가 치가 보위에 오르는 것을 문제 삼고 나서서 역
모를 꾸민다면, 반드시 송 왕자를 앞세워 모사를 꾸밀 것이다. 그러면
누가 주동을 했든 송 왕자는 처벌을 피할 수 없을 것이며, 그 어미인 헌
애왕후에게도 여파가 미칠 것이다. 지금 경종은 그것을 염려하고 있었
다. 치는 그 마음을 백번 헤아렸다.

"전하, 거듭 천지신명과 조상님들 앞에서 맹세하건대, 전하의 아드님
이며 소신의 조카인 송 왕자와 누이인 헌애왕후를 다치게 하는 일은 결
코 없을 것입니다. 뿐만 아니라 행여 누가 그 두 분에게 누명이라도 씌
울라치면 결코 좌시하지 않을 것이니 마음을 놓으십시오."

그렇게 천지신명과 조상들 앞에서 두 번이나 거푸 맹세하는 개령군을 보니 어느 정도 안심이 되었는지, 경종은 그만 가도 좋다고 했다. 개령군은 물러나오며 경종 앞에서 한 맹세를 자신이 꼭 지킬 수 있도록 해달라고 천지신명께 간절히 기도드렸다. 그리고 오늘의 이 맹세를 잊어서는 안 된다고 스스로에게 다시 한 번 단단히 일렀다.

　개령군 치가 나가자 경종은 헌애왕후와 서희를 들라 명했다. 그리고 두 사람을 앉힌 자리에서 말했다.

　"짐이 죽고 나면 왕후는 우선 궁을 떠나 사가로 가시오. 이미 짐이 개령군에게도 당부했지만, 개령군이 보위에 오르는 것을 못마땅하게 생각하는 자들이 송 왕자를 이용해 역모를 꾸미려 할 수도 있소. 그리되면 아무리 개령군에게 당부했다고는 하지만, 송 왕자는 물론 왕후 역시 안전을 보장할 수 없으니, 아예 그런 사건에 연루되는 것을 방지하기 위해서라도 황주로 가야 하오. 그리고 궁에서 나온 사람과는 되도록 접촉을 피하시오. 공연한 오해를 불러일으킬 수도 있소. 대감께서는 짐을 보아서라도 왕후와 송 왕자를 지켜주시오. 그런 움직임이 있다는 것을 감지하면 즉각 왕후에게 연락을 취해서 연루되는 것을 사전에 막아줘야 하오. 또한 왕후가 황주에 가 있더라도 편의를 보아주시오. 대감은 짐이 이루려던 일에도 충성을 다했을 뿐만 아니라, 황보 가문과의 친분을 생각해보더라도 짐이 부탁할 가장 적당한 사람이니, 부디 황보 가문과 긴밀히 협력하여 왕후와 송 왕자를 지켜주시오."

　서희는 머리가 바닥에 닿도록 몸을 굽혔다.

　"전하, 소신은 전하의 명을 목숨 바쳐 수행할 것이니 아무 염려 마시고 쾌차하소서."

그러자 경종은 힘들게 미소를 지었다.

"고맙소. 하지만 쾌차를 바라지는 마시오. 짐도 마음대로 세상에 왔다 갈 수 있다면 떠나고 싶지 않구려."

경종이 한 말에 서희가 눈물을 흘리며 헌애왕후를 남겨놓은 채 침소를 나섰다.

그날 밤, 헌애왕후는 경종의 침전에서 보냈다. 병으르 쇠약한 경종이었지만 헌애왕후와 힘들게 부부의 사랑을 나눴다. 경종은 헌애왕후의 품에 안기듯 누웠다.

"왕후의 성정이 여장부 같고 가끔 조급하다는 것을 알지만 사리판단이 정확하기에 걱정은 하지 않소. 제발 짐이 떠난 후예도 서두르지 마시오. 개령군이 하는 일들이 마음에 들지 않거나 잘못되었다고 판단하더라도, 그것을 고치려고 서두르거나 개령군의 마음을 상하게 하는 건 좋지 않소. 잘 보면서 때를 기다리시구려."

그리고 잠시 말을 끊었다가 다시 이었다.

"곧 왕후의 곁을 떠날 이 못난 부군이 두 가지만 부탁하겠소. 첫째로, 앞으로 짐이 얼마나 더 살지는 모르겠지만, 그때까지 짐의 친전에 머물러 주시구려. 둘째로, 제발 참으시오. 반드시 때가 올 것이오."

그리고 경종은 잠이 들었다.

사랑하는 여인의 품 안에서 잠든 경종의 모습을 보던 헌애왕후는 경종이 차라리 평민이었으면 좋았을 거라는 생각에 흐르는 눈물을 멈출 수가 없었다.

결국 열흘을 채 넘기지도 못하고, 경종은 눈에 넣어드 아프지 않은 헌애왕후의 품에서 세상을 떠났다.

5

김치양

경종이 죽자 내선을 받은 개령군이 즉위식을 하기도 전에 우려했던 일들이 현실로 나타났다.

경순왕이 죽음으로써 중심축이 잠시 빈 틈을 타, 신라 왕족인 김 씨 가문에서 그 대신 중심이 되기 위한 움직임을 빨리 했다. 그들은 가문회의를 한다는 핑계로 모였다. 그리고 왕의 적자가 없다면 모르지만 그 것도 아닌데 성종이 내선받았다는 것은 말도 안 되는 일이며, 왕자가 어려서 즉위할 수 없다면 당연히 태조대왕과 신성왕후 김 씨 사이에서 태어난 안종 욱㶇이 즉위해야 한다고 주장했다.

그러나 경순왕의 백부이자 태조 왕건의 제오 비인 신성왕후의 아버지 김억령의 후손인 김무는, 이미 정해진 일을 뒤엎을 수는 없으며 상대는 북방 최고 세력인 황보 가문을 등에 업고 있어 맞붙는다 해도 결코 이길 수 없는 싸움이 될 것이니, 차라리 조용히 앉아서 실속이나 챙기자고 무마시켰다.

성종은 경종이 안종 욱이 살아 있음에도 왜 후계자로 자신을 택했는지 알고 있었다. 되살아나려는 신라의 망령을 잠들게 하라는 뜻이었다. 그리고 신라 왕실의 후손들이 한 회의에서 경종이 예측한 대로 송 왕자의 이름이 거론된 것을 보고 서둘러 헌애왕후와 송, 헌정왕후를 사가로 보내야겠다고 생각했다. 그래서 두 왕후를 불러들였다.

"짐의 두 왕비인 문덕왕후와 문화왕후가 묵을 궁이 없으니, 미안하지만 궁을 비우고 사가로 가는 것이 좋을 듯하다. 그리 해줄 수 있겠느냐?"

헌애왕후는 경종에게서 들은 말도 있고, 사냥과 므예를 좋아하니 쾌히 황주로 가겠다고 했다. 그러나 어려서부터 할머니의 치마폭에 휩싸여 지내던 헌정왕후는 달리 대답했다.

"왜 굳이 궁을 나가야 합니까? 정히 그러시다면 할마마마가 머무시는 신정궁에 머물면 되지 않습니까?"

헌정왕후가 싫다는 뜻을 노골적으로 비추자 헌애왕후가 대답했다.

"그것은 옳지 않네. 우리는 선왕의 비이고, 지금은 오라버니께서 왕이시니 궁을 비워주는 것은 당연하네. 하니 아우도 나와 함께 황주로 가야 하네."

헌애왕후의 말에, 성종 또한 그곳은 웬만한 바람은 근접을 못할 곳이니 그게 좋겠다는 생각으로 말했다.

"그렇게 하거라. 자매끼리 의지도 될 테고 말이다."

그러나 그 속내를 모르는 헌정왕후는 개경에 머물겠다고 주장했다.

"정 떠나야 한다면 저는 왕륜사 근처의 사가로 보내주세요. 그래야 할마마마라도 자주 뵙고 살지요."

하기야 헌정왕후에게는 자식이 없으니 위험도 덜할 터, 성종은 각자의 생각대로 하도록 허락해주었다. 그러나 그 허락이 훗날 무슨 일을 만들어낼지 아는 사람은 없었다.

다음으로 성종은 새로 왕이 된 자신의 권위를 세우고 태조의 적자임을 모두에게 인식시킴으로써 왕위 계승자의 적서논쟁으로부터 벗어나야 한다고 생각했다. 그것이 자신을 위하고 고려의 왕실과 나라를 지키는 길이었다. 그러나 자신이 북방 황보 가문의 피가 섞인 사람이라 남방 호족들의 반발이 거센 이상, 남방 호족 중 가장 믿을 만한 사람을 중용해서 그 해법을 찾아야 했다. 그 사람은 결코 김 씨 가문이 아니어야 했다. 그래서 최승로를 택했다. 최승로는 신라 육두품 출신으로, 신라에서 한계가 있었던 신분이 고려로 오면서 상승했으니 무조건 충성할 사람이었다.

성종이 선택한 방법은 북방 호족들과 세력다툼을 벌이고 있는 신라 귀족들을 속속들이 알아내, 그들 중 포용할 사람은 하고 칠 사람은 치는 것이었다. 그러나 최승로가 태조 왕건 때 신라가 항복함으로써 아버지와 함께 고려로 귀순하여 일찍부터 중앙 관료로 활약했으며, 유학을 숭상하는 학자라는 사실이 훗날 고려에 어떤 영향을 줄 것인가를 미처 생각하지 못했다.

최승로와 여러 가지로 논의한 끝에, 성종은 우선 아버지인 왕욱을 태왕으로 추존하고 묘호를 대종이라 했다. 왕욱 역시 태조의 아들이라 살아 있었다면 이번에 왕이 되었을 것이므로, 자신은 왕의 아들로서 보위에 오르는 것이 합당하다는 뜻이었다. 그리고 경관 오품 이상의 대소 신료들에게 지금 시행되고 있는 정치의 장단점에 대한 개혁 방안을 올리라고 명했다. 그렇게 명한 이유는 대신들의 뜻을 들어보고 잘못된 것을 개혁하자는 의미도 있었지만, 성종이 왕이라는 것을 신하들의 머릿속에 심어주는 것에 더 의의가 있었다.

그 결과 여러 가지 의견이 나왔고, 최승로는 그것을 시무 28조로 만들어 왕에게 올렸다. 시무 28조에는 이미 성종이 금지시킨 팔관회와 연등회가 국가의 힘만 낭비하는 것이므로 금해야 한다는 조항이 들어 있어, 신라 육두품들이 성종의 정책에 힘을 실어주고 있었다.

시무 28조를 통해서 내적으로 어느 정도 기세를 잡았다고 생각한 성종이 다음으로 결심한 일은 송으로부터 공식적으로 왕이라 승인받는 것이었다. 당시의 신료나 호족들 중 신라 출신들은 특히 송에 대한 경의가 대단해서, 송이 성종을 공식적으로 승인하면 이의를 달지 않을 것임이 뻔했다. 그래서 성종은 그해에 시랑 김욱을 사신으로 보내 자신이 즉위했다는 사실을 알렸다. 그러나 그것은 알렸다고 하기보다는 아랫사람이 윗사람에게 보고했다는 표현이 어울리는 것으로, 국가 간의 일이 아니라 왕과 제후 사이의 일처럼 보였다. 그렇게 저자세인 고려를 송이 마다할 이유가 없었다. 그래서 송의 황제가 호보한 내용은 차마 입에 담기도 부끄러운 것이었다.

「보낸 표문을 살펴보니, 고려의 왕이 지난해 칠월 중에 세상을 떠나 나라의 일을 신에게 주관하게 했다는 것을 자세히 알았노라. 문득 형제의 상사를 당하게 되었으니 슬픈 마음이야 오죽하겠느냐? 시기를 보아 사신을 명하여 따로 은총을 가할 것이다.」

이것은 부모가 자식에게 보내는 글과도 비교되지 못하는, 왕이 특은을 베푸는 신하에게 내리는 왕지^{王旨} 같은 것이었다. 신이 인간에게 내릴 때만 쓰는 '은총'이라는 단어까지 거침없이 쓰고 있었다. 그것도 당장 인정해주는 것이 아니라, 시기를 보아 베풀겠다는 것이다.

몸은 개경에서 멀리 떨어져 있지만 마음은 그곳에 있는 헌애왕후는, 황주에서 이 모든 소식을 듣고 있었다. 당장이라도 달려가 성종에게 묻고 싶었다. 부군께서 그리 하라고 왕위를 물려준 줄 아느냐고 소리라도 지르고 싶은 심정이었다.

팔관회는 종교행사로 볼 수도 있지만, 일 년 농사를 잘 지어 곳간을 채워준 지역 백성들에게 고맙다는 인사를 하기 위해 잔치를 베푸는 풍습이었다. 그런데 송의 왕 따위에게서 치욕적인 왕지를 받은 것을 무슨 자랑인 양 여기고 있다니.

고구려 시대부터 신라와 발해의 남북국 시대가 지나도록 대동강 이북에서는 그 누구도 감히 범할 엄두도 내지 못하는 황보 가문을 등에 업었으면서 그깟 신라 호족들이 뭐가 그리 무서워 비위를 맞추고 송나라에 벌벌 떠는지, 헌애왕후는 당장 개경으로 달려가고 싶었다.

그러나 경종이 서거하기 전에 참고 기다리면 반드시 때가 올 거라고 한 게 생각나 참느라고 애먹었다. 참다 보면 정말 때가 올지 안 올지는 모르지만, 사랑했던 선왕과 자신을 위해서 그가 유언처럼 남긴 말을 차마 거부할 수 없었다.

그러나 날이 갈수록 뭔가 행동으로 옮기지 않으면 경종의 공들을 허사로 만들 것 같았다. 아니 이미 허사가 되고 있었다.

헌애왕후는 자신이 대신해서라도 경종이 하고자 했던 일들을 해야겠다고 결심했다. 그러기 위해서는 우선 사람들의 마음을 한곳으로 모아,

경종의 뜻을 설명하지 않고도 단번에 알릴 수 있는 상징이 필요했다. 그것은 단군왕검과 해모수 그리고 고주몽의 제사를 지내며 자신이 기거할 새로운 터전이라고 생각했다.

헌애왕후는 천 년의 세월이 흐른 후에라도 반드시 이루어야 할 일을 하는 곳이라는 의미로 그곳을 천추전千秋殿이라고 이름 짓고, 신정왕후의 사가 바로 곁에 축조하기 시작했다. 제사를 지내는 제전은 되도록 고구려 양식에 따라 널찍하게 만들고, 자신과 아들 송이 기거할 거처는 아담하고 예쁘게 꾸미기로 했다. 경종이 말했던 때가 올지, 아니면 이곳에서 조상들에게 제사를 지내다 생을 마감할지는 모르지만, 때가 오지 않을 때를 대비해 거처로 삼을 수 있어야 한다는 생각으로 지었다.

천추전에 대한 설계를 마친 헌애왕후가 봄이 오면 공사를 시작하리라고 마음먹은 정월, 최승로가 문하시랑평장사로 임명되었다.

그 소식을 들은 헌애왕후는 성종의 속내가 무엇인지 알 수가 없었다. 팔관회를 파하고 그것도 모자라 송에서 굴욕적인 왕지를 받고, 그리고 최승로 같은 유학자를 중용한다는 것은 분명 유학을 이 나라의 근본이념으로 삼고자 한다는 것인데, 그 저의가 궁금할 뿐이었다. 정녕 신라 호족들이 두려워서 그런 것인지, 아니면 우선 그들의 요구를 들어주고 뜻을 좇아 행하는 것처럼 하면서 완전히 포용할 수 있는 때를 기다리는 것인지 알 수 없는 노릇이었다.

소견이 좁은 것인지는 알 수 없으나 신라계 세력을 너무 키워주었다가 그들이 한 지방을 지배하는 제후의 존재를 넘어 중앙의 세력조차 좌지우지할 수 있는 위치에 이르는 게 아닌가 하는 우려를 지울 수 없었다.

아울러 북방의 호족들도 걱정되었다. 북방 호족들은 신정왕후와 대종 왕욱은 물론 선대왕인 광종의 비와 선왕인 경종의 비가 황보 씨요, 성종 역시 황보 가문과 혈연지간이라는 자긍심 하나로 상대적으로 당하는 불이익을 감수할 뿐만 아니라, 중앙에 진출해 있는 북방 호족 계열 관리들도 되도록 목소리를 낮추고 지냈다. 그런데 신라계로 대변되는 남방 호족들의 세력이 지나치게 커진다면, 왕이 아무리 북방 호족과 연이 깊다고 해도 균형이 깨지고 말 것이다. 아직까지 고려 왕권은 확고히 중심을 잡은 것이 아니기 때문에 지방 호족들 간의 균형이 깨지는 것은 종사를 위태롭게 할 수도 있다.

성종 역시 그 정도는 충분히 알고 있을 것이다. 그러나 아는 사람이 행동하는 것으로 보이지 않았다.

헌애왕후는 금명간 송 왕자를 데리고 성종을 만나보리라고 마음먹었다. 이제 네 살이 되어 제법 의젓하게 걷고 말도 잘하는 아들 송을 오라버니에게 보여주는 것도 여러 가지 의미가 있을 것이며, 천추전을 짓겠다는 이야기도 해두는 편이 나을 것 같아 찾아갈 필요가 있었다.

그러나 그런 헌애왕후의 생각을 싹 가시게 하는 사건이 일어났다.

최승로가 문하시랑평장사로 임명되던 그해 삼월, 송의 황제가 대중대부 광녹소경 이거원과 조의대부 장작소감 공유에게 성종을 왕으로 책봉한다는 왕지를 들려 보냈다. 시간을 내어 은총을 가한다더니, 그 말투며 내용이 가관이었다.

　　「권지 고려 국사 왕치는 봉혈에 화를 나누었으며, 반도가 함께 빼
　　어난 듯 성운의 정기를 받고 짐과 시대의 영재를 이루었도다. 또
　　한 문무의 겸재에 힘써 더욱 세덕을 빛나게 했으니, 관계 훈작을

아울러 주며 고려 국왕으로 봉한다.」

이것은 그들이 왕을 임명하겠다는 것이지, 외교적인 관례에 의한 것이 아니었다. 헌애왕후를 더 괴롭힌 것은, 그 왕지를 받아 들고 감격하는 모습이 눈에 선히 그려지는 성종의 화답이었다.

「불초한 짐이 은총을 입게 되었다. 이미 한 몸의 경행을 이루었으니, 백성에게도 기쁨을 주어야 할 것이다. 태평흥국 8년 삼월 이십이일 새벽 이전에 이미 발각되었거나 또는 아직 발각되지 않았거나, 이미 형이 결정되었거나 미결된 범죄의 죄인 중에, 투살 이하의 죄는 경중을 가릴 것 없이 모두 사하도록 하라.」

그 내용을 들은 헌애왕후는 성종에게 말할 것도 없이 공사를 시작하기로 했다. 신정왕후의 후광과 살아 계실 때 사냥과 풍류를 즐긴다는 핑계로 대부분의 시간을 이곳에서 보낸 왕욱이 여기저기에 베푼 선행 덕분에 많은 사람들이 도와주어 공사는 순조로이 진행되었다. 잘하면 장마 기간에 멈춘다 해도, 해가 바뀌기 전에는 끝낼 수 있을 것 같았다.

하지만 공사가 차질 없이 진행되어 갈수록 헌애왕후의 머릿속에는 무언가 풀리지 않는 문제들과 송과 성종에 대한 불만이 쌓여갔다.

물론 속이 타는 헌애왕후에게 나쁜 일만 있는 건 아니었다. 좌승 서희가 병판어사로 임명받았다는 소식이 전해지면서 서희의 글월이 함께 도착한 것이다.

「왕후 마마, 신 서희, 선왕의 하해와 같은 은혜를 입고 성은을 넘치도록 받았으면서, 선왕 전하께서 세상을 떠나신 후 왕자 전하를 모시고 먼 길을 떠나신 마마께 사람으로서 응당 해야 할 구실을 하지 못해 무어라 드릴 말씀이 없습니다. 비록 신이 과분한 국정의 중책을 맡아 두서없이 바쁜 나날을 보내고 있다 해도 의당 마마를 찾아뵙고 문우를 여쭙는 게 당연한 도리일 것입니다. 신역시 마마를 찾아뵙고 싶은 마음이 하늘을 찌르고 있사오나, 이미 붕어하신 선왕 전하의 유지가 마마와 가까이 하지 말라는 것이기에 이렇게 멀리서 엎드려 배알할 뿐, 찾아뵙지도 못하고 있습니다.

하오나 마마, 신이 선왕 전하의 유지를 가슴속 깊이 새겨 제 몫을 하려고 노력하고 있으니 믿으시고 때를 기다리소서. 반드시 때가 올 것이라고 신도 믿습니다. 비록 신이 무능하여 경주 육두품 출신들이 전하의 판단을 흐려 불사를 멀리하게 하고, 유학을 근본으로 하는 것을 막지는 못했사오나, 이지백, 정우현 등과 힘을 합쳐 전하를 바른 길로 모시려 하오니, 이 점을 헤아리시고 부디 마음을 편히 하소서.

좋은 날 다시 뵈옵고 모실 수 있기를 천지신명께 빌며, 부디 강령하시기를 축원하며 북쪽 황주를 향해 향배드리나이다.」

서희의 편지를 받아든 헌애왕후는 현재 상황에 대해 감을 잡을 수가 없었다.

서희는 유학을 근본이념으로 해야 한다는 최승로를 비롯한 신라 출신들과 맞서서 유교의 폐단을 지적하며 불사를 게을리 해서는 안 된다고 하는 신하다. 쉽게 말하면 성종이 보기에는 눈엣가시 같은 사람일 텐데도 그의 간언을 거의 물리친 적이 없다고 한다. 그렇다면 정말 무언가 깊은 뜻이 숨어 있다는 것인가?

도저히 알 수 없는 일이었지만 어쨌든 헌애왕후로서는 서희의 충정이 자신이 지향하는 길로 함께 가고 있다는 게 기뻤다.

그러나 그것은 서희 입장에서 보면 더 고맙고 든든한 일이었다.

성종은 북방의 막강한 황보 가문을 등에 업고 있고, 그 황보 가문에는 헌애왕후가 있으며 그를 총애하고 있다. 그것은 출신 고장 때문에 통일신라 시절에 대접받을 수 없었던 호족의 한 사람으로서는 큰 힘이 되는 일이었다.

이천 지방의 호족들은 통일 이전에 신라와 고구려를 넘나든 땅이었다는 이유로 통일신라시대에 경주의 귀족들과 신라의 호족들에게 견제 대상이었으며, 중앙에서 활약할 수 있는 기회가 주어지지 않았다. 따라서 그들은 옛 신라의 호족들보다는 북방의 고구려 출신이자 발해와 가까운 황보 가문과 더 친분이 있었고, 그것 때문에 신라계 호족들에게 견제 세력이 된 것이다.

비록 선왕 광종이 호족의 세력을 많이 약화시켰다고는 하지만, 아직까지도 지방 호족들의 힘은 막강했다. 만일 경주계의 신성왕후에게서 태어난 종실 욱이 왕위를 이었다면 이 나라는 이름만 고려지 다시 신라가 되었을 것이다.

그러나 다행히 경종은 왕위를 헌애왕후의 오라버니인 성종에게 양위했고, 서희는 그 덕분에 총애를 이어받은 데다 헌애왕후의 두터운 신임까지 받고 있으니, 이보다 더 좋고 든든한 일은 없을 거라고 늘 생각해 왔다. 그래서 처음부터 바쳐온 충성과 은혜를 저버리지 않기로 다짐한 터였다.

그것은 헌애왕후와 서희, 그리고 성종이 굳이 말하지 않아도 서로 알아서 지키는 암묵적인 약속이었다.

　서희가 무탈하게 중용되었듯, 천추전 공사 역시 예정대로 끝나가고 있었다. 비록 웅대하거나 화려하지는 않지만, 누가 보아도 아름다웠다. 왕욱에게서 크고 작은 은혜를 입었던 황주 지방의 장인들이 발휘한 솜씨답게, 멀리서 보아도 한눈에 그 쓰임새를 알 수 있을 정도였다. 왕궁이 웅장하고 화려함으로 권위를 세우는 데 충실했다면, 천추전은 작고 단조로우면서도 권위가 있었다. 또한 궁은 담을 높게 하여 아무나 들어올 수 없게 축조한 반면, 천추전은 담을 낮게 하여 뜻을 함께한 사람이라면 누구나 들어와도 좋다는 의미를 담았다.

　낮은 담에 높이를 맞춘 대문으로 들어서면, 잔디로 잘 조성된 정원을 가로지른 징검다리가 제전 입구까지 보기 좋게 놓여 있었다. 그리고 제전까지 오십여 보인 징검다리의 양옆에는, 한 쪽에 네 개씩 총 여덟 개의 석등이 불을 밝히고 있었다. 석등이 여덟 개인 이유는 헌애왕후의 깊은 불심 때문이었다. 팔관회의 팔관은 여덟 개의 옳지 못한 것, 즉 살생, 도둑질, 음행, 거짓말, 음주, 분에 맞지 않게 사치스런 자리에 앉거나 필요 이상으로 치장하는 것, 가무, 때늦도록 넘치게 식사하는 것 등을 금하고 절제와 도덕, 양심을 지키라는 의미다. 헌애왕후는 자신이 깊은 불심을 가졌다고는 하지만, 유혹에 빠지기 쉽다는 것을 누구보다 잘 알고 있었다. 그래서 눈에 보이는 곳이자 제사를 지낼 제전 앞에 여덟 개의 석등을 밝힘으로써, 그것을 볼 때마다 새로운 깨침을 얻고 올바로 살고자 했다.

　정면에 단군과 해모수, 주몽의 제사를 지내기 위해서 지은 제전은 단조로우면서도 범하기 힘든 엄숙함을 자랑했다. 얼핏 보기에 담 안에는 이 제전이 전부인 것처럼 보이나, 제전으로 들어가지 않고 옆으로 돌아가면 후원이 나왔다. 후원을 지나면 작으면서도 아름답고 그 쓰임새가 충실한 안채가 나오는데, 세밀히 살펴보면 안채는 둘로 분리되어 있었다. 하나는 헌애왕후가 묵을 처소이고 다른 하나는 아들 송 왕자가 묵을 곳으로, 왕자가 묵을 곳이 더 넓고 시원하게 설계되어 지어졌다. 하인들이 기거할 곳 역시 안채 뒤쪽에 지어졌는데, 누구든지 절로 탄성을 지를 만했다. 규모나 치장을 제외하고 생각한다면, 궁궐보다 더 아름답고 엄숙했다.

천추전을 바라보는 헌애왕후의 마음은 뿌듯했다.

그러나 한편으론 가슴이 빈 것 같았다. 이 자리에 겅종이 없기 때문이었다. 그럼에도 자신의 뜻을 백분 이해했던 부군이 이 건물의 축조에 함께했다 여기며 고마워했다.

완공이 멀지 않아 현판을 준비해야 했다. 헌애왕후는 준공 연회를 팔관회에 맞춰 열리라고 마음먹었다. 금년 팔관회는 중앙에서는 아예 치를 수도 없고 지방에서 조촐하게 해야 하므로, 소회일에 현판식을 하고 대회일에 잔치를 벌일 생각이었다. 그리 하면 절에서 치르는 게 아니라 천추전 준공 잔치를 여는 것이니, 그 누구도 트집을 잡을 수 없을 것이다. 그러나 날이 날이니 만큼, 사람들은 모두 헌애왕후가 팔관회를 열었다는 것을 마음으로 알 것이다.

헌애왕후는 현판을 준비하기 위해 개경에 다녀오기로 했다. 자신이 직접 지은 '천추전' 이라는 이름을 가장 잘 이해해주고 기꺼이 써줄 사람은 바로 할머니인 신정왕후였다. 비록 팔순에 뛰어난 달필은 아니지만, 고려 왕실에서 사상이 가장 젊을 뿐만 아니라, 심신에 이상이 없으시니 할머니가 적임자였다.

그러나 헌애왕후가 마무리 지시를 하고 개경으로 떠나기 사흘 전, 기별이 왔다. 신정왕후가 돌아가셨다는 전갈이었다.

헌애왕후는 앞이 캄캄해지는 걸 느꼈다.

이 어려운 시기에 할머니가 돌아가셨다는 것은 북방 호족들의 정신적인 지주 중 가장 큰 기둥 하나가 사라졌다는 의미였다.

고려가 삼국통일을 한 후 청천강 이북에서 압록강까지의 땅은, 발해가 화산 폭발로 멸망하면서 거란의 영토가 되었다고는 하지만, 실제로 지배하는 주인이 없는 무주공산이었다. 그곳에 사는 고구려 후손, 여진과 거란은 자치정부라 해도 과언이 아닌 독립적인 생활을 하면서 주변의 큰 나라들에 조공과 무역을 겸하고 있었다. 고려 국경 근처의 백성들이 그들에게서 편안할 수 있었던 것은 신정왕후의 덕분이라 해도 과언이 아니었다. 그들은 대부분 고구려 후손인 발해의 백성들이었고, 황보 가문과 연이 있는 관계로 국경 근처를 범하지 못했다. 그런데 이제 마지막 끈을 잡고 있던 신정왕후가 그것을 놓았다.

만일 헌애왕후가 현재 왕비라면 그 끈을 이어나갈 자신이 있다. 그러나 지금은 사가에 나와 있는 몸으로, 끈을 이어가겠다고 자신할 수 없는 입장이었다.

헌애왕후는 사람들에게 마무리를 부탁하고, 팔관회에 하려던 준공식을 내년 정월 연등회에 맞추자고 말한 후 서둘러 개경으로 출발했다.

신정왕후가 돌아가셨다는 소식에 하루라도 빨리 가볼 마음으로 말을 급히 몰았다. 뛰어난 승마 솜씨에 수행하는 하인들이 뒤를 쫓기가 힘들 정도였다.

그러나 헌애왕후는 오늘따라 왜 말이 느리기만 한지, 답답하기 그지

없었다. 쉬지도 않고 달렸건만 마음만큼 따라와주지 않는 속도에 흐르는 눈물은 굵기를 더해갔다.

팔십 인생이면 사실 만큼 사셨다. 하지만 헌애왕후의 가슴속엔 서글픔이 가득했다.

'할머니께서 하실 일은 아직도 많은데, 남아 있는 사람들은 어찌 하라고 세상을 떠나셨을까?'

헌애왕후는 슬픔이 더할수록 말에 채찍을 가했다.

멀리 송악이 보이자, 헌애왕후는 말을 세웠다. 여기서 조금만 더 가면 할머니의 주검을 만날 것이다. 그것을 확인한다는 사실이 그녀를 더 불안하게 했다. 차라리 할머니가 살아 계신다고 여기고 말머리를 돌리고 싶었다. 그러나 현실을 피하는 것은 아무도 할 수 없었다.

개경으로 온 헌애왕후는, 장례가 끝난 후에도 떠나고 싶지 않았다. 개경에 머무는 것이 좋아서가 아니라, 이대로 황주로 돌아갔다가는 할머니에 대한 기억이 영영 사라질 것 같아서였다. 그래서 송악의 왕륜사 옆에 있는 동생 헌정왕후의 사가에서 며칠 머무르기르 했다. 부처님께 할머니의 극락왕생을 빌며 슬픔을 이겨내고 싶었다.

늦은 저녁에 헌정왕후가 방으로 왔다.

"언니, 우리 내일 왕륜사에 가서 탑돌이해요. 팔관회 대신 치르는 탑돌이에 가서 할마마마의 극락왕생도 빌고 언니의 마음 깊은 곳에 있는 그 한도 풀어요. 가져갈 음식과 공양드릴 제물은 하인들에게 일러 준비시켜놨어요."

헌정왕후가 '언니의 마음 깊은 곳에 있는 한' 이라는 말을 하자 헌애왕후는 움찔했다. 혹 헌정왕후가 마음을 읽은 것이 아닐까? 그러나 이

어지는 말에 헌애왕후는 안심했다.

"말이야 바른 말이지, 선왕께서 몇 년만 더 버텨주셨다면 송 왕자가 왕이 되었을 것이고, 우리가 지금처럼 찬밥 신세야 되었을까? 안 그래요, 언니?"

즉 궁의 한편을 차지하지 못하고 사가로 밀려난 자신의 처지를 두고 한 말이었지, 그 이상은 아니었다. 그러나 헌애왕후는 행여 어디에 가서 저런 말을 했다가는 어느 누구에게도 이로울 것이 없다는 생각이 들어 타일렀다.

"그러세. 탑돌이를 가세나. 하지만 어디 가서 찬밥 신세니 뭐니 하는 소리는 입에 담지도 마시게. 공연히 쓸데없는 불란 만들지 말고. 행여 나랑 있을 때에도 일체 입 밖으로 내서는 안 되네. 송 왕자에게도 이로울 것이 없을 테니까. 알겠나?"

그러자 헌정왕후는 고개를 끄덕였다.

"하도 속이 상해서 해본 소리니 공연한 염려 말아요. 나도 그 정도는 알고 있어요."

헌정왕후는 대답하며 평온한 얼굴로 잠들어 있는 네 살배기 조카 송의 얼굴을 바라보았다.

"참 예쁘기도 하네요. 오늘 밤은 언니 옆에서 송 왕자랑 함께 잘게요. 늘 혼자 지내다 보니 이제는 외로운 것이 무엇인지도 모르는데, 언니랑 이렇게 앉아서 이야기를 나누니 어린 시절이 생각나네요. 여기서 자도 괜찮지요?"

그래서 송 왕자를 사이에 두고 누운 자매는 어린 시절의 이야기와 어머니와 아버지에 대한 그리움, 그리고 할머니에게서 어머니 이야기를 들으며 눈물을 흘렸던 것을 추억했다. 그러다 헌정왕후가 갑자기 정색

하며 말했다.

"참, 그런데 언니, 별 희한한 일이 다 있지 뭐예요? 할머니가 돌아가시기 한 달 전쯤에 제가 우연히 꿈을 꾸었어요. 곡령에 올라갔는데 하도 급하기에 소변을 보았답니다. 그랬더니 그것이 개경을 덮으면서 은빛 바다가 되는 거예요. 꿈을 꾼 다음 날에 웬 노파가 지나다가 물을 얻어 마시고 싶다면서 들렀는데, 얼굴에 기인의 상이 깃들었다고 하기에 저도 모르게 그 사람한테 꿈 이야기를 했어요. 그랬더니 노파가 다짜고짜 한다는 소리가, 사실 자신은 점쟁이고 그렇지 않아도 이 댁 앞을 지나는데 범상치 않은 기운이 전체를 덮고 있어서 물을 얻어 마시겠다는 핑계로 들어와본 것이라는 거예요. 그러면서 하는 말이, 지가 아들을 낳으면 그 애가 왕이 될 꿈이랍니다. 나 참 기가 막혀서. 선왕과 혼례하여 동침 몇 번 하지 못하고, 이제 남녀 간의 일이 뭔지 막 알 것 같은 찰나에 승하하신 터라 분하고 원통한데 무슨 아들을 낳느냐고 하자, 노파가 빙긋이 웃으며 한 말이 더 가관입니다. 세상일이라는 것이 어찌 될지 인간은 알 수 없고, 그저 하늘만이 아는 것이니 두고 보면 알 거랍니다. 그러고는 머물면서 이야기 좀 더 해보라는 제 말은 들은 척도 안 하고 가버리지 뭡니까? 청상과부 놀리려는 것도 아니고, 너무 속이 상해서 혼났어요."

헌애왕후는 헌정왕후가 이야기하며 흥분하는 것을 충분히 이해했다. 자신에게는 송 왕자가 있는데도 고독과 외로움을 떨친다는 게 보통 어려운 일이 아니었다. 그런데 헌정왕후는 남녀지간의 일을 알 만한 때 경종이 떠나 긴긴 밤을 홀로 지새우니, 그 고독과 외로움을 무엇으로 달랜단 말인가? 그야말로 의지할 곳 하나 없지 않은가? 이제 할머니마저 없어 그 외로움이 더할 텐데, 걱정이 앞섰다.

한참 걱정하던 헌애왕후는 갑자기 아우가 한 이야기 중에 그녀가 아들을 낳을 것이고, 그 아이가 왕이 될 거라는 말이 떠올라 가슴이 철렁 내려앉았다.

'만약 그 말이 사실이 된다면 송 왕자는 어찌 된다는 것인가?'

그러다 있지도 않은 과부 아우의 아들을 가지고 별 생각을 다 한다며 혼자 쓸쓸히 웃었다. 잠을 청했다가 혹시나 했다가, 다시 쓸쓸히 웃기를 반복하다 언제 잠이 들었는지도 몰랐다.

이튿날 아침, 자매는 하인들에게 짐을 챙기라 이른 후 왕륜사로 향했다.

왕륜사에 도착하자 이미 두 왕후가 올 것을 알고 많은 백성들이 부처님께 조배를 드리려 기다리고 있었다. 그때 스님 한 분이 그들 쪽으로 다가왔다.

"아, 스님. 안녕하셨습니까?"

헌정왕후가 인사하며 헌애왕후에게 그를 소개했다.

"이분은 제 형님 되시는 헌애왕후이십니다. 그리고 이쪽은 금강스님이세요."

그러자 금강스님이 합장하며 정중히 예를 올렸다.

"이렇게 마마를 뵙게 되어 영광입니다. 소승은 마마께서 훌륭하신 분이라는 것을 익히 들었습니다. 다만 시기가 아닌지라 황주에 계신다고 들었습니다."

헌애왕후는 첫눈에 보아도 범상치 않은 이 스님이 자신을 잘 알고 있다는 느낌이 들었다. 시기라는 말을 꺼내는 것도 그냥 하는 소리가 아님을 알 수 있었다. 그때 헌정왕후가 물었다.

"욱 숙부께선 안 오셨습니까?"

"이곳에 적을 두고 있는 백성들이 오늘 마마님들과 종실 어른께서 오신다는 것을 알고 얼마나 기다렸는데 안 오셨겠습니까? 진작부터 와서 기다리고 계십니다. 두 분이 오실 거라고 소승에게 말씀해주신 분도 그 어른이십니다. 소승은 제물을 준비하러 가볼 테니 그만 대웅전으로 오르시지요."

금강스님이 자리를 떠나자 헌애왕후가 물었다.

"여기에 오기로 욱 숙부와 미리 약속을 한 게로군. 그런데 저 스님은 어찌 아는가?"

그러자 헌정왕후가 대답했다.

"저 스님이 욱 숙부를 뵈러 갔을 때 숙부께서 저도 부르셔서 같이 오찬도 하고 몇 번 대화도 나누었는데 참 괜찮은 사람이었습니다. 욱 숙부와는 가까운 친척이라고 하더라고요. 욱 숙부의 므후이신 신성왕후께서 경순왕의 사촌이지 않습니까? 경순왕의 자제와 저 스님의 부친도 사촌지간이랍니다. 그러니까 종실 욱 숙부는 저 스님의 아저씨뻘로, 아주 가까운 친척이지요. 속명이 김치양이라는 것은 달해줘서 알았지만 출가한 스님의 친척 관계가 중요한 것도 아니라서 더 이상은 물어보지 않았어요. 몇 번 만나본 것은 아니지만 범상한 면모가 있는 스님인 것은 확실해요."

욱 숙부가 헌정왕후를 동석시킬 정도의 사람이라던 한두 번 만난 사이가 아닐 것이고, 여러 번 나름대로 검증을 거친 후일 터이다.

헌애왕후의 짐작대로 금강스님이 종실 욱을 처음 만난 것은 지난해 봄이었다.

안종 욱은 이미 세상을 떠난 성종의 부친 대종 왕욱과는 성격을 포함한 모든 면이 달랐다. 대종 왕욱은 이미 조정 내에서 상당한 위치를 확보하고 있는 신라계 호족들 사이에서 축출의 대상이 될 수 있는 인물이었기에 자주 궁을 비우고 사냥과 풍류를 즐겼으며, 결국 사냥터에서 죽고 말았다.

그러나 안종 욱은 신라 왕족 출신으로, 유일하게 태조의 왕비가 된 경순왕의 사촌 여동생 신성왕후 김 씨의 아들로 태어나, 설령 왕위를 이어받지 못한다 하더라도 신분이나 지위가 보장된 상태라 안위에 신경쓸 일도 없을뿐더러 본디 가는 세월에 몸을 맡긴 한량이었다.

그러나 그것은 욱의 겉모습을 보고 사람들이 쉽게 내린 판단이었다. 그것은 대종 왕욱이 사냥과 풍류를 좋아한다는 명목을 보호 수단으로 삼은 것과 다를 바가 없었다.

아무리 신라계 호족들이 득세한 조정이라고는 하지만, 그들이 자신을 지켜줄 수 없다는 것을 누구보다 잘 알고 있었기에 스스로 한량이 된 것이다. 그런 욱의 가장 큰 특징은, 불심 하나는 누구에게도 뒤지지 않아 자주 절을 찾아 불공을 드린다는 것이었다. 그는 왕륜사 가까이에 사는 까닭에 대부분 그곳을 찾았다.

욱은 사월 초파일이 얼마 남지 않아, 부처님 오신 날을 경건히 맞이하기 위한 불공을 드리려고 왕륜사를 찾은 날 금강스님을 처음 만났다. 대웅전 앞에 다다랐을 무렵, 욱이 왔다는 소식을 들은 주지스님이 낯선 스님을 데리고 마중을 나왔다.

"빈도가 종실 어른께 소개해 올릴 스님이 있습니다."

알고 보니 그는 욱과 매우 가까운 사이였다. 또한 모후인 신성왕후에게서 들은 이야기에 따라 가계의 전통 몇 가지를 확인한 결과, 금강스님은 틀림없는 종친이었다. 특히 마의태자 김일에 관해 이야기를 나눠

보니, 그가 김일을 측근으로 모시던 김식의 아들은을 확실하게 알 수 있었다. 즉 금강스님은 욱의 조카뻘이었으며, 예닐곱살 아래였다.

두 사람은 불공을 끝내고 차를 마시며 부모에게 들었던 이야기를 한참 나누다가 헤어졌다. 그리고 몇 번을 더 만나 식사도 하며, 여러 가지 이야기를 나눴다. 그러면서 김치양이 태어나서 자란 곳은 신라 김 씨가 선조라는 사실을 자랑스럽게 여기는 여진족 부락이고, 마의태자가 금강산에 자리를 잡고 신라 부흥을 꿈꾸던 것을 기리기 위해 법문에서 잘 쓰지 않는 금강이라는 법명을 썼다는 사실을 알 수 있었다.

욱은 금강스님이 왜 자신에게 접근했는지 알 수 있을 듯했다.

"그럼 스님은 신라가 언젠가는 재건될 수 있을 거라고 생각하십니까?"

그는 단도직입적으로 물었다. 그러자 금강스님은 더 이상 숨길 것도 없다는 듯 거침없이 대답했다.

"예, 소승은 그리 생각합니다. 반드시 서라벌 옛 터전에 신라 왕국이 다시 설 것입니다. 그리고 그것이 우리 신라인들의 책임입니다."

그 말을 들으며 욱은 지그시 눈을 감았다.

"스님, 소유와 무소유의 차이가 무어라고 생각하십니까?"

주제가 다른 질문을 선문답의 화두 던지듯 하자, 금강스님은 순간 당황해 어물거렸다.

"스님, 물론 내가 직접 겪지 못하고 어마마마를 통해 전해들은 이야기이지만, 신라가 고작 대동강 이남을 획득하고 나서 삼한을 통일했다고 자부심을 가지고 살았을 때에는 많은 것을 소유했다고 기뻐하지 않았습니까? 마찬가지로 그때 신라를 도와 삼한을 통일시켰다는 구실로 고구려 옛 땅을 송두리째 삼켰던 당은 얼마나 기뻤겠습니까? 그러나 정작 가장 큰 덕을 본 것은 당도 아니요, 신라도 아니요, 발해가 아닙니까? 손에 잡히지 않는 것을 내 것이 될지도 모른다는 기대 하나로 소유의 기쁨을 맘껏 누렸지만, 결국 남은 것이 무엇입니까? 신라가 당과 연합해 삼한을 통일하고자 한 게 결국 백제 땅이나 얻고 나머지를 당에 바치자는 뜻이었다면, 그것은 통일이 아니지요."

금강스님은 이제까지 자신이 들었던 이야기와 다르게 말하는 욱의 새로운 해석을 들으니 할 말이 없었다. 욱은 말을 이었다.

"게다가 현실적이고 실리적인 입장에서 본다 해도 득될 것이 없습니다. 경순왕께서 태조께 항복하고 얻은 것이 식읍 팔천 호입니다. 그리고 후일 경종께서 이천 호를 가해주셨습니다. 이번에 송에서 성종께 식읍을 삼천 호로 봉한 것과 비교해보십시오. 이래도 내 말이 무슨 뜻인지 모르시겠습니까? 만일 스님이 한 말에 조금이라도 동의했다면 성종께서 즉위하기 직전에 태조의 적자인 내가 왕위를 물려받는 게 옳지 않느냐고 의사를 떠보려고 온 신라 왕족들을 그리 박대하지는 않았을 겁니다. 그러나 나는 이미 신라는 그 이상의 것을 받았으니 모두 역모죄로 다스리기 전에 입 다물라고 했습니다. 스님 역시 내게 접근한 이유가 신라 재건의 중심에 서달라는 것이라면 당장 왕륜사를 떠나 내 눈에 띄지 않는 곳으로 가세요. 아니면 지금이라도 생각을 고쳐먹고 고려 왕실의 앞날, 아니지. 이 나라 백성들의 안위와 행복을 위해 잃어버린 고구려의 땅을 찾겠다는 마음을 가지세요. 정 그것이 어렵다면 스님이 자랐다는 저 여진을 생각해보세요. 그들이 지금 잘 살고 있습니까? 그들은 고려와 거란의 틈바구니에서 덩치가 커질 대로 커진 요나라에 막대한 조공을 바치며 살고 있습니다. 고려에 충성을 바쳐 그들을 거란의 손에서 구할 생각은 안 하고 이미 지나간 것에 미련을 두면, 정말로 중요한 것을 잃게 된다는 것을 왜 모르십니까? 왕이 김 씨면 되고 왕 씨면 안 되는 그런 어리석은 소유의 논리에서 벗어날 때도 되지 않았습니까? 아니면 승복을 벗어던지세요."

욱의 마지막 말에 금강스님은 얼굴이 벌겋게 달아오르며 부끄러움에 어쩔 줄을 몰랐다. 자신이 한 이야기보다는 승복을 벗어던지라는 욱의 말에 더 부끄러웠던 것이다.

그 말이 그저 트집 잡기였다면 그냥 넘어갈 수도 있었다. 하지만 그는 부처님의 가르침 중 으뜸이라 할 수 있는 소유와 무소유의 이야기를 인용해 백성과 나라를 위하라는 말을 했다. 실로 승복을 걸치고 있는 자신이 부끄럽기 그지 없었다.

그날 이후부터 금년 봄까지 금강스님의 모습은 브이지 않았다. 지난 해 봄에 만난 이후로 열흘이 멀다 하고 찾아오던 그였다. 처음 며칠은 승복을 벗으라 했을 때 얼굴을 붉히던 금강스님을 생각하며 미안해서 못 나서는 것이려니 하고 넘겼으나, 차츰 궁금해졌다. 그러나 본디 성격인지 아니면 깊은 불심에서 얻은 평정인지, 그게 무엇이든 있으면 있는 것이요 없으면 없는 것이라 여기는 그였기에 그저 잊고 살았다.

금강스님은 금년 봄에 욱 앞에 다시 나타났다. 그러고는 머리를 조아리며 깊이 절했다. 욱은 아무리 조카뻘이 되는 손아래 인척이라고는 하지만, 출가한 스님이 머리를 조아리는 것이 불편했다.

"아니, 스님. 오랜만에 나타나서 이 무슨 해괴한 행동입니까? 스님이 머리를 조아릴 분은 부처님뿐이지 않습니까?"

그는 금강스님을 일으키려 했다.

"소승이 어찌 불자의 도리를 모르겠습니까? 하지만 이미 종실 어른께 커다란 깨우침을 받았으니, 소승이 보기에 어른께서는 부처님과 다르지 않습니다. 지난 겨울, 동안거※※※ 동안 백 배를 백 일간 지속해 만 배를 드리고 나니, 깨칠 듯 말 듯 희미하게 느껴지는 것이 있었습니다. 어른께서 하신 말씀처럼, 부처님의 가르침 중에서 가장 기본이라 할 수 있는 무소유는 무조건 갖지 말라는 게 아니라, 갖지 말아야 할 것을 가져서는 안 된다는 깨달음입니다. 욕심을 부려서는 안 된다는 것을 겨우 알게 되었지요. 세상 모두가 귀하다 한들 가치가 없는 게 무엇인지, 세상 모두가 가치가 없다 해도 내게 귀한 것이 무엇인지를 알지도 못하면서, 그저 남이 좋다고 하니까 가지고 싶은 욕심. 내가 다스려야 이 세상이 편하다고 생각하는 것이 얼마나 어리석은 일인가를 아는 것. 내 욕심을 버린다면 이 나라 백성 모두가 편할 수 있다는 것을 깨치는 것도 어렵지만, 그 욕심을 버리는 게 더 어려운 일이라는 것을 알 수 있었습니다. 백성을 위한다는 구실로 내 욕심을 채우기는 쉬워도, 백성을 위하기는 어려운 일이라는 것을 깨달았습니다.”

욱은 그를 일으켜 세우며 말했다.

“스님이 동안거 동안 그리도 큰 깨달음을 얻었다니 참으로 다행입니다. 비록 나 역시 이런 말을 할 자격이 없지만 한마디 하자면, 부처님의 깨달음을 스님 혼자 얻는다면 그게 무슨 소용이 있습니까? 깨달음을 나누지 않는다면 그것은 깨닫지 못한 것과 별반 차이가 없겠지요. 내 안에 가두는 깨달음은 나 혼자만 아는 것이니, 이제라도 그 깨달음이 쓰일 곳을 같이 찾아봅시다.”

그렇게 재회가 이루어지고 난 후에 헌정왕후와 자리를 함께하기 시작한 것이다.

욱은 얼마 떨어지지 않은 사가에서 청상과부로 사는 조카가 왕후라는 신분 때문에 쉽게 다른 사람들과 어울리지 못하고 지루한 시간을 보내는 것이 안쓰럽기도 했고, 아리따운 조카와 함께 자리하는 것도 기분이 좋았다. 혈연지간끼리 혼인을 하는 것이 지금 왕실의 관습인데, 저리도 예쁜 조카를 청상과부로 놓아둔다는 것은 안타까운 일이라는 게 솔직한 심정이었다. 게다가 스님과 만나는 자리에 동석하는 것은 누가 보아도 구설수로 올릴 일이 아니었다.

그렇게 자연스레 만나는 동안 욱은 헌정왕후가 점점 더 예쁘게 보였다. 혼인한 후 겨우 사내가 즐거움을 준다는 것을 알 만할 때 경종이 유명을 달리해 외롭던 헌정왕후에게는 욱이 숙부임에도 믿음직한 사내로 다가왔다.

그런 상황에서 어제 정오가 지난 무렵, 욱이 헌정왕후에게 인편을 통해 서찰을 전해왔다. 헌애왕후가 불심이 깊으니 팔관회를 대신하는 탑돌이에 함께 나오라는 것이다. 언제 욱과 가까이에서 대화를 나누며 함께할까를 기다리던 헌정왕후에게는 반가운 소식이었다.

그런데 언니인 헌애왕후를 동반해서 오라는 게 무슨 의미인지는 알 수 없었다. 비록 나이는 서른 살 가까이 차이가 나나, 세상에 태어나 사내라고는 경종만 알다가 사별한 후 사내로 보이기 시작한 욱의 만나자는 말만이 중요했다.

그래서 금강스님을 만나자마자 욱 숙부가 오셨는가를 물었는데, 그때 헌애왕후가 '숙부와 미리 약속을 했느냐'는 말로 둘 사이의 심상치 않은 관계를 짐작한 듯한 여운을 남겼다.

헌애왕후는 그것을 가지고 아우를 탓하고 싶지는 않았다. 어쩌면 당연한 일인지도 모른다. 자신은 아들도 있고 무예와 승마도 즐길 수 있으며 하고 싶은 일도 많았다. 하지만 헌정왕후는 이렇다 할 취미나 특기도 없이 태어나자마자 어머니를 잃은 뒤 할머니의 치마폭에서 그저 다소곳한 여자로 컸다. 게다가 자신이 추천해서 경종과 혼사를 치른 지 이 년도 지나지 않아 그가 세상을 떠났다. 삶의 터전이 궁궐이다 보니 사내들과 접촉할 기회도 없이 왕후가 되었는데, 궁에서 이 년도 지나지 않아 사가로 나왔다. 그러나 사가에서도 사람을 마음대로 만날 수 없는 신분이라 이웃에 사는 종실 욱과 자주 만났을 테니, 당연한 결과인지도 모른다.

헌애왕후는 아예 눈치를 못 챈 척하는 게 좋을 듯해 입을 다물기로 했다. 다만 어젯밤에 헌정왕후가 같이 자고 싶다고 했을 때 아우가 얼마나 외로웠을까를 걱정했던 자신의 모습을 생각하니 공연히 헛웃음이 나왔다.

백성들은 부처님께 조배를 드리고 나서 탑돌이를 마치고, 각자 제물로 바쳤던 음식들을 나누어 먹었다. 삼삼오오 짝을 지어 자리를 차지하고 식사를 했는데, 헌애, 헌정왕후는 욱과 함께했다. 헌애왕후가 떠보듯 말을 꺼냈다.

"숙부께서 각별히 아우를 돌봐주신다니 그저 감사할 따름입니다."

그러자 욱이 진심으로 말했다.

"마마께선 별 과찬을 다하십니다. 저는 비록 보위에 오르진 못했지만 엄연한 태조대왕의 적손으로 헌정왕후 마마의 숙부임이 분명한데, 지척에 조카인 마마를 모시면서 등한시한다면 그게 말이나 될 일입니까? 단지 저는 숙부가 조카를 돌본다는 심정으로 마마를 뵀을 뿐입니다. 아무리 궁중의 법도가 중하다고는 하지만, 그 모든 건 인지상정을 따지고 난 후의 일 아니겠습니까? 할 도리를 하는 저를 어여삐 보아주시니 오히려 감사할 따름입니다.”

욱의 이야기를 들으며 헌애왕후는 그의 진심을 읽을 수 있었다. 충분히 그러고도 남을 사람이다. 다만 그렇게 지내다 서로 정이 들어 남녀지간으로 변하는 것 또한 인력으로는 막을 수 없는 노릇이라는 것을 잘 알고 있었다. 그래서 헌애왕후는 망설이다가 사족을 달았다.

“물론 제가 말씀드리지 않아도 숙부께서 잘 알아서 처신해주시리라 믿습니다만, 이곳은 궁이 아니라 사가인 만큼 혹 제 아우가 실수를 저지르거나 과한 행동을 하더라도 허물치 마시고 잘 지도해주셨으면 합니다.”

그러자 욱도 헌애왕후의 말뜻이 무엇인지 알고 있다는 듯 대답했다.

“그것은 오히려 제가 두 분 마마께 드릴 부탁이 아닌가 합니다. 본디 저는 일찍이 궁을 벗어나 사가에서 살아온 몸이라, 비록 왕족이라고는 하나 궁궐의 법도에는 익숙하지 못할 뿐만 아니라 이미 많은 것을 잊었으니, 혹시 무례를 범하더라도 이해해주십시오.”

말은 거창하였으나 뜻은 간단했다.

주변의 눈이 있으니 혹 두 사람이 정이 들더라도 웬만하면 체면을 지키는 선에서 자제하는 게 좋겠다는 헌애왕후의 말에, 지금은 숙부와 조카 사이로 보호하며 의지하고 있지만, 만일 돌이킬 수 없는 관계까지 가더라도 이해해달라는 대답이었다.

헌애왕후는 이미 두 사람 사이에서 자신이 할 일은 없다는 것을 깨달았다. 다만 헌정왕후가 알아서 처신해주기를 바랄 뿐이었다.

두 사람의 대화를 들은 헌정왕후 역시 그 말뜻을 알아들은지라, 발그레 수줍은 빛을 띠며 그저 다소곳이 듣고 있을 뿐이었다.

세 사람이 대화를 나누며 식사를 하는데 금강스님이 다가왔다.

금강스님이 합장을 하자 욱이 말했다.

"어서 오시지요, 금강스님. 왜 안 보이나 궁금했습니다. 자, 앉으세요. 이미 아시겠지만 헌애왕후 마마와 다시 한 번 인사를 나누시지요."

그러자 금강스님이 헌애왕후를 향해 합장하며 고개를 숙였다.

"아까 뵈었다고는 하지만, 이렇게 무뢰하게 왕후 마마께 앉아서 인사 드리는 것을 용서해주십시오."

그러면서 빙긋이 웃는데 그 웃음이 싫지 않았다. 그리고 지금 보니 눈이 이글거리면서도 무언가 깨달음을 간직한 듯 깊고 그윽한 맛을 풍겼으며 풍채가 해탈을 추구하는 불자라기보다는 무예를 수련한 사람처럼 건장했다. 그때 욱이 그를 자세히 소개했다.

"금강스님은 제 조카뻘 되는 문중 사람입니다. 하기야 출가를 했으니 아무 소용도 없는 일이지요. 이런 곳에서 문중 사람을 만난 것도 부처님의 뜻이라 여기며 자주 왕래하고 있습니다. 서로 뜻도 통하고 말입니다."

욱은 지난 가을에 그에게 승복을 벗어던지라고 했음에도 노하지 않고 동안거를 통해 자신의 말을 이해하고 다시 찾아준 것을, 이 자리를 빌어서 감사하고 있었다. 아울러 이 기회에 금강스님에 대해 확실히 밝힐 필요가 있다는 생각으로 말을 이었다.

"원래 금강스님은 여진족이 사는 곳에서 태어나 성장했습니다. 발해 이후 무주공산이 된 청천강 이북에서 압록강 유역까지는 이전 삼한의 백성들이 많이 살고 있지요. 그들 사이에서 생활하면서, 지금 요나라를 세우고 큰소리치는 거란에게 당하는 우리 백성들의 아픔을 느끼고는, 어떻게 하면 그들이 고려 백성이 되어 함께 살 수 있을까를 생각하는 스님이십니다."

여진족과 거란족, 그리고 청천강 이북과 압록강이라는 말을 들은 헌애왕후의 귀가 번쩍 뜨였다.

"그런 고민을 개경의 절에서 하면 어떤 방도가 생깁니까?"

금강스님은 질책하는 듯한 헌애왕후의 물음에 무어라 대답할 것이 없어 무안한 표정을 지었다.

"소승의 우매한 머리로는 부처님께 지혜를 빌려주십사 매달리는 수밖에 방도가 없습니다. 만일 왕후 마마께서 지혜를 주신다면 소승은 그 뜻을 따르겠습니다만……."

그는 얼버무리며 어쩔 줄을 몰랐다.

헌애왕후는 자신이 너무 단도직입적으로 말한 것 같아서 미안한 마음이 들었다. 그때 하인들과 돌아다니던 왕자 송이 돌아왔다. 헌애왕후는 얼른 송을 보며 물었다.

"점심은 먹었느냐?"

송은 또렷한 목소리로 대답했다.

"예, 어마마마. 소자, 주지스님 곁에 앉아 공양했사옵니다."

의젓하게 대답한 송이 말을 이었다.

"소자, 사실은 주지스님과 함께 더 부처님 곁에 머무르고 싶었으나, 어마마마께서 걱정하실까봐 왔습니다."

누가 보아도 네 살 같지 않은 영리함이었다. 그러자 헌애왕후가 말했다.

"그래, 이 어미를 생각하는 마음이 정말 장하구나. 어미는 그저 왕자에게 고마울 뿐이다. 왕자가 무탈하게 부처님 곁에 있다가 어미가 걱정할 것을 염려하여 왔다고 하는데, 무슨 말을 더 하겠느냐? 오늘은 부처님과 함께하는 날이니, 부처님 곁에 더 머무르고 싶으면 다시 한 번 다

녀오려무나. 만일 어미가 집으로 돌아가게 되면 왕자를 찾아갈 것이
다."

헌애왕후가 자리를 떠나도 좋다고 하자 송은 감사하다는 말을 남기고
는 하인들과 함께 대웅전으로 향했다.

이 광경을 옆에서 본 종실 욱이나 헌정왕후, 심지어는 금강스님까지
송의 어른스러움과 어린 나이에도 모후를 생각하는 기특함에 놀랐다.
특히 아이가 없는 헌정왕후로서는 보통 부러운 노릇이 아니었다.

"언니는 참 좋으시겠어요. 저렇게 효성 지극한 아들이 있으니 뭐가
부러우시겠어요?"

그러자 헌애왕후가 대답했다.

"그러게 말이네. 하지만 황주에만 있으니 오히려 내가 자식을 볼 면
목이 없네. 지금이야 어리니까 어미인 내가 곁에 있다는 것만으로도 좋
겠지만, 막상 철이 들고 나면 어떨지 모르겠네. 행여 이 어미를 원망하
지는 않을는지……."

헌애왕후가 말꼬리를 흐리자 욱이 그 마음을 백 번 이해한다는 듯, 분
위기를 바꿔야겠다는 생각으로 운을 띄웠다.

"참, 마마께서 단군왕검과 해모수, 고주몽께 제사를 지낼 제전을 건
축하고 있다고 들었는데, 공사는 무리 없이 잘 진행됩니까?"

그러자 헌애왕후는 말꼬리를 흐릴 때의 힘없는 모습에서 무슨 처방이
라도 받은 듯 생기가 살아났다.

"예. 이미 공사는 마무리가 되었고, 지금은 마지막 작업을 하고 있습
니다. 사실 이번에 그 제전의 현판을 할마마마께 써달라고 부탁드리려
했는데 그만 세상을 떠나셨네요."

"현판을 신정왕후께 맡기시다니요?"

헌애왕후의 말을 이해할 수 없다는 듯 욱이 물었다.

"제가 아는 분들 중에서 그 현판을 쓸 분은 할마마마뿐이라고 생각합니다. 사실 고구려 고토 회복은 천 년을 두고라도 풀어야 할 우리 모두의 숙제입니다. 그래서 천 년을 두고서라도 옛 고구려 땅을 다시 찾아야 한다는 의미로 천추전이라고 이름 지었습니다. 그러니 현판을 누구에게 받는 게 가장 타당하겠습니까?"

헌애왕후의 이야기를 들은 욱은 그 말에 동의한다는 뜻인지 아니면 말뜻을 이해를 했다는 뜻인지, 고개를 끄덕였다. 물론 함께 자란 헌정왕후도 충분히 알아들었다. 금강스님만이 이해할 수 없었다. 금강스님이 궁금하다는 표정을 짓자 욱이 말했다.

"스님이 궁금하신가보구려? 원래 태조대왕께서는 옛 고구려의 땅과 정신을 이어받아야 한다는 생각으로 이 나라를 고려라 명명하신 것이고 그것을 이루기 위해 북방의 신정왕후를 비로 삼으셨으니, 단군왕검과 고주몽, 해모수 같은 선대왕들을 위한 제전의 현판은 신정왕후께서 써주시는 것이 당연하지 않겠습니까? 지금 보위에 계신 전하와 여기 두 왕후 마마는 신정왕후께 고구려 정신의 계승에 대한 가르침을 받은 것으로 알고 있습니다. 신정왕후께서 현판을 쓰셨으면 좋았을 텐데……."

욱은 진심으로 아쉽다는 표정을 지으며 물었다.

"그럼 어떻게 제사를 지내실 생각인지 여쭈어도 될까요?"

"원래 팔관회에 맞춰 잔치를 열려고 했는데, 이제 정월 연등회에 맞추는 수밖에 없겠습니다. 그리고 제사는 매일 부처님께 조태를 드리며 함께 올리려고요. 하지만 저 혼자의 힘으로 하기에는 벅찬 감이 있어, 근처의 적당한 사찰에서 스님을 모셔 올까 생각 중입니다만 아직 결정지은 바는 없습니다."

그러자 욱은 마침 자신의 생각과도 일치한다는 듯 말했다.

"마마, 외람되오나 제가 한 사람을 추천해 올려도 되겠습니까?"

그러자 헌애왕후가 이미 누구를 추천하려는지 알고 있다는 듯 대답했
다.

"숙부께서 추천하신다면야 저도 일단 안심하고 함께 뜻을 펼 수 있겠
지만, 장소도 누추하고 더욱이 개경도 아닌 황주로 쉽게 오실 스님이
있겠습니까?"

금강스님은 자신이 자리를 피할 시기임을 알기라도 하듯, 다른 거사
와 보살들도 만나야 하니 그만 일어서겠다고 했다. 금강스님이 떠나자
욱은 자리를 옮기자고 하면서, 대웅전 뒤편의 선방으로 향했다.

아직 동안거를 시작하지도 않은 데다 행사가 있는 날이라 그런지 선
방에는 아무도 없어, 고즈넉한 분위기와 절 특유의 향내만이 은은하게
풍겼다.

선방에 세 사람이 자리하자 자리를 옮긴 것을 어떻게 알았는지, 동자
승이 차를 내왔다. 세 사람이 찻잔을 채우자 욱이 먼저 말을 꺼냈다.

"이미 마마께서도 짐작하시리라 믿습니다만, 이 숙부가 보기에는 금
강스님이 괜찮은 사람이라는 생각이 듭니다."

욱은 자신이 처음 금강스님을 만났을 때부터 지금까지의 일들, 특히
승복을 벗어던지라고 말했을 때 동안거 백 일을 지내며 만 배를 올리고
깨달음을 얻었다는 이야기를 해주었다.

"사실 지금 보위에 계신 전하의 뜻을 거스르는 것 같아서 입에 담기
두려운 말입니다만, 두 분 마마께서는 이미 저보다 더 앞서서 생각한
것이리라 믿고 말씀드립니다. 왜 우리가 송나라에 머리를 조아려야 합

니까? 태조대왕과 선대왕 광종께서 광덕이라는 연호까지 사용하시면서 뜻하신 고구려의 정신이 있고, 선왕 경종께서 소인배와 어울린다는 수모와 모반으로 이어지는 고통을 당하시면서까지 새로운 국제관계를 도모하려 하셨는데, 모두 사라지고 한낱 송의 제후국이 되는 것 아닙니까? 신라 왕족의 아들이면서도 신라가 삼한을 반쪽만 통일했다는 것이 못마땅한데, 지금 고려가 이 모양인 것은 더 못마땅합니다. 조금만 생각을 바꾼다면 저 압록강 근처의 땅들은 물론이요, 그 이상도 차지할 수 있는데도 기회를 놓치고 있다는 생각이 듭니다. 왜 담장 밖의 드넓은 산천에 널린 땔감에 눈을 안 돌리고, 그저 내 앞에 떨어진 낙엽을 긁어모으는 데에만 집중하는지 알 수가 없습니다."

욱은 청천강 이북의 여진과 거란에 대해 금강스님과 나눈 대화를 다시 한 번 이야기했다.

"금강스님은 처음 저에게 신라 재건이라는 말을 꺼냈다가 동안거 이후에는 태도가 확 바뀌었으나, 지금의 조정에는 그 누구도 그의 뜻을 함께해줄 사람이 없을 것 같아 천거하기를 망설이고 있던 중에 마침 마마 생각이 났습니다. 선왕께서 살아 계실 때 마마께서 총애를 받으신 이유도, 자칫 고려가 잊을 뻔한 고구려의 정신을 계승해야 한다고 항상 간언하신 덕분이라는 것을 알고 있습니다. 지금 보위에 계신 전하의 뜻을 어긴다는 오해를 무릅쓰면서까지 제전을 지으신 마마께서 스님을 거두신다면, 당장은 몰라도 먼 훗날 반드시 쓰일 곳이 있을 거란 생각을 했습니다. 비록 제게 신라 왕족의 피가 흐른다고는 하지만, 저는 고려 태조대왕의 적손이거늘 어찌 고려의 발전과 백성의 안위를 생각지 않겠습니까? 아까 보니 송 왕자가 제법 의젓하고 효심도 깊던데 선왕께서 몇 년만 더 수를 누리셨어도……."

욱은 차마 말끝을 잊지 못하며 아쉬워했다.

헌애왕후는 그런 욱의 마음을 이해했다. 부친인 대종 왕욱이 돌아가셨을 때에는 그 죽음의 의미를 몰랐지만, 그것을 깨닫게 된 순간부터 욱 숙부가 한량으로 세월을 보낸 이유도 알 수 있었다. 게다가 그가 백성들을 걱정하는 마음으로, 왕족으로 배당받는 사재를 털어 가난한 이들에게 사랑과 자비를 베푼다는 것도 잘 알고 있었다.

그리고 경종이 새로운 세상을 도모하려고 일을 꾸밀 때에도 왕이 국사는 멀리하고 소인배들과 어울린다는 헛소문이 돌자, 황새의 큰 뜻을 모르는 뱁새라면 아무 말도 말고 봉황이 우는 날을 기다려보라고 일갈했다. 경종의 큰 뜻을 이해하기는커녕 차지한 것을 잃기 싫어 아등바등하는 중신들에게 따끔한 일침을 가한 것이다. 그러나 이런 이야기를 해서 좋을 것이 하나도 없는 세상이다. 더욱이 송 왕자에 관한 이야기는 꺼내서 득이 되기는커녕 자칫 그를 위험에 빠뜨릴 수도 있었다.

"숙부의 뜻은 알고도 남음이 있습니다. 숙부께서 추천해주시는 분이라면 어련하시려고요. 좋습니다. 숙부의 뜻에 따르겠습니다. 다만 한 가지 당부드릴 말씀은 송 왕자에 관한 말은……."

헌애왕후가 말끝을 흐리자 욱이 미안해하는 표정을 지었다.

"지당하신 말씀입니다. 마마의 안전이라 제가 그런 이야기를 하지, 어디 가서 송 왕자에 대한 언급은 꺼내지도 않습니다. 행여 제 말이 심기를 어지럽혔다면 용서하시지요."

"심기를 어지럽히기는요. 당연히 하실 말씀을 하신 것뿐이지만, 그걸 못 하고 사는 현실이 아쉬울 뿐이지요."

헌애왕후는 깊은 한숨을 내쉬며 대답했다.

6
입궁

생각은 멈춰도 세월은 간다.

금강스님 김치양과 함께 매일 아침 부처님께 조배를 드리고 난 후, 단군왕검과 해모수, 고주몽을 비롯한 고구려의 선왕들에게 제사를 드린 지 벌써 칠 년의 세월이 흘렀다.

처음에는 불교 예식대로 아침 예불을 드리며 단군왕검과 고구려의 선왕들에게 고려를 보살펴주십사 축원하고 나서 배례를 하는 것으로 끝났다. 그런데 어느 순간부터 천추전에서 고구려 선왕들께 제사를 지낸다는 소문이 나기 시작하면서, 지역 백성들이 아침 일찍 하나 둘 모여들었다.

백성들이 처음에 제사를 지내러 왔을 때에는, 먼 곳에 있는 절까지 가느니 이곳에서 아침 예불도 드리고 고구려 선대왕들께 제사도 올리며 고려의 부국강병을 기원하기 위한 것이라고 생각했다. 그래서 몇 안 되는 그들과 아침 공양을 같이 했다. 그러나 차츰 단순히 아침 예불을 드리러 왔다고 하기에는 거리가 먼 곳의 백성들도 찾아왔고, 집에서 가까운 거리에 사찰이 있는 백성들도 왔다.

비록 단순한 사찰은 아니지만 엄연히 스님이 계시는 곳이니 사찰이나 진배없다는 생각으로 예불을 드리러 오는 사람들이라고 볼 수는 없었다. 그들이 이곳까지 오게 하는 무엇이 있었던 것이다.

그런데 사람들의 수가 많아지자 아침 공양을 같이 하기가 힘들어졌다. 선왕의 왕후로서 궁궐에서 지급받는 것과 지방 호족들이 보내오는 성의 표시를 합치면 식량은 문제가 되지 않았지만, 시설이 턱없이 부족했고 일손 역시 달렸다. 그렇다고 아침 공양을 함께 하면서 백성들과 세상 사는 이야기를 나누던 것을 멈출 수는 없는 노릇이었다. 예불과 제례를 지내는 것 못지않게 중요한 게 아침 공양과 함께 백성들과 나누는 대화였다. 그것은 백성들이 사는 모습을 앉아서 볼 수 있는 소중한 시간이었다. 앞으로 어찌할까 고민하던 헌애왕후는, 제한된 시설과 인원을 활용하여 최대한 많은 양의 음식을 조리한 후 그것을 사람 수에 맞춰 부족하나마 서로 나누고, 추후 시설과 인력을 보충해야겠다고 생각했다.

그러던 어느 날 아침.

제례가 끝나고 비록 부족한 양이나마 나누어 같이 아침 공양을 하려고 나갔는데 누가 시작한 일인지는 모르지만 여유가 있는 백성들이 무언가 먹을 것을 조금씩 준비해와서, 천추전에서 준비한 음식과 함께 그것들을 나누고 있었다. 물론 그럴 형편이 못 되는 백성들은 들어오면서 천추전의 음식을 준비하는 곳에 몰래 놓고 온 뒤인지라 누가 음식을 보됐는지 아무도 알 수 없었다. 게다가 일부는 누가 시키지 않았는데도 많은 사람들이 음식을 나누는 데 불편하지 않도록 솔선해서 아침 공양 준비를 도와주고 있었다.

헌애왕후는 그때 깨달았다. 이들이 가까운 곳에서 시작하여 먼 곳에 이르도록 아침 제례를 드리러 오는 이유는, 비록 배고픈 백성들이라고는 하지만 아침 공양을 주기 때문도 아니요, 단순히 예불을 드리러 오는 것도 아니며, 제례를 올리고 난 뒤 함께 앉아 음식과 이야기를 나누기 위함이었다. 고구려의 옛 땅을 수복하고 그 정신을 계승하여, 수차례에 걸친 수와 당의 침략으로부터 나라를 지켰던 민족의 자주정신을 지키자는 게 민심이라는 것도 다시 한 번 깨달았다. 헌애왕후가 이제껏 생각과 말로 항상 부르짖으면서도 이룰 자신이 없었던 그 일을 반드시 해야 한다고 용기를 주기 위해 백성들이 그 먼 거리를 마다하지 않고 와 주는 것이다.

시간이 갈수록 점점 더 많은 사람들이 모여들었다

이제는 천추전에서 하루가 걸리는 곳에서부터 아예 며칠 묵을 각오를 하고 여장을 준비해서 찾아오는 백성까지 수를 더해갔다.

아침 예불이 끝나고 백성들과 공양을 할 때에 주토 화제가 된 것은 아이들과 집안 살림 이야기 혹은 동네에서 벌어진 특이한 사건 등이었다. 그러다가 먼 곳의 사람들이 오면서는 나라를 걱정하는 말들이 나오기 시작했고, 급기야 북의 변방 사람들이 참여하면서는 그곳에서 있었던 거란이나 여진과의 충돌에 관한 이야기까지 점점 광범위하게 확대되어 국가 정책과 관련된 말들도 오갔다.

그렇다고 꼭 그런 이야기만 하지는 않았다. 어쩌다 역사에 식견이 있고 말재간이 좋은 사람이 오는 날은, 수와 당이 고구려를 침략했다가 당 태종이 양만춘 장군의 활에 맞아 애꾸가 되어 돌아간 일이나, 수 양제가 고구려 정벌에 실패하여 화병이 난 이야기를 마치 옆에서 본 것처럼 말했다. 그럴 때면 기침 소리 하나 내지 않고 모두 조용히 들었다. 그리고 이야기가 끝나면 자신들이 그 전투에 참여했던 고구려 군사라도 된 양 어깨가 올라가 으쓱대며 돌아갔다.

그렇게 한 무리가 떠나고 나면 헌애왕후와 고민이나 자랑하고 싶은 일, 길흉사를 상의하고 싶은 사람 몇몇이 남아서 일대일로 대화를 나눴다. 헌애왕후와 이야기를 나눠서 해결이 된 것도 있고, 해결되지 않아 들어주는 것만으로 만족한 것도 있지만, 그들은 헌애왕후와 직접 얼굴을 마주하며 대화하고 싶어 했다. 기쁜 일이나 슬픈 일을 부모, 특히 어머니에게 하는 심정이었다.

헌애왕후와 일대일 대화를 하기 위해 순서를 기다리는 사람들은, 금강스님의 법문을 듣기 위해 남은 사람들과 함께 천추전 부처님 상 앞에서 설법을 들었다.

금강스님의 설법은 주로 부처님의 법어 중 소유와 무소유를 주제로 했고, 중생들이 공감하기 쉬운 말로 설교한다는 특징이 있었기에 항상 많은 사람들이 듣고 싶어 했다.

법문은 간단했다.

"가질 수 있는 것은 가지십시오. 무리하지 않고 얻을 수 있는 것이라면 얻으십시오. 능력이 있어 노력만 하면 얼마든지 얻을 수 있는 사람이 노력하지 않아 얻지 못하는 것은, 능력이 없어 얻지 못하는 사람들과 하늘에 죄악을 저지르는 것입니다. 그리고 얻은 것을 이웃과 나누십시오. 내게도 필요하지만 나보다 더 필요한 사람에게 나누어줄 때 더 의미가 있는 것입니다. 필요 없음에도 남 주기가 아까워 꼭 껴안고 있다가 결국 그 물건이 상하면 버리는 사람, 넘치면서도 나누어주기 싫어하고 빌려주겠다며 대가를 바라는 사람, 그런 사람은 무소유의 즐거움을 모릅니다. 남아서 넘치는 것만 이웃에게 나누어주는 사람은 그보다는 조금 낫지만, 진정한 나눔은 더 필요한 사람을 위해 내 것을 나눌 줄 아는 것이며, 나도 비록 부족할지라도 함께 나눌 줄 아는 사람이 무소유의 의미를 알게 되는 것입니다. 결국 소유한다는 건 아름다운 것이며, 무소유가 자유로운 이유는 능력껏 일하고 열심히 벌어서, 부족하고 능력이 없어 얻지 못하는 사람에게 가진 것을 나누어주는 게 진정한 소유와 무소유의 뜻이기 때문입니다. 무소유는 갖지 않는 것이 아니라 가진 것을 나눔으로써 비우는 것입니다. 그러므로 소유와 무소유 모두 아름답고 건강한 것이며, 그 둘이 조화를 이룰 때 사람이 사는 의미가 있는 것이요, 우리 모두의 삶이 아름다운 것입니다.”

그리고 항상 덧붙였다.

“소유와 무소유의 의미를 깨달았으면 이제 각자 삶의 터전으로 가서 그 깨달음을 실천하십시오. 깨달은 바를 실천할 때 진정한 의미가 있는 것이며 완성되는 것입니다. 그리고 백 번 법문을 들어 백 번 깨닫는 것보다 한 번 깨달음을 실천하는 게 더 아름다운 삶이요, 실천하지 않는다면 아무리 법문을 들어도 소용이 없습니다. 그것은 깨달아도 깨닫지 못함과 같은 것입니다.”

끝으로 한마디 더했다.

“이제 가서 열심히 일하고 벌어서 가진 것을 혼자만 소유하려 하지 말고, 힘없고 배고픈 사람들과 나누어 가지십시오.”

법문을 들은 백성들은 비록 가진 것이 없어도 열심히 일해서 무언가를 남들과 나누면 덕을 쌓을 수 있다고 생각했다. 그것이 삶의 활력을 낳았으며, 가진 자들에게 나눔의 미덕을 머릿속에 심어주는 계기가 되었다.

　헌애왕후와 금강스님은 백성들이 돌아가고 나면 늦은 점심 식사를 했다. 그 후에는 내일을 준비하기에 바빴지만, 헌애왕후는 틈틈이 송 왕자의 공부와 무예 수업이 잘되어가나 확인하고 때로는 직접 참여해 함께 대련을 하면서 아들의 실력을 가늠해보기도 했다. 뿐만 아니라 사냥철이 되면 송 왕자와 금강스님은 물론 백성들과 함께 사냥에 나서서 실전에 대처하는 능력을 가르쳤다.

　그렇게 바쁜 나날을 보내는 와중에도 헌애왕후의 머릿속을 떠나지 않는 걱정이자 궁금한 것이 하나 있었다. 조정에서 이곳에 관해 아무런 말이 없다는 것이다. 아무리 주관하는 사람이 헌애왕후요 이곳이 황주라고 해도, 슬슬 책잡을 때가 된 것 같은데 아무 반응이 없었다.

　매일 참여하는 백성들과 시간을 택해서 참여하는 백성들, 호족들을 합산한다면 아마 고려 어느 곳에도 이렇게 큰 모임은 없을 것이다. 그렇다면 조정에서 단군왕검과 고구려 선왕들의 제사를 지내기 위해서 많은 백성들이 모인다는 것을 알았을 터인데 전혀 제재가 없었다. 성종은 친동생이 여는 행사라 모르는 척 넘어가준다고 할지라도, 신라계 호족이나 중신들은 그냥 넘어갈 일이 아닐 텐데 의외로 조용했다.

　그러나 아무런 비난도 없는 상황에서 자진해서 그만둘 까닭이 없어, 남방에서는 십일월 보름에 치르는 팔관회를 북방에서는 시월 보름에 치르니 그날 잔치를 열자고 금강스님과 결정했다.

　팔관회 준비를 시작하자, 백성들이 곳곳에서 일 년 동안 농사지은 것을 제물로 가져왔다. 그리고 근동 사람들 중에 넉넉하지 못한 이들은,

바칠 것은 없지만 몸이 성해서 무슨 일이든 할 수 있으니 시킬 일이 있으면 시켜달라고 찾아왔다.

헌애왕후는 너무 기뻤다. 안 그래도 잔치를 크게 치르려면 음식을 풍성하게 해야 하는데, 재료는 이미 백성들이 농사를 지어 수확한 것을 가져와 충분하지만 그것을 조리할 시설이 부족했다. 그래서 일을 하겠노라 찾아오는 백성들에게 곡식과 야채를 충분히 나누어주면서 조리해서 일부는 집에서 먹고, 팔관회 날에 적당량만 가져오라며 들려보냈다. 그것을 받아든 백성들은 고마워서 어쩔 줄을 모르며 감사했다.

그렇게 해서 팔관회 날 제사와 잔치를 성대히 치렀음에도 조정에서는 이렇다 할 기별이 오지 않았다. 하기야 천추전은 정식 사찰이 아니니 팔관회로 치부하지 않았을지도 모른다고, 편하게 마음먹고 그냥 넘기기로 했다.

그러기를 며칠 지나지 않은 저녁 무렵이었다.

저녁 식사를 하기 전, 개경에서 내사시랑 서희의 전갈이 왔다고 했다. 헌애왕후는 드디어 올 것이 왔다고 판단했다. 조정에서 무언가 제재를 가하려 하기에 서희가 미리 귀띔하기 위해서 전갈을 보낸 것이라고 생각하며 서신을 펼치는 순간, 헌애왕후는 눈을 의심하지 않을 수 없었다.

「마마, 불초 서희가 삼가 문안 여쭙니다.

항상 마음은 마마께로 향해 있으면서도 이렇다 할 행동으로 보필해드리지 못하는 것이 마음에 걸렸는데, 이제 그리 할 날도 얼마 남지 않은 듯합니다. 비록 전하께서 소신에게 말씀하실 때 못 박아 하신 것은 아니나, 곧 송 왕자님을 궁으로 불러 들이셔서 개령군聞家君에 봉하실 듯합니다. 얼마 전에 전하께서 소신을 밤늦은 시간에 친히 내전으로 부르셔서 말씀하시기를, "아시다시피 짐에게는 아직 후손이 없어 이제 때늦은 후손을 본다 한들 짐이 그 아이로 하여금 보위를 잇게 하기에는 늦지 않을까 하오. 하여 선왕 전하의 아들 송 왕자를 개령군으로 봉해 궁으로 불러들여 생활하게 했으면 하오. 만약 그런 조치도 없이 짐이 갑자기 어찌 되기라도 한다면, 경주를 중심으로 한 신라계 중신들은 종실 욱을 왕으로 추대하려 할 것이고, 대감과 이지백 대감, 북방의 외가 황보 가문을 비롯한 호족들은 송 왕자를 추대하려 하여 또 한 번 피바람에 휩싸일 수도 있지 않겠소? 왕권이 이제 겨우 자리를 잡은 듯한데 만일 한 번 더 그런 일이 일어나면 고려의 왕실이 제 구실을 어찌하겠소?"라고 하셨습니다. 그래서 소신이 아뢰었습니다.

"이제 전하의 수 겨우 서른하나가 되시어 앞날이 창창하온데 어찌 그런 말씀을 하십니까? 게다가 만일 송 왕자 전하를 개령군으로 봉하셨다가 전하께서 왕자 아기씨를 얻으신다면 그 역시 문제를 일으키지 않겠습니까?"

"아니요. 내가 설령 후손을 얻는다 해도 당연히 송 왕자에게 보위를 물려주어야 한다는 것을 대감도 잘 알지 않소? 짐이 잠시 공백 기간을 메운 것이라 생각하면 될 것이오. 선왕이신 경종께서도 아마 짐이 가장 공백을 잘 메워주리라 생각하셨기에 자리를 맡기신 것일 게요. 짐은 그 시기가 빠를수록 좋다는 생각으로 일을 진행하려 하오. 다만 짐이 대감에게 부탁을 하나 한다면, 송 왕자를 개령군에 봉하는 것을 가지고 왈가왈부하는 자가 있으면 그 타당성을 잘 말해 설득해달라는 것이오. 짐의 생각으로는 반대할 자가 없을 것 같으나 종실 욱을 들먹이는 자들이 나올 수도 있소."

소신의 좁은 소견으로는, 전하께서 신라계 호족들과 중신들이 행여 무슨 일을 저지를까 미리 송 왕자님을 개령군으로 봉하시려는 것을 보니, 머지않아 왕자님이 입궁하실 것 같습니다. 하오니 만일 궁에서 송 왕자님을 입궁케 하라는 전갈이 가면, 그 진위가 무엇인지 판단하시느라 시간을 지체하지 마시고 즉시 입궁시키셔야 할 것입니다. 아울러 미리 입궁을 대비해 준비하시는 것도 좋을 듯싶습니다.

마마의 은혜를 잠시도 잊지 못하면서 이렇게 멀리서 서신으로만 인사를 드리는 소신의 불충은 훗날 꾸지람받겠습니다.」

서희의 서신을 본 헌애왕후는 만감이 교차했다.

만일 이 편지가 다른 사람이 보낸 것이라면 한 번쯤 의심해봤을 것이다. 그러나 분명히 서희의 친필이었다.

헌애왕후는 성종이 그리 깊은 뜻을 가지고 있는 줄도 모르고, 이제껏 오해했던 게 미안하기조차 했다. 아울러 경종이 태조 왕건의 막내 자제인 종실 욱이 엄연히 있음에도 성종에게 왕위를 물려준 것이 오늘을 위한 일이라고 생각하니 세상을 떠난 부군이 더 그리워졌다.

그러다가 문득 떠오르는 사람이 있었다. 종실 욱 숙부였다. 지금 성종은 후사가 없어 욱을 단순한 숙부로 보지 않고, 신라계 호족들과 중신들이 그를 중심으로 무언가 일을 꾸밀 수도 있다고 생각하고 있다. 그렇지 않아도 헌정왕후와의 문제로 욱 숙부에 대한 ㅅ 선이 곱지 못한 터인데, 무언가 일이 벌어질 것 같다는 예감을 지울 수가 없었다. 생각이 거기까지 미치자 헌정왕후의 모습이 떠올랐다.

'전하와 사별한 후 이제 겨우 사내의 품이 따뜻하다는 것을 느꼈을 텐데…….'

헌정왕후가 걱정되었지만 그것은 나중 문제이고, 이제부터라도 서둘러서 송에게 궁중법도와 예절은 물론 궐에서 살아남기 위한 처세를 가르쳐야 한다는 생각이 들자 마음이 조급해졌다.

송 왕자는 이제 열한 살로, 세상을 살아가기에 적은 나이는 아니다. 그러나 궁중 생활이라는 것은 평범하게 살다가는 십중팔구 존재 가치를 잃는다. 살아남아 보위에 오르기 위해서는 아는 것도 모르는 체해야 할 때가 많다. 또한 몰라도 아는 척해야 할 때도 있고, 이미 속으로 결정한 사항도 아직 고려 중인 것처럼 대답을 유보할 줄도 알아야 한다. 그리고 이제껏 한 번도 생각한 일이 없으면서, 긴 시간을 고민한 것처럼 대답해야 하는 일도 부지기수다.

막 걸음마를 떼었을 때 궁을 나와서 황주로 이주해온 송 왕자에게는 궁중법도가 생소할 뿐, 아는 게 없었다. 그렇다고 헌애왕후가 함께 입궁하는 것도 아니라 마음이 조급했다. 무엇을 먼저 가르쳐야 할지도 문제다. 중신들 중 누가 네 편이고, 누가 너를 해할 수 있다고 목록을 작성해서 줄 수도 없는 노릇이니 더 답답했다. 궁으로 들어가는 아들에게 궁 안의 사람들은 절대 믿어서는 안 된다고 불신을 심어줄 수도 없었다.

세상 무슨 일이든 어렵고 힘들어할 것이 없다고 여긴 헌애왕후이건만, 막상 아들이 대업을 이으러 궁으로 들어갈 시간이 임박하자, 궁 안에서 살아나가기 위한 방법을 가르쳐줘야 한다는 생각에 다급했다. 그러나 과연 어떤 방법이 옳을지 떠오르지가 않았다.

그때 금강스님이 떠올랐다. 자신이 풀어내지 못하는 문제이니 금강스님에게 협조를 구해보리라 생각했다. 천추전에서 생활하면서 지금까지 송 왕자의 교육에 깊이 관여하고 있었으니 함께 상의한다면 좋은 방법이 나올 수도 있었다. 게다가 이것은 인간의 마음가짐과 처세에 관한 문제이니, 소유와 무소유의 법문을 설법하는 금강스님이라면 해결 방안이 있을 수도 있다는 생각이 들었다.

날이 쌀쌀해져 새벽에는 코끝이 시려옴에도, 헌애왕후의 마음 때문인지 이튿날 아침 예불을 겸한 제례에는 백성들이 평스보다 더 많이 모였다.

헌애왕후는 단군왕검과 고구려 선왕들께 진심으로 빌었다.

'원컨대, 제 아들이 궁에 들어간 후에 무탈하게 보의에 올라, 돌아가신 선왕들의 뜻을 올바로 받드는 왕이 될 수 있도록 보살펴주소서. 그리고 보위에 오른 후에는 절대 꺾임이 없이 선대왕 전하들의 뜻을 받들어 고구려의 옛 땅을 수복하고 요동을 정벌하여, 옛 고구려의 영화를 누릴 수 있는 왕이 되도록 보살펴주소서. 비록 저는 미약한 여인의 몸이오나 아들을 위해 무엇이든 할 것이니, 지극 정성을 굽어보셔서라도 아들을 지켜주소서.'

헌애왕후는 애절하게 기도드렸다.

제례가 끝난 후 공양을 하면서도 평소와는 기분이 다르다는 것을 스스로 느꼈다. 함께 공양을 하는 백성들을 볼 때에도 전에는 이들을 위해 아무것도 할 수 없다는 게 미안했다. 그런데 오늘 아침에는 백성들이 한결같이 안쓰러웠고, 이들을 위해서 뭔가 꼭 해야 한다는 의무감마저 생겼다. 그러나 헌애왕후는 태연하게 행동하기 위해서 노력했고, 공양을 마친 후 백성들과의 일대일 대화도 나누었다.

백성들이 모두 돌아간 후 점심 식사를 가볍게 한 헌애왕후는 금강스님을 찾아가 서희의 서찰을 보여주었다. 금강스님 역시 놀라면서도 기쁨을 감추지 못했다.

　"어제 이 서찰을 받고 기뻤으나, 불안한 마음 또한 지울 수 없었습니다. 아시다시피 송 왕자는 궁 안에서 생활한 적이 없기 때문에 궁중법도는 물론, 그곳의 생리를 전혀 모릅니다. 법도야 들어가서 배울 수 있겠지만, 그곳에서 살아남기 위해서 어떻게 처신해야 할지를 알려주어야 할 텐데 그 방도를 찾을 수가 없습니다. 어린 송 왕자에게 궁궐을 암투가 난무하는 곳처럼 이야기해줄 수도 없고, 또 아무런 대비도 없이 입궁하도록 모르는 척할 수도 없어 스님과 상의를 드리려고 찾아왔습니다."

　헌애왕후가 솔직한 심정을 말하자 금강스님이 대답했다.

　"궁궐이나 바깥세상이나 어차피 인간이 산다는 것은 마찬가지요, 서로 이익이 되면 고여들고 해가 되면 갈라서는 것 아니겠습니까? 물론 송 왕자님께서도 이미 아시겠지만, 그렇게 걱정이 되신다면 비록 짧은 시간이나마 그런 원칙을 알려주시고 머릿속에 심어주시는 것이 훗날 보위에 오른 뒤에도 의미가 있지 않겠습니까? 지금 이 시점에서 공연히 사전에 누구라고 지목해서 말씀하시면 송 왕자님께서 중신들에게 불신을 품으실 수도 있고, 또 궁중생활에 대한 흥미를 아예 잃으실 가능성도 배제할 수 없지 않겠습니까? 항상 가장 어려운 길일수록 질러가려면 정도를 택하라 하지 않았습니까? 공연히 편히 가려고 하다가 더 어려운 길을 만날 수도 있으니까요."

　헌애왕후는 금강스님의 말이 맞다고 생각했다.

　지금 이 시점에서 송 왕자에게 확실하게 무엇을 알려주려 했다가는 아무것도 주지 못할 수도 있다. 금강스님은 큰 틀 안에서 가질 수 있는 보편적인 것을 알려주는 게 가장 확실하다고 말했다. 헌애왕후는 금강스님과 상의하기를 잘했다고 생각했다.

그날부터 헌애왕후는 송 왕자를 매일 저녁마다 불러 사람들이 사는 방식을 이야기해주었다.

"사람은 누구든 자신이 추구하는 것이 있는데, 그 목적한 바에 따라서 때로는 적이 되기도 하고 동지가 되기도 한다. 너는 이제 개령군에 봉해질 것이다. 개령군은 보위를 받기 위한 자리라 아첨하려는 자도 많을 것이고, 음해하려는 자도 많을 것이다. 그러니 항상 세상을 바로 보려고 노력하면서, 누가 적이고 누가 아군인지 시간을 가지고 천천히 판단해라. 그리고 상대가 너를 해하려는 자라는 것을 알았다 할지라도, 속내를 쉽게 드러내서는 안 되며 꼼꼼히 살펴볼 필요가 있다. 또한 해하려는 자보다는 아첨과 아부로 판단을 흐리게 하는 사람을 더 경계해야 한다."

송 왕자는 자세 한 번 흩트리지 않고 귀담아 들었다. 그러면 헌애왕후는 좀더 강도를 높여, 세상이라는 게 겉으로 보는 것처럼 아름답고 평온한 것만은 아니며, 그 이면에 온갖 불안과 권력을 향한 암투가 흐르고 있음을 이야기해주었다. 그렇다고 먼저 의심의 눈으로 보아서는 안 되며, 모든 것을 긍정적인 믿음의 눈으로 보라고 말했다. 그리고 마지막으로 일단 상대의 이야기를 들으면 그 말을 부정하지 말고 믿되, 어떤 판단을 내려야 할 일이라면 그 반대의 말도 반드시 귀담아 듣고 옳고 그름을 판단한 뒤 결정하는 것이 백성들의 목숨과 나라를 책임져야 할 왕으로서의 도리라고 강조하는 것도 잊지 않았다.

왕위를 계승할 아들에게 왕위에 오른 후에 해야 할 일을 구체적으로 말하기보다는 큰 틀을 가르쳐주려 했으나, 자꾸 틀에 박힌 이야기가 되는 것을 느낄 때마다 자신이 아직 송 왕자를 어린아이로 보고 있다는 것을 느꼈다. 하지만 아들을 먼저 궁으로 들여보내는 어미이니 당연하다는 생각을 지울 수 없었다.

그렇게 모자지간의 새로운 정이 싹트기 시작한 지 달포가 지난 십이월.

지난밤부터 내린 눈은 대지를 하얗게 덮고도 그칠 줄을 몰랐다. 눈이 쌓였는데도 농한기라서 그런지 더 많은 백성들이 아침 제례에 참여했고, 평소와 똑같이 공양을 함께 나누고 헌애왕후와 대화를 끝냈다.

점심 무렵이 되어서야 겨우 눈이 그쳤다. 백성들은 돌아가는 길을 편히 해주려고 눈이 그쳤다면서 기쁜 마음으로 떠나려 했다. 그때 일련의 중신들과 병사들이 천추전에 도착했다. 정사 공관어사 지도성사 박량유와 부사 전중감 조광 등이 성종이 내린 왕지를 가지고 도착한 것이다.

그리고 어명을 받들라는 소리가 천추전을 요란하게 뒤흔들었다.

순간 아직 돌아가지 않은 백성들은 무슨 일인가 하고 불안한 기색을 띠었다. 지금 막 법문을 끝내고 백성들을 배웅하기 위해 자리에서 일어서던 금강스님 역시 이미 까닭을 알고 있으면서도 당황하는 기색이 역력했다.

금강스님은 달포 전에 헌애왕후에게서 들은 이야기가 있어 언젠지는 몰라도 이런 날이 올 것을 분명히 알고 있었다. 그러나 어명을 받들라는 그 한마디가 그를 당황하게 했다. 백성들과 대화를 마치고 자리에서 일어서려던 헌애왕후가 그들을 보며 말했다.

"불안해하지 마시오. 아무 일도 아니니 여기서 조금만 기다리시오.

내가 나가서 어명을 받들 것이니, 여러분은 전과 동일하게 행동하시면 될게요."

그러나 헌애왕후가 전후 사정을 이야기하지도 않은 채 어명을 받들러 나갔기에, 백성들은 그 말을 그대로 받아들이지 않았다. 그래서 모두 일어나 혹시 헌애왕후에게 무슨 일이 생긴다면 그 일을 자신이 당하리라는 비장한 각오가 새겨진 얼굴로 뒤를 따랐다.

밖으로 나오자 하얀 눈 위에 이미 자리가 마련되어 있었다. 헌애왕후가 자리에 앉기 전에 공관어사 박량유가 받쳐 들고 있는 왕지를 향해 절을 올린 뒤 자리했다. 그러자 함께 뒤를 따랐던 백성들이 눈 위에 부복했다.

헌애왕후는 하인을 불러 송 왕자를 모셔오라고 했다. 하인이 의아한 표정을 짓자 어서 가서 모셔오라며 승지의 얼굴을 쳐다보았다. 승지가 고개를 끄덕였다. 비록 짐작했고, 또 백성들에게 걱정 말라며 밖으로 나오기는 했지만 혹시 하며 마음을 졸이던 헌애왕후는 그제야 편안해졌다. 밖으로 나오면서 행렬 안에 송 왕자를 태우고 갈 가마가 준비된 것을 보고 저 왕지는 송 왕자를 개령군에 봉한다는 내용일 거라 짐작했지만 그래도 한구석으로 불안했는데, 승지가 고개를 끄덕이는 것을 보니 확신이 들었다.

제례를 마친 후 백성들과 함께 아침 공양을 하고 방으로 돌아가 글을 읽던 송 왕자는, 부름을 받고 나와 헌애왕후 옆에서 왕지를 향해 절을 올린 후 앉았다. 곧 왕지가 낭독되었다.

「숭덕궁의 적남인 송은 태조의 영손이요 과인의 우자라 어려서 능히 바른 것을 기르니, 겨우 대여섯 살에 덕이 법도를 넘지 않고

이미 성인의 기량을 간직했도다. 장차 미적을 앞날에 일으킬 것
이매 수은을 내리노라. 이제 송을 책봉하여 개령군으로 삼으니
집에서 나라로 효를 옮겨 충으로 조정의 정교를 보필하도록 하
라.」

송 왕자가 다시 절을 올리고 왕지를 받들자 헌애왕후의 뒤편에서 부
복한 백성 중 누군가가 낮은 소리로 말했다.

"개령군으로 삼으신다면 이제 우리 송 왕자 전하께서 다음 왕이 되신
다는 소리잖아! 이거 경사로구면."

비록 작은 소리로 이야기했지만 곧바로 백성들이 수군거리기 시작했
고, 누가 먼저라 할 것도 없이 일제히 일어나 만세를 불렀다.

"왕자 전하 만세! 왕후 마마 만세!"

그러나 백성들이 만세를 부르던 것도 잠시뿐, 곧 어떤 여인이 말했다.

"왕자 전하께서 이제 가시면 언제 다시 오실지도 모르는데 맛난 것이
라도 해드려야 할 게 아닌가?"

곧 아낙네들은 물론 남정네까지 서둘러 어디론가 가더니 손에 무언가
를 들고 왔는데, 어떻게 소문을 들었는지 그 수가 아침 예불을 드릴 때
를 훨씬 웃돌았고, 곧바로 잔치가 시작되었다. 누가 초대한 것도 아닌
데 소문을 듣고 찾아온 호족들은 물론 백성들도 기쁨을 감추지 못하고
술과 노래를 즐기며 덩실덩실 춤을 추었다.

왕지를 전하고 나서 정오가 지나면 송 왕자를 모시고 길을 떠나야 한
다던 박량유 일행도, 눈이 와서 길이 험하니 하룻밤 유하고 떠나라는
백성들과 헌애왕후의 간곡한 청을 이기지 못하고 늦게까지 흥겹게 잔
치를 즐겼다.

이튿날 아침.

여느 때와 마찬가지로 아침 예불과 제례를 끝낸 후 공양을 함께 나눈 백성들은 한 사람도 떠나지 않고 송 왕자를 배웅하기 위해서 자리를 지켰다. 하늘은 청명했고, 대지는 어제까지 내린 눈으로 하얗게 덮여 있었다. 평소보다 많은 백성들이 운집한 가운데 송 왕자가 헌애왕후에게 큰 절을 올리고 팔인교 가마에 오르자, 백성들은 일제히 눈 바닥에 무릎을 꿇고 머리를 조아렸다. 그러자 송 왕자가 말했다.

"더 머무르고 싶어도 여러분이 그리 하니, 불편할 여러분을 생각해서라도 빨리 떠나야겠습니다. 나는 이곳을 떠나 궁으로 가지만, 내 마음은 황주를 잊지 못할 것입니다. 어마마마께서 계신 곳이요, 그동안 나를 친자식 이상으로 아끼고 돌봐준 여러분이 있는 곳이기 때문입니다. 마지막으로, 그동안 여러분에게 많은 신세를 끼쳤으나 한 가지 부탁을 더 하겠습니다. 어마마마를 잘 지키고 공경해주세요. 내가 떠나고 나면 더 허전하실 어마마마의 빈 마음을 여러분이 채워주리라 믿습니다. 다시 만날 때까지 안녕하세요."

그리고 가마는 길을 떠났다.

가마가 먼 곳으로 사라져 끝이 보이지 않을 때까지 백성들은 각자 서 있던 자리에서 손을 흔들며 이별을 아쉬워했다. 그떠 헌애왕후의 외당숙이자 황보 가문에서도 재력이 우위인 황보량이 상기된 목소리로 말했다.

"이 기쁜 날 이렇게 있을 수 있습니까? 비록 이별은 슬프지만 왕자 전하께선 보위에 오르시기 위해 길을 떠나신 것이니, 으늘은 기쁜 날입니다. 그러니 왕후 마마의 허전한 마음도 달래드릴 겸 잔치를 엽시다. 내 곳간을 열지요. 돼지도 잡으라 하고 술도 가져오라 할 터이니, 지금부터 잔치를 엽시다."

황보량의 제안에 백성들은 환호로 답했다. 눈가에 이슬이 맺혔던 헌애왕후가 고맙다고 인사를 하자 잔치가 시작되었다.

시끌벅적하던 잔치가 끝나고 백성들이 모두 돌아간 저녁 시간.

호족과 백성들이 권하는 술을 받아 마셔 취기가 어느 정도 오른 헌애왕후는, 눈 덮인 후원에서 혼자 매화 가지에 걸려 있는 눈꽃을 바라보았다. 송 왕자가 떠나기 전, 나무를 바라보며 했던 말이 생각났다.

'혹시 궁에 들어가서 힘든 일이 생기거든 이 매화나무를 생각하세요. 추운 겨울이 다 지날 무렵에 꽃이 피는 매화나무를 말입니다. 아무리 겨울이 매서워도 매화는 반드시 핍니다. 어려워도 참고 견디면 반드시 꽃을 피울 날이 온다는 것을 잊지 마세요.'

차가운 바람에 술도 깨고 허전한 마음도 달랠 겸 후원을 사뿐사뿐 거닐며 어린아이처럼 눈 위에 난 발자국을 세면서 송 왕자에게 했던 말을 떠올려보던 헌애왕후는, 갑자기 꼭 했어야 할 일을 하지 않았다는 생각이 들었다. 그동안 송 왕자를 지극 정성으로 교육한 금강스님에게 감사 인사를 해야 한다는 것을 잊고 있었던 것이다. 어제도 오늘도 온종일 잔치가 열리는 통에 상기된 기분으로 그것을 까맣게 잊었다.

황주로 온 이후 금강스님은 하루도 거르지 않고 송 왕자와 함께 하루에 한 시간씩 불경을 학습하고 참선을 수행함으로써, 그에게 인간의 도리와 사람으로서, 나아가 왕으로서 지켜야 할 덕목과 지식을 습득하게 했고, 선을 통해서 스스로 깨달음을 체득하고 인내심을 기르게 했다. 물론 다른 스승들이 불경을 제외한 학습을 시키고 무예도 가르쳤지만, 칠여 년 동안 하루도 빠지지 않고 송 왕자를 돌봐준 것은 바로 그였다.

또한 천추전의 내실에서 머물며 부자지간의 정을 느껴보지 못한 송 왕자를 마치 아버지처럼 돌봐주었다. 그런 그에게 감사하는 것을 잊었으니 당장이라도 해야 했다.

마침 저녁때라 몸종을 불러 식사를 겸한 술상을 준비하라 이른 후, 금강스님을 모셔오라고 했다.

부름을 받은 금강스님이 방으로 들어서자 헌애왕후는 자리에 앉기를 권했다. 마침 상이 들어왔다. 헌애왕후는 술병을 들어 친히 잔에 따라주었다.

"어제도 그렇고 오늘도 백성들 앞이라 곡차 한 잔 못 하셨으니, 한 잔 하시지요."

헌애왕후는 비록 자신만큼은 아니겠지만, 송 왕자를 떠나보내고 허전하기 이를 데 없을 그의 마음을 헤아리고 있었다. 그 허전한 마음을 술로라도 풀어보라는 것이었다. 그러자 금강스님이 대답했다.

"소승도 소승이지만, 왕후 마마께서 얼마나 허전하시겠습니까? 소승이야 원래 잡초처럼 자란 몸이요, 동 가숙 서 가숙 하다 보니 만남과 헤어짐이 생활 중 하나가 되었습니다만 마마께서야……. 하기야 이번에는 소승도 함께한 세월이 길어서 그런지 코끝이 찡해서 혼났습니다. 하지만 마마를 보니 오히려 부끄러웠습니다. 큰일을 의해 떠나시는 것이니 허전한 마음보다는 기쁜 마음으로 보내드려야 한다고 몇 번이나 다짐을 해도 그게 마음대로 되지 않던데, 마마께서야 오죽하시겠습니까? 곡차를 드실 분은 소승이 아니라 마마이실 겁니다."

금강스님은 애써 웃음을 지으며 말했지만, 목소리에는 이별의 아쉬움이 가득했다. 그러자 헌애왕후가 마주 웃음을 지었다.

"그래요? 그럼 같이 마시지요. 어려울 것이 무에 있습니까?"

헌애왕후는 다시 금강스님의 술잔을 채우고 자신의 잔에 술을 따르더니 함께 마실 것을 권했다.

두 사람은 단숨에 술을 들이켰다. 마치 길을 떠난 송 왕자의 빈자리를 이 한 잔으로 채우기라도 하려는 듯. 헌애왕후는 빈 잔에 다시 술을 따르며 입을 열었다.

"사실 그동안 고마웠다는 말씀을 드리려고 이렇게 자리를 만든 것입니다. 금강스님께서 송 왕자에게 매일 불경을 강론하고 참선을 함께 수행해주신 덕분에 그나마 의젓하게 입궁할 수 있었던 게 아닌가 합니다. 더불어 선왕께서 일찍 승하하셔서 부친의 정을 느끼지 못한 왕자에게 아비처럼 자상하게 정을 주신 것에 대한 감사를 드립니다. 물론 아무리 대의를 위해서라고는 하지만, 자식을 떠나보낸 어미의 허전한 마음도 달래고 싶었습니다."

금강스님은 헌애왕후를 십분 이해하고도 남았다. 뛰어난 무예 실력과 강인한 정신력 때문에 남들은 여걸이라고 하지만, 지켜본 바에 의하면 여리고 순박했다. 어쩌다 백성들이 아프고 힘들다 말하면 누구에게 도움을 구하든가, 그것이 안 되면 가진 것을 팔아서라도 돕고야 마는 인정 많은 여인이었다. 하물며 배 속에 열 달을 품었다가 낳은 후, 아비도 없이 불면 꺼질세라 키워온 아들을 떠나보낸 심정이야 오죽하겠는가?

감사하는 마음이 진심이라는 것도 알고 있었다. 원래 불심이 강했던 헌애왕후는 금강스님이 이곳으로 와서 제사를 지낼 뿐만 아니라, 송 왕자에게 불경을 가르치고 토론하면서 참선 수행까지 같이하자 무척 기뻐했다.

"소승은 당연히 할 일을 했을 뿐이오니 과찬은 거두시지요. 마마께서 그리 칭찬하시니 몸 둘 바를 모르겠습니다. 소승을 그리 칭찬해주셨으니, 한 잔 올리지요."

이미 잔을 비운 두 사람은 다시 한 잔씩 마셨다. 그렇게 서너 순배로 술이 돌아가자, 헌애왕후는 취기가 다시 올라오는 것을 느꼈다. 그것도 일시에 확 올라왔다. 송이 떠난 후 허전한 마음에 술을 차운 것이 제일 큰 까닭이겠지만, 한 시간이 넘도록 후원에서 찬바람을 쓰이고 훈훈한 방으로 들어와 다시 술을 마시자, 미처 다 깨지 못한 술기운이 함께 올라온 것이다.

금강스님도 마찬가지였다. 그 역시 어제부터 잃어버린 마음의 평정이 가장 큰 이유겠지만, 벌써 몇 해 동안 술 한 모금 마시지 않은 데다, 입맛이 없어 나물에 밥을 조금 먹은 것이 전부인 속으로 거푸 몇 잔을 마시니 그런 것이다. 그런데도 헌애왕후는 다시 잔을 채웠다.

"자, 드세요. 이 한 잔이 빈 가슴을 채울 수 있을지 누가 압니까?"

그 말이 지금 얼마나 외로운지를 잘 나타내주고 있었다.

헌애왕후는 잔을 들어 건배를 권하고는 금강스님을 그윽한 눈으로 보았다. 그 역시 헌애왕후의 잔에 건배하기 위해 손을 가까이 한 순간, 술기운이 오른 두 사람의 뜨거운 손이 우연히 맞닿았다. 순간 마주 보고 있던 두 사람의 눈에 섬광이 스쳐갔다.

그것은 왕륜사에서 탑돌이를 가장한 팔관회가 올리던 날, 첫 만남에서 느낀 호감이 싹이 되어 칠여 년 동안 자라서 생긴 사랑의 열매였다. 긴 세월을 같은 울타리 안에서 생활하면서 볼수록 호감이 가고 믿음직스럽고 그저 옆에 있다는 사실이 행복했기에, 마음속 깊은 곳에서 서로를 그리워하며 가슴 깊이 담아둘 수밖에 없었던 사랑의 결정체였다.

그러지 않아도 방 안의 훈훈한 공기가 덥다고 느꼈는데, 섬광이 교차

되는 순간 참을 수 없을 정도로 뜨거운 기운에 휘감겼다.

누가 먼저라고 할 것도 없이, 마주 앉았던 두 사람은 마치 한 몸인양 꼭 껴안고 있었다.

헌애왕후의 숨도, 금강스님의 숨도 금방이라도 넘어갈 듯 가빴다.

헌애왕후는 그를 받아들일 준비가 되었다는 듯 눈을 지그시 감았다. 금강스님은 헌애왕후의 입술에 자신의 입술을 대어 깊은 입맞춤을 한 후 떨리는 목소리로 말했다.

"마마, 소승은 파계를 하고 싶은 심정입니다."

그러면서 더 강하게 끌어안자, 헌애왕후가 답했다.

"파계를 하는 것도 중생을 구하는 길 중 하나라고 판단하신다면, 뜻대로 하세요."

이 한마디를 하고는 아예 눈을 꼭 감아버렸다.

누가 먼저랄 것도 없었다. 더운 방안의 공기를 이기지 못한 두 사람은 옷을 벗어던지고 태어났을 때의 모습으로 돌아갔다. 헌애왕후의 몸 안 깊이 숨어 있는 그곳으로, 이제껏 소중하게 지켜왔던 김치양의 가장 돌출된 부분이 미끄러지듯 빨려 들어가고 있었다.

송 왕자를 보내면서 생긴 허전한 부분을, 서로 감추어두었던 것을 드러냄으로써 채우겠다는 듯 몸을 던졌다.

허전한 마음마저 태워버리려는 몸짓이었는지, 새로운 불꽃을 지피기 위한 기름을 만들려는 바람이었는지 모른다.

열다섯 꽃다운 나이에 이복사촌인 경종과 혼인하고 열여덟에 혼자가 되어, 오로지 고려의 백성들이 평안하고 왕실이 강해져 반드시 북벌의 꿈을 이룰 수 있도록 기도드렸던 헌애왕후다. 젊디젊은 피가 사내를 그리워하는 것을 억누르며 긴 세월 동안 연정을 가슴에만 품고 살았지만,

이제 한 몸이 된 김치양에게 송두리째 쏟아 붓고 있었다.

　김치양 역시 여인네들을 보면서도 눈길 한 번 주지 않고 지켜온 사십여 년의 모든 것을, 그저 멀리서 바라보는 것으로 만족하며 가슴속에 가장 아름다운 꽃으로 간직했던 헌애왕후에게 바치고 있었다.

　두 사람이 서로 소중한 것을 바치고 있을 때, 깜깜해야 할 겨울밤은 눈으로 인해 낮처럼 하얗게 빛나고 있었다.

7

궁중법도

송 왕자를 궁으로 불러들인 성종은 직접 그의 교육에 관여했다. 비록 거센 바람을 피하기 위해 황주에서 키우게 했지만, 그렇다고 그것이 송 왕자가 궁중법도에 어긋나는 행동을 했을 때 방패 역할을 할 수는 없었다.

송 왕자가 권위를 잃지 않으려면 하루 빨리 궁중법도대로 생활해야 했다. 일반 사가에서처럼 권위 없이 행동하면 송 왕자를 가까이에서 보필하는 궁중 나인들의 입방아에 오르내릴 것이고, 그것이 구설수가 되어 결국 중신들에게 송 왕자가 다음 보위에 오르기에 적합하지 않은 인물이라고 말할 구실을 줄 수도 있다. 그래서 성종은 송 왕자가 궁중법도를 익히는 것에 지대한 관심을 쏟고 있었다.

그뿐만이 아니었다. 많은 학자들을 스승으로 두어 송 왕자에게 유학을 가르치도록 했다.

지금 고려는 유학을 근본이념으로 삼고, 유교의 도리에 입각한 정치와 사회를 실행하려 노력하고 있다. 그런데 장차 브위에 오를 인물이 중신들과 정책을 논의하다가 학문적 이론에서 뒤진다면 그 역시 험이 될 게 뻔했다.

성종은 계획한 것들을 빠른 시일 내에 이루기가 힘들 것을 알고 있기에, 아직 젊음에도 불구하고 보위를 물려주기 전에 화근이 되는 것들을 없애기 위해서 송 왕자를 한시라도 빨리 개령군으로 봉하고 궁으로 데려온 것이다. 젊고 힘이 있을 때 송 왕자가 확고한 자리를 차지하게 만들어주고 싶었다. 튼튼한 기반 위에서 신라계 중신들과 후손들을 송 왕자와 엮어주면 그 역시 차츰 그들과 교류를 가질 것이고, 자신이 죽고 난 후에도 탈이 없을 것이라 생각했다.

송 왕자는 궁으로 들어오고 난 후 성종이 걱정하던 것보다 훨씬 잘 적응했고, 열심히 모든 것을 배워 익혔다. 뿐만 아니라 예의가 바르고 눈치도 빨라서 절대 남들의 눈 밖에 날 짓은 하지 않았다. 그런 연유로 중신들도 송 왕자를 개령군으로 삼은 것을 크게 불평하는 이가 없었지만, 그것은 겉으로 드러난 현상일 뿐 신라계 호족들과 중신들 중 일부는 이번에도 황보 가문이 왕위를 잇는 것과 다름이 없다면서 불만을 키우고 있었다. 그러나 그들의 불만이 커가는 동안에도 개령군은 유학과 궁중 법도를 빠른 속도로 익혀나갔고, 성종은 그에게 만족하고 있었다.

그런 성종에게 계속 걸림돌처럼 마음에 남는 하나가 바로 종실인 안종 욱이었다.

성종이 경종의 뒤를 이어 보위에 오를 때에도, 왜 욱을 놓아두고 보위에 오르는가를 가지고 말이 많았다. 그래서 성종은 신라 육두품을 전면에 배치하고 그들이 따르는 유학을 국가의 기조 학문으로 삼았다. 유학에는 군사부일체라는 이념이 있으니, 왕을 부모와 같이 섬기고 반역자는 삼대를 멸하면 자연히 왕권이 강화될 것이라는 생각에서였다. 게다가 성종에게는 막강한 군사력을 가진 외가 황보 가문이 있었기에 그나마 안정될 수 있었다.

그러나 지금은 그때와는 사정이 다르다.

황보 가문은 혈연지간이 줄줄이 보위에 올라 왕이 된 까닭에 조정이나 군벌의 선두에 나서기보다는 북방에서 여진과 거란을 달래며, 고려의 평안을 위해서 왕의 치적에 조용히 도움을 주고자 하는 편이었다.

반면 신라계는 개국 이래로 조정 중신들의 주류를 이뤘다. 그들은 가문이나 지역이 왕과 연고가 없다고 여긴 까닭에, 세력을 지켜나가고 확장하기 위해서 조정이나 군부의 전면에 나서려고 부단히 노력했다. 그 결과 많은 세력이 그 아래로 들어갔다. 비록 서희가 주축이 되어 이지백이나 정우현 등 뜻을 같이하는 중신들이 견제 세력으로 자리 잡았다고는 하지만, 신라계 중신들은 조정에서 가장 큰 세력을 구축하고 있을뿐만 아니라 일부 북방 호족들도 그들과 손을 잡고 행보를 같이하고 있는 실정이다. 그렇기에 성종도 그들과의 마찰을 없애기 위해서 신라 육두품 출신인 최승로와 최지몽 같은 이들을 중용했던 것이다.

신라계의 지지를 받지 못한다면 왕으로서 세력과 권위를 펼치기가 어려울 것은 자명한 일이다. 그런 어려움을 없애주기 위해서라도 되도록 빨리 송을 궁으로 들게 했지만, 만약 송에게서 부적절한 점이 발견된다면 분명히 종실 욱을 들먹이고 나올 것이라는 게 성종의 머릿속을 떠나지 않았다.

게다가 종실 욱이 헌정왕후와 밀회를 한다는 소문이 돌았는데, 그것이 여자는 수절해야 한다는 유학의 기본이념을 흔들어놓아 성종의 입장이 난처했다. 그렇다고 선왕의 왕후요 누이인 헌정왕후를 벌할 수는 없는 노릇이라, 차라리 욱을 멀리 유배라도 보내 그가 왕의 재목이 아니라는 것을 만천하에 알리고 싶었다.

그러나 그는 원래 한량처럼 사는 데다 정치에 관여하지 않다 보니, 결정적인 명목을 찾는다는 게 여간 어려운 일이 아니었다. 그렇다고 사람을 시켜 조사하게 할 수도 없는 노릇인 데다, 단순히 밀회하는 것이 유배를 보내는 죄목이라고 하면 아무도 인정하지 않을 것이다. 그래서 성종은 기회를 보고 있었다. 적절한 때가 되어야 했던 것이다.

그런데 성종이 기다리던 그 때가 오래 지나지 않아 찾아왔다. 송 왕자를 개령군으로 봉해 궁으로 불러들인 지 햇수로 이 년, 섣달에 입궁하여 칠월이 되었으니 정확히 일 년 육 개월이 지난 어느 날이었다.

송악의 왕륜사 근처에서 불길이 솟아올랐다. 그것은 궁에서도 보일 정도였다. 불길이 솟아오르는 곳은 종실 욱의 집 부근이었다.

성종도 걱정이 되어 내전에서 나와보니, 정말 그의 집 같았다. 순간 성종은 가슴이 덜컹 내려앉았다. 혹시 자신의 마음을 미리 읽은 어느 중신이 과잉 충성을 하느라 불을 지른 게 아닌가 하는 우려 때문이었다. 만일 그런 것이라면 분명 내사시랑 서희를 추종하는 무리들이 꾸민 일일 터, 그 결과는 신라계 중신들과 서희를 중심으로 한 세력 사이의 권력투쟁으로 이어질 것이고, 궁중법도가 겨우 몸에 배어가는 송 왕자에게 그 화살이 돌아갈 게 뻔했다.

그러나 불이 일어난 상황에 대한 보고가 들어왔을 때 성종은 쾌재를 불렀다.

"그 불은 종실 어른 댁에서 난 게 맞습니다. 종실 어른으로 인해 헌정왕후께서 회임을 하여 만삭이 되셨으나, 전하께서 과부의 재혼을 윤허하지 않으시니 차라리 같이 죽겠다며 스스로 놓은 것이라고 합니다. 그런데 묘한 것은, 불이 난 곳이 집이 아니라 옆에 놓인 장작더미라는 것입니다."

"그렇다면 짐을 능멸하기 위한 게 아니냐? 신분을 이용해 조카를 임신시켜놓고, 짐이 유학을 숭상하여 과부의 재혼을 허락하지 않는다는 것에 대한 불만의 표시로 만삭인 조카를 불태워 죽이려 하다니! 이것은 묵과할 수 없는 일이다. 당장 안종 욱을 잡아들여라!"

성종은 목에 가시처럼 여기던 욱을 벌할 기회를 놓치지 않았다. 그리고 이런저런 의견들이 개진되기 전에 사건을 마무리하기 위해 이튿날 왕지를 내려 그를 벌했다.

「짐이 보위에 오른 지 십 년 성상이 넘는 긴 시간 동안 유학을 국가의 기본이념으로 삼은 바, 과부에게 수절하며 재혼을 금하고 그 법도를 왕실에서부터 실시하라 했다. 안종 욱은 종실이라는 신분으로 과부들을 보호하고 지켜주는 게 당연하거늘, 그것을 남용하여 힘없는 여인인 조카 헌정왕후를 회임시켰다. 이 사실 하나만으로도 그 죄가 크거늘, 반성하기는커녕 죄를 은닉하기 위해 이미 만삭이 된 헌정왕후를 죽이려고 불을 지르는 흉악무도한 만행을 저질렀도다. 이는 우리 고려의 종실과 국가 기강을 흩트리는 일로, 중벌로 다스려야 옳을 것이다. 그러나 안종 욱이 태조대왕의 하나 남은 적손임을 고려하여 그 형을 감하여 내리니, 그를 장 백 대에 처해 사수현으로 귀양 보낼 것을 명하노라.」

"아아, 어찌 이런 일이……."

왕지의 내용을 전해들은 헌정왕후는 그 자리에 털썩 주저앉았다. 하늘이 무너져 내리는 것 같았다.

그녀는 욱 숙부를 사랑했다. 일찍 부군을 여의고 겨우 얻은 사내의 품은 따뜻했고, 회임을 했을 때에도 겁이 나기보다는 기쁨이 더 컸다. 그런데 그가 조카를 겁탈하여 회임시킨 후 그 사실이 세상에 알려질까 두려워 태워 죽이려 한 것이 되다니, 마음이 천 갈래 만 갈래로 찢어지는 듯했다.

하지만 누구에게 사실을 말해보아도 소용이 없는 느릇이었다. 욱과 혈연지간인 신라계가 내놓은 것이 바로 유학이었고, 그 사상에 어긋나는 행동을 해 귀양을 가게 되었으니 이 고려에서는 누구도 그를 두둔할 수 없다. 결국 그는 귀양을 가는 수밖에 없었다.

"나는 어쩌면 좋단 말인가. 이 아이는 어찌 된단 말인가! 아아아……."

눈에서 끊임없이 눈물이 쏟아져 내렸다. 뜬눈으로 밤을 지새우며 자신이 무얼 할 수 있을까 고뇌해보았지만 그저 우는 것밖에 할 수 없었다. 헌정왕후는 가슴을 쥐어뜯었다.

결국 그녀는 목에 긴 칼을 쓴 채 장에 갇혀 소가 끄는 수레를 타고 귀양을 가는 욱의 모습을 지켜보게 되었다. 왕지의 내용을 들은 순간부터 물 한 모금 마시지 않고 눈물만 흘렸기에 다리에 힘이 빠지고, 가슴과 배가 찌릿하게 아파왔지만 그래도 보아야 했다. 언제 다시 볼지 모르는 그 얼굴을 보아두어야 했다.

"숙부……."

희미한 목소리를 듣기라도 했는지 욱이 고개를 돌려 헌정왕후가 있는 쪽을 바라보았다. 장에 맞아 그런지 초췌한 얼굴로 자신을 바라보는 욱을 보면서 헌정왕후는 다시 눈물을 쏟아냈다. 배의 통증이 더 심해졌지만 그저 울면서 그의 모습이 보이지 않을 때까지 멍하니 서 있을 뿐이었다.

수레를 구경하던 사람들이 다 돌아가고 나자, 헌정왕후는 힘없이 집으로 향했다. 머릿속에 온갖 생각이 교차했다.

'부군을 두 번이나 잃다니, 이제 누굴 의지해야 한단 말인가. 차라리 따라갈 수 있으면 좋으련만……'

그러나 그건 불가능한 꿈이었다. 그저 돌아오지 않을지도 모를 그를 기다리며 아이를 낳는 수밖에 도리가 없었다. 헌정왕후는 힘없이 발걸음을 옮겼다.

그때였다. 계속 아파오던 배에서 격한 통증이 느껴졌다. 모르는 사이에 다리 사이가 축축하게 젖어 있었다. 순간 아직 겪어본 것은 아니지만 출산이라는 생각이 들었다. 헌정왕후는 곁에 있던 몸종에게 다급하게 말했다.

"어, 어서 의원을 모셔오너라!"

"네?"

아직 아이를 낳아본 경험이 없는 몸종은 어리둥절했다.

"아이를 낳을 것 같으니 어서 의원을 모셔오란 말이다. 아악!"

헌정왕후가 비명을 지르며 주저앉았다. 그제야 사태를 깨달은 몸종이 부리나케 내달렸다.

몸종의 연락을 받고 집안에 있던 하인들 중 출산 경험이 있는 여인이 달려왔다. 헌정왕후는 이미 길바닥에 주저앉아 산고에 시달리고 있었다. 바닥에 피가 흥건했다.

"아이고, 이를 어째! 마마! 정신 차리세요, 마마!"

여인은 부랴부랴 입고 있던 치마를 벗어 깔았다. 이미 아이는 머리가 나온 상태였다.

"마마, 조금만 더 힘을 내세요! 정신을 잃으시면 안 됩니다."

그러나 안색마저 파리하게 질린 헌정왕후는 겨우 맥을 놓지 않을 뿐이었다. 끊임없이 피가 흘러나왔다. 이러다 태어나기도 전에 경을 칠까 싶어 여인은 마음이 조급해졌다.

"마마! 끝까지 힘을 내셔야 합니다! 아기씨가 죽습니다!"

"아아악!"

정신이 희미한 와중에 여인의 말을 알아들은 것인지, 헌정왕후가 마지막 힘을 내며 비명을 질렀다. 결국 아기가 세상에 태어나 울음을 터뜨렸다.

여인은 더운 물을 가지고 뒤쫓아온 다른 하인에게 아이를 씻기게 한 후 헌정왕후를 살펴보았다. 헌정왕후는 이미 의식을 잃은 상태였다.

"마마, 의식을 잃으시면 안 됩니다!"

아무리 흔들어보아도 그녀는 대답이 없었다. 가느다랗던 숨소리가 점차 희미해지는 게 느껴졌다. 그녀의 어머니인 선의공주 유 씨가 그러했듯이……

결국 의원이 도착해서 한 일이라고는 운명하셨다는 한마디뿐이었다.

성종은 헌정왕후가 죽었다는 것과 아들을 낳았다는 소식을 동시에 접했다.

그는 가슴이 터질 듯 아파왔다. 어머니를 일찍 여의고 아버지마저 돌아가시자, 할머니의 품에서 서로 의지하며 지낸 남매들이다. 부모의 정도 느끼지 못한 채 서로를 위하고 아끼며 자라왔는데, 무엇이 이렇게 만들었는지 알 수 없었다. 권력이 무엇이기에 친동생마저 버리게 하는 것인지, 아니 권력을 유지해야 목숨을 부지할 수 있는 현실이 한탄스러웠다. 지금이라도 아버지처럼 사냥과 풍류를 좋아한다는 핑계로 훌쩍 떠나고 싶었다. 황주에 있는 헌애왕후처럼 온전히 이 궁에서 나가고 싶었다.

그러나 그것이 허락되는 운명을 가진 사람은 따로 있는 거라고 자신을 다독이며, 헌정왕후가 죽어가며 낳은 아이를 궁으로 데려와 유모에게 맡겨 키우라고 특명을 내렸다. 그리고 친히 이름을 순이라고 지어주었다.

이름을 지어준 이유는 단순히 동생인 헌정왕후의 죽음이 너무나 애달픈 까닭이지, 눈엣가시 같은 종실 욱과는 전혀 상관없는 일이었다. 그러나 그것이 훗날 어떤 결과를 가져올지 성종이 알았다면, 그리 하지 않았을 것이다.

욱이 곤장을 맞고 귀양 간 것에 대해 신라계 중신들은 드러내놓고 불평할 수가 없었다. 자신들이 택한 유학을 성종이 그대로 실천했기 때문이다.

그러나 문제는 그리 간단한 것이 아니었다.

"육두품 출신들이 말로만 대를 이어 조정을 장악하고 있으면 뭐하나? 겨우 하나 남은 왕손마저 못 지켰는데. 하기야 성골도 진골도 아닌 사람들의 한계가 그 정도지, 뭘 더 바라겠나?"

이런 빈정거림이 경주에서 속속 들려왔다.

150

그런 중신들이 체면을 세울 구실을 찾을 때 나타난 것이 바로 황주의 김치양이었다. 찍어낼 대상이 생기자 그들은 바로 자리를 같이했다.

"이미 계획한 대로 김치양을 귀양 보내는 일을 서둘러야지, 잘못하면 우리만 당하겠습니다."

누구라고 할 것 없이 시작된 말은 꼬리를 물고 이어졌다.

"김치양을 귀양 보내는 것은 어려운 일도, 망설일 일도 아닙니다. 확인한 바에 의하면, 황주에 천추전이 생겼을 때부터 제례 예식을 맡아 진행해오던 김치양은 개령군이 입궐하고 난 후 헌애왕후와 정을 통했다고 합니다. 그는 지금 법복을 벗고 자신도 단순한 거사에 지나지 않는다고 말하며 평범한 불자임을 자처하는데, 두 사람은 마치 부부처럼 행세한답니다. 이것은 종실 욱과 헌정왕후 사이의 일보다 더한 경우입니다. 게다가 헌애왕후가 천추전을 세워 불사를 행하고 단군왕검과 고구려 선대왕들의 제사를 지낸다는 사실을 알았을 때부터 어떻게든 막고 싶지 않았습니까? 그게 송나라에 잘못 전해지는 날에는 비위를 거스를 뿐만 아니라, 그렇게 모이는 것이 북방 호족들을 하나로 응집시킬 수 있는 계기가 되지 않습니까? 그러나 국가 차원에서 막을 수는 없었지요. 태조대왕 이후 고구려의 혼을 이어받아 그 땅을 수록하는 것이 국가의 근본이념이었는데, 송의 비위를 거스를까봐 고구려 선왕의 제사를 그만두게 했다는 사실을 만백성 앞에 드러내는 꼴이 될 테니까요. 하지만 지금 김치양을 귀양 보내자고 상소를 한다면 누가 반대하겠습니까?"

"맞습니다. 게다가 김치양이 누굽니까? 개령군의 도후이며 선왕의 비인 헌애왕후의 정부입니다. 그런 김치양을 제거한다면 천추전의 제사가 중단될 수도 있으니, 더 이상 송나라의 눈치를 보지 않아도 될 것입니다. 또 신라계 중신들의 힘을 과시하는 계기가 되어, 새로운 관리들이 우리 쪽으로 오고자 할 것입니다. 게다가 경주의 따가운 눈초리도 피할 수 있으니, 그야말로 일석삼조 아닙니까?"

목적을 위해 이미 결정된 일을 추인하는 것이므로 오래 고려할 필요도 없었다.

황주의 헌애왕후가 김치양과 정을 통해 백성들 앞에서 왕실의 체통이 말이 아니니, 빨리 수습하지 않는다면 어찌 유학의 정신을 가르칠 수 있겠느냐는 내용의 상소를 접한 성종은 깊은 고민에 빠졌다.

욱은 눈엣가시처럼 여기던 터라 이때라고 반가워하며 곤장을 쳐서 귀양 보냈다. 그리고 그 결과 헌정왕후가 죽었다.

그러나 김치양의 경우는 다르다.

성종은 비록 몇 년 전에 헌애왕후가 자신을 찾아와 팔관회 폐지를 철회해달라고 말한 자리에서 천추전의 제례를 없앨 수 없느냐고 말했지만, 그것은 신라계 중신들의 반발을 염려해서 해본 소리였다. 내심 자신이 하지 못하는 일을 헌애왕후가 대신하고 있고, 그것은 앞으로 보위에 오를 송 왕자가 고구려의 맥을 이어가는 것이나 진배없다고 생각하며 위안을 삼고 있던 터였다. 게다가 개경도 아닌 황주에서 있는 일이다. 그런데 김치양은 신라 왕족 출신이었고, 중신들은 그가 헌애왕후의 정부인 것을 문제 삼고 있다.

성종은 불쌍한 두 여동생을 충분히 이해할 수 있었다. 왕실을 튼튼히 해야 한다는 이유로 자매가 같은 왕에게 시집을 가서 스물도 안 된 나이에 과부가 되었는데, 그 심정을 왜 모르겠는가? 마음 같아서는 상관하지 말라고 일축하고 싶었지만 지금 중신들은 어떻게든 위신을 세우려고 꼬투리를 잡고 있었다. 더더욱 지금 궁에는 송 왕자가 들어와 있다. 아무리 동생이 불쌍하다고 해도 묵과하고 넘어갈 수 없는 일이다.

고민을 거듭하던 성종은 욱에게 곤장 백 대를 내렸듯이, 이번에도 곤장을 쳐서 귀양을 보내는 것이 마땅한 일이라고 판단했다. 다만 종실 욱이 신라 출신임을 감안해서 은전을 베풀어 남쪽으로 귀양 보냈듯이, 김치양은 그의 본거지인 북쪽으로 보내기로 했다. 또한 종실 욱 때와 마찬가지로 김치양에게 죄를 뒤집어씌움으로써 여동생인 헌애왕후를 보호해주어야 한다고 생각했다.

성종은 김치양을 잡아들이라고 하고 왕지를 내렸다.

「죄인 김치양은 금강이라는 법명을 받았으며, 헌아왕후가 단군왕검과 고구려 선대왕들의 제사를 지내려는 충정에서 천추전을 지었을 때 제례를 전담할 스님으로 갔다. 그러나 본연의 임무인 제례에 충실한 게 아니라, 대저 선왕의 비인 헌애왕후에게 흑심을 품고 정을 통하려 했을 뿐만 아니라, 스스로 법복을 벗어 왕후의 체면을 더럽히고 왕실의 권위를 손상시켰으니, 엄히 다스려야 할 것이다. 하지만 개령군 송 왕자에게 학문을 전수하고 헌어왕후를 지극 정성으로 모셨다는 주변 백성들의 진언을 참작하여, 곤장 백 대를 쳐서 귀양 보낼 것을 명하노라.」

왕지의 내용을 전해들은 헌애왕후는 성종의 깊은 뜻을 새겨보았다.

내용대로라면 헌애왕후는 김치양과 서로 사랑한 것이 아니라, 김치양이 일방적으로 흑심을 품었기에 그것을 예방하는 차원에서 처벌하는 것이다. 한 가지 특이한 점은, 천추전에서 단군왕검과 고구려 선대왕들께 제례를 올리는 것이 김치양의 임무라고 했다. 그리고 그것은 헌애왕후의 충정에서 나온 것이라고 했다. 그렇다면 천추전에서 제례를 올리는 것은 금할 사항이 아니라 나라를 위한 충성이라는 뜻이다. 즉 성종은 김치양을 희생시키는 대신, 머지않아 보위에 오를 송 왕자의 모후인 헌애왕후가 이제까지 황주에서 벌인 모든 행동을 정당화시킬 뿐만 아니라, 진정한 충신으로 만들고 있었다.

헌애왕후는 성종의 마음씀씀이에 고마워하며, 아들 송이 왕위에 오른 후에는 결코 이렇게 중신들의 눈치를 보느라 눈 가리고 아웅하는 일은 없을 거라고 다짐했다. 게다가 김치양의 귀양지는 북쪽 끝의 여진과 가까운 통리라고 했다. 통리라면 비록 산세가 험하고 여진이 자주 침범하는 곳이라고는 하지만, 귀양지로서는 황주에서 가장 가까운 곳이라고 해도 과언이 아니다. 그것은 김치양이 여진족과 친분이 있다는 것을 이미 알고 있는 성종이 귀양을 가서 공을 세워 풀려날 기회를 만들라는 묵시를 한 것인지도 모른다.

헌애왕후는 조정의 대세 앞에서 어쩔 수 없이 택한 길이라고는 하나, 최대한 배려해준 성종에게 진심으로 감사했다.

비록 김치양은 곤장을 맞고 귀양을 떠났지만, 성종이 김치양에게 내린 왕지에 힘입어 천추전에서는 하루도 끊이지 않고 제례를 올렸다. 제사장이 김치양에서 헌애왕후로 바뀌고 법문 시간이 없어졌지만, 백성들은 그 수가 줄기는커녕 오히려 더 열심히 참여했다.

제례를 올리며 궁으로 들어간 아들과 귀양을 간 김치양, 백성들과 왕실의 안녕을 비는 것이 헌애왕후의 하루 일과였다. 예전에는 점심 무렵이면 백성들이 모두 돌아갔는데 요즈음은 헌애왕후가 외로워할 것을 염려한 까닭인지, 오후에도 함께했다. 그리고 제례를 지내지 않을 때에는 헌애왕후의 말벗이 되어주기 위해서 노력하는 도습이 역력했다.

그뿐만이 아니었다. 황보 가문의 사내들 중 몇몇은 가끔 헌애왕후에게 사냥을 권했고, 헌애왕후 역시 흔쾌히 사냥에 나서곤 했다. 그렇게 어울리다 보면 송 왕자와 김치양과 더불어 사냥하던 시절로 돌아간 것 같아 즐거웠고, 때때로 경종 생전에 함께 사냥했던 추억이 떠올랐다. 그리고 지금 보위에 오른 치 오라버니와 활쏘기 내기를 했던 때의 추억으로 빠져 들기도 했다.

세월이 흘러 겨울이 가고 봄이 지나, 이제 여름이 문턱에 찾아온 오월이 되었다. 김치양이 귀양을 간 지도 일 년이 될 즈음, 그가 보냈다며 헌애왕후를 찾아온 사람이 있었다. 헌애왕후는 혹 무슨 일이 일어난 것은 아닌가 하는 불안한 마음으로 그 사람을 맞이했다. 그런데 그가 전한 김치양의 서찰은 너무도 놀라운 내용이었다.

「마마, 소인 김치양이 머리 숙여 인사 올립니다. 소인은 이곳에서도 전하와 마마의 성은으로 불편함 없이 잘 지내고 있을 뿐만 아니라, 오히려 감사하다는 생각이 들 정도입니다. 제가 온 후부터 자주 국경을 범하던 여진족이 저와의 정리를 지키느라 국경을 범하지 않기 때문입니다. 이것이 전하의 뜻이 아니었나 하는 마음에, 오히려 성은을 입었다는 생각마저 듭니다. 이 모든 게 마마께서 돌보아주신 덕분이라, 그저 은덕에 머리를 조아릴 뿐입니다.

소인이 유배자의 신분으로 해서는 안 되는 일인 줄 알면서도 서찰을 올린 연유는, 다름이 아니오라 머지않아 거란이 고려를 범할 것이라는 첩보가 들어와 전해드리고자 함입니다. 이것은 결코 낭설이 아닙니다.

그 정보를 전한 사람은 전날 저와 제 아비가 여진에서 생활했을 때 함께 지냈던 자로, 그 후 거란에 귀화해 장수로 있습니다. 믿어도 좋은 자이니 이 정보를 절대 허수히 여기지 마시고, 대책을 강구하시는 게 좋을 듯합니다. 다만 지금으로써는 그 시기가 언제이며, 그들이 원하는 게 무엇인지 말씀드릴 수 없다는 것이 답답할 뿐입니다. 왕후 마마께서는 이미 아시리라 믿습니다만, 대저 전쟁을 일으킬 때에는 원하는 것이 있는 바, 그게 무언지 모른다는 것은 소신의 부족함입니다.

지금 청천강 이북은 거란의 땅이 되었다고는 하나, 아직 고려와 거란 중 누구도 그 땅을 완전히 지배하지 못했습니다. 다만 그 지역의 땅에서 가장 세력이 강한 호족이 왕처럼 군림하며 때때로 거란에 적당히 조공을 바치면서 살아가고 있습니다. 그런데도 무주공산이나 마찬가지인 그 땅을 두고 고려를 범하려 하니, 단순히 땅을 얻으려는 욕심은 아닌 듯싶습니다.

그래서 소인은 천추전에서 생활할 때 마마께서 해주신 말씀처럼 거란이 고려와 형제의 우애를 맺음으로써 송과 고려가 양쪽에서 협공할 것이라는 불안을 떨쳐버리려 함이 아닐까 생각합니다. 또한 마마께서 이미 예측하신 대로, 송은 거란이 고려의 영토를 범한다 할지라도 도움은커녕 오히려 방해가 될 것입니다. 지금 거란이 세운 요는 송을 심히 압박하고 있을 뿐 아니라, 송은 그 기세에 눌려 고려가 송에 바치는 것 이상으로 요에 조공을 보내려 하고 있습니다. 한데 송이 무슨 도움이 되겠습니까?

그 옛날, 신라가 당을 끌어들여 고구려를 협공하여 득보다 실이 더 많았던 상황을 재현하지 않으려면 무엇을 해야 하는지를 자리 지키기에 급급한 조정의 중신들에게 말할 수 있으면 좋겠습니다만, 저로서는 방법이 없습니다. 마마의 현명한 지혜와 수그러들지 않는 용기만이 이번 사태를 미리 막을 수 있으리라 생각합니다.

마마, 부족한 소인의 견해로는 거란의 고려 국경 도모는 사전에 외교적인 조치가 있으면 막을 수 있을 것이라고 봅니다. 저 역시 거란이 진정 원하는 게 무엇인지를 알아내기 위하여 부단히 노력할 것이나, 이 서찰을 읽으신 마마께서도 어떤 조치를 취해주시리라 믿습니다. 부디 마마의 현명한 판단이 백성들로 하여금 전쟁이라는 무서운 화를 피해갈 수 있게 해주기를 바라며 이만 줄이고자 합니다.

부디 강녕하시고 평안하시기를 두 손 모아 축원합니다.」

헌애왕후는 김치양의 글을 읽으며 그가 말하고자 하는 바가 무엇인지 알 수 있었다.

김치양을 만난 지 벌써 십 년이 지났다. 그중 함께 생활한 것이 구 년이요, 살을 섞으며 가장 깊은 곳을 주고받은 것이 이 년이다. 이 정도 서찰이라면 그 뜻을 충분히 알고도 남았다. 게다가 헌애왕후는 총명하고 세상 돌아가는 상황을 잘 읽었다. 자신은 선왕의 왕후이기 이전에 고려의 백성이며, 왕후로서 대접받기 전에 고려의 안녕을 위해서 할 수 있는 일은 해야 한다는 생각을 항상 했기에, 사심 없이 사태를 파악하여 모든 정세를 한눈에 볼 수 있었다.

잠시 생각에 잠겼던 헌애왕후는 더 이상 머뭇거릴 수 없다고 판단했다. 이미 벌어진 일이니 그 대책을 마련해야지, 걱정한다고 해결되지 않는다. 그래서 하인들 중에서 말을 잘 타고 눈치가 제법 빠른 자를 부르라 명하고는 지필묵을 준비하여 급히 내사시랑 서희에게 보내는 서찰을 썼다.

「시간이 촉박하여 급히 몇 자 적습니다. 내사시랑께선 내 서찰과 함께 동봉된 서찰을 읽고 나서 대책을 마련하시는 게 좋을 것입 니다.

아시다시피 지금 조정에서 김치양의 이야기를 꺼내는 것은 아니 함만 못 하니, 이 서찰을 공개하지는 마시고 여진족에게 얻은 정 보라고 한 후 일을 도모하시는 게 좋을 겁니다. 물론 해결책을 내 놓아도 원만히 진행되지 않을 것이라는 사실은 잘 압니다. 다만 최선을 다해 노력해도 안 되면, 근간에 어떤 이유로든 시간을 내 어 이쪽으로 걸음하세요. 황주가 멀다면 내가 내사시랑이 편한 곳으로 나갈 수도 있습니다. 그때까지는 거란이 고려를 범하고자 하는 까닭을 꼭 알아놓을 것이니, 대책을 마련해봅시다.」

헌애왕후는 자신이 적은 서찰에 김치양이 보낸 서찰을 동봉했다. 그 리고 말 잘 타는 하인을 시켜, 아무리 짬이 없다 해도 황주에서 왔다고 하면 만나줄 것이니 서희의 집으로 가서 반드시 직접 전하라 일렀다.

헌애왕후는 급한 마음에 김치양의 서찰을 가져온 사람을 챙기지 못한 것을 미안해하며, 그에게 전할 것이 있으니 하룻밤 묵어가라고 권했다. 그리고 하인들을 시켜 그를 극진히 대접하라고 이르고, 김치양에게 보 낼 서찰을 준비했다.

「세월이 너무 쉽사리 흐르는 것 같습니다. 스님이 흔적만 남기고 떠난 지도 벌써 일 년이라는 세월이 다 되어갑니다-. 이렇게 서찰을 보내준 것을 보니 무탈한 것은 틀림없겠으나, 행여 신변에 탈이 나지 않았는지 잠시도 마음을 놓을 날이 없습니다.

부처님께서 '있는 것은 없는 것이요, 없는 것은 있는 것'이라 하신 말씀이 무슨 뜻인지 예전에는 몰랐는데, 스님과 함께하다가 그 자리가 빈 요즘 새삼 그 말씀을 깨닫는 것 같습니다. 곁에 있을 때는 그저 좋았는데, 그게 얼마나 행복한 일인지 제대로 알지 못했습니다. 부처님의 그 말씀이 어찌 이리도 잘 맞는지 이제야 비로소 알게 되었습니다. 그것이 바로 인간이 갖는 한계겠지요.

스님이 걱정하신 대로 일이 벌어지기 전에는 조정에서 어떤 조치도 취하지 않을 것입니다. 다만 일이 벌어진 뒤에 수습하기 위해서라도 거란의 속내가 무엇인지 알아둘 필요는 있습니다. 하지만 무리는 마세요. 이곳에서도 손을 쓸 수 있을 뿐만 아니라, 저들의 속내가 어느 정도 들여다보였습니다. 부디 머지않아 다가올 좋은 날들을 위해서 몸을 건강히 잘 보존하시기를 바랄 뿐입니다.」

글월을 마치고 경대 앞에 앉아 입술에 연지를 발랐다. 그리고 입술을 편지 마지막 부분에 살포시 찍었다. 송 왕자가 궁으로 간 그날, 환한 눈빛을 창으로 맞으며 달아오른 몸을 섞기 전에 입술을 포갰던 추억을 그리듯. 그리고 그 편지를 고이 접어 잘 봉했다.

헌애왕후의 마음 깊은 곳에서 김치양은 아직 스님으로 남아 있었다. 그것도 십 년 전에 왕륜사에서 만났던 스님이다. 다만 바뀐 것이 있다면 그때와 달리 곁에 있는 게 아니라, 가슴속 깊은 곳에 존재해 있다는 것이다. 그렇기에 없는 것이 있는 것이요, 있는 것이 없는 것이라는 부처님의 말씀을 깨칠 수 있었다.

헌애왕후는 이튿날 새벽에도 예불 없이 제례를 지냈다. 그리고 백성들과 함께 아침 공양을 나누었다. 참석한 사람들은 지금도 숫자가 줄지 않았다. 김치양의 심부름을 온 사람은 그 모습을 보다가 헌애왕후에게 다가갔다.

"참 다행입니다. 금강거사께서 아침 제례가 제대로 진행되는지를 가장 걱정하셨는데, 이렇게 제 눈으로 직접 보고 아무 걱정 하실 필요 없다고 전해드릴 수 있어서 말입니다. 또한 지금도 고구려의 선대왕들께 제례를 올리는 곳이 있다니 기쁘기 그지없습니다. 소인의 아비는 고구려의 후손으로 발해 백성임을 자부하다가, 화산 폭발로 망한 발해 땅이 거란의 손에 들어가자, 고려가 말로는 고구려의 대통을 이을 적손이라고 하면서 자신들을 지켜주지 않고 내쳤다고 원망하며 세상을 떠나셨습니다. 하지만 이렇듯 제 눈으로 고구려의 부흥을 꿈꾸시는 왕후 마마를 뵈니, 이제 어디에 가서라도 할 말이 생겨 마음이 너무 가볍습니다."

그는 김치양을 꼬박꼬박 금강거사라고 불렀다. 헌애왕후는 그 이유를 잘 알고 있었다. 김치양은 법명을 버리기 싫어서 자신을 금강이라고 지칭했지만, 이미 파계한 몸이니 '금강거사'라고 부르라 했다. 그러나 지금, 아니 과거와 앞으로도 금강이 스님이든 거사든, 그런 건 중요하지 않았다. 중요한 건 가슴속에 남아 있는 금강이자 김치양이라는 사람이다. 그가 자신과 함께 행보하면서 뜻을 합쳐 고려를 위해 일하고자 한다는 것이 중요했다. 그렇게 생각한 헌애왕후는 심부름을 온 사람에게 말했다.

"가거든 금강스님, 아니 금강거사라 해도 좋소. 그분에게 이 모습을 그대로 전해주시오. 그리고 이 서찰을 잘 전달해주시오."

그리고 서찰과 함께 노자를 두둑하게 얹어주었다. 사내는 처음에는 사양하다가 그곳에 가서 좋은 일에 쓰겠다며 받아 넣고 총총히 제 갈 길을 갔다.

그가 떠나는 모습을 멀리 사라질 때까지 지켜보던 헌애왕후는 외당숙이자, 거란과 여진은 물론 송과도 교역하여 많은 부를 축적한 황보량을 찾았다. 마침 황보량은 막 아침 공양을 끝내고 자리에서 일어서려고 하는 중이었다. 헌애왕후가 그에게 다가갔다.

"당숙께 드릴 말씀이 있는데, 잠시 차 한 잔 하실 시간 있으십니까?"

"예. 오늘은 시간이 많습니다. 그리고 시간이 없다 할지라도 마마께서 말씀하실 게 있다고 하시는데 당연히 내야지요. 아무 심려 마시고, 기다리고 있을 테니 볼일 보신 후에 부르십시오. 저는 오랜만에 동리 사람들과 이야기 좀 나누고 있겠습니다."

그러자 헌애왕후는 그 무엇보다 중요한 일이니 먼저 이야기를 나누자며 황보량과 내실로 향했다. 자리에 앉자 헌애왕후가 입을 열었다.

"당숙께선 언제 거란에 가시나요?"

헌애왕후의 첫 마디였다. 황보량은 몇십 년 동안 거란과 여진, 송과 거래를 하면서 쌓은 장사꾼 특유의 감으로 분명 무슨 일이 있다고 느꼈다.

처음 헌애왕후가 이야기하자고 했을 때에는 전처럼 주변의 어려운 사람을 도와주어야 하니 무엇을 해달라든가, 어떤 일에 힘을 보태달라는 등 그저 가벼운 이야기이려니 생각했다. 그러나 지금은 자신이 감당할 수 있는 일인가를 알고 싶었다. 헌애왕후가 돈이 필요하다면 늘 그랬듯 얼마든지 내줄 수 있었다. 자신이 쓰기 위해 돈을 요구한 적도 없고, 대부분 이웃을 돕는 데 쓰는 데다 필요 이상의 금액은 절대 요구하지 않았기에 그 정도는 얼마든지 해줄 수 있었다. 하지만 거란에 관한 일은 지금까지 쌓은 거래 기반을 흔들 수도 있기에 심각하게 받아들이지 않으면 안 된다.

"거란이야 얼마 전에 갔다가 엊그제 돌아왔습니다만……."

그가 말꼬리를 흐리자 헌애왕후가 되물었다.

"당숙의 가까운 친척 중에 거란의 장군이 있다고 들었는데, 그분은 잘 계십니까?"

황보량은 헌애왕후가 거란의 장군을 거론하자 큰일을 도모하려 한다는 것을 눈치 챘다. 그렇다면 태도를 확실히 해야 한다. 애매모호하게 행동하면 아무것도 얻지 못할뿐더러, 모든 것을 잃을 수도 있다. 경험에 의하면 비밀이 따르는 일은 모 아니면 도이지, 개, 걸, 윷은 의미가 없다. 참여할 거면 확실하게 비밀을 듣고, 아니면 내용을 듣기 전에 자리를 떠나야 한다.

"마마, 하실 말씀이 있으시면 하시지요. 소인의 전부를 내걸 각오로 임할 것이니 마음 놓으십시오."

황보량은 진심으로 힘이 되어주고 싶었다. 물론 보위에 오를 개령군의 모후이니, 개령군이 즉위하고 난 후 장사꾼으로서 득을 보려는 생각이 없다고 할 수는 없다. 하지만 지금은 그런 생각을 할 시점이 아니라는 감이 왔다.

"저희 가문이 선대부터 누려온 부와 지위에 대한 보답을 하기 위해서라도 기꺼이 모든 것을 바칠 각오가 되어 있습니다. 건국 초기부터 태조대왕의 기대를 한 몸에 안고 있던 신정왕후 마마 덕분에 제 아비는 거란은 물론, 관계가 모호했던 여진의 각 부족들과 중원의 후주와도 교역을 했습니다. 그리고 대종 왕욱께서 황주에 오실 때마다 돌봐주셔서 큰 힘이 되었습니다. 그런 저희 가문이 어찌 마마께서 도모하시려는 일을 모른 척할 수 있겠습니까? 필시 고려를 위하는 일일 터, 돕지 않는다면 도리가 아닐 것입니다."

황보량의 진심 어린 대답을 들은 헌애왕후가 대답했다.

"당숙께서 그리 말씀해주시니 한결 마음이 놓입니다. 당숙께서 도와주신다면 분명히 어렵지 않게 해결할 수 있을 것입니다. 사실은 당숙께서도 잘 아시는 금강스님이 어제 전갈을 보내왔는데, 머지않아 거란이 고려를 범할 거라 합니다. 하지만 제 생각에 거란은 분명 영토를 확보하기 위해서가 아니라 다른 뜻이 있을 것입니다. 성급한 판단인지도 모르나, 거란이 이번 기회에 고려와 우호를 다진 후, 송과 힘겨루기에 들어가려는 게 아닌가 합니다. 하지만 아직 진의는 모릅니다."

그러자 황보량이 아까보다 더 심각한 표정으로 의견을 이야기했다.

"여진에서 성장한 금강스님이 그런 정보를 보냈다면 헛말은 아닐 듯합니다. 물론 마마께서 잘 알아서 대처하시겠지만, 소인의 생각으론 조정에 급히 알려 그 대책을 강구하게 하심이 옳을 듯합니다."

황보량이 말끝을 흐리자 헌애왕후가 대답했다.

"전갈을 받자마자 내사시랑 서희 대감에게 사람을 시켜 서찰을 전달했습니다. 하지만 아시다시피 지금 조정에서는 거란을 평가 절하하고, 여진 역시 우습게보고 있습니다. 그리고 자신들의 안위만을 걱정하는 중신들은 이 일에 적극적으로 대처하기보다는 그저 어물쩍 순간을 면하려 할 것입니다. 물론 서희 대감은 부화뇌동하지 않겠지만, 세력에 한계가 있어서 대책을 세운다 해도 막상 일이 벌어지기 전까지는 조정에서 어떤 해결책을 내놓을 거라고 기대하기가 힘듭니다. 그래서 당숙께 부탁을 드리는 것입니다. 제가 거란의 속내를 알아내 서희 대감과 함께 숙의하여 대책을 마련해놓아야 거란이 일을 벌였을 때 수습할 수 있을 테니까요. 만일 그러지 않고 있다가 당한다면 고려는 아무것도 못할 것입니다."

헌애왕후의 요지를 충분히 알아들은 황보량이 대답했다.

"알겠습니다, 마마. 제 외가 쪽으로 그리 멀지 않은 친척 중에 진충국이라는 장수가 있는데, 그는 거란 왕실과도 인연이 닿으니 그를 통해 알아보겠습니다. 고려에서는 돌아가신 대종 왕욱께서 저를 많이 돌봐주셨고 지금은 마마께서 든든한 후원자가 되어주시는 것처럼, 거란에서는 진 장군이 저의 후원자 역할을 하고 있으니 많은 도움이 될 것입니다. 마마께서는 조급하시더라도 마음의 여유를 가지십시오. 소인이 엊그제 돌아오기는 했으나, 다시 한 번 물품을 준비해 교역을 핑계로 거란에 다녀오겠습니다."

황보량의 말을 들은 헌애왕후는 어느 정도 안심이 되었다. 하지만 조정의 상황과 황보량의 대답을 알기 위해서는 족히 한 달은 걸릴 것이다.

헌애왕후는 그 한 달이 지루하게 느껴질 거라 생각하며 황보량을 배웅했다.

8

거병

황보량과 헌애왕후가 논의한 지 보름여가 지난 후 서희가 전해온 서
찰의 내용은 짐작대로였다.

서희가 여진에서 거란이 고려를 범할 것이라는 정보를 얻었다고 하자
중신들은, 여진족은 원래 교활하고 간교한 자들이라 공연한 소문을 내
어 거란과 고려의 관계를 악화시키는 것은 물론 고려의 국론을 분열시
키고 불안을 조성하기 위해 수를 쓰는 것이니 신경 쓸 필요가 없다고 일
축했다고 한다. 아무리 믿을 만한 정보라고 해도, 서희를 국론을 소모
하고 전쟁을 입에 담아 백성들을 불안하게 하여 나라의 기강을 흔들려
고 하는 사람으로 모는 바람에 그도 뜻을 접었다는 것이다. 그리고 끝
으로 붙인 말이, 유월 말경 서경에 갈 일이 있는데, 주변 고을들도 돌아
본다는 핑계로 일정을 길게 잡아 윤허를 받고 떠나기로 했으니, 반드시

황주에 들러 대책을 논하는 것이 나을 성 싶다고 했다.

헌애왕후는 앞으로 스무여 일 후에 도착할 서희와 계책을 논의하기 위해, 무엇보다 필요한 황보량의 소식을 기다렸다.

그로부터 보름여 지난 저녁 무렵, 황보량이 조금 여윈 모습으로 헌애 왕후를 찾아왔다. 그는 자리에 앉자마자 거두절미하고 본론으로 들어 갔다.

"마마의 짐작대로였습니다. 소인이 거란으로 들어가서 준비해간 물 건을 여기저기에 풀며 정보를 수집한 결과, 이른 추수가 끝나는 음력 팔월에 대소집령이 내려져 있답니다. 며칠 동안 여러 군데를 돌며 들 어보았는데, 전쟁은 확실한 것이었습니다. 다만 그 상대와 시기가 문제 였는데, 팔월에 소집한다는 것을 보니 늦어도 구월 초순이 될 게 자명 합니다. 대상은 고려라는 이야기를 들은 바가 있어서 핑계를 만들어 진 충국 장군을 찾아갔습니다. 지난번에 진충국 장군에게 빚을 진 터라 답 례품을 가지고 갔더니, 의외로 장군이 먼저 저에게 소식을 들었냐고 물 었습니다."

황보량은 그와 나눈 이야기를 풀어놓았다.

"황 공, 이미 소식을 들으셨습니까? 하기야 그러니까 황 공이 큰 장사 를 실수 없이 해나가는 것이겠지만 말입니다. 그렇다고는 하지만 아직 다녀간 지 며칠 되지도 않았는데 또 오셨습니까? 아직 시간이 한두 달 은 족히 있는데……."

진충국의 말은 두 달이 조금 안 되는 기간 안에 고려를 칠 것이라는 뜻이었다. 즉 황보량이 궁금해한 사건의 전말을 그가 이미 알고 있다고 판단하고 말한 것이다. 만일 그 대상이 고려가 아니었다면 말하지 않았을 것이다.

아무리 황보량의 뒷배가 막강하다 하나 전쟁 중에 그 대상국과 교역을 하는 것은 있을 수 없는 일이다. 그래서 서둘러 교역을 하러 왔느냐고 물은 것이니, 곧 고려를 친다는 뜻이었다. 그러자 황보량도 이미 모든 것을 알고 있다는 듯 시침을 떼며 말했다.

"과찬이십니다. 다행히 여러 분들께서 미천한 이 좐-사치를 염려해 조금씩 귀띔해주시는 것을 모으다 보니, 판단이 빨랐을 뿐입니다. 그리고 사람의 일이라는 게 앞날을 알 수 없으니, 미리 대비하는 것도 나쁘지는 않아서 말입니다. 게다가 지난번 장군께 진 빚도 있는데 여차하다가 그 빚을 갚을 날이 자꾸 뒤로 미뤄지면 어쩝니까? 하서 이번에 장군께 빚도 갚고 은혜도 구하고자 겸사겸사 들른 것입니다."

그는 준비해온 뇌물이 적힌 목록을 내밀었다.

인삼과 호피 등 진충국의 눈이 휘둥그레질 만한 것들을 특별히 준비해 만든 목록이니, 당연히 그의 입은 귀밑까지 찢어지기 일보 직전이었다. 목록을 보자 진충국은 더 신이 나서 말했다.

"아니, 뭐 이렇게 귀한 것들을 준비하셨습니까? 공이 무슨 빚을 졌다고……. 다만 공과의 가족애를 생각해서 도와드린 것뿐인데요. 좌우간 이번에 서로 피치 못하게 전쟁을 하게 되었지만, 그리 오래 가지는 않을 테니 염려는 마십시오. 게다가 아무리 전쟁 중이타 해도 내가 출전을 안 한다면 모를까, 어찌 공과 공의 가문을 잊을 수 있겠습니까? 특히 황주를 중심으로 한 지역에는 전쟁의 화가 미치지 않도록 최선을 다할 테니 마음 놓으시지요."

진충국이 뇌물에 상당히 흡족해하는 것을 보면서 따를 놓칠 황보량이 아니었다. 저 정도라면 아예 지금 본심을 털어놓는 게 낫겠다는 판단이

들었다. 그래서 말을 돌렸다.

"비록 미흡하나 장군께서 저를 잊기야 하겠습니까? 다만 한 가지, 전쟁이 나면 그동안에도 장사를 못 하겠지만, 백성들이 아무 일도 하지 못해 전쟁이 끝나도 물자 수급이 원활하지 않을 테니 그게 더 걱정입니다. 저 같은 장사치야 원래 소견이 좁아 눈앞에 보이는 것밖에 몰라서 하는 이야기이지만, 전쟁을 안 할 수는 없는지 궁금합니다. 무슨 이유로 전쟁을 하는지 모르겠습니다."

그러자 진충국은 자신도 정말 전쟁이 싫다는 표정을 지었다.

"그건 무장들도 마찬가지입니다. 아무리 적이라 할지라도 사람을 죽이고 싶은 이가 어디 있겠습니까? 하지만 피치 못할 전쟁이라는 것이 있는 법입니다. 사실 고려는 거란과 형제나 마찬가지인데, 호의를 무시하고 우리를 너무 얕잡아보고 있습니다. 반면 송에는 너무 우호적이라 우리가 송을 도도하고 싶어도 뒤에 자리하고 있는 고려가 우리를 해할까 걱정을 안 할 수가 없어요. 그래서 우선 고려를 우리 편으로 만들기 위해 전쟁을 하는 것이라, 나도 반대할 수가 없는 입장입니다. 솔직히 말한다면 나야 고려에 많은 친지들이 살고 있는데 전쟁을 하고 싶겠습니까? 더더욱 이번에 좌장으로 출전할 것 같은데 말입니다."

좌장이라는 말이 나오자 황보량이 말했다.

"아니, 이번 출전 때 대장군을 누가 맡으시기에 장군께서 겨우 좌장이십니까? 출병 규모가 대단한가봅니다."

그러자 진충국은 너무 말을 많이 했나 하는 표정이 되었으나, 곧바로 평정을 찾았다.

"글쎄요. 기왕에 나온 말이니 끝을 맺는 건데, 아마 소손녕 장군이 맡을 겁니다. 그리고 실제로는 얼마가 될지 모르지만 말로는 팔십만의 병력이랍니다. 처음에는 황 공에게 도움이 되라고 말을 꺼냈는데, 하다 보니 너무 많이 했다는 생각이 드는군요. 하지만 차라리 잘되었습니다. 들은 바로는 황 공의 가까운 친척이 지금 개령군으로서 차기 보위를 이을 준비를 하고 있고, 그 모친이 같은 성 씨를 가진 선왕의 왕후로, 지금 황주에 머물고 있다지요? 고려의 국왕은 그 왕후의 친오라버니고요. 하니 지금 내 말을 전하고, 거란에 조공을 바치고 복속하라고 하십시오. 그러면 전쟁은 내가 막아보리다. 사실 나도 황제 폐하의 진짜 속내까지는 읽지 못했지만, 폐하의 원 뜻도 그게 아닌가 싶어서 드리는 말씀입니다."

황보량이 진충국을 이용해서 정보를 얻을 때, 진충국은 황보량을 이용해서 전쟁을 하지 않고 고려의 항복을 받아낼 방도를 찾고 있었던 것이다.

황보량의 이야기는 헌애왕후가 이미 짐작한 대로였다.

지금 거란의 성종은 송에 대한 부담이 엄청났다. 당과 고구려가 존재했던 시대로 거슬러 올라가보면, 당이 지배하고자 한 곳은 지금 거란이 차지한 곳이다. 마찬가지로 지금 송 역시 고려보다는 거란을 먼저 차지하고 싶을 것이다. 그렇다면 거란의 입장에서는 먼저 송을 징벌하고 싶을 수도 있다.

그러나 고려가 송과의 친교를 두터이 하고 뒤에서 버티고 있다. 후방을 무시한 채 송을 어찌할 수도 없고, 다만 견제하는 형편이다 보니 앞뒤가 모두 불안한 상태였다. 적어도 고려와 우호적인 관계를 맺을 수만 있다면 거란으로서는 수월하게 외교적인 수완을 펼쳐 중원을 도모해볼 수도 있는 일이었다.

하지만 고려가 거란은 한 단계 아래로 보고 송에는 굴욕적이다시피 한 외교를 펼치고 있으니, 더 껄끄러운 존재가 되었다. 그래서 내린 결론이 고려를 먼저 도모하자는 것이다.

송은 비록 960년에 나라를 세웠지만 이제 내부적으로 자리를 잡아놓은 단계여서, 혼자의 힘으로는 거란을 치지 못할 것이다.

지난 980년경에 송 태종은, 압록강 유역에서 살고 있던 발해의 후손들이 여진을 흡수해서 세운 정안국에 거란을 협공하자는 제의를 했다. 그 제안이 받아들여져 정안국과 송이 거란을 협공하려 했으나, 정안국의 내부 권력다툼으로 인해 계획이 무산되었다. 그 사실을 알고 있던 거란 성종은 즉위하자마자 군대를 일으켜 여진을 벌한다는 이유로 압록강 유역을 공격한 적이 있으며, 결국 987년에 정안국을 쓰러트렸다.

그런 경험이 있다 보니 거란으로서는 자연히 고려가 껄끄러웠다. 그래서 어떤 방법으로든지 정리해야 했는데 송이 힘을 더 갖추기 전에 쳐야 하니, 이번 기회를 이용해서 먼저 고려를 도모하자는 것이다.

다행히 고려가 수중에 들어오면 더 바랄 것이 없겠지만, 만일 수중에 넣지 못하더라도 최소한 강화 조약을 체결하여 고려가 거란을 도모하지 않을 것이라는 확신만 가질 수 있다면, 그만큼 운신의 폭이 넓어지리라는 판단이었다.

헌애왕후는 거란이 영토를 얻기 위해서 일으키는 전쟁이 아니라면 해결 방법을 찾을 수 있을 거라고 생각했다. 오히려 이 기회를 잘 이용하면 송의 그늘에서 벗어나 조정 권력 구도의 균형을 잡을 수 있을 거라 여겼다.

사실 진골이 아니면 중앙관직의 최고 자리에까지 올라갈 수 없었던 신라 육두품들은 고려에 오면서 신분이 상승되었다. 게다가 성종이 즉위했을 때에는 고려 건국에 깊이 관여했던 호족들이 일선에서 물러날 나이가 되었거나 이미 세상을 떠난 후였으므로 그들이 뜻을 마음대로 펼 수 있었다. 그 결과, 비록 지금은 세상을 떠났지만 최승로와 최지몽이 최고 관직인 문하시중과 대광까지 지냈다.

즉 그 모든 것은 성종이 즉위한 직후 치적의 방향을 잡은 최승로의 시무 28조를 시작으로 일어난 일들이요, 그것이 송의 유학을 근본이념으로 삼게 한 것이니, 송의 그늘에서 벗어난다는 것은 신라계의 입지를 약화시켜 조정의 권력이 어느 계파에 쏠리는 현상을 막고 균형을 잡을 수 있는 계기가 될 수 있었다.

헌애왕후는 앞으로 사나흘 후면 당도할 서희와 모든 문제를 상의하기로 했다. 그래서 서희를 중심으로 한 세력의 입지를 더 굳건하게 하여, 신라 육두품 출신들과 그 추종 세력들을 중심으로 형성된 조정 내부의 세력을 약화시켜 균형을 이루게 함으로써 고려 왕권이 더 튼튼하게 자리 잡을 수 있는 계기를 만들어볼 생각이었다.

그로부터 삼 일 후 서희가 도착했다.

서희는 헌애왕후가 천추전 출입문에까지 나와서 기다리는 모습을 보고 말에서 내려 달려왔다. 헌애왕후 앞에서 땅바닥에 엎드려 큰절을 올리고는, 일어서지도 못한 채 머리를 조아리며 말했다.

"마마, 미천한 소신이 이제야 마마를 찾아뵈었는디 이리 마중까지 나오시니 몸 둘 바를 모르겠습니다. 그동안 기체후 일향 만강하셨습니까?"

일부러 찾아오지 않은 게 아니니 그만 일어서라고 해도 서희가 그대로 있자, 헌애왕후가 그를 일으켰다.

"내사시랑 대감께서 이리 하시면 오히려 제가 불편합니다. 아직 날이 무더운데 먼 길을 일부러 와주신 것만으로도 이 몸을 믿고 따름을 알겠습니다. 또한 녹을 먹는 관리로서 당연히 시간이 없을 것이고 주변의 눈치도 봐야 할 텐데, 서찰도 보내시고 항상 저를 걱정해주시지 않습니까? 그러니 그만 일어서세요."

서희는 그제야 일어서며 얼굴을 훔쳤다. 땀을 닦는 것 같았지만, 땀이 아님을 알 수 있었다.

서희가 일어서자 헌애왕후는 황보량을 보며 말했다.

"들어가서 인사를 해도 늦지 않다는 것을 알지만, 마음이 급하니 지금 소개해야겠습니다. 이분은 제 아버님의 외가 쪽 당숙 되는 분이시고, 이분은 내사시랑 서희 대감입니다."

두 사람에게 수인사를 시킨 헌애왕후는 그들과 함께 천추전으로 들었다. 천추전에 든 서희는 앞에 모셔진 불상과 단군왕검의 영정, 해모수와 고주몽을 포함한 고려 선대왕들의 영정 앞에서 예를 올린 후 백성들과 대화를 나누는 집무실로 들었다.

"먼 길을 오셨는데 쉬지도 못하게 자리를 잡았습니다. 제 욕심도 있지만 하룻밤만 묵고 내일 떠나셔야 한다는 대감의 전갈을 받고, 피곤하실 것을 알면서도 지금 자리를 마련한 것이니 양해하세요."

헌애왕후는 먼 길을 달려온 서희에게 쉴 틈도 주지 않은 게 가혹한 처사인 줄은 아나, 하루밖에 시간이 없다는 것을 알면서 쉬라고 할 수 없었다. 설령 헌애왕후가 쉬라고 해도 서희 역시 일이 마음에 걸려 편히 있지 못할 것이다.

잠시 차를 마시며 말미를 갖고 난 후 헌애왕후가 입을 열었다.

"당숙께서 이번에 출병할 거란군의 총사령관 소손녕 장군의 좌장을 맡은 진충국 장군을 직접 만나고 오셨습니다. 당숙께서 진충국 장군과 외가 쪽으로 친척 관계가 되시는지라 많은 이야기를 나누셨답니다. 그런데 거란이 우리를 범하려 하는 이유가, 이미 대감께서도 짐작하고 계시리라 믿지만 절대 영토 때문은 아니랍니다."

헌애왕후의 말을 들은 서희는 고개를 끄덕여 동의를 표했다.

단순히 영토 때문이라면 송을 도모하면 될 터, 손바닥만 한 고려에 몇십만 대군을 동원하지는 않을 것이다. 물론 송과 전쟁을 일으키는 게 더 힘들 것이다. 하지만 어차피 전쟁은 마찬가지다. 고려를 침범해도 전쟁에선 많은 사상자가 날 수밖에 없다. 게다가 고려가 규모는 작아도 거란이 거쳐야 할 북쪽 변방의 군사력이나 백성들의 힘은 이미 고구려 시대부터 전해져 내려오는 바, 그 용맹성이나 전쟁에 대처하는 기술이 송보다 강하면 강했지 약하지 않았다. 즉 송을 피해 고려를 택한다고 해서 승리한다는 법은 없다. 그런 고로 거란이 팔십만이라는 엄청난 수를 거병해 고려로 오는 데에는 까닭이 있을 거라고 생각했다.

서희가 고개를 끄덕이는 것을 본 헌애왕후는 말을 이었다.

"거란이 거병하는 가장 큰 이유는 단적으로 말하면 고려와 화친을 하기 위해서입니다. 그 시기로 지금이 적기이지요. 사실 거란은 태조대왕 때부터 고려와 화친하길 원했지만, 고려는 야만족과의 화친은 있을 수 없는 일이라며 거절했습니다. 뿐만 아니라 지금의 전하께선 송의 외교 문서를 왕지라 하며 속국을 자처하고 나섰습니다. 그러니 송과 어깨를 나란히 하고 있다고 자부하는 거란이 얼마나 자존심이 상했겠습니까? 하지만 거란은 지난 일보다 현재가 중요할 것입니다. 고려가 거란과 화친하여 송과의 관계가 소원해지면 송과 거란을 협공하는 일은 없을 것이며, 그게 바로 그들이 원하는 것이니까요. 그러나 거란이 거병하고 난 후에는 형제로서 화친을 하기에 늦을 것입니다. 태조대왕 때 고려에 사신과 낙타를 보냈던 거란이 아니라는 말입니다. 만일 고려가 먼저 형의 나라로 모신다고 한다면 가능성이 있습니다. 팔십만이라는 군대를 거병해서 국력을 소모하며 고려를 도모하는 동안 혹시 있을지도 모를 송의 침공에 대한 불안을 없애고, 화친 후 송을 칠 수 있다는 계산을 할 테니까요. 그러나 거란이 거병한 후에 고려가 굴복하여 화친한다고 생각해보십시오. 이디 국력을 소모했다고 생각하는 그들로서는, 분명 군신의 예를 갖추라고 할 것입니다. 그렇게 함으로써 자국의 이익을 도모하고 군의 사기를 높이는 것은 물론, 고려와 송의 관계를 단절시킨 후에 송을 도모하려 할 것입니다. 즉 때를 놓치면 고려는 야만족이라 부르는 거란에 무릎을 꿇고 군신의 예를 갖춰야 합니다. 거란이 거병한 팔십만을 고려가 이겨낼 리 없을 테니까요. 그런데 지금의 조정에서 누가 거란을 이길 수 없다 인정하고 앞장서서 해결하려 할 것입니까? 여진족이 우리에게 준 정보를 믿기는커녕, 여진족은 교활하여 믿을 수 없다고 일축하면서 아직도 거란을 야만족이라고 하는 조정에서 말입니다. 만약 대감께서 거란이 전쟁을 일으키려는 게 확실하니 예우를 갖춰 화친하자고 하신다면, 조정에선 대감을 탄핵하려 들 겁니다."

헌애왕후는 어디에서도 토로할 수 없었던 답답한 심정을 서희에게 이야기했다.

서희 역시 답답하기는 마찬가지였다. 그리고 헌애왕후의 말이 백 번 지당했다. 만일 지금이라도 조정 중신들의 뜻이 일치하여 성종이 허락한다면, 거란에 사신을 보내 먼저 화친을 제의해 풀 수 있는 문제다. 그러나 거란이 거병하고 난 후에는 그것이 쉬운 문제가 아니다. 거란과 고려가 서로 입장을 바꿔놓고 생각한다면 나오는 대답이다.

서희 역시 답답해하는 것을 아는지, 헌애왕후가 입을 열었다.

　"해서 말입니다만, 조정에 가서 다시 거론해도 의미가 없을 겁니다. 하니 거란의 본의를 알고 있는 우리가 대책을 세우야 합니다. 분명히 거란은 침공을 하면 처음에 땅을 요구할 겁니다. 그런데 제가 알기로는 신라계 중신들은 대동강 이북의 땅을 중요하게 여기지 않습니다. 그러니 적당히 떼어주자고 하겠죠. 그러나 그런다고 해결될 문제가 아닙니다. 비록 대감은 문관이지만, 거란이 침공하면 제가 어떻게든 대감에게 토벌군의 중책을 맡기도록 전하께 부탁할 겁니다. 그러면 대감께선 저들과 한판 승부를 벌인다고 하세요. 홀로 적진에 가서 담판을 지으시라는 말씀입니다. 다른 사람들은 배짱이 없어서 그럴 조건을 만들어주어도 두려워 가지 못할 것입니다. 하지만 대감께서는 가능하시지 않습니까? 제가 담판의 상세한 내용을 말씀 드릴 수는 없습니다만, 도움이 될 말씀을 드리겠습니다. 저는 어떤 방법을 쓰든, 차기 왕이 될 개령군의 모후로서 약속할 수 있는 것을 전할 것입니다. 개령군이 보위에 오르면 반드시 거란과 손잡아, 거란이 육지를 통해 송으로 쳐들어가면 고려는 그 옛날 당이 백제로 갔을 때 이용한 바닷길을 거슬러 올라가 협공할 것이라고 말입니다. 나머지는 대감께서 알아서 판단하시면 틀림없이 성사될 거라고 믿습니다."

　헌애왕후는 궁내에 있는 개령군과 오라버니인 성종이 곤란할 수도 있는 일은 다 피하고 싶었다. 어떻게든 성종과 개령군에게 도움이 되고 싶었다.

　그날 밤, 헌애왕후가 황주로 온 이후에 있었던 일들과 서희가 궁에서 겪은 일 등 많은 이야기를 나눈 세 사람은, 밤늦은 시각이 되어서야 겨우 잠자리에 들었다.

이튿날 새벽, 서희는 함께 제례를 지내고 백성들과 공양을 나눈 후 서경을 향해 떠나려고 여장을 꾸렸다. 그리고 말에 오르기 전, 맨 땅에 엎드려 헌애왕후에게 큰절을 올렸다.

"마마께서 노심초사 고려를 걱정하시고 고구려 선대왕들의 업을 이어받고자 노력하시는 모습을 보니, 신은 가슴이 벅차올라 무어라 드릴 말씀이 없습니다. 부디 만수무강하시어 개령군 마마께서 보위에 오르시면 반드시 그 꿈을 이루소서. 미천한 서희, 마마의 그 큰 뜻을 가슴에 품고 떠납니다."

말을 타고 가는 서희의 뒷모습을 보니, 이른 아침이라 땀이 흐르는 것도 아닐 텐데 연신 얼굴을 옷소매로 훔쳐내고 있었다.

서희가 떠난 날로부터 달포가 조금 지난 그해 팔월.

지난번에 김치양이 보냈던 사람이 잠시도 쉬지 못하고 말을 달려왔는지, 말도 사람도 땀에 젖은 상태로 천추전에 당도했다. 결국 거란이 거병했다는 김치양의 전갈이 온 것이다.

「비록 거란이 거병을 했다고는 하나, 영토에 욕심을 내기보다는
　화친하여 고려를 우방으로 만들기 위한 것이라는 게 지배적인 의
　견입니다. 이미 거란군에 들어가 자리를 잡은 여진족의 측근에게
　서 입수한 정보이니 믿을 만할 것입니다.」

김치양의 전갈을 받은 헌애왕후는 그나마 한시름 놓을 수 있었다.

여진은 장사와 처세로는 그 어떤 민족도 따라갈 수 없을 정도로 앞섰다. 그들 스스로 자신들은 패망한 신라의 후손들이니 결국 고려의 백성

이나 마찬가지라면서 부족을 결성했다. 그러나 어떤 나라에도 완전히 귀속되지 않고 그렇다고 등지지도 않은 채 주변국, 특히 고려와 발해, 거란은 물론 말갈에도 조공을 바치며 교역을 해서 이득을 남겼다. 거란과 고려는 물론 송까지도 해야 할 교역이나 건네줘야 할 조공이 있는데 자국민이 지나가기 어려운 지역을 통과해야 한다면 여진에 부탁하여 의뢰비를 지불할 정도로 척지은 곳이 없었다. 세 나라 역시 여진이 그런 역할을 해야 한다고 인정하고 있었기 때문에 굳이 적대시하거나 없애려 하지 않았다.

그야말로 살아남기 위해서는 무엇이든 하는 민족이었기에 이미 거란에 귀의해서 조정과 군에서 상당한 자리를 차지하고 있는 이들이 많았다. 물론 고려에도 많은 이들이 들어와 있었지만, 아직까지 북방계보다는 신라계가 권력이 강한 까닭에 높은 지위에 오른 사람이 없을 뿐이다.

여진족은 신라의 후손임을 자처하고 있었기에 신라의 왕족 출신인 김치양이 원하는 것이라면, 무엇이든 알아내서 샅샅이 보고했다. 그들은 머지않아 고려의 대세는 헌애왕후가 될 것이며, 그 곁에는 김치양이 함께할 것임을 알고 있었다. 따라서 앞날을 위해 헌애왕후에게 충성하는 것이었다.

김치양의 서신을 받아든 헌애왕후가 늦은 밤이 되었음에도 대책 마련을 위해 고심하고 있는데, 황보량이 초췌한 모습으로 찾아왔다. 그는 자리에 앉자마자 말을 꺼냈다.

"늦은 시각이라 차라리 아침에 찾아뵐까 하다가, 느심초사하실 마마가 떠올라 찾아뵈었습니다. 제가 다시 거란에 가서 얻은 정보 역시 지난번과 다를 게 없습니다. 다만 한 가지 특이한 점은, 거란이 고려에 요구하는 영토의 규모가 그리 크지 않을 거라는 것입니다. 고려의 일부를 손에 넣어 자국의 체면도 유지하고 병사들의 사기도 진작시킨 후 본의를 드러낼 계획이라는 것이지요."

김치양에게서 받은 서찰과 비슷한 내용을 황보량에게서 보고받은 헌애왕후는 묘책을 강구하기 위해 뜬눈으로 밤을 지새웠다.

그리고 아침 일찍, 서찰을 든 인편을 서희에게 보냈다.

「대감, 거란이 거병했습니다. 그들의 목적은 짐작한 대로입니다. 고려 전체와 현재 가진 땅, 그리고 압록강 이남의 땅을 관리한다는 것은 지금의 거란에 귀찮은 일입니다. 결국 고려를 직접 지배하기보다는 속국으로 만들어야 편한 것이지요. 그렇다면 고려가 그들의 요구대로 화친을 맺는다면, 청천강 이북의 정안국이 지배했던 땅을 너어줄 수도 있을 것입니다. 그곳을 관리하기가 힘들어 무주공산으로 놓아두었다가, 다시 여진이나 발해의 유민들이 나라를 세운다고 하면 공연히 짐만 하나 더 느는 꼴이니 말입니다. 참고하세요.」

헌애왕후의 서찰을 전달받은 서희는 조례에서 다시 한 번 거란의 침입에 대해 거론했다.

"거란이 거병한 것은 사실이며 머지않아 고려의 국경을 범할 것입니다. 하니 서둘러 대항군을 조성해 국경으로 파병해야 합니다."

그러나 중신들의 반응은 지난 오월, 서희가 거란의 침입을 예고했을 때와 같았다.

"아직 국경에서 정식 보고도 없고 그 규모도 모르는데 공연히 대항군에 대해 운운한다면 민심만 동요시키는 것이니, 깊이 검토한 후 판단하심이 옳을 듯싶습니다."

성종은 서희와 반대하는 중신들 사이에서 고심했다.

자국이 적군에 유린당하고 난 후 수습하고 싶은 왕은 없다. 게다가 이미 헌애왕후와 서희가 자주 연통하고 있다는 사실을 아는 성종은, 서희의 말은 곧 헌애왕후의 말일 터, 그녀가 입수한 정보에 근거한 사실이니 옳을 것이라 판단했다.

그러나 거병을 하지 않았는데 대항군을 조직한다면, 그것은 한창 추수하느라 바쁜 민심만 상하게 할 뿐이다. 그래서 성종은 국경에 사람을 보내 빠른 시일 내에 사실을 확인하라는 것으로 결론을 내렸다.

성종에게 거란의 거병 문제에 대한 공식적인 보고가 들어오기 하루 전, 인편으로 헌애왕후의 서찰이 도착했다.

「거란이 거병을 한 것은 확실하지만, 제가 입수하고 분석한 정보에 의하면 그것은 고려의 영토를 노리기보다는 화친을 위한 일종의 술책입니다.

또한 정보를 입수한 연후에 누구보다도 믿음직한 서희 대감과 대책을 논의한 바, 전하께서는 서희 대감을 중용하시어 그의 의견을 수렴하시는 것이 옳은 줄로 아룁니다. 그리고 그의 의견을 되도록 들으셔야 고려가 큰 손실 없이 이번 일을 마무리 지을 수 있을 것입니다. 자세한 것은 서희 대감 편으로 서찰을 보냈으니 참고하십시오.

군사의 희생을 줄이고 싶은 것은 거란이나 고려나 마찬가지이나, 송과 국경을 마주하고 있는 거란으로서는 더욱 그럴 것입니다.

비록 미흡한 점은 많으나 충정으로 글을 띄우니 참고해주시길 바
랍니다.」

서찰을 읽은 성종은 헌애왕후라면 충분히 거란의 본의를 파악했을 거
라 생각했기에, 그의 말에 따르기로 마음먹었다.

다음 날, 거란이 이미 상당히 남하했고 머지않아 국경에 다다를 것이
라는 보고가 들어왔다.

다급해진 조정 중신들은 우선 북계의 군사들과 서해도와 교두도, 그
리고 동계의 광군들을 북계의 거란 침입 구역으로 모이게 하여 그들을
막자고 중론을 모았다. 그러나 삼십만 군사가 팔십만 대군인 거란을 막
는다는 것은 역부족이라는 사실을 잘 알고 있던 터라, 시중 박량우를
상군사로, 내사시랑 서희를 중군사로, 문하시랑 최량을 하군사로 급파
했다. 그리고 성종도 서경으로 행차했다. 왕이 직접 서경까지 나아가
진두지휘를 하면 백성들의 안정도 꾀할 수 있을 뿐 아니라, 군사들의
사기도 진작시킬 수 있을 거라는 생각이었다. 그리고 상황에 따라 선두
지휘를 할 수 있으리라 여겼으나, 서경에 도착했을 때 이미 거란과 일
전을 벌인 결과 윤서안 장군이 사로잡혔고, 봉산군이 적의 수중에 떨어
졌다는 전갈이 왔다.

처음에 성종은 헌애왕후에게서 저들의 속내가 무엇인지 들어 알고 있
기에 고려가 전투에서 승리를 거두는 시점에서 화친을 청하리라고 계
획했다. 그러나 전투에서 승리하기가 힘들 것 같아 차라리 이쯤에서 청
화사請和使를 보내는 것이 옳다는 생각이 들어, 중신들과 논의한 끝에 그
를 보냈다. 그러자 그가 돌아와 전한 것은 헌애왕후가 예측한 대로 서
경 이북의 땅을 내어달라는 말이었다.

성종은 급히 어전회의를 소집했다. 왕이 서경에 와 있으므로 중신들 또한 모두 당도해 있었다.

"경들도 이미 들어서 알고 있겠지만, 청화사 이몽전 대감이 돌아왔소. 지금 거란은 서경 이북의 땅을 내주면 물러갈 것이라고 하오. 물론 그리 하면 안 될 것을 알지만, 고려가 거란을 이길 수 있는 방도가 전혀 보이지 않소. 백성들의 목숨을 보존하고 병사의 희생을 적게 하는 게 지금으로서는 최고의 방도인 듯싶은데, 경들의 생각을 기탄없이 말해보시오."

그러자 서희가 나섰다.

"전하, 비록 봉산군을 적에게 내주었다고는 하나, 전쟁은 이제부터 시작입니다. 거란이 봉산군에서 전투를 치렀을 때에 우리의 주력군은 그곳에 도착하지 않은 상태였습니다. 그런데도 화친을 서두르는 바람에 서경 이북을 내놓으라는 허무맹랑한 소리를 하게 단든 것입니다. 전하, 부디 마음을 굳게 하시고 이 전쟁을 승리로 이끄셔야 합니다."

그러자 하군사 최량이 나섰다.

"하오나 전하, 굳이 이 전쟁을 끌고 갈 이유가 없습니다. 서경 이북의 땅은 척박하고, 여진과도 자주 충돌이 일어나는 곳입니다. 거란이 서경 이북을 지배한다면 필시 앞으로 국경에서 자주 일어났던 여진과의 충돌도 정리될 테니, 차라리 서경 이북을 내주고 거란이 물러가게 한 뒤 훗날을 도모하심이 옳을 줄 사료됩니다."

서희가 목소리를 높였다.

"명색이 하군사인데 어찌 싸움을 해보지도 않고 그턴 망발을 전하 앞에서 고하시오? 만일 이번에 우리가 서경을 내어준다그 합시다. 저들이 훗날에 삼각산 이북을 달라면 그리 할 것이오?"

이지백을 비롯해 서희와 뜻을 같이하는 중신들이 끝까지 항전해야 한다고 하자, 최량을 중심으로 한 신라계 중신들은 차라리 땅을 내주자고 주장했다. 어전회의는 두 .편으로 갈라놓은 싸움터같이 변해버렸다. 그러자 성종이 성토했다.

"이 무슨 짓이오? 국론을 하나로 모아도 전쟁에서 이길 수 없거늘, 이렇듯 분탕질을 하면서 어찌 거란을 물리칠 수 있단 말이오? 경들의 마음이 갈라져 있는데 도대체 누가 이 전쟁을 승리로 이끌겠다고 나선단 말이오? 잠시 전황을 살펴본 후 결정하겠소."

성종은 애가 탔다. 만일 서경 이북을 내준다면 황주까지 내주게 될지도 모른다. 그것은 이제껏 자신을 버티게 해주었고, 뒤를 이어 보위에 오를 개령군 송에게도 버팀목이 되어줄 세력을 잃는 것이다. 그렇다면 이 상황에서 어떻게 저들을 설득한단 말인가?

그것은 비단 성종만의 생각은 아니었다.

그날 밤, 서희는 이지백, 정우현 등과 한자리에 앉아 가슴에 맺힌 한을 풀어놓았다.

"만일 이 시점에서 거란의 요구에 따라 서경 이북을 내준다면 결국 통일신라가 대동강 이남을 내준 것과 무엇이 다르겠소? 전하께서 개령군을 궁에 들이신 마당에 거란의 요구를 들어주자는 저들의 저의가 무엇인지 궁금할 따름이오."

"저들이 신라를 재건코자 하는 게 아닌지 두렵습니다. 진골이 아니라서 가졌던 한계를 벗어던졌으니, 상승된 신분으로 신라로 돌아가고 싶다는 것처럼 보입니다."

"송나라라는 옷을 벗어던지기 두렵다는 이유도 있을 겁니다. 그들이 기조로 삼은 모든 것이 송나라에서 왔는데, 그게 쉽지는 않겠지요. 이

전에 신라가 당의 그늘에서 살았듯 말입니다."

이지백과 정우현이 목소리를 높이자, 서희는 흥분을 가라앉히라는 듯 차분한 음성으로 말했다.

"글쎄요. 그들이 어찌 생각하든 이번 전쟁은 승자도 패자도 없는 무의미한 것일 게요. 거란은 지금 중원으로 진출하기 위해서 고려를 속국으로 삼고 싶은 것이오. 후방에 대해 안심한 채 전방으로 나가고 싶은 것이지요. 그들은 사실 그 땅에는 욕심이 없소. 다만 앞으로 가고자 하는 곳이 중원이라는 것을 고려에 보이고자 함이오. 지금은 고려가 팔십만이라는 거란군의 위세에 눌렸지만, 그들이 원하는 게 화친임을 알면서 성급히 행동할 필요는 없다는 말이오."

그러자 이지백과 정우현이 물었다.

"대감의 말씀이 맞겠지만, 정말 거란이 고려와의 화친을 바라겠습니까?"

서희는 소리 없는 빈 웃음을 입가에 드리웠다.

"곧 아시게 될 것이오. 그리고 언젠가는, 그것이 우리가 살아 있을 때가 될지는 모르겠으나, 송은 거란에 무릎을 꿇을 것이오. 그것을 이루기 위해 거란은 고려와의 화친을 원하는 것이오. 하지만 그전에 전쟁을 무승부로나마 이끌어야 유리한 협상을 할 수 있을 텐데⋯⋯."

서희는 말 꼬리를 흐리면서 하늘을 올려다보았다. 답답한 심정을 하늘로 보내는 것이 아니라, 무언가를 기원하는 듯한 모습이었다.

며칠이 지나는 동안 고려가 항복하지 않자, 소손녕은 더 이상 기다리면서 시간을 낭비할 필요가 없다는 생각이 들었다. 그는 다시 남하하기 위해 준비하면서 고려군에 서신을 보냈다.

「만일 항복하지 않으면 팔십만 대군으로 고려를 쓸어버릴 것이
다. 그러니 즉시 항복하라.」

중신들은 발칵 뒤집혔다. 이제는 선택의 여지가 없었다.

"전하, 이 전쟁을 한다 해도 팔십만 거란군에 강토가 무사할 수 없을
것입니다. 하오니 이제라도 거란에 항복하겠다는 의사를 전하여 고려
를 구해야 합니다."

그러자 서희가 반대했다.

"안 됩니다, 전하. 전쟁은 숫자로 하는 게 아닙니다. 거란이 군사를
움직여 전투를 한다 해도, 그것은 정식으로 싸우는 첫 전투가 될 것입
니다. 한데 첫 싸움도 하지 않고 항복한다면 이후 거란은 고려에 온갖
요구를 할 것이고, 결국 고려는 본모습을 잃을 것입니다."

그러나 서희 또한 어떤 계책이 있는 게 아님을 아는 성종으로서는 더
이상 머뭇거릴 수가 없었다. 그래서 일단 항복하는 것을 전제로 백성들
을 서경 이남으로 피난시키기로 했다. 그러기 위해 서경의 곳간을 열어
백성들에게 나누어주라고 명했다. 그런 다음 만일 서경 곳간에 곡식이
남는다면 적군의 손아귀에 들어갈 테니 모두 강물에 처넣으라고 명했
다.

서희는 성종에게 명을 거두어달라는 상소를 올렸다.

「전하, 대저 먹을 것이 있으면 전쟁에서 반드시 이기는 법입니다.
그 옛날 고구려가 수, 당과의 싸움에서 그것을 증명하지 않았습
니까? 저 유명한 주필산 전투를 잊으셨습니까? 어찌 그리 나약한
모습을 보이십니까? 게다가 백성들이 남긴 곡식을 강에 버리는

건 있을 수 없는 일입니다. 설령 지금은 아니더라도 그 곡식은 언
젠가 백성들의 양식이 될 것인데 어찌 그런 명을 내리셨습니까?
제발 명을 거두소서.」

서희의 상소를 받은 성종은 명을 보류했다.

그 와중에 서희에게 반가운 소식이 찾아왔다. 소손녕은 청화사 이몽
전이 돌아간 후 오랫동안 회답이 없자 안융진을 공격했는데, 쉽게 승리
하리라는 마음으로 가벼이 임했다. 그런데 서경 이북의 영토를 주자는
조정의 여론이 우세하다는 것을 알고 있던 북방 호족 중랑장 대도수와
낭장 유방이 죽음을 각오하고 한 발자국도 물러섬 없이 맞서 싸워 안융
진을 방어했다. 그러자 소손녕은 생각지도 못한 복병을 만난 듯 주춤하
며, 더 이상 앞으로 나가 병사들을 상하게 하고 국력을 허비하느니 차
라리 예서 목적을 이루겠다는 듯 사람을 보내 항복을 독촉했다.

서희는 지금이 바로 적기임을 알고 어전회의에서 주청했다.

"전하, 기왕 항복을 하시겠다면, 소신에게 기회를 한 번 주십시오. 소
신이 직접 적장 소손녕을 만나 그들이 고려를 범한 연유를 듣고 그에 대
한 담판을 짓고자 합니다. 지금 저들의 움직임을 보니 결코 고려의 영
토를 범할 생각이 없는 듯합니다. 하여 소신에게 기회를 주신다면 이
전쟁을 막아보겠습니다."

그러자 성종이 놀라며 물었다.

"중군사가 단신으로 적진으로 가겠다는 말이오?"

"신의 나이 이제 쉰둘로, 적다면 적으나 많다면 많은 나이입니다. 조
국을 위해 이 한 목숨 버려야 한들 어찌 그것이 두렵겠습니까? 하오니
이번 화친에 관한 담판을 소신에게 맡겨주시길 간원합니다."

서희의 말을 듣던 하군사 최량이 입을 열었다.

"그렇다면 저들이 군신의 관계를 화친의 조건으로 내세울 시에 그것의 가부 또한 결정하시겠다는 말씀이오? 그것은 아니 될 일이오. 무릇 그런 중대사는 당연히 전하께서 결정하실 일이거늘, 어찌 그런 말씀을 하시오?"

그러자 이지백이 나섰다.

"지금 무슨 말씀을 하시는 겁니까? 목숨을 걸고 적진에 홀로 들어가서 담판을 지어야 하는 서희 대감이 그 정도의 권한도 갖지 않으면 어찌 일을 처리하시겠습니까? 정히 그렇다면 대감이 가지 그러십니까?"

대화를 듣고 있던 성종이 이미 마음의 결정을 했다는 듯 말했다.

"그만! 됐소. 영토를 내어주자는 최량 대감이 무슨 담판을 짓겠소?"

성종의 한마디로 상황이 결정되었다. 그러자 이제껏 입을 다물고 있던 상군사 시중 박량유가 입을 열었다.

"전하, 현명한 결정이십니다. 아무리 고려가 송과 우애가 깊고 유학을 숭상한다 하지만, 무릇 백성이 없는 나라는 없습니다. 다행히 내사시랑 대감이 적장의 의중을 떠보기 위해 홀로 적진으로 가기를 자처하니, 그에게 전권을 주는 것은 곧 백성들을 구하는 길이며, 백성들에게 베푸시는 성은입니다."

박량유의 말이 중신들의 입을 다물게 했다. 결국 서희는 소손녕을 만나러 단신으로 떠나야 하는 몸이 되었다.

그러나 서희는 바로 출발하지 않고 고려 왕의 이름으로 된 서찰을 소손녕에게 보냈다.

「본시 우리 고려와 거란은 형제나 다름없으며, 또 그렇게 살아왔소. 그런데 언제부터인가 두 나라 사이에 벽이 쌓여, 급기야 오늘날처럼 서로 칼을 겨누는 불상사가 생기고 말았소. 이것이 어느 한 쪽의 잘못이라고 할 수 없는 일이다 보니, 대화를 하면 풀 수 있는 문제일 것 같다는 생각이 드는구려. 그래서 늦기는 하였으나, 내사시랑 서희 대감이 전권을 위임받아 장군을 만나러 가고자 하오. 우리 고려와 귀국 거란에 모두 도움이 되는 결과를 얻는다면 더 바랄 것이 없겠소.」

그것은 서희 나름대로 시간을 벌기 위함이었다. 이미 안융진 전투에서 고려가 방어에 성공했다는 것을 알고 있을 헌애왕후에게서 소식이 올 거라는 확신이 있기에 계책을 세운 것이다.
서희의 짐작은 맞아떨어져, 헌애왕후에게서 전갈이 왔다.

「대감께서 이 서찰을 읽을 때면, 나는 이미 거란의 성종을 만나 담판을 짓고 있을 것입니다. 다만 그 결과는 알 수 없습니다. 대감께서 얻은 결과가 좋다면 나 역시 좋을 것이요, 나쁘면 나 역시 나쁠 것입니다. 비록 만나는 사람도 다르고 하는 이야기도 다르겠지만, 그 목적은 하나니까요.
물론 대감께서 알아서 하시겠지만, 내가 거란의 성종을 만난다는 것은 대감 이외에는 그 누구도 알아서는 안 될 것입니다. 대감은 소손녕 장군을 만나도 되지만, 나는 성종을 만나서는 안 되니까요.」

헌애왕후의 서찰을 불태운 서희는 곧 적진으로 떠날 채비를 했다.

9

담판

서희가 소손녕을 만나러 말을 달리는 순간, 헌애왕후는 요나라에 이미 입국해 거란의 성종을 만나고 있었다.

"말로만 듣던 왕후께서 이렇게 직접 짐을 찾아주다니, 정말 생각지도 못했던 일이오. 그것도 중도에 변고라도 당하면 어쩌려고 몸종 하나 거느리지 않고 이리 먼 길을 오셨소?"

성종은 일찍이 전해 들었던 헌애왕후를 단번에 알아보았다. 그 먼 길을 호위 병사는 물론 몸종 하나 거느리지 않고 말을 달려올 정도라면 보통 여인이 아님이 확실했으나, 빼어난 미모와 무예로 다져진 빈틈없는 태도, 완벽하다는 표현이 어울리는 몸매, 그리고 이슬 방울도 그 영롱함에 부끄러워 머물지 못하고 갈 듯한 눈빛, 그 뒤에 숨겨진 비범함이 익히 들었던 소문 이상이었기 때문이다. 천추전에 드나들던 간자를 통해서도 확인했으나, 그러지 않았다 해도 그녀가 헌애왕후라는 것은 의심할 여지가 없었다. 기품이 있으면서도 비범하고 기색까지 갖춘 여인은 드문 까닭이다.

"급히 오느라 예를 차리지 못한 것을 책하시는 것은 아니라고 받아들이겠습니다. 원래 고려는 예를 중요시하는 나라이기 늘, 경황이 없어 이리 오고 말았습니다. 부디 이해해주시고, 머지않아 이곳을 다시 방문할 때에 당숙 황보량을 통해서 예를 갖추겠습니다."

말 한 필에 모든 것을 걸고 달려오느라 복장이 남장처럼 보일 뿐만 아니라, 아무리 전쟁 중인 적국이라 할지라도 기본적인 선물을 갖추는 것이 예의인데 그리 못 했다는 게 마음에 걸려서 한 말이었다.

그러나 성종은 그런 것은 중요하게 여기지 않았다. 지금 앞에 앉아 있는 여인은 웬만큼 사람 보는 눈이 갖춰진 자라면 보통 여인이 아니라는 것을 단번에 알 수 있는 헌애왕후였다. 그리고 그녀는 차기 고려 국왕의 모후인데, 그런 여인이 전쟁 중인 적국을 단신으로 찾아왔으니 그 이유가 무엇인지가 중요했다. 그리고 아무리 중요한 이유가 있다고 해도 사전에 기별도 없이 왕을 직접 찾아올 수 있는 배짱을 가진 사람이 얼마나 될까? 성종은 자신의 배짱을 의심해보았다. 만일 자신이라면 그리 할 수 있을까? 그런 생각을 하니 헌애왕후가 온 목적이 참을 수 없이 궁금해졌다.

"먼 길 오느라 피곤한 분에게 예의가 아닌 줄은 알지만 궁금함을 참을 수 없어서 묻겠소. 도대체 무슨 이유로 귀국과 전쟁 중인 요나라에까지 걸음을 하셨소?"

헌애왕후는 빙긋이 웃었다. 이미 다 알면서 왜 묻느냐고 말하는 것보다 더 강한 의미를 띈 웃음이었다. 성종은 헌애왕후의 미소를 보더니 물었다.

"좋소. 그럼 어떻게 하면 이 전쟁을 멈출 수 있다고 생각하시오?"

"폐하께서 먼저 물으시니, 저도 말씀드리겠습니다. 우리 고려와 거란은 형제국이 아닙니까? 그런데 굳이 군사를 일으켜 영토까지 범할 이유가 있으십니까? 지금이라도 늦지 않았습니다. 군사를 물리십시오."

헌애왕후는 돌리지 않고 단도직입적으로 말했다. 그러자 성종이 되물었다.

"형제국이라? 물론 그런 기회도 많이 있었소. 하지만 거란이 고려와 형제의 우를 맺으려고 시도했을 때마다 고려는 거란을 업신여기고 박대했음은 물론, 지금은 송과 결탁하여 협공함으로써 거란을 없앨 수 있다고 생각하고 있소. 그런 상황에서 거란이 고려를 형제라고 생각할 수 있겠소? 만약 왕후께서 거란의 왕후이시라면 지금처럼 말씀하실 수 있겠소?"

성종의 말을 들은 헌애왕후는 만부교 사건을 필두로 거란과 관련되었던 일들이 떠오르면서 미안한 마음이 들었다. 그러나 지금 그것을 논하다가는 오히려 성종의 기분만 상할 게 뻔하므로 짐짓 모른 체했다.

"그렇다면 폐하께서는 우리 고려도 그 옛날 신라가 범했던 우를 다시 범할 거라고 생각하신단 말씀입니까? 지금 고려가 송을 끌어들인다면 그보다 더 나아질 게 없는데 그러기야 하겠습니까? 제 말을 믿으시고 군사를 물리세요."

헌애왕후가 아무리 선왕의 비로서 거란을 방문했다고는 하지만, 거란의 왕 앞에서 내세울 수 있는 건 없었다. 그럼에도 군사를 물리라고 요청했다. 그러자 성종이 궁금하다는 듯 물었다.

"좋소. 왕후의 말을 믿고 내일이라도 철군한다고 칩시다. 그렇게 하고 나면 요나라에 남는 게 무엇이오?"

그러자 헌애왕후는 짧고 간단하게 대답했다.

"개령군이 즉위하면 수군을 지금의 몇 배, 아니 몇십 배 규모로 늘려 전력을 증강할 것입니다. 그리 한다면 대답이 되겠습니까?"

그 말은 신라 시대에 당이 바다를 이용해 원군으로 왔듯, 고려는 수군을 양성해 그 역방향으로 치고 올라가겠다는 뜻이었다.

성종은 지금 벌인 전쟁에서 질 것을 직감했다. 저렇게 훌륭한 사람이 고려에 몇이나 있을지는 모르지만, 앞에 앉아 있는 여인 하나만으로도 전쟁을 충분히 승리로 이끌고 남으리라고 생각했다. 그러나 그 한마디로 충분한 대답을 들었다고 할 수는 없었다. 고려가 단순히 거란에 이득을 주기 위해 군사를 일으키지는 않을 것이다. 기왕 말이 나온 김에 끝을 맺어야 했다.

"고려가 수군을 증강한다? 그럼 우리 거란은 무엇을 해야 하오?"

헌애왕후는 거칠 것이 없었다. 성종은 자신도 모르는 사이에 헌애왕후와의 대화 속으로 깊숙이 들어와 있었다. 그녀로서는 이 기회를 놓칠 까닭이 없었다.

"그거야 간단합니다. 만일 거란과 고려가 하나 되어 중원을 도모한다면 폐하께서는 중원으로 옮겨 가실 게 아닙니까? 그리 되면 후방의 여진이나 말갈 등 폐하의 머리를 아프게 할 요소들이 많이 생겨나겠지요. 그들을 고려가 대신 다스려 평정해야 할 테니, 요동까지만 내주세요. 고구려가 지배하던 모든 영토를 달라 하지는 않을 것입니다. 요동까지만 고려에 내주시고, 폐하께선 중원에서 자자손손 영광을 누리시면 됩니다."

성종은 기가 막혔다. 여성스런 외모의 어느 구석에서 저런 기백이 살아 나오는지 이해할 수가 없었다. 그리고 한편으로는, 만일 헌애왕후의 말대로만 된다면 손해 볼 게 하나도 없다는 생각이 들었다. 중원만 지배한다면 그깟 요동이야 못 내줄 이유가 없었다. 다만 요동이라는 곳이 항시 본토를 위협했던 까닭에 본토를 지배한 나라마다 도모하려 했던 것인데, 고려가 요동에 앉아 여진과 말갈까지 다스려준다면 그야말로 태평성대를 이룰 것이다. 그리고 거란이 중원을 지배하면 당연히 고려와 화친할 것이니 그 역시 평화로울 수 있다.

헌애왕후는 비록 처음 만났으나, 인품을 비롯한 모든 것을 고려했을 때 결코 이번만 무사히 넘기자고 입에 바른 소리를 할 여자가 아니라는 것을 알 수 있었다.

만약 약속이 이행되지 않는다면 다시 전쟁을 일으킬 테고, 그때는 누가 승리하든 서로 죽기 살기로 싸울 것이다. 그러면 고려와 거란 모두 피해를 입는다는 것을 모르는 바도 아니었다.

그러나 성종은 그런 내색을 하지 않으며 말했다.

"좋소. 왕후께서 말씀하신 것은 충분히 알아들었고, 짐은 이미 받아들이기로 결정했소. 하지만 황제가 스스로 내린 명령을 번복한다는 게 얼마나 어려운 일인지 왕후도 알 거요. 하니 고려와 거란이 이 전쟁을 어떻게 풀어나가는지 사태를 보고 나서 결정해야 할 것 같소. 다만 이번 전쟁이 양국에 큰 상처를 남기지 않는 선에서 마무리되도록 노력해봅시다."

그러자 헌애왕후는 대답이 나오기를 기다렸다는 듯 말했다.

"머지않아 고려의 서희 대감이 저처럼 단신으로 거란 진영에 가서 소손녕 장군과 화친을 위한 회담을 할 것입니다. 아니 어쩌면 지금쯤 하고 있을지도 모르지요. 그 결과가 어찌 될지는 아무도 모르지만, 만일 두 사람이 회담을 성공시키고 합의를 도출한다면, 폐하께서도 그 뜻을 좇아주실 거라 믿습니다."

성종은 헌애왕후의 말을 들으며 다시 한 번 놀랐다. 이미 조치를 취해 놓고 자신을 찾아온 치밀함에도 놀랐지만, 서희 역시 단신으로 거란 진영으로 갔다는 것도 대단했다.

안이한 영화와 부귀를 생각하면 차마 엄두도 낼 수 없는 일을, 두 사람이 목숨을 걸고 백성들의 평안과 조국을 위해서 하고 있다. 이번 전쟁은 이미 진 것과 다름없었다.

"서희 대감이라면 익히 들어서 알고 있소. 소손녕 장군과 좋은 결과를 낼 것이라는 생각이 드는구려. 짐은 출병할 때 장군에게 전권을 주었으므로 두 사람이 합의한다면 그대로 따를 것이오. 고려의 왕이 약속을 잘 지킨다면 말이오."

성종의 목소리에는 기운이 없었다. 헌애왕후나 서희같이 목숨을 초개처럼 던질 수 있는 지도층이 있는 고려가 부러워서 기운이 빠진 것이다. 그러나 내색할 수도 없는 일이라, 분위기도 바꿀 겸 헌애왕후에게 한 가지 제안을 했다.

"그럼 그 이야기는 마무리 지은 것으로 합시다. 그런데 언제 돌아갈 것이오? 이 먼 곳까지 오느라 피곤할 텐데, 며칠 묵어가면 좋겠소. 그리고 몸이 회복되면 무예라도 한번 겨뤄봅시다. 이런 기회가 아니면 언제 또 우리가 만나 무예를 겨룰 수 있겠소? 만일 그리 한다면 짐이 국빈의 예를 갖춰 잘 모실 것이오."

성종의 말을 들은 헌애왕후도 이런 기회가 아니면 그럴 시간을 가질 수 없다는 것을 잘 알기에 구미가 당겼다. 소문에 성종은 상당히 고수라 했다. 게다가 며칠 동안 묵으라는 제안을 들었을 때 혹시 볼모로 잡으려는 것이 아닌가 하는 생각을 했던 게 부끄러워 받아들이기로 했다.

"황공한 말씀입니다. 어찌 제가 고수라 하십니까? 그러나 폐하께서 원하신다면 보잘것없는 실력이나마 한 수 배우기 위해서 겨뤄보고 싶습니다. 하지만 굳이 며칠을 묵을 것까지는 없습니다. 내일이라도 겨뤄보시면 될 것입니다."

그러자 성종이 되물었다.

"하지만 몸 상태가 좋아야 최고의 기량이 나올 것 아니오?"

헌애왕후는 입가에 특유의 미소를 띠우며 대답했다.

"제가 비록 고수는 아니나, 이 정도 피로는 하루면 회복될 것입니다. 하니 내일 오후에 겨룬 후, 저는 모레 아침에 돌아가겠습니다."

성종은 헌애왕후의 미소가 이 정도로 피곤하다면 어찌 무예를 논할 수 있겠느냐는 뜻이라는 것을 알았다. 그래서 더 이상 말하지 않고 이튿날 오후에 무예를 겨뤄 승자가 패자에게 원하는 것을 요구하는 내기를 하기로 했다.

이튿날 오후.

해가 서쪽 하늘 중턱에 걸쳐졌을 무렵, 곤룡포를 벗고 무예복으로 갈아입은 성종과 헌애왕후가 마주섰다.

두 사람은 먼저 권법을 겨루기로 했다. 헌애왕후가 먼저 삼 합을 공격했다. 그녀는 북방에서 고유하게 전해져 내려오는 사학비권으로 돌진했다. 똬리를 튼 뱀이 몸을 날려 먹이를 사냥하는 모습과 학이 한쪽 다리로 서 있다가 순간적으로 먹이를 낚아챔과 동시에 들고 있던 다리로 땅을 디뎌 그 반동을 이용해 날아가는 원리를 응용해서 만든 권법이다.

성종은 헌애왕후의 새롭고 날카로운 권법에 놀랐지만 잘 막아냈다.

그러곤 당대로부터 유명했던 소림권법으로 삼 합을 공격했으나, 헌애왕후 역시 소림권법을 익혔던지라 무난히 막아내었다. 헌애왕후는 성종이 소림권법으로 공격해오는 순간, 그가 얼마나 중원을 욕심내고 있는지 느낄 수 있었다.

권법을 무승부로 끝낸 두 사람은 다음으로 검술을 겨루었는데, 진검으로 하면 다칠 것을 우려해 목검으로 했다. 그러나 그 역시 막상막하였다. 하여 마상 궁술이 승부를 판가름하기를 바라며 말에 올랐다.

반대 방향에서 마주보며 동시에 말을 달려 각자에게 정해진 과녁에 우선 다섯 발을 쏘고, 방향과 과녁을 서로 바꿔서 다섯 발을 쏜 후 합산해서 점수를 내었다. 그러나 두 사람 모두 열 발을 과녁에 명중함으로써 우열을 가릴 수가 없었다.

성종을 보필해 나온 몇몇 중신들과 그를 호위하기 위해 따라나선 병사들도 혀를 내두를 만큼, 두 사람의 실력은 신기에 가까웠다.

성종과 헌애왕후가 권법을 펼쳤을 때에는 생전 처음 보는 그 기술에도 놀랐지만, 권을 뻗을 때 바람 가르는 소리가 들릴 정도로 대단한 힘에 더 놀랐다. 하지만 두 사람은 서로의 공격을 잘 막아내었다. 만약 다른 사람이었다면 막아내지도 못했겠지만, 설령 막았다 해도 팔이 부러지고도 힘이 남아 몸의 어느 한 부위를 박살냈을 것이다.

검술 역시 어찌나 빠르고 날카로운지, 만약 다른 사람이 진검을 들고 목검을 든 성종이나 헌애왕후와 겨뤘다면, 목검이 진검을 부러뜨린 후 공격하고자 하는 부위를 날려버렸을 것이다.

마상 궁술은 더 환상적이었다. 두 사람이 말을 달리는 속도는 웬만한 장군들이 내는 속도보다 두 배는 더 빨라보였다. 그렇게 빠른 속도로 달리면서도 자세 하나 흐트러트리지 않고 활을 쏘아 열 촉 도두 명중시킨 것이니 신기라는 말밖에는 안 나왔다.

시합을 마친 성종이 말에서 내려 헌애왕후 쪽으로 다가왔다.

"듣던 대로 대단하오. 비록 결과는 무승부이지만, 짐이 진 것이나 진 배없소. 나이나 직위를 논하자는 것이 아니라, 이곳은 요나라이니 만일 고려에서 겨뤘다면 짐이 틀림없이 졌을 것이오."

그러자 헌애왕후가 화답했다.

"아닙니다, 폐하. 반대로 이곳이 폐하의 거처라 제가 망신을 당하지 않으려고 실력 이상을 발휘한 것 같습니다. 그러니 이번 시합은 분명한 무승부입니다."

그러자 성종은 호탕하게 웃었다.

"좋소. 왕후께서 그리 말씀해주시니 비긴 것으로 하고, 대신 이곳의 주인인 짐이 승자의 요구를 들어주겠소. 무엇을 원하시오? 들어줄 수 있는 것이라면 들어줄 터이니 말씀해보시오."

성종은 기분이 좋았다. 지금이라면 헌애왕후가 원하는 건 무엇이든 들어주고 싶었다. 그런 기회를 그냥 지나칠 헌애왕후가 아니었다.

"폐하께서 그리 말씀하시니, 제게 한 가지 청이 있기는 합니다."

성종이 무엇인지 어서 말하라며 헌애왕후를 보았다. 그러자 헌애왕후가 진지하게 달했다.

"폐하께서 제 청을 들어주시고 환대해주신 것에 대해 보답해달라 청해주십시오. 할 수 있는 일이라면 기꺼이 해드리고 싶습니다."

성종은 헌애왕후에게 다시 한 번 놀랐다. 청을 들어주겠다는 말에 오히려 청을 해달라고 부탁하다니. 그러니 안 할 수도 없는 노릇 아닌가. 이것은 무승부로 끝난 시합에서 선물을 자신만 받는 건 옳지 않다는 뜻이었다.

성종은 헌애왕후에게 졌다는 듯 말했다.

"왕후, 정말 대단한 여인이오. 좋소. 내 청을 말하리다. 만약 짐이 시합에서 이긴다면 왕후에게 누이동생이 되어달라고 청하려 했소. 천하를 호령하고도 남을 왕후 같은 누이동생이 고려에 있다면, 더 마음 쓸일이 없을 것 같아서요. 들어줄 수 있겠소?"

예상치 못한 것이었다. 그러나 헌애왕후 역시 성종의 인물됨이 훌륭한 정도를 넘었다는 것을 안 이상 마다할 이유가 없었다.

"부족한 저를 누이동생으로 삼아주신다니 영광입니다."

헌애왕후는 진심이었다. 호탕하고 무예에 뛰어난 성종을 오라버니로 두면 자신도 든든할 것이다. 그러자 성종은 기분이 좋은 나머지 한참을 껄껄대고 웃었다.

"자, 이제 정말 누이가 원하는 게 무엇인지 말해보시오. 짐도 청을 했으니 말이오."

헌애왕후는 특유의 매혹적인 미소를 입가 가득히 지으며 대답했다.

"이미 청을 말했음에도 또 청하라 하시면, 폐하를 오라버니라고 부르게 해달라는 것입니다."

헌애왕후의 입에서 나오는 말은 그녀의 미소보다 더 아름답고 지혜가 넘쳤다.

"좋소. 짐이 먼저 누이라 불렀거늘 어찌 오라비라 부르는 것을 마다한단 말이오. 좋고말고. 이 기쁜 날, 잔치를 열어 축하를 해야겠소."

성종은 주변에 있던 중신들에게 오늘 밤 특별한 잔치를 열라고 명을 내렸다.

그날 밤, 성종과 헌애왕후가 오누이를 맺은 것을 기념하여 밤늦도록 잔치가 열렸다.

지금 고려와 거란이 전쟁을 하는 것인지 아니면 수교를 하는 것인지, 이 자리를 보아서는 알 수 없을 정도로 많은 중신들이 헌애왕후를 극진히 떠받들며 성종의 친누이라도 된 듯이 대했다. 그 모습을 본 성종은 흐뭇했다.

이튿날 아침이 되자 헌애왕후는 성종을 찾아가 작별을 고했다.

성종은 하루만이라도 더 묵어가라고 했으나, 헌애왕후는 자신의 처지를 이해해달라며 후일을 기약하자고 인사를 올렸다. 성종은 명을 내려 헌애왕후를 국경까지 극진히 모시라고 지시했다. 그리고 친히 헌애왕후가 말을 탈 때까지 배웅했다.

"누이에게 어려운 일이 생기면 이 오라비에게 전갈을 보내시오. 오라비가 힘닿는 데까지 도와줄 것이니."

성종이 작별의 아쉬움을 표하자, 헌애왕후 역시 서운해하며 대답했다.

"비록 몸은 오라버니와 떨어져 있어도, 결코 오라버니를 잊지 않을 것입니다. 부디 강령하십시오."

작별인사를 마친 헌애왕후는 말고삐를 움켜잡았다.

헌애왕후가 성종과 의남매를 맺고 돌아오고 있던 그때, 서희는 거란 진영에서 소손녕과 한창 화친을 위한 회담을 벌이고 있었다.

서희가 혼자 오자, 소손녕은 서희의 두둑한 배짱을 높이 평가하면서도 저 뱃심이 어느 정도인가 시험해볼 요량으로 뜰 아래에서 절을 올려 예를 갖추라 했다.

서희는 안색 하나 안 변하고 대꾸했다.

"만일 내가 거란의 왕을 만나러 온 것이라면 당연히 절을 올려 예를 갖추었을 것이오. 하지만 고려의 대표로서 평화를 위한 화친을 맺으러 왔는데, 거란의 대표인 장군에게 절을 하여 예를 갖추라는 건 옳지 않소. 하니 장군이 뜰 아래로 내려오든 이 몸이 뜰 위로 올라가든, 동시에 허리 굽혀 인사함이 옳다고 생각하오.”

소손녕은 역시 서희가 소문 값을 하는 인물이라고 생각하면서 그를 뜰 위로 오르게 한 뒤, 서로 허리를 굽혀 인사를 나누었다.

소손녕은 막사로 들어가 앉은 뒤 먼저 기세를 잡으려는 듯이 목소리를 차분히 깔아 말했다.

“고려는 본디 신라를 근본으로 하여 생겨난 나라이니, 대동강 이남이 그 땅의 경계가 아니겠소. 그런데 대동강을 넘어 지금은 거란의 영토가 된 발해의 영토까지 범하고 있는 것을 내버려두었거늘, 그 은혜를 모르고 송과 친교를 나누며 두 나라가 협심해서 거란을 범하려 하다니 그것이 말이 되는 소리오? 두말할 것 없이 이 자리에서 항복하고 대동강 이남으로 물러가시오. 만일 내 뜻을 어긴다면 거란의 팔십만 대군이 일시에 고려를 정벌할 것이오. 거란이 고려 정벌에 나선 후에는 고려 왕이 항복한다고 해도 늦을 것이오.”

짐작한 대로 소손녕은 같은 주장을 되풀이하고 있었다. 서희는 잠시 숨을 돌리려는 듯이 무언가 생각을 하다가 말했다.

“장군께선 어찌 고려가 신라를 근본으로 했다고 하시오! 국호인 고려는 고구려의 선대왕이신 장수왕 이후부터 고구려를 칭하던 말로, 우리의 근본은 고구려 민족의 혼과 영토요. 다만 지금 그려의 국력이 미진하다 보니 옛 땅을 수복하지 못하고 있을 뿐이오. 그 근거로 고려의 수도는 개경이라고 하나 그것은 명목뿐이고, 전하께서는 일 년의 반 이상을 서경에서 머무시며 정사를 돌보고 계시오. 지금도 서경에 머물고 계시다는 말씀이오. 결국 고려의 수도 또한 고구려의 옛 수도와 같소. 그리고 고려가 송과 교역을 하며 가깝게 지내는 게 사실이기는 하나, 어찌 그것이 고려의 탓이라고만 하시오? 고려는 일찍부터 형제나 다름없는 거란과 가까이 지내길 원했으나, 거란이 압록강 유역을 차지하기만 했을 뿐 돌보지 않아 여진이 그곳을 차지하여 고려는 얼씬도 못하게 하니 어찌 거란과 친하게 지낼 수 있단 말이오? 본디 고려인들은 평화를 사랑하여 누가 먼저 시작하기 전에는 절대 전쟁을 선포하지 않소. 고려와 거란 사이에 있는 여진을 벌하고 싶어도 행여 그 행위가 거란을 겨냥해 전쟁을 벌이는 모습으로 비쳐질까 참고 있는 것을 보면 모르겠소?"

서희는 고려에 죄가 있다면 평화를 사랑하는 것밖에 없으며, 따라서 거란이 오늘날의 사태를 만든 주범이라는 사실을 역설했다. 그러자 소손녕은 그런 사정을 몰라서 도와주지 못했다는 듯 되물었다.

"그렇다면 왜 진작 그런 말을 거란에 전하지 않았소? 그만큼 고려가 거란을 멀리 한다는 뜻 아니오?"

순간 서희는 이 기회를 놓치면 거란과 적대 관계가 될 수밖에 없다는 생각이 들었다. 그래서 솔직한 것에서 출발하는 게 가장 이기기 쉬운 방법이라는 평소의 소신대로 하자고 마음먹었다.

"그것은 태조대왕께서 발해를 거란이 멸했다고 여기신 까닭에 그랬을 뿐, 다른 이유는 없소. 기실 우리들의 삶이라는 게 한번 멀어지면 다시 가까워지기 위해서는 무언가 계기가 있어야 하는데, 그런 게 없었던 것도 이유 중의 하나일 것이오. 그러니 지난날의 감정을 이 기회에 모두 털어버리고 다시 형제처럼 가까이 지내는 게 좋지 않겠소?"

그러자 소손녕은 서희의 말이 일리가 있긴 하지만, 그렇지 않다는 것을 강변하듯 말했다.

"발해를 우리가 멸했다니 무슨 말씀을 하시는 게요? 발해가 화산 폭발로 멸한 후 백성들이 구심점을 잃자 요의 선대 황제께서 거둬주신 것인데. 그리고 발해 이야기가 나왔으니 말인데, 발해가 거란의 영토가 되었으니 엄밀히 말하면 대동강 이북은 요나라의 것이 아니오? 하니 고려는 당연히 대동강 이남으로 물러가는 것이 옳다는 게 우리의 생각이오."

그러나 그 말에 물러설 서희가 아니었다.

"좋소. 장군께서 말씀하신 것이 맞소. 하지만 한 가지 틀린 점이 있으니 지적해보지요. 발해가 멸해 백성들이 구심점을 잃었다면, 당연히 같은 고구려의 후손인 고려가 흡수하는 게 옳지 않소? 결국 지금 거란이 지배하고 있는 옛 발해의 중경이나 상경은 물론 요동 땅 전부가 고려의 영토가 되어야 한다는 말이오. 그 실례가 바로 정안국 아니오? 발해의 후손들이 거란이 자신들을 흡수한 것에 불만을 품고 정안국을 세워, 송과 결탁해 거란을 공격하려 하지 않았소? 그런데 그들은 고려를 공격하려 한 적은 없었소. 결국 그것은 발해의 백성들이 고려는 같은 핏줄이라 여기고, 거란은 자신들을 지배한 민족이라고 생각하는 것 아니겠소? 하지만 그것은 과거이고, 중요한 것은 지금이오. 고려는 절대 거란을 공격하려는 마음을 품은 적이 없소. 그리고 거란의 팔십만 대군이 비록 어마어마한 규모이기는 하나, 영토를 거란에 내어주면 갈 곳이 없어지는 고려는 죽기 살기로 싸우는 수밖에 없을 것이오. 결국 전쟁이 끝나면 누가 승리를 하든 양국 모두 국력을 엄청나게 낭비하겠지요. 하니 이 전쟁은 의미가 없소. 이쯤에서 물리시고 고려와 화친하는 방안을 제시해주는 게 나을 듯싶소."

소손녕은 서희의 정곡을 찌르는 말에, 그가 자신의 마음을 꿰뚫어 본 것이 아닌가 하는 생각마저 들었다.

사실 소손녕도 안융진 전투에서 고려의 검차 앞에 맥없이 무너지는 거란의 기마병을 보고 난 후 고민하던 중이었다. 넓은 평원에서는 무서울 것 없이 달리며 싸우던 병사들이 고려의 산악 지형에서는 맥도 못 출 뿐 아니라, 서희의 말대로 죽기 살기를 각오하고 싸우는 고려군 앞에서는 용맹성이 다 사라져버린 것 같았기 때문이다.

소손녕 역시 화통한 장수였기에, 기왕 서희가 먼저 화친 이야기를 꺼냈으니 그에 상응하는 조건을 제시하는 게 낫다는 생각을 했다.

"좋소. 대감의 말에도 일리가 있소. 화친하자 하니, 내 조건을 말하리다. 형제국으로는 아니 되오. 황제께선 그 정도로는 진노를 풀지 않으실 것이오. 지금 고려가 송에 하는 대로 군신의 예를 갖춰야 하오. 그렇게 한다면 내가 황제 폐하께 주청을 드릴 수 있을 것 같소. 장군께선 그리 하실 수 있겠소?"

어차피 예상한 일이었다. 그러나 그렇다고 해서 이 자리에서 '예' 하고 대답할 수는 없는 노릇이었다.

"송과 단교하고 거란을 주군으로 섬기자고 전하께 주청을 드리려면, 나도 얻어가는 게 있어야 하오. 해서 말인데, 지금은 무주공산이 되어 여진족이 활개 치고 있는 압록강 이남의 서쪽 땅을 고려가 평정할 수 있게 해주시오. 그래야 고려가 거란과 더 가깝게 지낼 수 있을 것 아니오? 아까도 말씀드렸지만, 거란과 가까이 지내고 싶어도 가로막히는 것이 있으니 마음대로 되지 않소. 압록강 이남을 고려가 평정할 수만 있다면 그곳에 성을 쌓아 거란과 고려의 통교를 원활하게 하는 게 훨씬 쉬워질 것이고, 그리 되면 군신의 예를 갖춘 두 나라의 사이가 좋아지는 데 도움이 되지 않겠소?"

소손녕은 서희가 보통 배짱이 아니라는 것은 이미 알고 있었지만, 역시 대단한 자라는 생각을 안 할 수 없었다. 화친을 하러 와서 땅을 내달라고 하는 것도 대단하지만, 거란이 정안국 사건으로 인해 압록강 이남을 골치 아픈 곳으로 여기고 있다는 것은 물론이요, 남하하는 데 한 달이 넘게 걸린 이유가 오는 중간에 방해 요소가 되는 여진을 토벌했기 때문이라는 것도 알고 있었다.

소손녕은 순간 압록강 이남을 고려에 맡기는 것도 나쁘지 않을 거라는 생각이 들었다. 그것이 거란의 국력도 낭비하지 않고 중원 진입을 도모할 수 있는 방법이었다. 그리고 고려가 약속을 지키지 않아 다시 남하하게 되었을 때 여진의 방해를 받지 않는다는 일거양득의 효과를 얻을 수 있다.

그러나 자칫 잘못하면 영토를 내주는 꼴이 된다. 자신이 아무리 황제에게서 전권을 위임받은 대장군이라지만 쉽게 결정할 수 있는 건 아니었다. 그래서 관리만 하도록 해준다는 것을 확실히 해둘 필요가 있었다.

"압록강 이남의 여진이 사는 곳에 성을 쌓는다? 좋소. 하지만 분명히 해둘 것은, 성을 쌓아 그곳을 평정하는 것만 허락할 수 있소. 그 영토를 아예 고려에게 넘겨주는 게 아니라는 것을 명심해야 하오. 고려는 그곳을 평정해서 요나라와 고려의 원활한 통교를 위해 지배관리만 하는 것이지, 영토는 엄연히 요나라의 것이라는 점만 명시한다면 돌아가서 황제 폐하께 주청을 드려볼 수 있을 것 같소."

서희는 속으로 쾌재를 불렀다. 어차피 군신의 예를 갖추라는 건 각오하고 왔다. 압록강 이남의 축성을 허락받는다면, 성을 쌓을 때 추후 거란이나 다른 민족이 침략할 것에 대비해 방어를 위한 구조로 하면 된다. 즉 거란의 영토라도 실질적인 권한은 고려가 갖는다.

"좋소. 그리 해주신다면 전하께 군신의 예를 갖추는 것을 윤허받을
수 있을 것이오."

서희나 소손녕 모두 이미 전권을 위임받았기에 서로 그 자리에서 대
답해도 좋을 일이나 각자의 왕에게 보고한다고 한 이유는, 둘 다 시간
을 벌어보자는 속셈이었다. 그럼으로써 비록 단기간이나마 상대방의
태도를 주시할 수 있다. 말로 맺은 화친이 지켜지는 것을 살핌으로써
신뢰를 주자는 뜻이었다.

소손녕이 군사를 거둬 물러갔다.

헌애왕후와 밀약을 맺은 거란의 성종은 압록강 이남에 고려가 성을
축조하는 것을 쉽게 윤허했다. 그러자 다음 해 이월, 소손녕이 서신을
보내왔다.

　　「요의 황제께서 고려가 거란을 섬기는 것은 소국으로서 대국을
　　섬기는 근본 규의를 따르는 것이요, 그 관계가 오래 지속되어야
　　한다고 하셨습니다. 그런데 고려와 요나라 사이에는 여러 부족이
　　자주 문제를 일으키는 바, 이에 대비하지 않으면 사신의 왕래가
　　중단될까 염려된다 하시며 고려와 의논하여 요충지의 길목에 성
　　지를 창축하도록 명하셨습니다. 이에 압록강 유역에 오개소의 성
　　을 쌓는 게 이로울 법하여 그 명을 전합니다.」

서신이 도착하자 조정의 중신들은 물론 고려의 성종 또한 서희를 신
임하지 않을 수 없었다. 단순히 송에서 거란으로 군신 관계를 바꾸어

거란군을 물러나게 했다고 하더라도 큰일을 해낸 것이며, 영토의 지배권을 받은 것이다. 그것도 고려에 매우 호의적이었다.

스스로 신라의 후손임을 자처하는 여진족이 대부분 점유한 압록강 유역을 고려가 차지하게 되었으니, 이는 국력이 신장되는 것을 의미했다.

고려는 소손녕의 서신을 받자 화친의 조건대로 곧바로 거란 성종의 연호인 통화를 사용했다. 이것은 거란을 주군국으로 삼아 거란의 성종을 받든다는 의미였다.

그러나 송에 미련을 버리지 못하고 사신을 보내 거란을 공격하자고 청했지만, 송은 북방이 이제 겨우 조용해져 함부로 거병을 못 한다고 거절했다. 이에 고려는 송을 주군국으로 섬긴 걸 후회하며 단교를 선언했고, 거란과 발을 맞추기 시작했다. 그것은 거란의 성종과 의남매를 맺은 헌애왕후의 시대가 열리고 있음을 보여주는 것이었다.

10

불씨

997년, 한도 많고 말도 많았던 고려 성종이 깊은 병환이 났다. 그는 개령군 송을 불러 친히 서언을 내려 왕위를 전했다. 그리고 서른여덟이 라는 젊은 나이로 세상을 떠났다.

선왕인 경종에게서 왕위를 이어받을 때부터 합당치 못하다는 소리를 들었음에도, 왕권을 강화하기 위해 군사부일체를 강조하는 유학을 들 여오고 신라 육두품 출신들을 중용함으로써 혼자서 왕권을 지켜왔다고 해도 과언이 아닌 외로운 왕 성종은 그렇게 세상을 떠났다.

물론 왕위를 물려준 경종에 대한 보답이기도 했지만, 신라 육두품 출 신들의 견제 세력인 서희 외의 중부 세력들이 개령군을 지켜줄 것이라 는 생각으로 그를 보위에 오르게 하는 데 최선을 다하고서 숨을 거둔 것 이다.

성종이 죽고 목종이 된 개령군은 거란에 사신을 보내 자신이 즉위한 것을 고한 후, 가장 먼저 모후인 헌애왕후를 응천계성정덕왕태후에 봉했다. 황주에서 모후와 함께 생활했을 때 여장부다운 기개를 보고 자라면서, 모후야말로 고려를 이끌어가기에 가장 적합한 분이라는 생각을 항상 했기 때문이요, 부왕 없이 자신을 키운 모후의 어려움을 헤아리는 깊은 효성에서 나온 것이었다.

그리고 황주에서 천추전을 세워 제사를 지낸 것을 상기해 모후가 머무는 궁을 천추전이라 부를 것을 명했다. 또한 그곳에서 단군왕검과 고구려 선대왕들의 제사를 계속 지내도 좋다는 왕지를 내렸다. 이에 헌애왕후는 황주에서와 똑같이 위패를 모시고 매일 제사를 지냈다.

또한 태조 왕건께서 고구려 선대왕이 차지했던 영토를 찾고 싶어 했던 분이라는 의미를 담아 그의 위패를 첨가했다. 그러자 사람들은 천추전의 명칭을 따 헌애왕후를 천추태후千秋太后라 칭했고, 그녀 역시 그 이름이 자랑스럽다고 하며 천추태후라 부르라 했다.

목종의 모후인 헌애왕후를 천추전에 모시고 태후로 봉한 것에 대해서 중신들은 공식적인 불평을 할 수 없었다. 이렇다 할 말이 없자 힘을 얻은 목종은, 거란이 침입했을 때 고려가 발 빠른 대응을 할 수 있도록 여진으로부터 정보를 입수해준 김치양의 공을 들어 그를 귀양에서 풀어주었다.

김치양은 황주에서 목종에게 학문을 강의해주고 불심을 돋우고 마음의 평정을 찾을 수 있도록 선을 학습시켰는데, 그것이 훗날 궁에 들어와 겪은 온갖 크고 작은 환난에서 유연하게 대처할 수 있도록 해주었다. 게다가 외로운 모후에게 항상 좋은 벗이며 동반자가 되어줄 터였다. 그래서 목종은 김치양을 귀양에서 풀어줌과 동시에 재정을 책임지는 삼사사에 임명하고, 우복야를 겸하게 했다. 뿐만 아니라 황주에 있을 때 자신을 지극 정성으로 대해준 유행간을 합문사로 삼고, 천추태후의 가까운 친척 이주정을 지은대사로 임명하는 등 측근들을 등용했다.

목종의 측근이라고는 하나, 그것은 결국 천추태후의 측근이었다. 권력의 포석이 다시 깔리자 신라 육두품 출신들을 필두로 철옹성 같은 권력을 쌓았던 중신들의 입에서 불평들이 나오기 시작했다.

"북쪽 호족들이 다 해먹으려는 것 아닙니까?"

"우리는 그저 변두리에서 구경만 하라는 뜻 아닙니까?"

"설 땅은 남겨줄지 모르겠네요."

그러나 측근들로 둘러싸인 목종은 그 소리를 들을 수 없었다.

신라계 중신들이 그나마 위안으로 삼는 것이 있다면, 목종에게는 할아버지뻘이 되는 안종 욱이 이미 세상을 떠났으니, 대신 그의 아들 순을 극진히 돌보라고 명한 것이다. 그러나 이것 역시 천추태후가 태어나자마자 어머니를 잃고 아버지마저 잃은 순이, 어려서 부모를 모두 잃고 할머니의 손에서 자란 자신의 모습과 다를 것이 없다는 생각에 목종에게 청한 것이었다.

모든 것이 천추태후가 원하는 방향으로 흐르고 있었다. 이제 계획을 행동으로 옮기기만 하면 되었다. 그런데 아직 나이가 한창인데도 병을 얻은 내사령 서희 대감이 차도를 보이지 않았고, 오히려 그 병세가 깊어갔다.

하여 서희가 조정으로 돌아오면 추가로 관직을 개편하고, 전시과를 개정하여 실행하고, 수군을 강화하여 양성하리라는 천추태후와 목종의 계획에 차질이 생기고 있었다.

결국 서희가 쾌차하기만을 기다리기에는 너무나 할 일이 많은 터라, 목종은 추가 관직 개편은 추후에 하기로 하고, 계획에 따라 전시과를 필두로 정책들을 손보기 시작했다. 그것은 중신은 물론 조정과 관계된 모든 이들에게 지급되는 녹봉을 개정하는 것으로, 새로운 왕이 가고자 하는 길을 중신들에게 알리고 백성들에게 선포함과 같았다. 굳이 부언을 하지 않더라도 앞으로 밀고 나갈 정책을 전시과로 대변하리라는 게 그와 천추태후의 생각이었다.

그러나 역사는 그들의 뜻대로 흘러주지 않았다. 전시과를 정비하며 서희의 쾌유를 빌었으나, 서희는 그해 칠월에 생을 마감하고 말았다.

거란이 침입했을 때 소손녕에게 여진족을 핑계 삼아 강동 육성을 축조케 하고, 송과의 굴욕적인 관계의 막을 내릴 수 있게 했던 고려의 큰 별이 지고 만 것이다.

목종은 물론 천추태후 또한 서희의 죽음 앞에서 이루 말할 수 없는 슬픔을 느꼈다. 하지만 우선 어떤 길로 가야 하는지를 선택해야 했다.

지금 고려에선 신라 세력을 무시해서는 안 되며, 배척할 수도 없었다. 그러나 신라 세력이 주도권을 잡으면 거란이 침입했을 때처럼 고려의 영토가 대동강 이남이라는 생각을 굳힐 수도 있다. 그렇다고 노골적으로 북방 세력을 전면에 내세울 수도 없었다. 그것은 김치양을 비롯해 북방 호족들을 등용한 것 때문에 불안해하는 신라 세력을 배척하겠다는 뜻과 같기 때문이다. 그래서 당분간 전시과를 시행하는 것을 제외하곤, 나머지 직제는 현재 상태로 유지하는 게 좋겠다는 김치양의 의견을 듣기로 했다.

전시과가 경종 1년에 개편됐을 때에는 인품을 고려해 지급한다는 부분이 있었는데, 이번에는 그런 허울로 개국공신의 자제들이나 지방 호족들의 자제들에게 베풀던 은전을 제외하고, 오직 관직의 높낮이를 기준으로 했다. 다시 말하면 관직에 있지 않은 지방 유지나 호족들에게 대를 이어 지급하던 은전을 없앴다. 나라를 위해 일하지 않는 사람이 세수를 확보할 권리는 없다는 의미인 동시에, 개국공신이라는 이유로 더 이상 국고를 축낼 수는 없다는 뜻이었다. 대신 그 세수를 군사력을 증강하는 데 쓰기로 했다.

천추태후가 거란 성종을 찾아가 화친을 청했을 때 한 약속을 즉위와 동시에 지키겠다는 것은 아니었다. 하지만 목종이 왕동영을 사신으로 보내 즉위한 것을 고하자, 그해 목종의 생일인 천추절에 오우위대장군이자 거란의 성종과 아주 가까운 친척인 야율적열이 와서 축하했다. 그것은 고려를 그만큼 신뢰하며 중요하게 생각한다는 뜻을 밝힘과 동시에, 힘을 합쳐서 북벌을 시작할 준비를 하고 있다는 것을 뜻했다.

그런 거란의 태도를 본 김치양이 상소를 올렸다.

「신의 생각으로는 서경을 호경이라 바꿔 부르고 전하께서 호경에 자주 행차하심이 좋을 듯합니다. 그것은 전하께서 그만큼 서경을 중요시하신다는 뜻은 물론, 고려가 북으로 나아가야 한다는 것을 백성들에게 공표하는 방법이 될 것입니다. 즉 서희 대감이 소손녕과 담판했을 때 언급했듯이 고려의 수도는 형식상 개경일 뿐 북벌을 위해 서경을 수도로 삼을 것임을 만천하에 공표하기 위한 하나의 수단이 된다는 것입니다. 그리고 그것은 거란에게 보여주는 또 하나의 전시효과가 될 것입니다.」

상소를 본 목종은 옳다는 생각에 서경의 이름을 호경으로 바꾸고 다음 해에는 실제 호경에 행차하여 제를 올리고 그곳에서 한 달 이상을 머무르며 정사를 돌보았다.

이제 고려는 태조의 훈요십조에 충실한 것은 물론, 고구려의 후손으로서 요동 땅을 되찾기 위한 첫발을 내디뎠으며, 하나씩 제도를 정비해 나가고 있었다.

목종은 우선 민심을 하나로 모으기 위해 모든 백성이 불교를 숭상하라는 뜻에서 진관사를 지어 천추태후의 원찰로 삼겠다고 선포했다. 그리고 팔관회는 물론 연등회도 다시 부활한다는 것을 공표했다.

그러던 중 목종과 천추태후, 김치양에게 새로운 전기를 마련할 소식이 전해졌다. 당시 대마도는 일본국은 물론 고려와도 거리가 매우 가까워, 일본국과 고려가 서로 조공을 바치라고 함에도 어느 쪽이라고 표방하지 못하고 양 나라의 눈치와 정세만 살피고 있었다. 하여 도독이 어느 쪽을 선호하느냐에 따라서 조공을 바치는 나라가 결정되었던 대마도에서, 도독 도요미도를 비롯한 장수 스무 명이 가솔들을 이끌고 투항한 것이다.

그들은 모두 고려 말을 잘했고, 백제 시대에 대마도로 건너간 백제의 후손들이었다. 대마도독이 갑자기 고려에 투항하자 반드시 무슨 곡절이 있기 때문이라는 생각이 들었다. 그래서 그들을 개경으로 불러 자초지종을 듣기로 했다.

대마도독 도요미도가 어좌에 앉은 목종에게 아뢨다.

"지금 일본국에서는 후지와라노 미치나가 정권을 잡은 후 대마도를 자신들의 영토로 삼기 위해 본토에서 군대를 파견했습니다. 이후 대마도에 있는 친일본국 사람들을 도독으로 삼기 위해 온갖 수단과 방법을 동원하여 백성들을 설득하며 겁주고 있는 형편입니다. 저를 비롯해서 함께 투항한 지도부가 그곳에 남아 있다가는, 가족들은 물론 그동안 우리들을 따르던 백성들까지 본토에서 온 군사들에게 목숨을 잃을 게 자명해, 우선 자리를 피해 훗날을 도모하는 것이 옳다고 판단했습니다. 하여 밤중에 이곳 고려로 도피한 것입니다. 원컨대 전하께서 저희를 거둬주시고, 이 한을 풀 수 있도록 도와주십시오."

그 말을 들은 급사중 채충순이 발언했다.

"전하, 대마도는 선왕 때부터 말썽이 많았고, 왜와 고려의 분쟁의 씨앗을 낳은 곳입니다. 그들은 교활하여 앞으로는 믿음을 강조하면서, 뒤로는 자신들의 이익을 챙기기 위해 못 할 게 없는 자들인 것으로 알고 있습니다. 이번에도 고려를 위하기보다는 이용하여 일본국과 우리 사이에서 어떤 이익을 챙기려 함이 아닌가 사료됩니다. 또한 그들은 이미 일본국의 교활함이 몸에 밴지라 더 이상 고려인으로 보기도 힘듭니다. 혹 저들이 대마도의 일을 핑계 삼아 고려에 숨어들어, 일본국의 앞날을 열어주려 할 수도 있다는 것을 명심해야 합니다. 통촉하여 주십시오."

그 말을 듣고 목종은 물론, 같이 듣던 천추태후도 기가 막혔다.

"경의 말이 맞을 수도 있소. 하지만 지난날, 거란이 침략할 것을 안 여진이 소식을 전해주었을 때 경들은 무어라 했소? 경들은 여진은 교활하여 그 말을 믿을 수 없다고 했소. 여진은 모든 상권을 쥐고 있고, 고려는 엄두도 못 내고 있는 각국의 유통을 도맡아하니 그것이 교활하다는 것이었소. 그러니 왜국과 고려 사이의 해상무역을 장악하고 있는 대마도 역시 그저 교활하다고 치부하는 것이오? 그러나 그것은 교활한 게 아니라 영리한 것이오!"

목종이 노하자 중신들은 아무런 말도 못 하고 서로 눈치만 보았다.

그러나 천추태후는 목종이 화근의 불씨를 붙이고 있다는 생각을 지울 수 없었다.

그때 신라 육두품의 후손인 중추원사 최항이 입을 열었다.

"전하, 신들이 전하의 마음을 헤아리지 못하고 어지럽혀 드린 점은 백 번 벌하셔도 무어라 드릴 말씀이 없습니다. 하오나 이미 아시다시피 지난 거란의 침입과 금번 왜국의 일은 극히 다릅니다. 하여 전하께서 소신들에게 지난 일을 연유하여 책하심은 부당한 줄로 압니다. 더욱이 이미 채 공이 말씀드린 바와 같이, 원래 왜와 여진은 교활하기가 이를 데 없는지라 이미 선왕 때부터 요주의로 일컫던 곳입니다. 중신들이 충정으로 아뢴 말씀이니 노여움을 거두소서."

그러나 그것은 노여움을 거두라는 뜻이 아니라 노여워서 잘못을 저지르고 있다는 말과 다를 게 없었다.

순간 목종은 저들의 잘못된 기를 지금 꺾지 않는다건 앞으로 자신과 천추태후가 계획하고 있는 일들을 펼치기가 쉽지 않을 거라는 생각이 들었다. 그래서 더 목소리를 높였다.

"그래서 공은 이 대마도독과 같이 투항한 이십 호의 가솔들이 모두 거짓으로 꾸미고 있는 것이니, 그들을 받아들이지 말라는 것이오?"

목종의 목소리에 독기가 서린 것을 눈치 챈 최항이 한 발 물러설 각오를 하고 막 꼬리를 빼려고 하는데, 사태가 심각해진 것을 알고 도와주려고 들어선 유방헌이 상황을 완전히 꼬아놓고 말았다.

"전하, 신들이 어찌 전하의 뜻을 거스르려 하겠습니까? 다만 부족한 견해이오나, 이미 지난 거란의 침입 때 여진의 교활함을 인정한 거란이 서희 대감으로 하여금 강동의 육성을 축조하게 하지 않았습니까? 마찬가지로 이번에도 왜의 교활함에 대해 알고 있다면 그 이상의 것을 얻을 수도 있다는 말씀을 드린다는 게, 소신들이 말주변이 없어 그리 된 것이니 통촉하시어 이해해주십시오.”

목종은 화가 머리끝까지 치솟아 올랐다. 그는 목젖이 보이도록 진노했으나 차마 목소리를 끝까지 높이지 못하고 되물었다.

“지금 무슨 말씀들을 하고 있는 거요? 여진이 교활하여 서희 대감이 강동 육주에 성을 쌓았다? 도대체……!”

그러자 청주 한 씨 문중으로, 서희와 함께 신라계의 견제 세력이 되어주었던 문하시중 한언공이 보다 못해 입을 열었다.

“지금 대체 전하께 무슨 말씀을 올리는지 알고 계시오! 어찌 여진이 교활하여 강동 육성을 축조했단 말이오! 작고한 내사령 서희 대감이 풍전등화의 이 나라를 구하기 위한 핑계로 삼았던 것을, 정녕 몰라서 하는 말씀들인 게요? 사실 말이야 바른 말이지, 여러 중신들은 여진이 교활하니 그 말을 믿을 수 없다 하여 첩보를 들은 척도 하지 않다가, 막상 거란이 침입해오자 아무도 나서지 못하지 않았소! 뿐만 아니라 땅을 떼어 거란에 주자고 한 분들도 상당수 이 자리에 계시오. 설사 거란과 왜의 경우는 다르다고 합시다. 그래도 믿을 곳은 이 나라 고려뿐이라고 찾아온 이들을 첩자인 양 믿을 수 없다 하면 도대체 공들이 믿을 수 있는 간자들은 누구이며, 그들이 있기나 한 것이오?”

한언공이 노한 기를 띠며 성토하자 누구도 답하지 못했다.

목종은 속으로 쾌재를 불렀다. 중신들이 문하시중과 뜻을 같이하다가 잘못을 저지른다면 파직이나 유배로 끝날 수 있지만, 왕의 경우 반정으로 이어지는 까닭에 생과 사가 나뉜다. 그래서 목종의 입장으로서는 즉위한 이후 처음 일으킨 마찰, 그것도 국가 앞날의 대외 정책을 가늠하는 이 기 싸움에서 물러설 수 없었다.

그렇지 않아도 전시과 시행 이후 곳곳에서 일어났던 반감을 무마시키느라 많은 양보를 해온 터였기에 반드시 한 번은 반격의 기회를 가져야 할 아주 중요한 시점이었다. 그런데 문하시중 한언공이 편을 들고 나선 것이다.

　신하가 왕에게 충언을 한다는 이유로 반대했다면 잘못을 저질렀을 경우, 문하시중이 대신해서 그 죄를 용서해달라고 간언할 수 있다. 그러나 문하시중이 왕과 뜻을 같이해서 한 발언에 이의를 제기하고 나섰다가 일이 잘못된다면, 아무도 그를 구할 수 없다. 그런 까닭에 지금 기 싸움의 한가운데에 서 있는 문하시중 한언공이 누구의 편에 서는가가 승패를 가름하는 것이다.

　왕이 권력을 무소불휘로 휘두르던 시대는 지났다. 중신들이 뜻을 합치면 못할 일이 없다는 것은 궁예를 몰아내고 태조 왕건을 옹립할 때 잘 나타난 일이다. 또한 혜종이나 정종이 보위에서 물러나 광종이 즉위했던 시대에도 적나라하게 드러났다.

　그러나 지금은 중신들의 뜻을 모을 수 있는 문하시중 한언공이 목종의 판단이 옳음을 선언한 터였다.

　목종은 말을 이었다.

　"짐이 이렇게 노한 이유는 다른 게 아니오. 대마도에는 백제 때부터 이미 우리 선조들이 건너갔소. 선조들은 일본국 본토에까지 불교 문화를 전하고 미개한 그들을 깨우쳐주었소. 또한 대마도에는 몇 안 되는 원주민을 제외하고는 우리 백성들이 자리 잡고 있고, 작금에 이르도록 조공을 바치고, 평화로이 살아왔소. 우리 선왕들 역시 그곳을 우리 땅이라 여기고 극진히 아끼며 여러 가지 지원을 서슴지 않았소. 한데 일본국의 지원군이 우리 백성들을 내쫓다시피 하며 자국의 영토로 만들려 하는데도 조정에서 아무것도 모르고 앉아만 있다가, 막상 도독이 식솔과 이십 호의 백성을 이끌고 투항해온 지금에서야 믿을 수 있느냐 없느냐를 논하는 경들이 한심스러울 뿐이오. 사태가 이렇게까지 된 이유는 우리가 백성들을 돌보지 못해서가 아니오? 영토 안에 있는 백성을 추스르기에 바빠 바다 건너에 있던 백성을 아예 못 본 게 아니냔 말이오. 기왕 이리 되었으니 고려가 대마도를 다시 찾는 날까지 투항해온 도요미도 도독을 비롯한 백성들의 거처를 마련해주어야 하오. 어디가 옳을지 의견을 말해보시오."

그러자 그때까지는 일언반구도 없던 우복야 겸 삼사사 김치양이 입을 열었다.

"전하, 소신의 소견으로는 앞으로 고려는 반드시 수군을 강화해야 합니다. 비단 이번 일 때문이 아닐지라도, 그것이 왜는 물론 주변국들에 능동적으로 대처해나갈 수 있는 길이라 사료됩니다. 마침 대마도독은 바다 사정은 물론 수군의 전력에 밝은 사람이니, 그를 경기도 이천에 머무르게 하는 거 옳다고 봅니다. 이천 근처에 흐르는 한수 유역에 수군의 군력을 증강시킬 수 있는 선박과 무기 제조창을 세우고, 그들에게 적절히 도움을 받아 수군력을 증가시키는 게 좋을 듯합니다."

이것은 이미 목종과 천추태후, 김치양이 서로 이야기한 바 있는 것으로, 훗날 거란과 연합해 송을 칠 때를 대비하자는 말이었다. 목종은 단번에 그 뜻을 알아들었다. 그런데 그때, 한번 접어두기로 했던 말을 최항이 다시 거론했다.

"아니 됩니다, 전하. 이천은 한수 이북을 접하는 것은 물론, 이 나라의 허리 부분에 속하는 곳으로 중요한 지역입니다. 그곳에 그들을 머물게 할 수는 없습니다. 더더욱 수군력을 증강시키기 위해 수군 병기창을 축조하는 중대한 일을 어찌 믿고 맡긴단 말입니까? 그들을 멀리, 북방으로 보내심이 옳은 줄로 아뢰옵니다."

목종은 자신의 말에 반기를 드는 신라계 중신들의 실체를 다시 한 번 확인할 수 있었다. 그래서 허탈하다는 목소리로 말했다.

"경은 아직도 짐의 말뜻을 못 알아들었소? 대마도는 우리 영토요, 이번에 귀순한 저들은 우리 백성이라는 짐의 말을 그리 받아들이기가 힘드시오? 그런 경과 짐이 어찌 한자리에 앉아 국사를 논할 수 있단 말이오? 정녕 그렇게 짐의 말에 따를 수 없다면 사직 상소를 올리시오! 그리고 이번 대마도독의 일은 방금 삼사사께서 하신 말씀대로 할 테니 경들은 그리들 아시오. 또한 이번 일의 총책임을 삼사사께 일임한다는 짐의 뜻을 헤아려 적극 협조해주시오."

아무도 그 자리에서 이렇다 할 반론을 하지 않았다. 반론을 제기한 최항에게 사직서를 내라고 단호히 말했다는 건, 더 이상 거론하면 그 이상의 조치도 불사하겠다는 의미를 담고 있었기 때문이다. 중신들이 훗날을 기약하자는 뜻으로 아무 말도 못 하자, 문하시중 한언공이 입을 열었다.

"전하, 최항 대감 역시 나라의 안위를 걱정하여 발언한 것이지, 그 이상의 뜻은 없었을 것입니다. 하오니 노여움을 푸시고 사직 상소의 명은 거두어주십시오. 신들이 전하의 명을 목숨 바쳐 받들 거라고 이 자리에서 말씀드리겠습니다."

목종은 이쯤에서 한 발 물러서는 게 서로의 감정을 달래는 길이라는 생각이 들어 한언공의 주청을 받아들이기로 했다.

"짐도 노기가 나서 한 말이니 그 명은 거둬들이리다. 그럼 짐이 명한 대로 모두 한마음이 되어 수군 증강을 위한 일에 헌신해줄 것이라 믿겠소.”

그리고 목종이 자리에서 일어섬으로써 사태가 해결되었다.

그러나 이 사건은 신라 육두품 출신들과 신라 호족의 후손들에게 북방 호족들이 영입됨으로써 입지가 좁아졌다고 걱정하던 게 현실이 되었음을 느끼게 해주었고, 그것을 타개해나갈 구실을 찾는 계기를 만들어주었다.

신라계 중신들이 그런 생각을 품은 것을 모르는 목종은, 이 일을 계기로 왕권을 좀더 확고히 했을 뿐만 아니라, 수군의 증강 계획도 자연스레 밝혔다고 속으로 쾌재를 불렀다.

하지만 천추태후는 비록 이번 일로 김치양의 입지가 확고해지고 송이 눈치 채지 못하게 목종의 뜻이 중신들에게 전달되었다고는 해도, 최항에게 사직 상소를 올리라 한 것은 필요 이상이었다는 생각이 들었다. 그리고 그 일이 훗날 어떻게 돌아올 것인가를 염려하지 않을 수 없었다.

그저 목종이 고려를 너무 사랑해서 벌인 일이라는 것을 중신들이 이해해주기를 바랄 뿐이었다.

할 일이 넘치는 사람들에게 시간은 한없이 짧다.

선왕 성종이 필두로 내세운 유학 때문에 움츠러들었던 불사를 다시 재건한다는 건 그리 쉬운 일이 아니었다. 대부분의 절을 새로 지어 부처님께 봉양해야 했기 때문이다. 하지만 효심이 강한 목종은 자신이 이 자리에 오르기까지 헌신한 천추태후와 김치양을 위해 절을 짓기로 했다.

유학을 표방하는 신라 육두품 출신들이 장악하고 있는 조정에서는 절을 짓느라 많은 인력을 징발하고 국가 예산을 소모하는 것을 곱게 보지 않았다. 지난번 대마도독 도요미도가 이십 호를 이끌고 투항했을 때 중추원사 최항과 급사중 채충순을 필요 이상으로 문책하면서까지 김치양을 중심으로 수군을 증강한다고 해놓고, 이렇다 할 진행이 없는 것도 큰 불만이었다. 중신들은 목종이 정무는 뒤로 미루고 불교에만 관심을 둔다고 했다.

비단 중신들뿐만 아니라 절을 짓느라 여러 번 사역에 동원된 백성들의 원성도 높았다. 민심이 이 상태라면, 아무리 서두르지 않고 천천히 준비해서 도모해도, 막상 거란과 연합하여 송을 공격할 때가 되어 군소집령을 내리면 원성을 살 것이다. 그 동원령은 자칫 목종의 집권에 위기를 부를 수도 있었다. 목종은 중신들은 물론 백성들을 달래줄 필요가 있다고 느껴 왕지를 내렸다.

> 「짐이 그동안 잡역에 백성들을 지나치게 동원했던 것을 인정한다. 앞으로는 군사들로 하여금 대소 잡역을 금하고 나라의 부국강병을 위해서 군을 증강할 것임을 천명한다. 모든 군영을 정비하고 교육을 특별히 강화할 것과 백성들을 위해서 제도 정비에 착수할 것을 명하노라.」

목종이 왕지를 내린 후 실제로 행하자, 민심이 안정되어갔다. 신라계 중신들도 이미 정세의 판도가 목종 쪽으로 바뀌었다는 것을 받아들이고 숨을 죽이는 분위기였다.

그러나 그런 목종의 뜻을 하늘이 받아들이지 않았음인지, 아니면 목종의 뜻이 잘못되었음을 알려주고자 함인지, 왕에 대한 불만을 조용히 삭이고 있던 신라계 중신들을 결집시킬 계기를 만들어준 사건이 발생했다.

목종에게는 스승이자 모후에게는 더 없이 좋은 동반자라는 생각에 나라의 곳간 열쇠를 관리하는 삼사사로 중용한 김치양이 천추태후와 함께하는 시간을 자즈 갖은 이유에서인지, 두 사람 사이에서 아이가 태어난 것이다.

목종은 모후가 아이를 낳았다는 것이 기뻤다. 그리고 모후를 사랑해주는 김치양에게 고마웠다.

그러나 그 아이르 인해 조정이 들끓기 시작했다. 왕궁에 기거하지도 않는 김치양과 모후 사이에서 아이가 태어났으니, 이것은 분명 음모라는 말로 시작해 소문이 꼬리를 물었다. 목종에게 불만을 품고 있던 세력들은 이 기회를 놓칠 수 없는 호기로 삼아 소문을 부풀리기에 여념이 없었다.

"아니, 아이는 언제 만들었대? 이래서야 나라가 제대로 되겠어? 나라의 곳간 열쇠를 쥐고 있는 삼사사와 왕의 어머니가 짝짜꿍이 되었는데?"

"모르긴 해도, 왕이 후사가 없으니 자신들이 애를 낳아 지금 왕에게 변고가 생기면 그 아이를 왕으로 삼으려는 것이겠지."

"그럼 다시 김 씨 왕조가 들어서는 것인가?"

"그렇게 되겠지. 분명 왕 씨는 아니니까."

"그렇다면 무슨 대책을 세워야 하는 것 아닌가? 다시 신라가 될 수는 없는 것 아니냐 말이야. 이제 겨우 칼바람이 멎어 살 만했는데, 또 싸움이 시작되는 것 아닌가?"

"그거야 높은 분들이 알아서 할 일이지만, 들리는 소문에 의하면 태조의 적손 욱 왕자와 헌정왕후 사이에서 태어난 대량원군 순이 살아 있으니 김 씨 왕조는 안 될 거라고 하던데?"

천추태후는 이미 민가에서 파다하게 돌고 있다는 소문들을 들으며 가슴을 쥐어짰다. 어린 나이에 부왕을 잃은 목종의 목숨을 지키느라 자신이 얼마나 노력했던가?

왕륜사에서 처음 김치양을 만났을 때 젊디젊은 나이에 과부가 되어 사내가 그리울 대로 그리웠으나, 행여 자신의 행동이 목종의 앞날에 누가 될까봐 감정을 억누르고 아들을 지키는 데 모든 걸 쏟았다. 그러다 목종이 입궁하던 날 허전하고 고마운 마음에서 칠 년간 품었던 사랑을 서로 확인했고 그 결실이 지금 나타난 것인데, 그것이 이렇게 큰 파장을 몰고 올 줄은 꿈에도 생각하지 못했다.

무엇보다 천추태후의 가슴을 아프게 하는 것은 바로 대량원군 순이었다. 자신이 일찍 부모를 잃었고 아들인 목종 역시 일찍 아비를 여의어, 그 상황을 물려주기 싫다는 마음에 특별히 청하여 거둬들인 것이었다. 그런 순을 도마 위에 올려놓았다. 천추태후가 갓 낳은 아들을 즉위시키려 하니, 대량원군을 후왕으로 삼기 위해 조취를 취해야 한다고 벌써부터 입방아들을 찧는 것이다.

천추태후는 기가 막혔다. 아들 목종은 두 살일 때 즉위할 수 없다는 이유로 황주로 갔다. 지금 저 소문을 유포시키고 있는 자들은, 분명 목종이 아직 핏덩이라 왕위를 이을 수 없으니 종실 욱에게 물려줘야 한다며 성종의 즉위를 반대했던 자들일 것이다. 그들이 이제 갓 낳은 아이를 가지고 왕위 운운하며 목에 칼을 들이대고 있었다.

항간에 떠도는 소문을 듣고 놀란 것은 비단 천추쾌후뿐만이 아니었다. 모후가 아들을 낳았다는 소식이 고마웠던 목종은 더 당황했다. 자신은 이미 스물넷이라는 나이에도 후손이 없어, 후사를 논하는 것이 나쁜 일만은 아니었다. 그러나 자신이 아직 건강한데도 모후가 아들을 낳기 전에는 전혀 나오지도 않던 말들이 흘러나왔다. 모후가 낳은 아이가 김 씨 왕조를 부활시키는 것이 아니냐는 말은 더 황당했다. 단순히 모후가 아이를 낳았다는 이유 하나로 왕조가 바뀔 거라는 말이 공공연하게 돈다는 것이 목종으로서는 보통 괴로운 일이 아니었다.

그는 이번 일을 계기로, 아픈 이빨이면서도 뽑아내지 못했던 신라계 중신들을 숙청할 수 있을지도 모른다는 생각을 했다. 목종이 집권하면서 김치양을 중심으로 한 패서 호족들이 겨우 자리를 잡기 시작했기에 아직 이른 감이 있지만, 그렇다고 여기서 물러선다면 자신의 존망이 흔들릴 수도 있었다.

김치양도 이런 상황이 괴롭기는 마찬가지였다.

자신과 천추태후는 그저 사랑하여 아이를 낳은 것이었다. 다만 정식으로 혼인한 사이가 아니고, 신분이 태후요 삼사사인 사람들이 아이를 낳았다는 것이 민망하기는 했으나, 그것이 나라를 흔들 정도로 큰일이라는 반응에는 당황하지 않을 수 없었다.

정식 혼인을 안 했으니 엄밀히 말하면 불륜이랄 수도 있으나, 엄연히 총각과 과부 사이의 일이니 그것을 문제 삼을 수는 없었다. 물론 유교적인 차원에서 본다면 과부가 애를 낳았으니 수절하지 않은 게 문제가 된다. 하지만 이렇게까지 큰 문제가 될 것이라고는 생각지 못했다. 더욱이 고려 왕조를 뒤엎고 새로운 왕조를 세우기 위해서 아이를 낳은 것으로 보이다니 황당하기 이를 데 없었다. 아무리 그렇지 않다고 말해봐야 소용없는 일이었다.

그러나 괴로워한다고 해결될 일이 아니라는 것을 알기에, 천추태후와 김치양은 수습 방안을 논의했다.

전혀 앞뒤가 맞지 않는 중신들의 이야기에 휘말려 맞춰주려고 노력하다가는 아무 결과도 얻지 못할뿐더러 오히려 계략에 빠져 들 테니 의연하게 대처하여, 소문의 배후가 누구이며 원하는 게 무엇인지 알아보자는 결론을 내렸다.

효성 지극한 목종이 걱정스런 얼굴로 고민하고 있는 천추태후를 찾아왔다.

"어마마마, 마음고생이 심하신 것은 소자가 잘 압니다. 어마마마의 아픈 마음을 어찌할 수 없는 소자의 불효를 이해하시고, 일이 해결되는 그날까지 인내하시기를 바랄 뿐입니다."

세월이 지나 오해가 풀리고 진실이 세상에 알려지는 날을 기다리자고 말하자 천추태후가 미소를 지으며 입을 열었다.

"황공합니다, 주상. 어미가 주상의 용안을 더럽히는 일을 했습니다. 그러나 시간이 지난다고 해결될 일은 아닙니다. 아시다시피 지난날 주상께서 지금의 대량원군의 입장이 되신 적이 있습니다. 중신들이 서로 자신들의 지위를 확고히 하기 위해서 선왕의 즉위를 문제 삼았습니다. 그때 선왕이신 성종께서는 주상의 안전을 위해 황주로 피하게 하신 후 도리를 행하셨습니다. 그 결과, 주상께서 보위를 이으셨고 그 자리에 계신 겁니다. 지금 대량원군이 입에 오르기 시작했으니, 주상께서도 그에 상응하는 조치를 취하셔야 합니다. 대량원군을 궁에서 내보내십시오. 그래야 대량원군이 목숨을 부지하고 천수를 다할 것입니다. 만일 대량원군이 궁에 계속 머문다면 누구의 손에 죽는지도 모르게 죽을 것입니다. 주상께서 후손이 없다는 이유로 이 어미가 득남한 것을 꼬투리 삼아 주상을 폄하고 우리를 해하려는 자가 있는 것처럼, 그에 못지않게 대량원군을 시해하려는 자들이 도사리고 있다는 사실을 잊으시면 안 됩니다. 또한 그런 일이 있어서는 아니 되겠으나, 만일 주상께서 적통을 생산치 못할 경우, 이 나라를 이어갈 사람은 대량원군임을 잊으시면 안 됩니다."

목종은 천추태후가 진심을 이야기한다는 것과 개인 감정을 떠나 나라를 생각한다는 것을 잘 알고 있었다. 그러나 만일 지금 대량원군을 궁에서 내보낸다면 결과는 뻔했다. 드디어 대량원군이 궁에서 쫓겨났다는 소문이 세상을 뒤엎고, 천추태후가 낳은 아들을 왕으로 만들기 위해 쫓아낸 것으로 치부될 것이다. 이 싸움을 자신이 승리로 이끌면 사실이 아니라는 것을 밝힐 수 있지만, 지는 날에는 그것이 역사에 기록될 것이다. 아무리 효심이 강한 목종이라지만 그것을 걱정할 수밖에 없었다. 그런 목종의 마음을 읽기라도 한 듯 천추태후가 말을 이었다.

"어미가 주상을 모시고 황주로 갔을 때를 생각하시면 됩니다. 지금은 저들이 대량원군을 생각하는 것처럼 행세할지 모르나, 아니다 싶으면 언제 대량원군의 목숨을 위협할지 모를 일입니다. 그러니 대량원군을 일단 눈에 보이는 개경의 숭교사에 우거하게 하세요. 그러다가 사태가 여의치 않으면 남경 삼각산의 신혈사로 보내세요. 아시다시피 숭교사는 주상의 원찰이고, 신혈사의 주지스님은 삼사사 김치양 대감과 금강산에서 함께 귀의하셨던 분으로, 불심이 깊고 심성이 곧으며 무예 또한 누구에게도 뒤지지 않는 출중한 분입니다. 두 곳의 주지스님 모두 이 어미가 믿을 수 있는 분들입니다. 이제 어쩔 수 없이 선택의 기로에 섰습니다. 비록 어미로 인해 주상께서 궁지에 몰리셨지만, 종묘사직을 지키고 주상과 고려의 안위를 위하는 일이라면 이 어미는 목숨을 바칠 수 있다는 것을 주상께서 더 잘 아시리라 믿습니다. 염치없는 어미의 주청이나 받아주심이 옳을 듯합니다.”

목종을 키우고 목숨을 보호하여 즉위시키기까지 모든 것을 바친 결과 얻어낸 방법이니 그보다 더 좋은 것도 없을 것이다.

하지만 중신들이 그들의 마음을 이해할 리 만무했다.

목종은 쉽게 판단을 내릴 수 없었다. 그러자 천추태후는 목종이 망설이는 게 마음에 걸린다는 듯이 말을 보탰다.

“무릇 출가한다는 것은, 왕의 자리에 미련이 없다는 뜻을 나타내는 것입니다. 이 어미의 아비이신 대종께서는 스스로 절벽에서 애마와 함께 추락하여 돌아가시는 날까지, 왕권에 마음이 없다는 것을 사냥과 풍류로 드러내셨습니다. 그리고 그 동생이자 대량원군의 부친인 욱 숙부께서도 풍류로 핑계를 삼으셨습니다. 그것은 자신의 목숨 하나를 구하고자 한 것이 아니라, 그 밑에서 벌어지는 암투를 스스로 막아 이 나라 왕권을 강화함으로써 종실의 백년대계를 위한 것임을 주상께서 더 잘 알고 계실 것입니다. 왕실의 자손으로서 해가 되지 않기 위해 스스로 어떤 길을 가야 하는지를 택하신 겁니다. 그러나 대량원군은 스스로 택할 나이가 못 되니, 차라리 출가를 하는 것이 그를 보호하는 일임은 물론, 그를 두고 벌어질 중신들의 암투를 막을 수 있는 가장 좋은 방편일 것입니다. 왕실과 대량원군을 위해서 이 어미의 청을 물리치지 않으시리라 믿습니다.”

목종은 천추태후를 진심으로 믿었다. 또한 천추태후가 신라를 얼마나 싫어하는지 잘 알고 있다. 대동강 이북을 모조리 내주고도 통일이라는 말을 쓴 것은 잘못이라며 신라가 부끄럽다고 수도 없이 말한 모후다. 매일 아침 단군왕검과 고구려 선대왕들에게 제사를 올린 모후가 신라 왕조의 부흥을 꿈꾸다니, 적어도 모후를 아는 사람들 중에서 그것을 믿을 자는 아무도 없을 것이다. 아무리 권력과 사랑과 눈이 멀었다고 해도 그것은 있을 수 없는 일이었다.

하지만 목종은 어찌 해야 할지 판단할 수가 없었다. 분명 천추태후가 한 주청은 자신과 고려는 물론 대량원군 순과 천추태후 모두에게 득이 된다. 그러나 그것을 그대로 받아들여주지 않는 것이 지금의 현실이다. 그렇다면 어느 것이 최선이라는 말인가?

목종은 이 선택을 어쩔 수 없이 스스로 해야 한다는 걸 알고 있었다.

지금까지 정책에 관한 한 모후가 내린 결정에 그대로 따랐다고 해도 과언이 아니었다. 하지만 이번 일은 경우가 다르다. 천추태후가 직접 삼사사 김치양과 연루되어 일어난 사건이다 보니, 판단력이 흐려졌을 수도 있기 때문이다.

목종의 부담은 이를 데가 없었다.

천추전을 다녀온 후부터 오후 내내 혼자 고민하던 목종은 저녁 수라 상도 받지 않고 문하시중 한언공을 들라 명했다.

한언공은 이미 나이가 많아 스스로 관직에서 물러나 쉬고 싶다고 두어 번 건의했다. 그러나 목종이 자신의 위치를 포함한 모든 것을 고려했을 때 믿을 사람이라고는 한언공밖에 없는 입장이라 사직 건의를 지연하고 있는 중이었다.

한언공과 독대하고 앉자 목종은 힘들다는 표정으로 말했다.

"대감, 짐의 머리로는 도저히 해답이 나오지 않소. 대감의 지혜를 빌리고 싶소."

한언공은 이미 침전으로 들면서 목종이 저녁 수라상도 거부했다는 것을 들은 상태였다.

"전하, 늙고 병든 소신에게 무슨 지혜가 있겠습니까만, 전하께서 원하시는 답을 드릴 수만 있다면 기꺼이 목숨을 걸고라도 드릴 것입니다. 그런데 오늘 점심은 물론 저녁 수라도 드시지 않으셨다 들었습니다. 옥체가 상하시면 어쩌려고 그러십니까? 부디 수라상을 받으신 연후에 소신에게 하문하셔도 늦지 않을 것입니다."

한언공은 왕이 저렇게 근심하는 것은 당연한 일이라 생각하면서도, 이제 막 안정이 되려는 고려 왕실의 앞날을 위해서라도 건강을 유지하는 것이 중요하다는 생각으로 충언했다.

"하루 안 먹는다고 큰일이야 나겠소? 걱정이 있는데 어찌 음식이 목으로 넘어가겠소? 그것도 이 나라의 기강을 바로잡는 일임과 동시에 종묘사직을 위해 반드시 풀고 넘어가야 할 문제인 것을."

목종은 잠시 말을 끊었다가 다시 이었다.

"대감도 이미 들어서 알겠지만 모후이신 천추태후께서 아들을 얻자 지금 궁 안팎에서는 모후가 그 아이를 왕으로 추대할 것이라고 난리들이오. 그리고 삼사사 김치양 대감의 피를 이은 김 씨가 왕이 되느니 대량원군 순을 차기 왕으로 삼기 위해 무언가 조치를 취해야 한다는 말까지 고개를 들기 시작했소. 이 일을 어떻게 해결해야 현명하게 처리할 수 있을지 대감의 고견을 구하오."

역시 한언공이 가장 걱정했던 질문이었다. 그러나 한언공도 이렇다 할 해결책이 없었다.

"전하, 아직 전하의 연세가 젊으시고 강령하기 이를 데 없으신데 후사를 기다리지 않고 벌써부터 논하다니, 저희 신하들은 모두 죽어 마땅합니다. 신 역시 신하들의 입에서 그런 말들이 나왔다는 것을 들어서 알고 있습니다. 하지만 정말로 고려 왕실을 걱정해서라기보다는, 삼사사 대감을 비롯한 그 측근들에게서 자신들의 권력을 보호하고 지켜낼 방도를 찾기 위해, 세력 결집의 수단으로 대량원군 마마를 이용하겠다는 것입니다. 이 늙은이가 무슨 욕심이 있어서 전하 앞에서 충언을 드리기를 꺼리겠습니까? 하오니 그런 말에 개의치 마시고, 대량원군 마마를 일시 궁에서 내보내소서. 예전에 선왕 전하께서 전하를 황주로 가시게 했듯 말입니다."

한언공의 의견이 천추태후와 일치한다는 것을 안 목종이 되물었다.

"그렇다면 대감도 대량원군을 출가시키라는 말씀이오?"

그러자 한언공이 대답했다.

"출가라…… 그것도 좋은 방법이기는 합니다. 지금 전하 곁에 천추태후께서 계시듯 헌정왕후께서 살아계신다면 대량원군 마마도 황주로 가시는 게 가장 좋을 것입니다. 하지만 대량원군 마마는 그럴 처지가 못 되니 차라리 출가를 하는 것이 최선책일 수도 있습니다. 하지만 마음 놓고 갈 수 있는 사찰이 있느냐가 문제입니다."

그러자 목종이 낮에 천추태후와 나눈 이야기를 들려주었다. 한언공은 얼굴에 희색을 띠었다.

"그렇다면 더 이상 망설이실 게 아니라 서두르시는 게 좋을 것 같습니다. 천추태후 마마께서는 소신의 생각을 앞지르시는 분이니 고견에 따르는 것이 좋을 듯합니다. 소신이 보기에도 지금으로써는 그 방법이 전하와 천추태후 마마는 물론 대량원군 마마를 가장 안전하게 보호할 수 있는 길인 듯합니다."

한언공은 천추태후가 이미 목종에게 한 주청을 적극 권장했다. 그리고 천추태후야말로 배짱이나 지략, 어느 면을 보아도 부족할 것 없는 진짜 지도자라고 극찬하는 것을 잊지 않았다.

그것이 한언공이 목종을 위해서 해준 최후의 충언이 되었다. 병환이 깊으면서도 정사를 손에서 놓지 못했던 한언공은 이듬해 유월, 사랑하는 고려와 목종 그리고 천추태후를 남겨둔 채 세상을 더났다.

11
음모

　문하시중 한언공은 세상을 떠났고, 대량원군은 숭교사에 우거를 시작했다.

　그런데 들리는 소문에 의하면, 중신들 중 그 어느 누구도 대량원군이 있는 곳에 발걸음을 하지 않는다는 것이다. 다만 기괴한 소문들이 떠돌고 있었는데, 그 내용은 한결같이 대량원군이 왕이 될 징조가 보인다는 것으로 일관되었다.

　"숭교사의 한 중이 꿈을 꾸었는데, 큰 별이 뜰에 떨어져 용으로 변했다가 또 사람이 되니 곧 왕이었다."

　"꿈에 닭이 우는 소리와 다듬이 소리를 들어 술사에게 물으니, 방언으로 해석하여 말하기를 '닭 우는 소리는 고귀위高貴位하고 다듬이 소리는 어근당御近當이니, 이것은 즉위할 징조' 라고 했다."

즉 대량원군이 곧 왕이 될 거라는 말이었다.

그러나 숭교사의 어느 스님도 그런 꿈을 꾼 적이 없으며, 꿈을 해석해준 일도 없었다. 그야말로 민심을 동요시키기 위해 말을 만들어서 퍼뜨리는 사건이었다. 하나 유언비어의 속성이 원래 그러하듯이, 진원지가 어디인지 심증으로는 알 수 있지만 물증은 찾아낼 수 없었다.

그뿐만이 아니었다. 천추태후가 자객을 보내 대량원군을 시해하려는 것을 노승이 구멍을 파서 그를 숨기고 그 위에 탑을 쌓아 위장해서 화를 피하게 했다는 말까지 나돌아, 민심이 점점 흉흉해졌다.

목종과 천추태후는 애써 태연한 척했지만, 그런다고 해서 해결될 일이 아니었다.

물론 피로 다스리면 간단하다고 생각할 수도 있다. 이미 심증을 굳힌 중심인물 몇만 잡아 족치면 진원지가 드러날 것이고, 그들을 모조리 죽여 없애면 해결될 수도 있다.

그러나 그것은 그리 간단한 일이 아니었다. 이미 그들은 상당한 조직을 이뤄, 그것을 파헤쳐 없애면 중신들의 반 이상이 사라질지도 모른다. 아니 어쩌면 서북 신진 세력과 중부 일부 세력을 제외하고는 모조리 없애야 될 수도 있다. 더 위험한 것은, 그렇게 많은 수가 관여하고 있다는 것은 그만큼 많은 가문과 세력이 힘을 합치고 있다는 뜻이므로, 징벌하려다가 자칫 그들이 선수를 쳐서 왕을 무너뜨리고 새 시대를 열수도 있었다.

목종과 천추태후는 이 사태를 어떻게 해결하는 게 현명할까를 고민했다. 그런데 천추태후와 목종에게 또 한 번 불미스런 일이 일어나고 말았다. 왕궁 천성전 치문에 벼락이 떨어진 것이다.

그러자 백성들은 삼대 선왕인 정종 때 동여진에서 대광 소무개 등이 말 칠백 필과 방물을 바치자, 왕이 천덕전에 거동하여 검열하던 중 뇌우가 내린 일과 흡사하다고 떠들어댔다.

하지만 그때는 뇌우가 쳐서 사람이 다쳤으나, 이번에는 단순히 벼락이 떨어진 것뿐이었다. 자연현상으로 인해 얼마든지 그럴 수 있었다. 그런데도 누가 시작했는지는 모르지만, 정종께서 천덕전에 뇌우가 치자 하늘이 노해 왕권이 그 끝에 왔음을 알고 스스로 병들어 누운 후 붕어했다는 소문과 함께, 희한한 말이 돌았다. 즉 정종 때와 마찬가지로 하늘이 목종의 곁을 떠났음을 의미한다는 것이다. 그렇다면 아직 후사가 없는 목종에게 끝이 다가오고 있다는 것인데, 설사 그가 붕어하기 전에 후사를 남긴다 해도 핏덩이에 불과할 테니 차기 왕이 누가 될 것이며, 김치양과 천추태후 사이에서 난 김 씨 아이에게 물려줄 수는 없는 노릇이 아니냐고 했다. 이 말은 대량원군 순을 염두에 둔 것임을 그 누구라도 알 수 있었다.

그러나 소문을 낸 자들의 목적은 대량원군을 보위에 앉히는 게 아니라 자신들의 입지를 강화하는 것이라, 이번 일이 허사가 될 경우에는 목적 달성을 위해서라도 대량원군을 억울하게 살해하고 그 누명을 목종과 천추태후에게 씌울 수도 있었다.

생각이 여기에 미치자 목종은 해결의 실마리를 찾기 위해 천추태후를 찾았다. 마침 삼사사 김치양도 함께 자리하고 있었다.

"어마마마, 이 일을 어찌하면 좋을지 소자로서는 여러 가지 상황만 유추할 수 있을 뿐, 그 답을 구할 수가 없습니다."

목종은 답답한 심정을 토로하며 천추태후에게 묘책을 부탁했다. 그러나 해결책이 없기는 천추태후 역시 마찬가지였다. 도대체 해결의 실마리가 잡히지 않았다. 물론 신라계 호족들이 꾸미는 일이라는 건 짐작이 갔다. 하지만 중심축이 누구인지 여러 방법으로 알아보아도 도저히 알 수가 없었다.

"지금의 사태를 해결하기 위해서는, 무엇보다 주상께서 후사를 두시는 것이 급선무입니다. 주상의 후손이 없으니 이리 말이 많은 겁니다. 만일 후손이 있었다면 그런 말들이 힘을 얻지 못했을 겁니다."

천추태후는 항간에 떠도는, 목종이 후사 걱정은 하지 않고 남색을 즐긴다는 말을 염두에 두고 말했다.

"어마마마의 말씀이 맞으나 후사 문제가 제 마음처럼 되어야 말이지요. 다른 일도 뜻대로 이뤄지지 않는데, 후사 문제가 뜻한다고 이뤄지겠습니까? 소자라고 왜 그것을 모르겠습니까?"

그러자 천추태후가 몇 마디 더 보탰다.

"무릇 하늘을 보아야 별을 딴다지 않습니까? 한데 이 어미가 듣기로는 주상께서 왕후들의 침소로는 아예 걸음도 아니 하시고 침전에만 연일 머문다 하시니 어찌 후손을 볼 수 있겠습니까?"

목종은 자신의 일거수일투족에 대한 어머니의 관심 앞에서는 어떤 변명도 의미가 없다는 것을 잘 알고 있기에 굳이 하지 않았다. 다만 현실에 대해 토로할 뿐이었다.

"작금의 일들을 어마마마께서도 잘 아시지 않습니까? 하루해가 지나도 하루가 간 것 같지 않고, 열흘이 가도 일 년이 지난 것 같은데, 소자가 어찌 왕후들의 처소로 갈 여가가 있겠습니까? 아침에 제 침전에서 일어나도 그것이 오늘인지 그 전날인지 구분이 가지 않을 정도입니다."

천추태후는 목종의 대답에 그가 가엾다는 생각이 들어 민망하기까지 했다. 목종은 극도의 불안에 시달리고 있었다. 아니 왕이 될 것에 회의를 느끼고 있다는 표현이 옳았다. 그리고 살아 있기는 하나, 이미 죽은 목숨이나 마찬가지라는 생각을 버리지 못했다.

그때까지 조용히 대화를 듣고 있던 김치양이 모자간에 흐르는 분위기를 감지하고 이야기를 본론으로 돌렸다.

"지금 전하께서 걱정하시는 문제는 실상 조정의 뜻있는 중신들이 염려하는 것과 같습니다. 중신들은 소문이 돌다 보면 역모를 꿈꾸는 자들이 목적을 달성하기 위해 급기야 대량원군 마마를 시해하고, 그 누명을 전하나 태후 마마께 뒤집어씌우려고 할 거라는 말들을 합니다. 특히 태후 마마께서는 이미 그런 오해를 받으시는지라 충분히 연루되실 수 있습니다. 그리고 만일 태후 마마께서 연루되신다면 그 화살이 이내 전하께 돌아가 모후이신 천추태후를 사주하여 그런 일을 꾸몄다고 할 것입니다. 안타까운 일이나 이것이 현실입니다. 그래서 소신과 뜻을 같이한 중신들의 의견은, 어찌 되었든 우선 대량원군을 철저히 보호하면서, 그 사이 전하께서 후손을 생산하는 게 중요하다는 것입니다."

목종의 생각 또한 다르지 않았다. 이미 그와 천추태후는 저들에게 공동의 적이었다. 목종이 천추태후의 명을 거역하고 실행하지 않는다거나, 천추태후가 목종에게 해가 되는 일을 결코 하지 않을 거라는 사실은 저들이 더 잘 알고 있다. 그렇기에 만일 목종이 실수한다면 반드시 천추태후를, 그리고 천추태후가 실수한다면 반드시 목종을 함께 옭아맬 준비를 하고 있었다.

그리고 첫 번째 희생물은 김치양이 될 것이다.

단지 신라계 중신들의 생각일 뿐이나, 경종 사후에 안종 욱이 왕위에 올랐다면 고려의 영토가 대동강 이남의 옛 신라 영토로 회귀하는 일이 있을지언정, 이렇게까지 시끄럽지 않을 수도 있었다. 그러나 진정으로 고려 왕실의 앞날을 염려한 경종이 성종에게 양위했고, 성종은 다시 목종에게 양위함으로써 이 모든 일들이 벌어진 것이다.

하지만 수면 밑에 있던 문제점들을 위로 부각시킨 것은 바로 김치양이었다.

김치양은 말을 이어갔다.

"제 미천한 소견입니다만, 대량원군을 개경에서 약간 떨어져 있는 남경 삼각산의 신혈사로 보내는 것이 어떨까 합니다. 숭교사는 밤낮으로 드나들어도 좋을 만큼 가까운 거리에 있다 보니 자연히 말이 많아지는 것입니다. 대량원군이 개경을 떠난다면 소문의 중심에서 벗어나게 될 테니 관심이 줄어들 수도 있을 겁니다."

그러자 천추태후가 말했다.

"좋은 생각이기는 합니다. 하지만 만일 신혈사로 보냈다가 유배시켰다는 소문이라도 나는 날에는 일을 더 그르치는 끌이 되지 않겠습니까?"

맞는 말이었다. 돌아가는 상황상 충분히 그러고도 남았다.

"물론 그럴 수도 있습니다. 하지만 소신의 생각으로는, 유배를 보냈다는 소문은 잠시 떠돌다가 그칠 수도 있을지언정, 개경에 있다면 주변을 맴도는 무성한 소문은 그칠 날이 없을 것입니다."

김치양의 말을 들은 천추태후와 목종은 더 이상 좋은 방도가 떠오르지 않아 그 말에 따르기로 했다.

한시름 놓고 싶다는 바람으로 대량원군을 신혈사로 옮기게 했으나, 목종을 끊임없이 괴롭히는 것은 또 있었다. 다름 아닌, 바로 천성전에 벼락이 친 사건이었다.

자꾸만 말이 들리자, 목종은 자신이 정말 정종처럼 그 운을 다하여 하늘이 벼락을 신호로 친 것이 아닌가 하는 생각을 지울 수가 없었다.

그가 효성도 지극하고 불공도 열심히 드리고 백성들을 위해서 좋은 정치를 펴려고 함에도 후사가 없는 것도 불안한 이유 중 하나였다. 그래서 지우려 해도 오히려 더욱 또렷이 신경 쓰이는 것이었다. 마음이 여린 목종으로서는 그런 생각을 할수록 심신이 피로하고 지쳐갈 뿐이었다.

하지만 그렇게 나쁜 일만 일어나는 것은 아니었다.

대량원군을 신혈사로 보낸 이듬해 이월.

천추태후와 의남매를 맺고 오누이 관계가 된 거란 성종은, 고려가 수군 양성을 위해 힘쓰고 있기는 하나 사정이 여의치 못하다는 것을 알고 목종과 천추태후에게 힘을 실어주기 위해 자신의 숙부인 야율연귀를 보내 왕에게 가책하여, 수의보방추성봉성 신개부의동삼사 수상서령 겸 정사령 상주국 식읍을 칠천 호, 식실봉 칠백 호로 했다. 그래서 목종의 입장에서는 우선 한시름 놓을 수 있었다. 만일 이런 상황에서 거란마저 그를 괴롭힌다면 그야말로 사면초가가 될 것이므로, '다행'이라는 표현은 이럴 때 적절하다는 생각이 들었다.

그러나 안도의 한숨을 내쉰 것도 잠시뿐, 신혈사로 보내고 나면 잠잠해질 줄 알았던 대량원군 문제가 더 시끄럽게 꼬였다.

거란의 야율연귀가 목종에게 선물을 안겨 힘을 돋워주고 귀국길에 오른 지 채 열흘이 지나지 않아, 천추전으로부터 신혈사에서 손님이 왔다는 전갈이 왔다. 목종은 좋지 않은 예감을 느꼈다. 그래서 모든 일을 뒤로하고 천추전으로 향했다.

안으로 들어서니, 천추전에는 신혈사에서 온 게 분명한 노승과 천추태후 그리고 김치양이 함께 자리하고 있었다. 그들이 자리에서 일어나

예를 갖추자마자 천추태후가 서둘러 입을 열었다.

"주상, 일이 복잡해졌습니다. 여기 오신 분은 신혈사 주지스님의 법제로, 삼사사 대감과도 금강산에서 동문수학하신 스님인데, 좋지 않은 일이 있어 이렇게 오셨다고 합니다. 직접 들어보시는 게 옳을 듯합니다."

천추태후가 직접 고할 것을 권하자 스님이 입을 뗐다.

"빈도 무애라 합니다. 어제 낮의 일이었습니다. 궁녀 복장의 여인 여럿이 호위군사 둘을 거느리고 절을 방문했습니다. 그리고 천추태후 마마께서 특별히 보내신 음식이라고 하면서 대량원군께 직접 대접하고 싶으니, 대량원군을 모셔 자리를 같이하겠다는 것이었습니다. 때마침 대량원군께서는 삼각산 중턱에 있는 무술 연마장으로 떠나신 지가 얼마 되지 않은 터라 사정을 말씀드리고 기다리실 것을 청했습니다. 그러자 자신들은 환궁해야 하니 그럴 시간이 없다며, 음식을 놓아두고 가겠노라고 했습니다. 그러면서 음식은 스님들이 금기시하는 고기와 생선 요리이나, 같이 준비한 떡은 넉넉하니 먼저 자셔도 될 것이라면서 법당에 놔두고 갔습니다. 처음에는 마마께서 친히 내리신 음식이라 법당에 놓아두었으나, 고기와 생선을 법당에 들인다는 것이 불경하여 몇몇 스님들과 함께 공양할 곳으로 옮기기로 했습니다. 소승은 고기가 든 음식 그릇을 들었는데 의외로 따뜻했습니다. 속으로 마마께서 이 근방에서 음식을 장만하게 하셨나보다 생각하면서 막 일어서려는데, 저보다 먼저 떡이 든 그릇을 들고 가던 스님이 그만 발을 헛디뎌 넘어지면서 떡을 쏟고 말았습니다. 떡은 양이 많아 무거웠는데 혼자 들고 뜰로 내려가다 보니 그리 된 것이지요. 뜰로 내려가는 계단에서 넘어진지라 떡은 순식간에 흩어졌습니다. 그때 참새가 와서 떡고물을 쪼아 먹었는데, 그대로 쓰러져 죽는 것이었습니다. 깜짝 놀란 스님들은 그 참새뿐만 아니라 그 옆의 다른 참새도 쓰러지는 것을 볼 수 있었습니다. 저는 아차 싶어서 들고 있던 고기 그릇을 먼 곳으로 가져가 쏟아놓았습니다. 조금 지나자 까마귀 두 마리가 날아와 부리를 대고 몇 번 쪼더니 쓰러져 죽었습니다. 마침 그곳을 지나던 고양이도 까마귀들이 고기를 쪼는 것을 보고는 덤벼들어 고기 조각을 덥석 물었으나 넘기기도 전에 쓰러지는 것이었습니다. 놀란 스님들이 달려가서 고기와 떡을 살펴보았으나 이상한 냄새가 나거나 색깔이 변하지는 않았습니다. 그러나 정황으로 보아 맹독이 든 것이 분명했습니다. 소승은 필시 이 일은 곡절이 있을 것이며, 태후 마마께서 그리 하실 리는 없으니 연유를 알아보자고 하면서 즉시 주지스님께 보고한 후 그 자리에 있던 사람들에게 함구를 명했습니다. 하나 순식간에 벌어진 일을 그 자리에서 본 사람들이 스님들만 있었던 것도 아니고, 또 스님들이라 해도 모두 함구한다는 것을 믿을 수 없는지라, 주지스님께서 급히 태후 마마께 보고를 드리라 하여 이렇게 달려왔습니다."

이야기를 들은 순간, 목종은 자신도 모르게 천성전에 친 벼락을 떠올렸다. 도대체 이게 무슨 일이란 말인가?

그러자 목종의 마음을 읽기라도 했다는 듯 천추태후가 말했다.

"주상, 굳이 마음에 담으실 일은 아닌 듯 싶으나, 그냥 넘어가서도 안 됩니다. 이 일을 우리가 먼저 그런 게 아니라고 하는 것도 우습지만, 그렇다고 모르는 체한다면 우리가 꾸몄다는 오해를 살 수도 있다는 말씀입니다. 부처님의 도우심으로 다행히 떡을 운반하던 스님이 넘어져서 진실을 알게 되어 그나마 큰일이 나지 않은 것이지, 그러지 않았다면 대량원군은 물론 신혈사의 많은 스님들도 변을 당할 뻔하지 않았습니까? 그리 되었다면 아마 걷잡을 수 없이 민심이 동요했을 것입니다. 하니 이번 기회에 이런 일을 획책한 자들을 발본색원하여 벌하시는 게 어떨까 합니다.”

백 번 지당한 말이었다. 그러나 일을 꾸민 자들을 색출하는 것이 그렇게 쉬운 건 아니었다. 그때 김치양이 입을 열었다.

“태후 마마의 말씀이 백 번 지당하십니다. 하지만 방금 마마께서 말씀하셨듯이, 이번 일은 참사를 유발할 수 있는 사건임에도 불구하고 저질러졌습니다. 누차 말씀드린 대로, 이 일을 벌인 자들은 대량원군을 살리려는 게 아닙니다. 만일 그 음식을 드셨다면 분명 대량원군과 많은 스님들이 돌아가셨을 것임에도 저질렀다는 것은, 두 분 마마를 궁지에 몰아넣고 고려를 새롭게 열거나 또 다른 음모를 꾸미기 위한 것임이 분명합니다. 게다가 무애스님은 고기가 든 그릇을 들었을 때 따뜻했다고 했습니다. 이것은 삼각산 근처에서 음식을 장만했다는 뜻입니다. 또한 이미 그들의 조직이 남경까지 깊숙이 뻗어 있다는 뜻입니다. 그리고 궁녀 복장을 한 여인들은 이 일에 관여한 자들이 중신들뿐만 아니라 궁녀들도 포함되었을 수 있다는 걸 뜻합니다. 그들이 환궁을 핑계 삼아 돌아갔다는 것은 정체가 탄로 나기 전에 자리를 뜨려고 한 것이니, 필시거대 조직이 움직이고 있을 겁니다. 분명 발본색원을 할 일이지만, 조심해서 접근하지 않는다면 일을 그르치는 것은 물론 역습당하지 않을까 걱정됩니다.”

김치양의 말을 들은 목종은 정말 하늘이 떠난 게 아닌가 하는 생각만 들었지, 어떻게 일을 풀어야 할지 감이 잡히지 않았다. 이 일이 몰고 올 파장을 생각하니, 왕이라는 것이 후회스러웠다.

소문은 목종의 걱정만큼이나 빠른 속도로 꼬리에 꼬리를 물었다. 실제 현장에 있었다는 신혈사의 스님들과 신도들의 입을 통해 소문이 난 까닭에 그 심각성이 더했다. 게다가 이야기는 있는 그대로 전해지는 게 아니라, 날이 갈수록 부풀기만 했다.

"천추태후가 신혈사에 있는 대량원군을 먹이려고 궁녀를 통해 맹독이 든 술과 음식을 보냈답니다. 그러나 천추태후가 대량원군을 암살할 거라고 짐작한 고승이 그를 침상 밑에 숨게 한 뒤, 대량원군이 출타 중이라 음식을 드실 수 없으니 놓고 가면 돌아오신 후에 드시게 하겠노라고 핑계를 대어 그들이 간 후 음식을 들에 버렸는데, 그것을 쪼아 먹은 까마귀와 고양이가 그 자리에서 죽어 나자빠졌답니다. 이것은 많은 스님들과 신도들이 불공을 드리던 중에 직접 목격한 것이니 의심할 여지가 없습니다."

"왜 그런 몹쓸 짓을 했을까요?"

"그거야 김치양과의 사이에서 낳은 김 씨 아들을 왕으로 삼으려는 것이지, 다른 이유가 있겠어요? 효성 지극한 아들을 어미라는 이유 하나로 꼼짝 못 하게 만들어놓고 그런 일을 저지른 게지요. 임금은 지금 이런 일이 일어났는지도 모른 채 남색과 주흥에 빠져 있답디다."

백성들은 모이면 이런 이야기들을 공공연하게 했고, 그럴수록 민심은 악화되었다. 심지어는 이러다 고려가 다시 신라가 되는 게 아니냐는 말이 일반 백성들 사이에서 거리낌 없이 나돌았다.

목종은 하루하루가 어떻게 가는지조차 알 수 없었다. 고민하다 못한 목종은 불사를 위해서 인호를 징발하지 않겠다고 내린 왕지를 스스로 깨트리며 부처님의 힘으로 나라의 안녕을 빌겠다면서 진관사 구층탑을 축조할 것을 명했다. 그리고 탑을 세우기 시작하자 현실에서 도피하는 심정으로 축조 현장을 찾아 불공을 드렸지만, 마음이 안정되기는커녕 답답하고 우울함이 나날이 더해갈 뿐이었다.

천추태후는 그런 목종의 마음을 지금 다잡아주지 않는다면 스스로 무너질지도 모른다는 생각이 들었다.

중신들은 유배되었다가 풀려나기도 하지만, 왕의 실책은 곧 죽음으로 이어진다는 것을 역사서는 물론 선왕들을 통해 보아온 천추태후로서는 그 결과가 눈에 보였다. 목종을 위해 무엇을 할지 고민하던 천추태후는 목종을 찾았다.

"주상, 이 기회에 잠시 개경을 비우고 호경으로 갑시다. 그곳에 머무르며 정사를 돌봄으로써, 아직 북진의 의지가 주상의 가슴속에 살아 있다는 것을 백성들에게 심어줍시다. 고려가 살아 움직이고 있다는 것을 주상이 호경으로 행차하여 보여준다면, 백성들은 저 흉흉한 소문이 사실이 아니라는 것을 인정해줄 것입니다. 주상께서 북진의 의지를 다지기 위해 서경을 호경으로 개명하겠노라 만천하에 공포하셨으니, 그리한다면 백성들은 반드시 주상께 돌아올 겁니다."

목종은 역시 모후다운 생각이라고 내심 감탄하며 기꺼이 응했다.

그러나 하늘은 정말 목종에게서 등을 돌린 것인가.

어느 정도 마음의 안정을 찾은 목종이 행차를 끝내고 돌아오려는 시점에 호경에 지진이 났다. 땅이 흔들리면서 집들이 무너지고 천지가 진동했다. 그런 상황에서 목종은 겁이 나기보다는 깊은 회한에 빠졌다.

'정녕 하늘이 짐을 버린 것일까? 어마마마와 함께 북진의 기지로 삼았던 이 호경이 이렇게 진동한다는 것은 짐과 어마마마의 뿌리가 흔들린다는 뜻 아닌가? 진정 짐의 끝을 예고하는 것이란 말인가?'

천추태후는 지진은 자연현상이니 크게 마음 쓸 것 없다고 목종을 위로했다. 하지만 모후의 말이라면 하늘이 내리는 법이라 여겼던 목종도 이번만큼은 천추태후의 말이 귀에 들어오지 않을 뿐만 아니라 나날이 괴로워지기만 했다.

결국 마음 약한 목종은 힘들고 답답한 심정을 풀기 위해 연일 술로 세월을 보냈다.

목종이 심약한 모습으로 술을 벗 삼자, 이제까지의 일들이 누군가의 음모에 의한 거라고 생각하던 중신들마저 목종과 천추태후 사이에 갈등이 생긴 게 아니냐는 의심을 품었다.

목종은 세상이 자신에게서 등을 돌렸다고 자책했다. 그나마 처음부터 목종을 곁에서 보필한 합문사 유행간과 천추태후가 추천하여 곁에 두게 된 발해 출신의 좌사랑중 유충정만이 있을 뿐 이제 모두들 등을 돌렸으니, 갈 곳은 이미 정해졌다는 생각만이 목종을 지배했다. 그러자 이제껏 소리 없이 일을 꾸미던 이들이 본격적으로 활동하기 시작했다.

최항과 채충순은 계획을 표면으로 끌어올리라는 신호탄이 터졌다는 생각으로, 문신들 몇몇이 이제껏 비밀리에 추진하던 일을 무인들과 뜻을 합쳐 도모해야 될 때가 왔다고 판단했다.

목종은 스스로 무너졌다.

스스로 그들이 원하던 곳으로 빠져 들고 말았다.

남색을 즐기느라 정사를 돌보지 않는다는 소문, 술과 향응에 빠져 정사를 팽개치고 백성을 돌보지 않는다는 낭설을 정설로 만들고 말았다.

대량원군의 주변을 맴돌면서 그를 보호하기 위해 고발한다는 이유로 헛소문을 날조하고, 대량원군이 어떻게 되든 말든 결과가 나쁜 것은 천추태후가 김 씨 아이를 왕으로 만들려고 꾸민 일이라고 모함해왔던 그들이었다. 결국 그들은 천추태후와 목종이 스스로 무녀지기를 기다려, 백성과 중신들이 의구심을 품었을 때 지금까지 꾸며왔던 일들을 모두 진실로 만들었다. 일부 목종을 믿고 따르기로 굳게 마음먹었던 중신들의 가치관을 흔들리게 하자는 목적 역시 이뤘다.

그렇게 손꼽아 기다렸던 시기를 맞이해 그들은 미리 준비했던 순서대로 짧은 시간 내에 조용히 일을 끝내기 위해 움직였다.

최항은 무장 중 친분이 있을 뿐만 아니라 가문끼리도 가까운 친종장군 유방을 만나기로 했다.

현 상황에서 군부의 비중 있는 무신 한둘만 끌어들인다면, 지위가 높고 낮음에 상관없이 조정에서 방향을 잡지 못하고 갈팡질팡하는 문신들을 휘하로 넣는 것은 시간문제다. 그렇게 세력을 규합하고 나면 일부 지조가 강한 중신들을 제외하고는 당연히 협조할 것이므로, 권력을 통째로 손에 넣는 것도 가능했다. 그 후는 어려울 게 없었다.

원래 권력은 해바라기 같은 것으로, 손아귀에 넣고 난 후에는 물리치려 해도 소위 세력이 있다는 인간들이 꼬이게 되어 있다. 그 세력을 몽땅 모으고 나면 군사력을 잡은 장군을 골라 그에게 미끼를 던질 수 있었다. 미끼를 문 무신이 합세해서 반정을 한다면 그 누구도 두려울 게 없다는 것이 그들의 생각이었다.

최항은 본래 불심도 깊고 유학에 대한 조예가 남달라서, 지위에 관계없이 주변의 많은 사람들에게 존경받는 인물이었다. 그런 최항과 자리를 함께해서 나랏일을 논한다는 것만으로도 장수로서 뜻 깊은 일이었다.

"장군께서도 무척 근심이 많으시겠습니다."

최항은 친분이 있으면서도 별로 만날 기회가 없었던 유방 앞에서 예를 갖춰 말했다. 그러자 유방이 대답했다.

"원래 우리 무장들이야 나라와 백성을 외세로부터 굳건히 지키는 것이 임무인지라 대감처럼 깊이 생각하지는 않겠으나, 나라의 근본이 흔들리는 지금 같은 날들이라면 걱정을 안 할 수는 없지요."

유방은 이미 성종 때 거란의 침입에 맞서 안융진을 목숨 걸고 지켜내, 서희가 담판할 수 있는 기회를 만들어낸 장군이다. 그렇기에 만일 김씨 왕조를 운운한다면 누구보다 최항과 뜻을 같이할 것임을 알고 있던 터였다. 그런데 마침 유방이 나라의 근본이란 말을 꺼내자 최항은 단도직입적으로 물었다.

"나라가 안정되어야 장군께서도 굳건히 지킬 수 있는 것 아닙니까? 나라의 존망이 흔들린다면 어찌 장군께서 올바로 지킬 수 있겠습니까? 사실 목숨을 내놓고 하는 말이기는 하나, 전하를 놓아두고 그 모후가 태후라고 하여 전하를 능멸하면서까지 자신이 낳은 김 씨 아이를 왕으로 만들려고 하는 이 시점에서 장군이라고 어찌할 수 없으시겠지요. 장군께서 허락하신다면 이 나라를 혼란에서 구할 수 있는 방법이 있기는 하오만……."

최항이 말꼬리를 흐리자 유방이 물었다.

"말씀하십시오. 대감께서 목숨을 내놓고 이런 말씀을 하시는데, 제가 어찌 저 하나를 돌보느라 나라를 구할 길을 택하지 않겠습니까?"

그러자 최항은 마치 사실을 이야기하듯 진지하게 입을 열었다.

"지금 전하께서 연일 술로 세월을 보내시는 것을 아시지요? 왜 그런 일이 있겠습니까? 효심이 강하기로 소문나신 전하께서는 모후이신 천추태후가 자신을 능멸하여 무시하고, 후사가 없는 틈을 이용해 김치양과의 사이에서 불륜을 저질러 낳은 아이를 왕으로 올리려고 하자 괴로움에 못 이겨 술을 드시는 겁니다. 그러나 이 나라를 다시 김 씨가 집권하는 신라로 만들 수는 없는 것 아닙니까?"

진지한 최항의 말에 유방은 연신 고개를 끄덕였다.

"그래서 전하께서 술로 세월을 보내신다는 말이 궁 안팎을 떠도는 것이군요. 게다가 모든 정사는 천추태후의 뜻대로 이루어지며 그것이 결국 김치양의 뜻이라는 말이 다 사실이었군요."

유방은 심한 배신을 당했다는 듯 허탈한 얼굴로 말했다.

최항은 속으로 쾌재를 불렀다.

바로 이것이다. 지금까지 목종에게, 아니 천추태후에게 무조건적인 충성을 바쳤던 중신들에게 지금의 유방과 같은 심정을 느끼게 하기 위해 이제껏 노력한 것이다. 여기서 누군가 세력의 구심점만 되어준다면 그들을 모으는 것은 찬물에 밥 말아 먹기보다 쉬울 것이다. 이제 자신이 중심이 되어 일을 시작했으니, 빠른 속도로 세력을 규합하여 구체화시키고, 자신들을 그 구체화된 세력으로 포장하면 나머지는 저절로 이뤄질 것이다.

다만 한 가지, 지금까지도 좌시할 수 없는 황보 가문을 어떻게 하느냐가 문제였다. 하지만 그 문제를 해결하기 위해 이토록 긴 준비 기간을 거친 것이니, 일이 계획대로만 풀린다면 어렵지 않게 처리할 수 있을 터였다. 지금 앞에 앉아 있는 유방은 그에게 자신감을 북돋아주고 있었다.

일을 일사천리로 진행해야 한다고 생각한 최항은 이튿날 황보 가문에서 어느 정도 힘이 있는 황보유의와 자리를 함께했다.

황보유의는 평소 최항의 독실한 불심에 탄복했다. 단순히 불심이 깊다는 것이 전부가 아니었다. 최항은 그 시대 최고의 석학이라 칭해도 부끄럽지 않을 정도로 학문의 깊이를 이뤘고, 문장 역시 수려했다. 불교와 유학은 서로 등을 돌려야 하는 것으로 치부하던 시대에, 독실한 불심을 바탕으로 유학에 깊은 조예를 가진다는 것이 쉬운 일은 아니었고, 황보유의는 최항의 바로 그런 점을 존경했다. 그래서 평소 존경하던 최항이 자리를 함께할 것을 원하자, 기꺼이 응했다.

"요즈음 심기가 많이 불편하겠소."

황보유의와 자리를 함께한 최항이 꺼낸 첫마디는 의외로 그의 최근 심경을 묻는 것이었다. 그 말이 그렇게 놀랄 것도 아니라는 듯 황보유의가 대답했다.

"그것이 어디 저 하나만의 일이겠습니까? 이 나라를 생각하고 걱정하는 모든 중신들이 그렇지 않겠습니까?"

그는 요즈음이라면 중신들의 심기가 불편한 게 당연하다는 듯이 대답했다. 최항은 내심 유방과 자리했을 때보다 더 기쁜 탄성을 질렀다.

바야흐로 조정의 분위기가 자신들이 원하던 대로 익어가고 있었다. 아니 이미 무르익어서 열매만 수확하면 된다고 판단했다.

그러나 이 한다디에 안심할 수는 없었다. 그가 뜻하는 게 무엇인지 확실하게 알 수 없는 지금, 성급한 판단은 대세를 그르칠 수 있다는 생각에서였다. 그래서 조용히 입을 열었다.

"그야 그렇지만, 특히 천추태후 마마를 곁에서 모셔야 하는 신분으로서 더 마음이 상했을 것 같아 이렇게 자리를 마련하여 위로해주고 싶었소."

"그 뜻은 감사하지만 이런 자리를 갖는다고 근본적인 문제가 해결될 수는 없는 것 아닙니까? 빨리 전하께서 제자리를 찾으셔야 할 텐데 걱정입니다."

황보유의가 자신의 심정을 드러내놓았다.

"후손을 보지 못하신 것만 해도 힘드실 텐데, 그 자리를 탐하는 이들이 자꾸 전하의 심기를 불편하게 하니, 그것이 더 문제입니다."

그러자 최항은 자신도 그런 것을 감지하고 있었다는 듯 대꾸했다.

"그러게 말이오. 심지어 대량원군의 목숨을 노리는 자들마저 있다니, 그 얼마나 끔찍한 일이오? 나라의 앞날이 걱정될 뿐이오."

최항도 그 문제로 가슴앓이를 하고 있다고 판단한 황보유의가 다시 입을 열었다. 조금 전에 비하면 훨씬 강한 어투였다.

"도대체 누가 대량원군을 해하려 한 것이며, 정말 천추태후께서 삼사사 김치양 대감과의 사이에서 낳은 아이를 왕으로 만들고자 하는 것인지 인척인 저로서도 알 길이 없는데 대감을 비롯한 다른 중신들이야 오죽하겠습니까?"

황보유의의 속내가 어느 정도 보이자 최항은 이 기회에 끝을 보는 게 낫겠다고 생각했다.

"글쎄요? 누가 대량원군을 해하려 했는지는 나도 모르오. 다만 힘든 시기에 엎친 데 덮친 격으로, 천추태후 마마께서 김치양 대감과의 사이에서 출생한 아이를 왕으로 삼으려 한다는 말이 마치 사실처럼 떠돌고 있는데도, 해결 방안을 아무도 내놓지 못하고 눈치만 보고 있는 현실이 안타까울 뿐이오. 물론 나 역시 이렇다 할 해결책을 내놓은 것은 아니오만……."

말끝을 흐리면서 잠시 뜸을 들인 최항은 무언가 결심한 게 있다는 듯이 말을 이었다.

"태후 마마의 의중을 감히 알 수는 없지만, 내 좁은 소견으로는 지금이라도 마마께서 궁을 벗어나시면 모든 헛소문이 수그러들 것이고 세월이 지나면 해결될 것이라 보오. 한데 그러시지를 않으니 자꾸 의문이 커지고 백성들이 불안해하는 게 아닌가 하오. 혹 이 말이 태후 마마의 귀에 들어가면 진노하실 수도 있으나, 내 생각은 그렇소."

그러자 황보유의는 무언가를 생각하듯 잠시 아무런 말도 하지 않았다. 그러다 입을 열었다.

"대감께서 먼저 그런 말씀을 꺼내셨으니 말합니다만, 사실은 제가 태후 마마께 그런 말씀을 드린 적이 있습니다. 이 난국을 타개하기 위해서 마마께서 궁을 벗어나 삼사사 대감과 오붓한 가정을 꾸리고 범인으로 살아가시는 게 어떠냐고 말입니다. 그러나 마마께선 난색을 표하셨습니다. 마마께서 궁을 떠나시면 마음 여리신 전하께서 이 현실을 타개하시기 힘들 거라면서요. 그렇다면 무슨 묘책이 있으시냐고 하니까 그역시 시원한 대답이 없으셨어요. 전 그것이 안타까웠습니다. 제가 보기에 지금 문제가 되는 것은 태후 마마의 일에서 비롯되었으니, 해결 또한 태후 마마께서 하셔야 되는데 무슨 생각을 하시는지 답답했습니다."

최항은 내친김에 천추태후가 김 씨 왕을 염두에 두고 있다는 게 사실이 될까봐 걱정이라고 은근히 황보유의를 떠볼까 하다가, 목까지 나오는 말을 꿀꺽 삼켰다. 그 소리를 삼킨 것은 역시 잘한 일이었다. 황보유의가 먼저 입을 열어준 것이다.

"제가 할 이야기는 아니지만 가끔 저도 그런 생각이 듭니다. 이러다가 정말 김 씨 왕조가 부활하는 것은 아닌가 하는 생각 말입니다. 사실이 아니기를 간절히 바라고, 또 태후 마마께서 절대 그럴 리 없다고 생각하면서도, 주변에서 하도 그런 이야기를 하고 마마께서도 궁을 떠나실 생각을 하지 않으시니, 안타까운 마음에 그런 생각을 하는가봅니다."

황보유의의 자탄 섞인 말을 들은 최항은 은근히 동조를 표하고, 또 황보유의의 마음도 떠볼 겸 말을 받았다.

"김 씨 왕조의 부활이라는 끔찍한 말은 입에 올리지도 마시오. 그러지 않아도 지금 흉흉하게 나도는 소문이 그것이오. 만일 그리 된다면 고려는 다시 신라 시대처럼 대동강 이남으로 영토가 줄어들 것이오. 또한 김 씨 왕조는 수도를 경주로 옮길 것이고, 신라의 호족 출신들만 영화를 누리게 될 테니, 대동강 이북 땅도 그곳의 백성들도 모두 필요 없다고 생각할 거요. 지금은 마땅한 영토가 없어서 힘을 결집하지 못하고 있는 여진 또한 대동강 이북의 땅에서 세력을 결집하여 우리를 괴롭히려 들 것이오. 고려는 대동강 이북의 땅을 척박하다고 생각할지 모르나, 지금까지 북쪽에서 살던 여진에게는 상대적으로 비옥한 땅이오. 여진은 대동강 이북의 기름진 옥토만 확보할 수 있다면 금방이라도 힘을 결집할 것이오."

이야기를 하던 최항은 갑자기 생각이라도 난 듯이 굴었다.

"아시다시피 삼사사 대감이 여진 출신 아니오? 그러니 여진의 현실을 자세히 알고 싶으시다면 삼사사 대감께 여쭤보시오. 아마 내 말이 맞을 거요."

최항은 황보유의가 한마디 꺼낸 것을 기회로 삼아 자신이 하고 싶은 이야기를 한 바퀴 빙 돌려서 모조리 했다. 그리고 유독 여진이 대동강 이북의 땅만 가질 수 있다면 힘을 결집할 것이라는 부분에서 힘주어 말했다.

최항의 말은 황보유의처럼 순수하게 나라를 생각하는 사람의 귀에는 의외로 쉽게 사실로 받아들여지면서 가슴에 남을 것이다. 순수한 사람은 상대가 거짓을 말해도 그것이 사실처럼 들리기 때문이다.

'김 씨 왕조가 들어서면 대동강 이남으로 밀려날 것이고, 여진은 대동강 이북에서 세력을 결집할 것이다. 그리고 그런 여진의 목마른 현실은 여진 출신인 긷치양이 잘 알고 있다?'

황보유의의 머릿속에는 그 말만이 맴돌고 있었다.

그가 그러리라는 것을 짐작한 최항은 황보유의에게 판단할 수 있는 시간을 주려고 술잔을 채우고, 자신도 말 못 할 분에 차 있으며 그것을 삭이려고 마신다는 걸 보여주기라도 하듯 거푸 두 잔이나 마셔댔다. 그러자 황보유의도 무엇을 생각하는지, 머리를 가로저으며 한 잔을 단숨에 마셨다. 그러다 도저히 참을 수 없는 것이 머릿속을 채우고 있어 그것을 털어버려야 한다는 듯, 다시 한 번 머리를 흔들더니 한 잔을 더 따라 마셨다. 그리고 잔을 내려놓으며 불쑥 한마디 던졌다.

"대감의 말씀을 듣고 보니 삼사사 대감은 정말 그런 일을 꿈꿀 수도 있겠습니다그려. 신라 왕손인 데다, 여진에서 패망한 신라인들을 거둬 준 바람에 오늘의 삼사사 대감이 있을 수 있었으니 말입니다. 그야말로 일거양득이겠지요."

자신의 말이 기정사실이 아니냐고 확인하고 싶다는 어투였다.

최항은 섣부르게 대답할 수 없었다. 만일 이 자리에서 실수로 한마디 잘못하는 날에는, 몇 년을 공들여 잡은 기회를 놓칠 것이다. 최항이 대답을 망설이자 황보유의는 조금 전에 묻던 것과는 다르게 낮은 목소리로 중얼거리듯이 말했다.

"황주에 계실 때 매일 아침 단군왕검과 고구려 선대왕들께 제를 올리며 고구려의 기상을 몸과 마음에 담았던 태후 마마께서 어떻게 이렇게 변하실 수 있습니까? 아니, 황주 시절은 그렇다치더라도, 만일 김 씨 왕조가 부활한다면 고려의 영토가 옛 신라의 영토처럼 될 것이고, 그러면 황보 가문을 비롯한 서북 호족들과 그 백성들은 갈 곳을 잃는다는 것을 뻔히 알고 계신 태후 마마께서 그러실 수는 없습니다. 삼사사 대감과의 사랑에 눈이 멀어 자식 하나를 낳더니, 사람이 그리 변할 수 있단 말입니까? 지금의 전하는 내 자식이니 어찌할 수 없으나, 대량원군은 내 자식이 아니니 죽여 없애려 했다는 것이 정말 태후 마마께서 벌이신 일이랍니까? 그리고 지금 전하께서 돌아가시면 또 다른 아들을 왕으로 앉히려 한다? 아닙니다. 태후 마마께서는 그러실 분이 아닙니다. 이는 필시 삼사사 대감이 태후 마마의 귀와 눈을 멀게 한 것입니다. 어쩐지 일전에 제가 궁에서 나가시라 했을 때 거절을 하시면서도 대책을 내놓지 못하시는 걸 보고 이상하다 했습니다. 선왕께서 궁을 떠나 황주로 가라고 하셨을 때에는 미련 없이 궁을 떠났던 분이, 이 난국을 타개하는 길은 본인이 궁을 떠나는 것임을 알면서도 왜 가지 않을까 궁금했는데 이제 그 까닭을 알 수 있을 것 같습니다. 전하께선 오죽 답답하셨겠습니까? 그러니 연일 술로 세월을 보내고 계신 것 아닙니까? 그렇지요? 대감, 제가 미친놈 넋두리하듯 한 말들이 사실이라면, 정말 그렇다면 이 일을 어찌 해결해야 좋단 말입니까? 불쌍하신 우리 전하와 천추태후 마마를 어찌해야 한단 말입니까?”

황보유의는 눈물까지 글썽이며 최항을 바라보았다.

그러자 최항은 한 걸음 물러서면서 말했다.

“아직 그것들이 사실이라는 증거도 없고, 또 설령 사실이라 한들 지금 이 자리에서야 무슨 대답이 나오겠소?”

말은 그렇게 했지만 이미 황보유의는 손 안에 들어온 것이다. 최항으로서는 이번 일의 반을 마무리한 것 같아 여간 흐뭇한 게 아니었다.

무엇보다 한 가지 확실한 것은, 황보 가문을 비롯한 북쪽, 그것도 서북 지방에 근거를 두고 있는 가문들은 천추태후를 엄청나게 믿고 있다는 것이다. 따라서 지금부터는 천추태후를 직접 공격하는 것보다는 김치양이 여진 출신이라는 점을 백분 활용하는 게 옳다고 생각했다.

어차피 조정에선 여진을 교활하다 여긴다. 그렇다면 김치양이 여진 출신이라는 것을 기회가 될 때마다 들춰내기만 하면 되는 것이다. 김치양은 천추태후가 사랑에 눈먼 틈을 이용해 간교한 계책으로 나라를 전복시키고 김 씨 왕조를 세우려 한다고 공격의 각도를 바꾸는 게 효과적이라는 것을 깨친 것이다.

생각을 마친 최항은 이제껏 작금의 사태를 어떻게 해결해야 할지를 고민했다는 듯 말했다.

"답답하고 마음이 아프다고 당장 해결할 수 있는 일은 아니니, 중신들과 함께 정신을 바짝 차리고 사태를 주시합시다. 분명히 해결 방안이 나올 것이오. 그때 모든 중신들이 결집한다면 고려는 아무 염려 하지 않아도 될 것이오. 누구도 관심을 갖지 않을 때 나라가 위험한 것이지, 눈물로 나라를 걱정하는 중신들이 있는 한 무슨 일이 있겠소? 우리 시간을 갖고 같이 해결 방안을 찾아봅시다. 누가 아오? 오늘 걱정한 일들이 모두 사실이 아니고, 내일이라도 그저 백성들이 어떻게 하면 배부르고 등 따뜻하게 살 수 있나만 생각하면 되는 세상이 될지."

최항이 이야기하면서 억지웃음을 띠자 황보유의가 대답했다.

"그렇게 될 수만 있다면 무엇을 더 바라겠습니까? 하지만 대감께서도 아시다시피 지금 우리 앞에 벌어진 일들이 마음을 편히 먹도록 내버려 두지를 않는다는 게 문제입니다. 오늘 대감을 만나 뵙고 말씀을 나누니 그동안 풀리지 않았던 문제들의 실마리가 보이는 것 같으나, 제가 바라는 것과는 영 다른 방향입니다. 차라리 저 혼자 고민하며 살다가 죽는 것이 더 나을 뻔했습니다. 하지만 고름을 그냥 둔다고 살이 되는 것은 아니니, 더 자라기 전에 터뜨리고 짜내어 하루라도 빨리 새 살이 돋게 만드는 게 낫겠지요."

황보유의는 솔직한 심정을 말하고 자리를 떠났다.

최항 일파와 뜻을 같이할 중신들은 의외로 쉽게 모여들었다. 그것은 고려가 신라보다 영토가 넓고 살기 좋음에도, 다시 신라로 회귀시키려 한다는 위기의식을 조장한 결과였다.

김치양과 천추태후 사이에서 태어난 아들을 증거이자 매개체로 이용할 수 있도록 상황이 허락된 것이다. 여진을 시기하면서도 두려워하는 고려인들에게는 김치양이 여진에게서 보호를 받고 자란 신라 왕족의 후손이라는 사실 또한 불안의 원인이었다.

채충순과 최항이 중심이 되어, 정신적인 지주 역할을 해줄 수 있는 국사 이승과 대복 진함조, 그리고 몸으로 움직이며 바람막이 역할을 해줄 장군 유방과 중랑장 유정, 하공진, 탁사정과 황보유의가 한자리에 모였다.

처음부터 일을 준비해온 최항이 입을 열었다.

"이렇게 뜻을 같이해서 모인 여러분이 무엇보다 나라를 먼저 생각하고, 목숨을 초개처럼 버릴 수 있는 용기를 가진 것에 대해 참석자 중 한 사람으로서 진심으로 경의를 표합니다. 오늘 이 자리는, 우리 모두 누가 먼저라고 할 것 없이 서로 마음과 뜻이 통해 마련할 수 있었습니다. 따라서 허심탄회하게 생각을 털어놓고 말씀을 나누는 게 옳을 듯싶습니다."

그러자 유방이 말을 받았다.

"굳이 누가 말씀드리지 않아도 우리가 이 자리에 모인 이유는 다 알고 있습니다. 그러니 본론으로 들어갑시다. 거사를 하는 날과 거사를 치르기 위해서 준비할 것들, 보강할 것 등을 중추원사 대감께서 정해진 대로 하명해주시면, 그것을 숙지하고 따를 것입니다."

유방은 무신답게 명령을 내리면 그를 좇아 따를 것이라 말했다. 그러자 최항이 빙긋 웃으며 대답했다.

"맞는 말씀이기는 하지만 중신들이 모두 우리 편에 선 것이 아니라 그리 간단하지 않습니다. 게다가 지금 유방 장군과 하공진, 중랑장 등의 무신들께서 우리와 합류하고 계시다고는 하나, 아직 서북면도순검사 강조 장군의 연락이 없습니다. 며칠 전 여기 계신 국사께서 일차 내방하여 그 의사를 타진하셨지만, 국경을 비우고 온다는 게 마음에 걸린다고 하면서 대답을 미루고 있습니다. 우선 이 문제부터 해결해야 할 것이며, 다음으로는 조정의 중신들 중 누구를 같은 편으로 만드느냐 역시 중요합니다. 강조 장군은 몹시 망설이고 있을 겁니다. 여기에 있는 우리 모두가 마찬가지지만, 전하께 깊은 신뢰를 받는 입장에서 칼을 든다는 게 쉬운 일은 아니니까요."

그러자 황보유의가 말했다.

"우리가 지금 전하를 향해 칼을 들자는 게 아니지 않습니까? 우리는 간신 김치양을 징벌하려는 것이지, 전하를 시해하려는 게 아닙니다. 그러니 설득을 해보는 게 옳을 것 같습니다만."

그러자 최항은 지난번 황보유의와 단 둘이 앉아서 대화했을 때, 그 모든 것이 김치양의 계략이라며 눈물을 글썽이던 황보유의의 모습이 떠올랐다.

"물론 이번 거사의 목적이 전하를 시해하려는 것은 아니오. 전하와 태후 마마를 시해하려고 거사를 하는 것이라면, 궁궐을 봉쇄할 필요도 없이 내일이라도 개경 내 병사들의 지휘권을 갖고 겨 신 유방 장군이 명을 내려 두 분을 시해하면 끝이오. 두 분의 옥체를 코존해드리면서 이번 거사를 성공시켜야 하는 까닭에 더 어려운 것이오. 만일 우리가 두 분을 시해한다면 서북 호족과 그곳의 백성들이 새로 들어서는 조정에 결코 동조하지 않을 것이오. 게다가 태후 마마를 상하게 할 시에는 거란 또한 가만히 있지 않을 것이오. 많은 분들이 아시는 대로 태후 마마와 거란의 성종 황제는 의남매 관계로, 그 두 분의 우애는 백성들도 이미 잘 알고 있소. 그런 상황에서 태후 마마께서 화를 당하신다면 거란은 틀림없이 거병할 것이고, 우리는 내외로 우환을 맞이하게 되어 거사를 치르지 아니 함만도 못할 것이오. 그러자니 자연히 궁과 개경을 봉쇄하여 지방의 다른 군대가 개경을 향해 진군하는 것에 대비하지 않을 수 없는데, 그 대비 병력으로 가장 믿을 수 있고 힘 있는 것이 바로 서북면의 국경 수비대를 관장하는 강조 장군이 이끄는 군대요. 강조 장군이 우리와 같이 가야 하는 또 한 가지 이유는, 그가 우리의 적이 된다면 이 거사가 실패로 끝나거나, 결국 우리가 전하와 태후 마마를 시해하고 거란이나 그 외 외부 병력과의 전쟁도 각오해야 하는 결과를 낳을 수 있기 때문이오. 반면 강조 장군이 우리 편을 들어 병력이 출병하는 날에는, 지방군의 누구도 거병하지 않을 것이오. 아무리 삼사사 대감이 힘을 쓴다고 해도 강조 장군의 군대가 개경에 들어와 있는 것을 안다면 감히 그럴 생각도 하지 않을 것이오."

그러자 황보유의가 다시 물었다.

"대감께서 지난번에 제게 말씀하셨던 것처럼 해보지 그러십니까? 삼사사 대감의 전횡이 오늘의 이 결과를 낳았고, 그의 뜻대로 되는 날에는 고려가 다시 신라로 회귀하고 말 거라는 말씀은 왜 안 하셨습니까?"

그러자 최항이 말했다.

"국사께선 전하의 뜻을 김치양 대감이 가리고 혜안을 흐리게 하여 나라가 어지러우니, 나라를 바로잡는 데 동참하라고 하셨다고 하오. 그랬더니 강조 장군도 지금 나라가 바로 됐다고 생각하지는 않지만 그렇다고 궁으로 군사를 보내야 하는 것인지 판단이 서지를 않으며, 만일 자신이 동참하지 않더라도 이 일에 대해 듣지 않은 것으로 하겠다는 말과 함께 고려해보겠노라 했다오."

그러자 황보유의가 무언가 복안이 있다는 투로 말했다.

"정말 그런 문제라면 비록 직급은 보잘것없지만 제가 강조 장군을 만나보겠습니다. 누구보다 천추태후 마마를 지키고 싶고, 또 그분의 올곧은 심성을 찾게 해드리는 것이 우리가 해야 할 일이라고 생각하니 말입니다. 지금으로써는 그 방법밖에 없다는 것을, 중추원사 대감께서 제게 말씀하신 것처럼 말씀드리겠습니다. 어떻게 하든 강조 장군을 설득해서 이번 거사를 성공시키지 못한다면, 다시는 태후 마마의 기개를 볼 수 없을 것임을 잘 아는 제가 이 일을 완수할 것입니다."

황보유의는 이 난국을 헤쳐 나가기 위해서는 무엇보다 먼저 현 집권 체제를 무너뜨림으로써 김치양을 몰아내고, 천추태후의 혜안을 다시 찾아줘야 한다고 생각했다. 그를 위해서 자신이 할 수 있는 일이라면 무엇이든지 해야 했다.

최항 역시 정변을 성공으로 이끈다고 해도 굳이 목종이나 천추태후에게 칼을 겨누고 싶은 마음은 없었다. 오히려 그들이 황주로 다시 돌아가 상황^{上皇}으로 존재함으로써 거란의 압력에서 벗어날 수 있으며, 먼 훗날 고구려의 기상을 되찾는 기조를 마련할 수도 있었다. 다만 그런 날을 만들기 위해서라도 지금의 조정을 정리할 필요가 있었다.

사실 지금의 조정은 고려의 하늘이 열리고 난 후 전례 없이 일당 독재의 칼날에 휘둘리고 있었다.

김치양은 행정기관의 최고 기관인 육부를 감독하고 대정을 총리하는 상서성의 이인자인 우복야를 맡고 있었다. 그것만 해도 권력이 하늘을 찌르는데, 왕 바로 다음 자리라 해도 과언이 아닌 삼사·사까지 맡음으로써 감히 문하시중조차 견줄 수 없는 권력을 휘두르고 있었다. 그리고 발해의 후손으로서 천추태후의 천거로 입성하여, 누구보다 큰 권력을 손아귀에 쥐고 왕명을 받드는 유충정 역시 상서성으 좌사랑중으로서 힘을 아낌없이 발휘하고 있었다. 목종의 즉위 초기부터 최고 심복으로 자리 잡은 유행간은 아침 하례와 제사를 맡아 운영하는 합문사 직을 맡고 있었다. 즉 최고의 요직을 이들 세 사람이 독식한 것이다. 해서 그들이 하는 말이 바로 왕의 뜻이요, 왕이 하고 싶은 일이라는 오해를 낳기에 충분했다.

하지만 그 모든 것이 왕에게서 나온 것인지 아니면 천추태후로부터 나온 것인지, 그것도 아니면 김치양에게서 나온 것인지 분간할 수 있는 사람은 아무도 없었다. 중요한 것은 누구에게서 나오느냐가 아니었다. 그런 권력 구조에서 힘을 쓸 수 있는 중신이 아무도 없다는 것이었다.

허술한 무기가 아무리 많아봤자 명검 하나와 비교되지 못하는 것처럼, 관직을 차지한 숫자보다는 얼마나 요직을 차지하고 있느냐가 권력의 향배를 가늠한다.

성종 이래로 요직이라는 요직은 모두 거친 중신들의 권력은 무용지물이 되었다. 권력을 휘두름으로써 백성들을 가렴주구하던 관리를 물리치고 뜻을 세워 나라를 위해 일하고 싶어 하는 관리들까지 힘들어하기는 마찬가지였다. 이제껏 자신들이 너무 쉽게 처리하던 것을 마음대로 할 수 없어서 불편한 것이었지만, 세상을 자기 손아귀의 떡 주무르듯 하던 그들에게는 모든 것이 불만이었다. 시간이 갈수록 이대로는 안 된다고 생각하는 중신들이 많아지면서, 그들의 불만은 중간 관리들을 거쳐 결국 백성들에게로 확산돼갔다.

그 불만을 거사를 위한 도구로 끌어들인 것은 사실이지만, 최항 스스로도 그 모든 것이 천추태후에게서 비롯됐다고 생각하지는 않았다. 천추태후야말로 지금 고려가 가장 필요로 하는 정신 그 자체라는 것은 최항이나 채충순을 비롯한 모든 중신들이 인정하고 있는 바였다.

그러나 그녀가 감싸거나 혹은 그녀를 둘러싸고 있는 세력들이 요직을 독식함으로써 이제껏 자신들 나름대로 구축하고 있던 철옹성 같은 권력을 빼앗겼을 뿐만 아니라, 정말 나라와 백성들을 위해 무슨 일을 하고 싶어도 그들의 간섭을 벗어나기 힘들어서 할 수가 없었다. 한마디로 그 의도가 좋은 것이냐 나쁜 것이냐를 따지기 전에, 무슨 일도 마음대로 할 수 없게 되자 옛날이 그리워진 것이다.

따라서 잃어버린 지난날의 영예를 찾기 위해 김치양을 비롯해 요직을 독식하고 있는 일당을 제거해야 했다. 그러기 위해서는 무엇보다 먼저 김치양의 가장 큰 후견인인 천추태후를 권좌에서 끌어내려야 했다. 그러나 천추태후는 목종이 왕으로 재위하는 동안에는 결코 궁을 떠날 의사가 없음을 천명했기에, 목종을 폐위시킨 후 천추태후도 궁을 떠나게 해서 김치양 일당을 도태시키고, 고려가 다시 원래의 자리를 찾도록 하자는 것이 그들의 생각이었다.

황보유의의 말을 듣고 있던 최항은 물론 채충순 역시 고개를 끄덕였다. 최항이 다시 입을 열었다.

"좋습니다. 황보 공이 이 일을 맡아 처리해주시오. 하-지만 잘 아시다시피 강조 장군은 쉽게 본의를 드러내지 않을 거요. 설령 마음이 허락하지 않는 일이 일어나더라도 대세를 위해 참아야 하오."

그들은 황보유의에게 젊은 나이 때문에 참을성이 부족하고 강조 장군이 자존심을 상하게 하더라도 참고, 대사를 마무리 짓는데 총력을 기울여줄 것을 당부했다.

급선무였던 강조에 대한 안건이 마무리되자 중신들은 각자 설득할 대상을 정했고, 거사 일과 구체적인 계획은 강조의 대답을 듣고 난 후에 만들어 하달하기로 했다. 그러나 이런 일에 시간을 끈다는 것은 아주 위험하므로 열흘 이내에 마무리하기로 했다.

회의가 끝나고 밖으로 나와 보니 눈이 내리고 있었다

목종이 개령군으로 책봉되어 입궁하던 날을 생각나게 하려는 듯, 하늘에서 하염없이 눈이 내리고 있었다.

만일 강조가 협력을 거부한다면 일을 불시에, 전혀 계상하지 않았던 방법으로 치러야 할지도 몰랐다.

그러나 아무리 불시에 치르더라도 목종과 천추태후를 상하게 해서는 안 된다는 것을 모두 알고 있었다. 아니 최악의 경우 목종은 몰라도 천추태후만은 절대 상하게 하면 안 되었다. 만약 천추태후가 일을 틀어버린다면, 대량원군을 왕으로 삼고 나서 거란에 즉위를 고하고 허락을 득하려 해도 거란이 잘못을 물어 거병하여 고려를 치고 말 것이다. 그만큼 천추태후에 대한 성종의 신뢰는 깊었다.

그 사실을 알고 있는 중신들은 성종의 비위를 건드리지 않기 위해서, 궁궐과 개경을 장악한 뒤에 지원군이 도성에 다다를 무렵에 목종을 만나 스스로 퇴위하게 한 후, 대량원군을 왕위에 앉히려는 계책을 세우고 있었다. 목종이 퇴위하고 나면 지난날의 모든 일들을 덮어두고 천추태후를 원하는 곳에서 살게 해주자는 의견도 모으는 중이었다.

12
반정

강조를 설득할 임무를 자청해서 맡은 황보유의는 하루도 지체할 이유가 없었다. 그래서 그날로 말을 달리기 시작해서 강조를 찾아갔다. 비록 하늘에서 눈이 내리고 있었지만 지체할 이유가 될 스 없었다.

강조가 호경에 있다는 것을 알고 말을 달렸지만, 개경은 물론 호경으로 가는 길에도 많은 눈이 온지라 무려 삼 일이 걸렸다.

황보유의가 호경에 도착한 시간은 점심 무렵이었다.

황보유의는 멀리서 강조를 한두 번 보기는 했지만, 가까이에서 마주 대하는 건 처음이었다. 강조를 만난 황보유의는 문득 강조가 속내를 잘 드러 내지 않을 것이라고 했던 최항의 말이 생각났다 그러나 그 말을 듣지 않았다 할지라도 단번에 그런 판단을 했을 것이다.

짙은 눈썹과 과묵하게 다문 입, 그리고 얼굴 전체에서 풍기는 위풍이 장군의 기개를 담고 있었다. 장군이라면 이렇게 생겨야 한다고 얼굴에 드러내놓고 다니는 사내라는 생각이 들었다. 웬만한 적이 그를 만나 전투를 치르려 해도, 얼굴을 마주 대하는 순간 기개에 눌려 싸움은커녕 도망가기에 바쁠 것 같았다.

"소인, 선휘판관 황보유의가 인사 올립니다."

황보유의가 깍듯이 예를 갖춰 인사를 올리자 강조는 커다란 소리로 너털웃음을 지었다.

"눈도 많이 오는데 고생하셨습니다. 어서 오시지요. 변방이나 지키는 이런 무식한 칼잡이를 찾아 궂은 날씨에 먼 길을 오신 손님이 식사도 못 하셨으리란 생각이 들어 주안상을 겸한 점심 식사를 내오라고 일렀으니 곧 나올 것입니다. 우선 추운데 차라도 드시면서 몸을 녹이시지요."

강조는 황보유의가 직책도 자신과 비교할 수 없이 낮고 나이 역시 한참 아래인데도 불구하고 예를 갖추어 말했다. 작은 목소리로 했음에도 불구하고, 적들이 도망 칠 정도의 힘이 들어 있었다.

황보유의는 차를 마시면서 강조가 호경에 머무를 때 사용하는 방을 둘러보았다. 직급에 어울리지 않게 간결하면서도 잘 정돈된 그의 집무실은, 첫 대면을 하면서 느낀 대로 담백하고 솔직하면서도 우직한 성격을 반영하고 있는 듯했다. 그러나 벽에 걸린 병영지도에는 자세하게 표시가 되어 있어, 그가 일을 꼼꼼하고 세밀하게 챙기고 있다는 것을 말 안 해도 알 수 있었다.

황보유의가 방을 둘러보는 동안 전혀 말을 꺼내지 않던 강조는, 주안상이 나오자 식사를 권유하면서 각각의 잔에 술을 따랐다.

"자, 드십시다. 변두리 장군의 방을 둘러보아야 뭐 하나 제대로 갖춘 것도 없으니, 우선 한 잔 드시고 몸이 좀 더워지면 식사를 하시지요. 나는 식사 후이니 술이나 한 잔 하렵니다. 손님도 오시고 눈도 잔뜩 왔으니 거란이나 여진 놈들도 오늘은 말썽을 부리지 않겠지요."

강조는 농담을 하면서 술을 권했다.

얼굴에는 기개가 넘쳐흐르고 목소리는 힘이 가득 차 있으며 기골이 장대한 장군이 나이나 직급이 한참 아래인 손님을 투드럽게 대하기 위해 근엄함을 버리고 농담하는 것이라고 생각한 황보유의는, 강조 장군이야말로 군인 중의 군인이요 인물 중의 인물이라는 생각이 절로 들었다. 그래서 자기도 모르게 말했다.

"장군, 말씀 좀 낮춰 하시지요. 관직으로 보나 나이로 보나 제가 한참 아래인데 너무 깍듯하게 대하시면 힘듭니다."

"그래? 그렇다면 말을 낮추도록 하지. 손님이 불편해서야 예의가 아니니까."

강조는 단박에 말을 낮췄다. 황보유의는 정말 사내 중의 사내라고 생각하며, 다시 한 번 강조에게 반하고 말았다.

술이 두어 잔 돌고 황보유의가 식사를 마치자, 술을 따르며 강조가 물었다.

"이제 식사를 끝냈으니 왜 눈 오는 날 부랴부랴 이곳까지 왔는지 말해보게. 나도 짐작은 하지만 그래도 먼저 이야기를 듣고 답을 하는 것이 순서일 테니까 말일세."

강조가 시간을 끌거나 말을 돌리지 않고 단도직입적으로 묻는 것이 오히려 편했다.

"전일 국사 이승 대감께 들어서 이미 알고 계시겠지만, 오늘 그 대답을 듣고자 왔습니다. 비록 제가 직급도 낮고 나이도 어리지만 자원해서 장군을 찾아뵌 것이니, 저같이 어린 것을 보냈다는 생각일랑 마시고 대답해주시면 고맙겠습니다."

그러자 강조는 특유의 너털웃음을 지으며 말했다.

"내가 그런 걸 따질 사람으로 보이나? 그런 걸 상관 안 하는 사람이니 자네를 보낸 것 아니겠나? 무슨 일을 하든 내용이 중요하지 껍데기가 무슨 소용이 있는가? 아무리 그릇이 시원치 않아도 음식이 맛있으면 그 그릇으로 손이 가게 마련일세. 그건 그렇고, 자네가 솔직히 말해달라고 하니 내 말하지. 며칠 전에 이승 대감께서 이곳에 와서 그런 말씀을 하기에, 나름대로 생각도 해보고 궁 안의 사정을 알아보기도 했네만, 천추태후 마마께선 그럴 분이 아닐세. 그리고 알아본 바에 의하면, 전하께서 연일 술로 세월을 보내시는 이유는 태후 마마와의 사이에서 일어난 갈등 때문이라기보다는 심신이 나약해지셨기 때문이 아닌가 하네. 다만 한 가지, 지금도 수수께끼처럼 풀지 못한 것이 있다면, 누가 대량원군을 살해하려고 했는지를 모르겠다는 말씀이야. 이것저것 알아보고 따져봐도 전하나 태후 마마께선 그럴 분들도 아닐뿐더러 그러실 이유가 없네. 특히 태후 마마께서는 대량원군의 이모로, 일찍 부모를 잃은 대량원군을 측은하게 여기셨네. 그런데 갑자기 마음을 바꾸셨을 리도 만무하고. 그렇다고 중신들 중 누군가가 그런 짓을 했다고 보기에는 그럴 이유가 없을 뿐만 아니라, 있다 해도 그 조직이 너무 치밀하고 거대할 것 같다는 느낌이 들더라는 거야. 혹시 자네는 짐작 가는 것이라도 있나?"

강조가 대답을 미룬 것은 결단을 내리는 게 힘들어서가 아니라, 일의 타당성을 검토하고 있어서였다. 옳고 그름을 먼저 판단하고, 그 일에 대의명분이 있느냐 없느냐를 세밀하게 분석하고 있었던 것이다.

"글쎄요. 저야 장군께서 하신 것처럼 알아볼 재주도 없을 뿐더러 그래야 한다는 생각도 하지 못했습니다만, 확실한 것은 태후 마마나 전하께서는 절대 그런 일을 꾸미실 분들이 아니라는 것입니다. 태후 마마께서 황주에 계실 때 저는 비록 어렸지만, 아버지의 손을 잡고 아침 일찍 천추전에 제례를 올리러 갔을 때 뵌 모습의 어디에도 그런 사특한 면모는 없었습니다. 그리고 지금 궁의 내부는 물론 개경과 그 밖의 뜻있는 분들도 모두 아시지만, 삼사사 김치양 대감은 태후 마마와의 사이에서 출생한 아이를 왕으로 앉히려 하고 있습니다. 저는 아직 잘 모르는 것이 많습니다. 하지만 고려가 다시 김 씨 왕을 얻는다면 대동강 이북은 팽개칠 것이고, 그 자리에 여진이 둥지를 튼다면 위험해질 수도 있다는 생각이 듭니다. 삼사사 대감은 여진 출신이니 여진족에게 자리 잡을 땅을 제공해주고도 남을 사람이라는 생각도 들고요. 그래서 삼사사 대감을 궁에서 내쫓아야 한다는 생각으로 이번 일에 관여하게 된 것입니다."

황보유의의 말을 듣던 강조가 가만히 무언가를 생각하더니 말했다.

"우복야 겸 삼사사로 만족을 못 하고 자기가 낳은 아들을 왕으로 삼는다? 자네는 그 일이 가능하다고 생각하는가? 고려 사람들이 바보처럼 다시 김 씨 왕조가 들어서는 것을 구경만 하고 있을 거라고 생각할 정도로 삼사사 대감이 어리석을까? 그리고 태후 마마께서 그것을 용납하실까?"

강조가 그렇지 않다는 뜻으로 반문했다. 그러자 황보유의가 대답했다.

"그것은 대량원군께서 생존해 계실 때나 혹은 지금이라도 전하께서 후손을 보실 경우의 말이지, 만일 전하께서 후손을 보시기 전에 대량원군께서 돌아가시거나 변을 당하셔서 왕위를 잇지 못하고, 지금의 왕실처럼 적통이 없을 경우라면 가능하지 않겠습니까? 더더욱 태후 마마 입장에서는 지금 왕이신 전하도 아들이지만, 삼사사 대감과의 사이에서 출산한 아이도 엄연한 아들인데 용납하지 않으실 이유도 없지 않겠습니까?"

강조는 무언가 깊이 생각하는 얼굴로 아무 말 없이 있다가 불쑥 입을 열었다.

"자네의 이야기를 듣고 보니 그럴 수도 있다는 생각이 들기는 하네만, 그렇다면 여진에게 대동강 이북을 내어주고 대동강 이남만 영토로 한다는 것은 무슨 뜻인가? 아무리 김 씨 왕조가 다시 들어서기로서니 그리 하기야 하겠나? 우리 고려가 통일하기 전에도 신라와 백제가 서로 영토를 넓히느라 숱한 전쟁을 치렀고, 동서고금을 통해서 어느 나라든 간에 영토를 넓히는 것을 목적으로 하는데 땅을 그리 쉽사리 넘겨주겠나?"

그러자 황보유의가 확실하다는 듯 말했다.

"물론 장군의 말씀이 지당하십니다. 하지만 성종 시절, 거란이 거병하여 우리 영토를 침범해왔을 때, 신라 출신 중신들은 차라리 대동강 이북의 땅을 떼어주자는 주청을 드렸습니다. 돌아가신 서희 대감께서 있을 수 없는 일이라며 싸울 것을 주장하시다가 결국 회담도 혼자서 이루어내셨다는 것을 저도 익히 들어서 알고 있습니다. 물론 거란이 가만히 있지 않을 것이라는 생각이 들기는 하지만 그렇다고 직접 이래라저래라 하지는 못할 게 아닙니까? 대동강 이북의 땅을 떼어주어 여진이 자리를 잡는다면 고려와 거란 사이에서 완충지대 역할을 해줄 것이라는 논리를 내세워 충분히 그러고도 남을 사람들임을 장군께서도 잘 아실 것 아닙니까? 더더욱 여진은 교활하기가 이를 데 없다고 들었는데,

어찌 그 정도 일을 못 해낸다고 할 수 있겠습니까?"

"여진이 교활하다? 글쎄, 나는 그렇게 생각하지 않네. 여진은 처세와 상술이 능수능란한 민족일 뿐이지. 하지만 지금은 그게 중요한 게 아니니 넘기기로 하세. 어쨌거나 자네 이야기를 들어보니 그럴 듯하네만, 설마 그렇게까지 할까 하는 의문이 드는 것 역시 무시 못 하겠네. 그러니 내 한 가지 물어보지. 자네가 이 거사에 참여하면서 김치양을 몰아내야 한다고 생각하는 가장 큰 이유는 무엇인가?"

강조의 물음에 황보유의는 거리낄 것 없다는 표정으로 대답했다.

"천추태후 마마의 혜안을 찾아드리고 싶습니다. 지금 마마께서 혜안을 열지 못하고 계시다는 생각이 자꾸만 듭니다. 비록 마마께서 외가의 성을 취한 것이라 하지만, 그게 같은 성 씨인 제가 할 도리라고 생각합니다."

"태후 마마의 혜안을 찾아드린다?"

"그렇습니다. 지금은 비록 태후 마마께서 김치양 내감과의 사랑 안에 머무시느라 이런 어려움을 당하고 계시지만, 혜안을 여신다면 나머지는 저절로 해결될 것이라고 믿습니다."

강조는 황보유의의 말을 듣더니 지그시 눈을 감으면서 물었다.

"그렇다면 자네는 그 이상을 바라지 않는다는 말인가? 예를 들어 거사에서 성공하고 나면 어느 자리에 앉아 무슨 일을 해보고 싶다든가, 아니면 이 일만은 꼭 해야겠는데 지금 조정의 형편으로는 할 수가 없어서 참여한다든가, 뭐 그런 것 말일세."

그러자 황보유의가 말했다.

"저같이 보잘것없고 학식도 부족한 사람이 무엇을 어찌할 재주가 있겠습니까? 저는 지금 이 자리에서 주어진 일을 할 수 있는 것만으로도 만족하고 있습니다. 본래 황보 가문에서는 신정왕후 마마께서 태조대왕의 왕후로 간택되신 이후부터 되도록 중앙 관직에는 나서지 않는 것을 미덕으로 여겼습니다. 다만 저는 천추태후 마마께서 황주에 계실 때부터 그분을 흠모해온지라 말단이나마 차지하여 지켜드리는 것이 도리일 듯싶어 관직을 택한 것입니다. 원래 제 아비는 황보량이라는 장사꾼으로, 거란과 여진, 송과 교역을 하면서 제가 가업을 이어받기를 원하십니다. 하지만 저는 아버지께 제 뜻을 말씀드리고 관직을 택했습니다. 그런 제가 무슨 일을 어찌해보고 싶다는 욕심이 있겠습니까? 다만 삼사사 대감이 태후 마마의 혜안을 흐리게 할 뿐만 아니라, 장차 김 씨 왕조를 부활시키고 대동강 이북을 떼어 여진에게 넘길 수도 있다는 말을 들으니 참을 수가 없어서 이번 거사에 참여하게 된 것입니다. 물론 거사에 참여하기 전에 태후 마마께 궁을 떠나 삼사사 대감과 가정을 꾸리시고 목종 전하를 통해 뜻을 펴시라고 말씀드린 적이 있었습니다. 한데 마마께선 아무 대답도 하지 않으셨습니다. 그 역시 삼사사 대감이 반대하여 그러신 게 아닌가 합니다."

황보유의의 말을 묵묵히 듣고 있던 강조는 며칠 전 국사 이승이 다녀갔을 때와는 또 다른 기분을 느꼈다.

국사 이승은 지금 천추태후를 둘러싸고 요직을 독식하고 있는 김치양과 유행간, 유충정 그리고 이주정을 비롯한 간신배들의 무리를 제거하지 않으면 자신들이 원하는 식으로는 정사를 돌볼 수 없으니, 그들을 도모해야 한다고 했다. 그리고 그들을 제거하면 분명 천추태후와 목종의 후환이 미칠 것이니, 목종 역시 폐위시켜 궁궐에서 내몰고 대량원군을 새 왕으로 앉혀야 정사가 바로잡힐 수 있다고 했다.

뿐만 아니라 지금 역도 김치양이 자신의 아들을 왕으로 앉히려 하는

데, 만일 그렇게 된다면 지금 득세한 자들의 세상이 될 게 자명하며, 그럼 자신들은 죽은 목숨이나 마찬가지이므로 미리 손을 써서 거사에 성공해야 한다는 논리로 강조를 설득하려고 했다. 결국 기득권을 보호하기 위해서 일을 벌이자는 거였다.

물론 김치양을 비롯한 현 실권자들이 잘못하는 부분도 많이 있고, 그 부분을 수정하기 위해서 일련의 조치가 필요하다는 것은 강조도 잘 알고 있었다. 하지만 그들이 하는 일은 모조리 옳지 않으니 제거하고 새로운 세상을 맞아야 한다는 식의 논리를 펴는 이승 대감에게는 선뜻 동의할 수가 없었다.

그래서 과연 그렇게까지 할 필요가 있나 하는 생각으로 시간을 달라 청하고 나름대로 알아보았다. 대량원군을 해하려는 무리들의 정체는 불분명하나 분명 현 정세가 잘못된 건 맞다는 생각이 드는데도 거사를 벌이는 게 옳은지 망설이고 있던 중이었다.

그러나 지금 앞에 앉아 있는 이 젊은 고려의 피는 기득권을 보호하거나 어떤 새로운 것을 얻기 위해서가 아니라, 자신의 목숨을 오로지 고려를 위해서 걸었다. 지난 거란의 침입 때 서희 장근과 함께 거란을 물러나게 한 천추태후의 가려진 시야를 맑게 하여 기상을 다시 살리는 것이 고려를 살리는 길이라는 순수한 믿음 하나로, 목숨을 담보로 거사에 참여한 것이다.

사실 황보유의는 재력가를 부친으로 둔 남부러울 것이 없는 사내다. 관직이 오히려 귀찮을 것임에도 멀리서나마 태후를 지키고 싶다는 일념으로 스스로 관직을 택해 사서 고생을 하고 있었다. 그런 그가 현 시국이 잘못되었다고 느꼈다. 그것은 강조가 느낀 일련의 조치가 필요하다는 생각과 크게 다를 바 없었다.

물론 거사라는 것이 일단 시작하면 원래 뜻했던 선에서 끝난다는 보장은 없다. 더더욱 지금 짜여진 반정의 판도로 봤을 때 이 젊은이의 뜻대로만 되지는 않을 것이다. 그러나 정치의 시말을 몰라서 판단을 제대로 못했다 해도, 목숨을 담보로 맡긴 열정적인 젊은이가 고려에 있다는 것은 행복한 일이다.

 강조는 고려의 앞날에 희망이 보이는 것 같았다.

 강조 역시 일신상의 어떤 부분을 포기하더라도 평생 고려를 위해 몸바치겠다고 각오한 장군이다. 젊은이가 나라를 사랑하는 마음에서 올바른 일을 하겠다는 데 동참해주는 것은 옳은 일이라고 생각했다. 잘못된 판단을 하여 불장난 같은 짓을 한다면 타이르고 꾸짖어서라도 잡아주는 게 도리겠지만, 실상 지금의 조정은 안개 정국 같아서 한번은 정리할 필요가 있다고 느낀 터였다. 여기까지 생각이 미친 강조가 대답했다.

 "좋네. 나도 동참하지. 내가 동참해서 천추태후 마마의 혜안을 찾아드릴 수 있다면 망설일 까닭이 없지. 하지만 세상일이라는 것이, 더더욱 권력과 관계된 일이라면 자네가 의도한 대로만 되지는 않아. 거사에서 누구 하나만 쏙 빼낸다는 것이 그리 쉬운 일은 아니라는 말이지. 그리고 설령 그를 빼낸다 해도 그 언저리가 그대로 남아 있는 한 세상이 바뀌는 것은 아니네. 뿌리를 흔든다면 모르지만. 그리고 만난 지는 얼마 안 됐지만 자네의 그 눈이 내 가슴을 열었기에 하는 소리인데, 세상에 쉽게 동조하지도 말고, 너무 불신하지도 말게나. 세상은 자네가 생각하는 것 이상으로 복잡하고 영악하니까. 내 마음이 순수하니 상대도 순수할 것이라는 생각도, 내가 상대를 이용하고 있으니 상대도 나를 이용할 것이라는 생각도 하지 말게. 선입견을 가지고 대하면 얻는 것보다 잃는 게 많을 걸세. 또한 옳고 그름을 판단하기 위히서는 누구의 말을 들기보다 직접 확인할 수 있는 데까지 하는 게 더 정확하네. 특히 정치판에서는 직접 확인한 것 이상은 믿지 않는 게 좋네. 자네는 앞날이 구만리 같은 사람이니 내 말을 명심해서 듣고, 앞으로 고려를 위해 큰 재목이 되어주게나. 왜 그들이 높은 지위도 아니고, 나이가 같고 학문이 높아 남들의 존경을 받는 것도 아닌 자네를 굳이 끌어들였다고 생각하는가? 그리고 왜 나에게 보냈을까? 대세를 읽으라는 소리지. 자네가 참여함으로써 이미 대세가 기운 것이네. 자네의 힘 때문이 아니라 자네를 둘러싸고 있는 외적인 요소 때문에. 그렇다고 대세가 기울어 내가 이 거사에 참여했다는 생각은 말게나. 난 부하들이 쓸데없이 피 흘리는 꼴을 보고 싶지 않을 뿐이야. 만일 내가 이번 거사를 반대한다면 최항 대감과 채충순 대감을 때려잡는 일이야 간단히 끝낼 수도 있겠지. 하지만 그 뒤에 거사를 준비한 이들에게 내려지는 피의 보복을 내 눈으로 보느니, 차라리 대세를 따르는 것일세. 고려 왕조가 바뀐다면 다시 생각해볼 일이지만 이번 경우는 달라. 두고 보면 내 말이 뭘 의미하는지 알 수 있을 것이네. 한 번에 너무 많은 것을 아는 건 좋지 않거든. 그리고 혹 앞으로 내가 도움이 될 일이 있으면 찾아오게. 반대로 내가 잘못을 저지른다 싶으면 언제라도 지적해주게. 자네의 말이라면 들어도 좋을 것 같으니까."

긴 말을 마친 강조는 한동안 말없이 술을 따라 마셨다. 그러다 말을 꺼냈다.

"단, 조건이 있다는 것을 전해야 하네. 내일 아침 자네가 이곳을 떠나 개경으로 향할 때 서찰을 써줌세. 그 서찰을 최항 대감과 채충순 대감에게 전하게. 말로 해도 상관 없는 내용이지만 그분들은 서찰을 들여

보내는 것을 더 믿고 좋아할 테니까. 서찰의 내용은, 나는 지휘부에서 결정한 대로 따를 테지만, 이번 일이 끝나면 상벌과 징계에 관한 최후의 결정권을 달라는 것일세. 섣부르게 행동하면 아니 함만 못한 법이거든. 만약 내 조건을 승낙한다면 그 서찰을 가지고 개경에 계시는 내 아버님께 가게. 아버님께서 친필로 쓰신 서찰로 내게 통보를 하시면 그것을 신호로 움직일 걸세. 바쁘게 생겼구먼. 내일부터 언제까지 비우게 될지 모르는 국경 수비에 만전을 기해놓고 떠나려면 말이야."

잠시 말을 끊었던 강조는 황보유의를 바라보며 말했다.

"참, 내가 일이 끝나고 나서 결정권을 갖겠다고 해서, 어떤 자리를 차지하고 앉겠다는 뜻으로 오해 말게. 이번 일이 성공해도 나는 다시 변방의 국경을 지키기 위해 이곳으로 올 걸세. 나는 개경에 머물러 있으라고 해도 답답해서 못 있는 체질이니 말이야."

그리고 특유의 너털웃음을 한 번 지었다.

"나 역시 서해도 출신이라 그런지, 대동강 이북이 여진의 차지가 될 거란 소리를 들으니 공연히 기분이 나쁘군. 다른 사람들이 그런 말을 했을 때에는 쓸데없는 추측이라고 생각했는데 자네의 말을 듣고 보니 그럴 수 있겠다는 생각이 드는 건, 아마도 자네가 머리가 아니라 가슴으로 말한 까닭이겠지? 피곤할 텐데 오늘은 내 방에서 쉬게. 그래도 이곳이 이 군영에서는 가장 편할 게야. 나는 가서 쉴 곳도 많고 할 일도 많은 사람이니 내가 내일 깨우러 올 때까지 자게. 그래야 또 개경으로 말을 달릴 것 아닌가."

강조는 황보유의에게 방까지 내주는 호의를 보이고는, 거절을 할 틈도 주지 않은 채 밖으로 나갔다.

강조가 밖으로 나가기 전에 한, 대동강 이북이 여진에게 넘어간다는 말을 가슴으로 했기 때문에 그럴 수도 있다고 생각했다는 이야기가 귓가를 맴돌았다. 그저 생각대로 말한 것뿐인데 그렇게 받아들여주는 강조가 고마웠다.

다음 날 아침, 황보유의는 강조가 마련해준 서찰을 가슴에 품고, 아끼는 말 중 하나라며 내어준 검은 말에 올라 살얼음판처럼 얼어붙은 눈길을 달려 개경으로 향했다.

지금쯤 개경에서는 황보유의가 돌아오기를 손꼽아 기다리고 있을 것이다. 만일 강조가 승낙하지 않는다면 일이 어려워짐은 물론, 혹 이번 거사를 막아보겠다고 나서는 날에는 일을 시작도 못 하고 그르칠지도 모른다는 생각이 머릿속에서 떠나지 않고 있을 테니 달이다.

그런 사정을 알고 있는 황보유의는 밥 먹는 시간도 아까워 빨리 달리고 싶었으나, 눈은 말도 지치고 사람도 지치게 만들었다.

황보유의가 강조의 서찰을 들고 오자 최항 일파는 활기를 찾았다.

황보유의가 도착한 날 저녁, 지난번에 모였던 그대로 채충순과 최항, 국사 이승과 대복 진함조, 그리고 이번 거사에서 실권을 쥐고 있다 해도 과언이 아닌 장군 유방과 중랑장 유정, 하공진, 탁사정과 황보유의가 한자리에 모였다.

항상 그렇게 해왔듯이 최항이 먼저 말을 꺼냈다.

"모두 아시는 일이지만 여기 계신 황보 공이 이렇게 눈이 많이 왔음에도 불구하고 호경까지 다녀온 결과, 강조 장군도 뜻을 같이하기로 했다고 서신을 보냈습니다. 그리고 황보 공에게 돌아가는 길이 힘들 것이라고 하면서 아끼던 흑마까지 한 필 선물로 줬다고 합니다. 이런 정황을 본다면 강조 장군의 의지는 확고합니다. 다만 서찰을 보내어 조건을 달았는데, 그 조건을 우리가 어떻게 처리할 것인지 논의해야 할 듯합니다."

최항은 다른 사람들의 의견을 듣기 위해서 강조의 서찰을 읽어 내려가기 시작했다.

「소장 강조는 나라의 앞날을 걱정하는 여러 대감들과 뜻을 같이한다는 것을 먼저 밝힙니다. 하지만 다음의 조건들이 선결되어야 한다는 것을 말씀드리고 싶습니다.

첫째, 이번 일이 끝나면 참가했던 모두가 각자 지금 맡은 일에 충실하며 공과를 절대 논하지 않아야 합니다.

둘째, 일이 끝나고 나서 죄인들에게 형을 가하는 것은 물론 국법에 따라야 하겠지만, 최종 결정권은 소장이 갖겠습니다. 일이 끝나면 소장은 국경을 지키기 위해 돌아가겠지만, 뒷마무리를 확실히 하지 않는다면 안 하느니만 못하니 소장의 뜻대로 할 수 있게 해주십시오.

셋째, 만일 이번 일이 성사되기 전에 기밀이 누설된다면 모두 죽음을 각오하고, 누설되는 순간 물러섬 없이 행동으로 옮겨야 합니다.

넷째, 절대로 천추태후 마마의 옥체에 해를 입혀서는 안 됩니다.

다섯째, 이상의 약속을 들어주기로 결정하면, 이 서찰과 동봉된 서찰을 소장의 부친께 드리십시오. 부친이 친필로 소장이 개경에 입성할 날을 알려주면 그것을 신호로 이곳에서 움직일 것입니다. 또한 부친의 서찰이 소장에게 올 때에는 반드시 이 서찰을 공개하는 자리에 있을 것이라 추정되는 공들의 사발통문이 작성되어

첨부되어야 합니다. 소장은 부친의 친필 서찰이 아닌 것은 결코
믿지 않을 것이며, 사발통문이 첨부되지 않은 서찰 역시 믿지 않
을 것입니다. 그리고 그 서찰의 연락책은 반드시 황보유의 공에
게 맡겨 주십시오.」

강조의 편지는 이렇게 끝났다.

반정에서 성공한다면 당연히 영웅이 되는 것이고, 실패하면 죽음을
면치 못할 것이다.

사전에 누출되어 투항한다 하더라도 죽음을 면하기 어려운 일이며,
다만 밀고한다면 목숨은 부지할지도 모른다. 그러나 밀고한다 해도 한
번 반정을 계획한 사람은 어떤 방법으로든 죽여 없애지 되어 있는 것이
특징이다.

밀고자를 사전에 예방하기 위해 쓰는 방법이, 서열 없이 둥글게 사발
모양으로 서명을 한다고 해서 사발통문이라는 이름이 붙여진 친필 서
명 목록이다. 밀고자가 아무리 관여를 하지 않았다고 우겨도 사발통문
을 내놓는 순간 아무런 말도 할 수 없음은 당연하다.

이미 대감들이 자체적으로는 사발통문을 해놓았겠지만 이로써 강조
가 참여하겠다는 서찰을 증거로 가진 게 되니, 마찬가지로 증표를 내놓
으라는 의미로 사발통문을 요구한 것이다. 그 역시 당연한 일이었다.

황보유의를 시켜 부친에게 서신을 전하게 하고, 또 전해달라는 것 역
시 원거리에 있으면서 거사에 동참하는 것이므로 그도 믿을 만한 사
람을 통해 받는 게 당연했다. 다만 한 번 만난 황보유의를 한눈에 신임
했다는 것이 신통하다면 신통한 일이었다.

그러나 강조가 연락책으로 황보유의를 택한 것은 단순히 그를 믿는다

는 의미 이상이며, 그가 크고 작은 전쟁을 치르면서 얻은 경험에 의해 자신만의 계획을 가지고 있다는 것을 아는 사람은 최항을 제외하고는 아무도 없었다.

최항은 처음에 이 거사를 계획하면서 반드시 황보유의를 참여시켜야 한다고 생각해 직접 그를 설득하기 위해 나선 사람이었다. 직위가 높은 것도 아니요, 그렇다고 조정 내에서 힘을 가진 것도 아닌 그를 거사에 참여시키기 위해서 노력할 필요가 있느냐는 중신들의 말에 훗날 반드시 필요할 것이라고 대답한 그로서는 강조의 뜻을 알 수 있었다.

최항은 강조의 서찰을 보면서 역시 그는 보통이 넘으며, 강조를 이 거사에 참여시킨 것은 성공을 뜻한다는 생각을 했다.

강조가 요구한 것 중 반정이 성공해도 공과를 탐하지 말자는 것은 반정 전에 있는 의례와 같은 것이니 그 역시 이상할 것은 없었다.

다만 한 가지, 형을 가할 자에 대한 최종 결정권을 달라는 것은 이상했다. 그것은 곧 뒷마무리를 자신이 하겠다는 뜻이며, 반정 후 죄인으로 지목된 자들에게 형벌을 내리는 최고 권력을 갖겠다는 것이었다. 아울러 그것은 반정 후의 책임도 자신이 질 것이며, 훗날 그 일이 잘못되어 원망이나 벌을 받는다고 해도 그러겠다는 뜻이었다. 이는 사실 좋은 것 같으면서도 그렇지 않은 것으로, 반정에 참여하는 자들도 반정 자체에 대한 주도권은 가지려 하지만, 뒷마무리에 대한 권한을 달라는 이는 많지 않았다.

그러나 그것은 얼핏 듣기에는 책임지고 마무리하겠다는 것이나, 사실상 반정의 지휘권을 달라는 요구였다. 중간에 합류하는 입장에서 터놓고 주도권을 달라고 하는 건, 아무리 직설적인 성격의 강조라도 차마 할 수 없었던 것이다. 처음에는 이상하다고 여긴 사람들도 얼마간 생각하더니 그 까닭을 읽을 수 있었다.

서찰을 읽고 난 후 시간이 흘러도 아무도 입을 열지 않자 유방이 말했다.

"공들께서도 아시겠지만 제가 아는 강조 장군은 사심을 가지고 이런 말을 할 사람이 아닙니다. 하니 강조 장군의 요구를 들어주기로 합시다. 어차피 일이 시작되면 지휘권 역시 장군에게 줘야 할 텐데, 마무리하겠다는 것을 굳이 마다할 까닭이 없지 않습니까?"

유방의 말이 맞았다. 어차피 이 일은 강조 장군이 협력해주어야 하는 바, 지휘권 역시 그에게 돌아갈 것이다. 그가 요구하는 게 엄청난 것도 아닌데, 그것을 가지고 시간을 보낼 까닭이 없었다. 그러자 이번에는 채충순이 입을 열었다.

"유방 장군의 말씀이 맞습니다. 이미 여러 대감들께서 노력하신 결과 상당수의 중신들이 이번 거사에 동조할 의사를 보였고, 심지어는 유행간과 유충정까지 협조할 것을 밝혔습니다. 그러니 공연히 시간을 끌다가 거사를 하지 않는 게 아닌가 하는 말이 나온다면 걷잡을 수 없을 뿐만 아니라, 일을 시작도 못 해보고 끝낼 수도 있습니다. 유방 장군의 말씀대로 누구보다 전투 경험이 많은 강조 장군께서 사심이 있어서 거사의 지휘권을 달라고 하신 게 아니라는 것은, 우리 모두가 그의 인품을 알고 있으니 의심할 여지가 없습니다. 하니 거사의 지휘권은 물론 일을 마무리할 권한 일체를 강조 장군께 드리기로 합시다."

실제로 최항과 함께 거사를 준비하고 이제까지 모든 일들을 은밀히 준비해온 채충순이 성공을 위해 모든 것을 양보하자고 나섰는데, 반대할 사람은 없었다. 그러자 일단 강조의 요구를 모두 받아들이기로 하고, 최항과 채충순이 만든 계획안을 공개했다.

"거사는 모레 천추전에 불을 지르는 것으로 시작합니다. 천추전에 직접 불을 지르면 추후에 문제가 야기될 수 있으므로, 근처의 기름 창고에 불을 내고 그것을 진화하는 척하면서 천추전으로 불이 옮겨 붙도록 하는 것입니다. 그런 후 전하께서 얼마 전에 숭교사에 다녀오시다가 거센 바람 때문에 전하의 깃발이 부러진 것이 불길한 징조라고 근심하여 병환을 얻으셨는데, 모후의 처소에 불이 나자 누구도 만나고 싶지 않다고 하시면서 중신들을 피하고 내전에만 계시면서 밖으로 나오시지 않는다고 소문을 내는 것입니다. 그 부분은 이미 합문사 유행간 대감과 모종의 합의를 해놓은 상태입니다. 실제 누가 면담을 요청해도 전하께서 만나지 않겠다 하셨다며 돌려보내고, 저와 채충순 대감만 전하를 만나는 것입니다. 그리고 처음부터 우리의 계획은 전하를 시해하려는 게 아니었으므로, 전하를 유폐시킨 후 전하께서 마음의 병이 깊어 스스로 보위를 대량원군에게 선위하신 것처럼 일을 꾸미자는 것입니다. 왕명으로 양위되고 나면 그때 전하와 태후 마마를 원하는 곳으로 보내드리고 대량원군을 즉위하시게 하면 됩니다. 물론 이 계획은 강조 장군이 입성하기 전에 이루어지는 것이며, 강조 장군이 입성하고 나면 바뀔 수도 있습니다. 하지만 우선 전하를 내전에 유폐시키기 위해 각자 맡을 일이 있습니다. 이렇게 맡아서 직숙을 하는 이유는 전하를 외부와 격리시키는 임무를 수행하자는 것이지만, 소문을 내는 것 또한 잊으면 안됩니다. 그래야 밖에서 정말 전하의 병이 위중하여 중신들이 직숙하는 것으로 알 뿐만 아니라, 후에 대량원군에게 양위할 때까지 누구도 반정이라는 눈치를 못 채게 만들 수 있습니다. 물론 양위를 한 후에는 반정이었다는 것을 모두 알게 되겠지요. 하지만 그때는 상황이 종료되고 난 후이므로 아무 상관도 없을 거라 생각됩니다. 문제는 전하께서 양위를 빨리 결정해주셔야 한다는 것입니다. 그것은 저와 채충순 대감이 최선을 다해 노력해보겠으니 일단 맡겨주십시오. 그리고 명단에는 아직 우리와 뜻을 같이하지 않은 이들도 더러 있습니다. 뜻을 같이하기로 결정한 자들만 직숙을 할 경우 밖에서 알아챌 수도 있기 때문입니다. 따라서 우리와 의견을 나누지 않은 사람들은 직숙을 하면서 잘 설득하셔야 합니다. 다만 이 일은 무엇보다 비밀을 요구하는 만큼, 우리 편이 되지 않을 사람은 설득하지 마시고, 그들에게는 정말 전하의 병이 위중해서 직숙을 한다고 말함으로써 소기의 목적을 달성하는 것입니다."

이어서 최항은 직숙자 명단을 발표했다.

"왕사와 국사 이승, 대의 기정업, 대복 진함조, 대사 반희악, 재신 참지정사 유진, 중추원사 최항, 급사중 채충순이 은대에 직숙하고, 지은대사 이주정과 우승선 이작 폐신, 좌사랑중 유충정, 합문사 유행간 등은 궐내에 직숙합니다. 친종장군 유방과 중랑장 유존, 탁사정, 하공진은 근전문에 상직하고, 형부상서 진적도 입내하여 직숙하고, 호부시랑 최사위는 대정문 별감이 되어 모든 궁문을 폐쇄하고 계엄합니다. 그리고 궐문은 장춘 대정문만 열기로 합니다."

최항이 직숙자 명단을 발표하는 것으로 회의를 끝내자, 제일 바빠진 것은 황보유의였다. 눈 덮인 험한 길을 따라 호경까지 다녀왔는데, 다시 내일 아침 떠나야 하는 것이다. 그것도 강조의 부친에게 가서 친필 서신을 받은 후 그것을 가지고 가야 한다.

그러나 황보유의는 힘들다는 생각보다는 일이 잘 성사되기를 바라는 마음뿐이었다.

황보유의가 강조 장군의 부친의 친필 서신을 받아 장군을 다시 찾았을 때는 이미 천추전이 불에 타오르고 있거나, 일이 빨리 진행되었다면 목종이 내전에 유폐되었을 시각이었다.

"이렇게 빨리 오리라고는 예상 못 했는데 용케도 왔군."

강조는 내일쯤 도착할 것이라고 혼자 생각하고 있던 차였다.

"장군께서 제게 주신 말이 명마인지라 힘들지 않게 눈 덮인 길을 올 수 있었습니다. 그리고 이것은 장군의 아버님께서 써주신 서찰과 함께 최항 대감께서 전하라 하신 것입니다."

황보유의가 서찰을 건네주자 강조는 부친이 써준 서찰보다 최항이 전하라는 서찰을 먼저 읽었다. 그것에는 거사 계획이 자세히 적혀 있었다. 부친이 보낸 서찰까지 다 읽은 강조가 말했다.

"전하께서 붕어하셨다는 아버지의 서찰을 보니 확실하게 다짐을 받으신 게로군. 그러나저러나 오늘이 거사를 시작하는 날이라니, 나도 서둘러야겠군. 자네는 내일 아침 일찍 황주로 가게."

황보유의는 강조가 고향인 황주로 가라 하자 의아하다는 얼굴로 그를 바라보았다.

"왜, 의외인가? 자네가 지난번에 나를 찾아왔을 때 왜 자네를 굳이 거사에 참여시키고 내게 보냈는지 아느냐고 물었지? 자네 주변의 대세가 이미 기울었음을 보여주기 위한 것이라고 말이야. 내가 자네를 연락책으로 쓰려고 했던 이유를 다른 사람은 몰라도 최항 대감은 알고 있었을 걸세. 그래서 자네가 지금부터 할 일이 아주 중요하네. 자네는 황주로 가서 부친인 황보량 공을 만나 이 강조도 이번 거사에 참여한다는 것을 밝히고, 부친을 설득해야 하네. 그런 후 부친에게 교역을 핑계 삼아 송으로 가시라 하게. 지금 거란으로 가는 것은 위험하네. 만일 거란의 성종이 자네의 부친이 이 상황을 피하기 위해 일부러 교역을 핑계 삼아 온 것을 아는 날에는 위험할 수도 있다는 말일세.”

“아버님이 꼭 피하셔야 합니까?”

“천추태후께서 천추전에 불이 난 게 반정의 시작임을 눈치 채고 나면 반드시 황보 가문에 군대를 보내달라고 요청하실 걸세. 그때 누구에게 부탁할 것이라 생각하는가? 확신하건대 자네의 부친인 황보량 공에게 요청하실 것이네. 한데 자네의 부친이 상황을 모르는 상태에서 군대 지원 요청을 받는다고 생각해보게. 그럼 재력을 동원해서 사병들을 모조리 지원할 거야. 그러면 무슨 꼴이 되겠나? 북서 지방의 관군과 사병이 개경에서 전쟁하는 꼴이 될 게 아닌가? 그러니 자네가 부친에게 자초지종을 말씀드리고 협조를 구하라는 말일세.”

황보유의는 강조의 말을 듣고 자신을 연락책으로 쓰려는 조건을 걸었던 깊은 뜻을 알았다. 역시 그는 백전노장이었다.

그때 문득 떠오르는 것이 있었다.

“그렇다면 거란이 내려올 수도 있지 않습니까?”

“물론 거란이 자초지종을 알고 나면 거병할 수도 있겠지. 하지만 천추태후 마마의 성격상 먼저 거란에 지원을 요청하지는 않으실 걸세. 외세가 개입되는 것을 죽는 것보다 싫어하시니 말이야. 그러니 거란이 눈치 채기 전에 일을 끝내야 한다는 걸 명심해야지. 왕기 병이 깊어 내전에서 나오지 않는다는 것으로 어느 정도 시간을 벌 수는 있겠지만, 중신들을 안 만나면서 양위도 하지 않는다면 한계가 올 걸세. 그러면 모든 게 수포로 돌아갈 수도 있네. 정말 중도에 거란이 밀고 내려온다면, 중신들이 죽는 한이 있어도 나라는 내줄 수 없는 것 아닌가? 맞서 싸워야지 반정을 계속할 수는 없다는 말이지.”

강조는 이미 모든 것을 계산한 듯했다.

"그래서 말인데, 부친이 수락하고 나면 춘삼월에나 돌아오시라고 하게. 그때가 되면 모든 상황이 종료될 것일세. 그때까지 종료를 못 시키면 우리가 실패한 것이니, 이월 중으로 최후의 수단을 써서라도 상황을 종료시켜야겠지. 그리고 혹시라도 우리가 거사에 실패한다면 영영 오시지 말라고 하게. 모를 것 같아도 다 드러나게 마련인 것이 세상일이네. 자네의 부친께서 송으로 간다면, 자리를 일부러 피했다는 것을 태후 마마는 물론 전하도 아실 텐데 그냥 놓아둘 리가 없지 않나. 그런 것을 빤히 알면서 해를 입을 수는 없는 일 아닌가."

황보유의는 강조가 최후의 수단이라는 말을 썼을 때 그게 무엇일지 궁금했지만 묻지 않았다. 이미 머릿속으로 모든 준비를 마친 강조가 하는 일을 곁에서 지켜보면 알 수 있을 텐데 굳이 묻는 것도 이상하다는 생각이 들어서였다. 그러자 강조가 눈치를 챘는지 말했다.

"내가 한 말 중에 궁금한 게 있어도 그냥 지켜보게. 때가 되면 다 알 수 있으니까. 그리고 내일 황주로 갔다가 최대한 빠른 시간 내에 부친을 설득하고, 그러지 못한다면 내게 돌아오게. 설득에 성공하면 다른 사람을 인편으로 보내서 연락을 주고 자네는 개경으로 가게. 나는 자네의 연락을 받는 즉시 군사들과 함께 개경 근처로 출병하여 입궁할 때를 기다릴 테니 최항 대감께는 그리 전하게. 그리고 개경 근처에 주둔하고 나면 자네에게 연락책을 보낼 테니, 내선이나 양위에 관한 소식은 그 편으로 하면 되네. 그러나 전하께서 쉽사리 양위를 하지는 않을 것일세. 전하야 최항과 채충순 대감이 양위를 주청드리는 순간 당장이라도 넘겨주고 싶겠지만, 아마 천추태후께서 허락하지 않을 걸세. 두고 보게."

모든 것을 계산하여 앞을 내다보는 강조의 치밀함에, 황보유의는 이번 거사의 지휘권이 그에게 맡겨져서 다행이라는 생각이 들었다.

황보유의가 부친인 황보량에게 이제까지 있었던 모든 일을 고하자, 그는 노기 가득한 목소리로 울부짖듯이 말했다.

"뭐라? 반정? 중신이라는 놈들이 명석하고 패기 넘치던 여장부를 그리 망쳐놓고 난 후에야 수습을 한답시고 반정을 한다는 것이냐? 그리고 너는 이 아비와 사전에 상의도 없이 가담을 했단 말이냐? 네가 반정에 가담하는 것이 진정 태후 마마의 혜안을 찾아드리는 최선의 방법이라고 생각했더란 말이냐? 혜안을 찾아드리기는커녕 태후 마마의 기개를 꺾어버릴 수도 있다는 생각은 해보지 않았느냐?"

흥분한 황보량이 한참 동안 숨도 고르게 쉬지 못하자, 황보유의가 어렵게 입을 열었다.

"저는 처음에 김치양 대감이 태후 마마의 눈을 가려, 그것을 풀어드려야 한다는 단순한 생각으로 가담했습니다. 한데 거사가 물 흐르듯 진행되면서 저 역시 어쩔 수 없이 이곳까지 오게 되었습니다. 아버님께서도 아시다시피 달리는 말에서 뛰어내릴 수는 없는 것 아닙니까? 전속력으로 달리는 말에서 뛰어내려봤자 심하게 다치지 않으면 목숨을 잃을 뿐입니다."

아들의 변명을 듣고도 한참을 생각하던 황보량은 눈물 섞인 목소리로 말했다.

"생각 같아서는 지금이라도 내 전 재산을 풀어 사병을 동원하고 싶다만, 강조 장군은 결코 그릇된 일을 할 사람이 아니니 네가 모르는 또 다른 이유가 있을 게다. 그분이 오죽했으면 반정에 참여했을까? 게다가 네가 중심에 서 있다는 데 어찌하겠느냐? 자식을 죽일 수는 없는 노릇.

그리고 너 역시 궁에서 본 작금의 상황이 바르지 않으니 참여한 것이겠지. 그래도 그렇지, 어찌 이런 일이 있을 수 있단 말이냐? 김치양은 왜 그리 허망한 일을 꾸미는 것이냐! 성종께서 유배를 보냈을 때 태후 마마를 생각해서 뒤를 봐줬던 것이 후회되는구나. 차라리 그때 죽여 없앨 것을."

황보량은 김치양이 유배되었을 때 사람을 보내 필요한 것과 자금을 챙겨주었다. 그리고 가끔 들러 적적해하는 김치양의 벗이 되어주기도 했다. 그랬던 지난날이 후회됐다.

원래 치밀한 성격인 황보량은 아들의 말을 들으며 김치양이 설마 그런 음모를 꾸몄을까 하는 의구심도 들었다. 하지만 그것은 의미 없는 일이었다.

결국 황보량도 평소 흠모하던 강조가 자신을 설득하라고 반정에 연루된 친아들을 보내니 어쩔 수 없었다. 강조의 말대로 교역을 핑계 삼아 송으로 떠나는 수밖에 달리 도리가 없었다. 그나마 다행인 것은 마침 거란으로 가려고 교역 물량을 어느 정도 준비한 터라, 비록 물품이 안 맞기는 하지만 송으로 떠날 수 있다는 것이었다.

의외로 쉽게 설득을 받아들인 부친을 뒤로한 황보유의는 강조에게 연락을 취하고는 개경으로 향했다.

13

매화나무

황보유의는 개경에 다다르자 식사를 하기 위해 주막에 들어섰다. 주막에 손님으로 온 사람들이 모여앉아 온통 궁궐에서 벌어지는 일을 이야기하고 있었다.

왕이 병들어 죽기 직전이라는 소문과 천추태후가 여왕이 될지도 모른다는 말, 삼사사 대감과 천추태후 사이에서 난 아이를 성만 왕 씨로 바꿔 보위에 오르게 할 거란 허황된 추측, 신혈사에 있는 대량원군이 보위에 오르기로 결정 났다는 말, 전하는 아픈 게 아니라 그런 척하고 있으며 천추태후에게 알아서 하라고 일부러 그런다는 설, 사실은 중신들이 전하를 내몰고 새로 왕을 세우려고 감시하고 있다는, 제법 사실에 근접한 말.

그렇게 서로 다른 말을 맞다고 우겨대면서 떠드는 모습을 보면서 황보유의는 강조의 말대로 시간이 많지 않다는 것을 느꼈다. 만일 이 소문이 거란 성종의 귀에 들어간다면 사실을 확인하려고 할 것이고, 그리되면 거병을 할지도 모르기 때문이다. 거란이 거병하면 모든 게 끝나니, 그전에 마무리를 지어야 한다는 강조의 말이 떠올랐다.

황보유의는 밥을 먹었는지 이야기를 먹었는지 분간을 못 할 정도로 마음을 어지럽게 만든 주막을 나와 어디로 가야 할까 잠시 망설였다.

직숙하고 있을 최항과 채충순을 만나 지금까지의 일을 전해야 하는 그로서는 궁으로 가는 게 당연하지만, 지금은 궁의 모든 대정문이 봉쇄되고 장춘 대정문만 열려 있을 것이다. 그런데 그 장춘 대정문을 지키며 봉쇄하고 있을 군사들이 들여보내줄지 의문이었다. 만일 장춘 대정문을 통과할 수 없다면 어떻게 해야 하는지도 문제지만, 대문을 지키는 군사들이 무슨 일로 왔는지를 물으면 뭐라 대답할지도 문제였다.

그렇다고 다른 곳으로 갈 수도 없으니 일단 그곳으로 가기로 했다.

황보유의가 대정문 앞에 도착하자 예상했던 대로 경비가 삼엄했다. 그중 책임자인 듯한 자가 앞으로 나서서 막아섰다.

"어디에서 무슨 일로 오신 누구십니까?"

나이로 보나 옷차림으로 보나 깍듯이 대할 것까지는 없는데도 정중히 예의를 갖춘 자세였다. 황보유의는 잠시 망설였다.

"이 말, 혹시 강조 장군의 말 아닙니까? 제가 일 년 전에만 해도 장군을 모시던 사람이라 알아보겠는데……."

황보유의는 그제야 사령이 예의를 갖춘 이유를 알았다.

"맞습니다. 장군께서 제게 주신 말입니다."

황보유의가 자랑스럽게 대답하자 사령이 더 깍듯이 물었다.

"혹시 성함이 어찌 되십니까?"

"황보유의입니다."

"들어가십시오. 그러지 않아도 어제부터 오실 때가 되었으니 만일 도착하면 즉각 입궁시키라는 지시가 있었습니다."

황보유의는 사령의 말을 듣자, 이미 모든 조직이 움직이고 있다는 것을 알 수 있었다. 다만 아직 직숙을 풀지 않았다는 것은 목종이 양위를 하지 않았음을 뜻했다.

황보유의가 최항과 채충순을 비롯한 중신들이 모여 있는 곳에 도착했을 때, 그들은 열띤 논의 중이었다. 그래서 말을 못 하고 잠시 한쪽에 서 있었다.

"내선이든 양위든 천추태후 마마를 뵙고 난 후에 결정할 것이니, 태후 마마를 뵙게 해달라는 것이 전하의 뜻이란 말입니다."

채충순이 말하자 대신들이 한결같이 대답했다.

"그렇다고 지금 전하와 태후 마마를 만날 수 있게 해드릴 수는 없습니다. 이미 전하를 만나기 위해 오신 태후 마마를 전하께서 아무도 만나지 않으려 하신다는 핑계로 두 번이나 물렸거늘, 어찌 다시 만나라 할 수 있단 말씀입니까?"

"게다가 태후 마마를 만나게 해드리면 양위하라고 하실 것 같습니까? 오히려 무슨 일이 있어도 버티라고 하면서 나름대로 방법을 찾을 것입니다. 막말로 거란을 오라 할 수도 있지 않습니까? 뺄리 일을 해결해야 합니다."

"이 일을 어찌 풀어야 할지……."

최항과 채충순이 책임지고 양위를 시키겠다는 약속을 지키지 못하자, 해결의 실마리를 풀지 못한 중신들이 모여서 고긴을 거듭했다. 목종이 천추태후를 만나기 전에는 어떤 결론도 내릴 수 없다고 하며 완강하게 버티는 까닭이다.

그렇다고 무조건 목종을 폐위하고 대량원군을 보위에 올리면 민심을 흔들 뿐만 아니라, 목종과 천추태후를 따르는 무리들이 들고 일어설 수도 있었다. 그렇게 되면 내전으로 치달을 것이다. 그래서 처음에 목종이 병이 깊은데 후사가 없으므로 김 씨가 왕이 되는 것보다 대량원군이 보위에 오르는 게 맞다고 여겨 스스로 양위했다는 계획을 짠 것인데, 그것이 뜻대로 되지 않고 있었다.

그때 황보유의가 들어와서 한 편에 서 있다는 것을 안 중신들이 그에게 자리를 권했다. 그리고 일의 진행 상황을 물었다.

황보유의는 호경에서 강조 장군을 만나서 나눈 이야기, 즉 양위를 받아내는 게 쉽지 않을 것이며, 최악에는 비상수단을 써야 한다는 말을 비롯해 장군이 개경 근처에 주둔한 후 연락하겠다고 한 말 등, 있었던 일을 그대로 전했다. 그리고 이튿날 황주로 갔던 일을 말하고 부친이 내일이면 송으로 떠날 것이라 했다. 중신들은 무릎을 쳤다.

"역시 강조 장군께선 앞을 보십니다."

"이번 일을 강조 장군께 맡기기를 잘했습니다."

저마다 한마디씩 하며 탄복했다.

최항이 거사를 준비하며 처음부터 황보유의를 꼭 참여시켜야 한다고 주장한 것을 알고 있는 채충순을 비롯한 중신들은, 최항에게 존경의 눈빛을 보냈다. 최항은 빙긋이 웃었다.

천추태후는 목종이 많이 아프다는 소리를 듣고, 처음에는 천추전에 불이 나 그가 괴로워하는 것이라고 생각했다. 그래서 아무 상관 없으니 걱정하지 말라고 위로해줄 마음으로 불이 난 다음 날 아침에 찾아갔다. 그런데 합문사 유행간이 전하께서는 아무도 만나고 싶어 하지 않는다기에 자신이 왔다는 말을 전하라고 하고는 처소로 돌아갔다.

그런데 궁녀가 전한 소식에 의하면, 어젯밤부터 궁궐의 모든 문이 폐쇄되고 장춘 대정문만 열어놓았을 뿐만 아니라, 전하를 아무도 만날 수 없고 단지 최항과 채충순만이 내전에 든다는 것이다. 그뿐만 아니라 김치양과 그 아들은 지금 모처에 감금되어 있는데 그곳을 알아낼 수가 없다는 것이다. 천추태후는 순간 아차 하는 생각이 들며, 전혀 예측도 못한 정변이 일어났음을 직감했다.

대량원군의 일로 인해 반역자가 있다는 것을 알고 그와 관련된 자를 궁 밖에서 찾았으나, 꼬리도 잡지 못한 상황이었다. 그런데 그 사이 턱 밑의 중신들이 일을 꾸민 것 같았다.

생각을 정리한 천추태후는 다시 목종을 찾아가기로 했다. 분을 삭이느라 한참을 애먹은 후에 내전을 향했다. 그러자 이번에는 아예 내전 근처에 가지도 못하게 군사들이 앞을 가로막으면서 처소로 돌아갈 것을 종용했다. 천추태후가 날카롭고 노기 띤 목소리로 외쳤다.

"어미가 자식이 아픈 것을 알면서도 만나면 안 된다는 것이냐?"

호통을 쳤으나 군사들의 대답은 한결같았다.

"전하께서 내전 근처에는 아무도 접근 못 하게 하라 명을 내리셔서 저희는 수행할 수밖에 없습니다. 어찌 어명을 거역하라고 하십니까?"

아무리 기개가 뛰어난 천추태후라고 할지라도 어명을 수행하고 있다는 군사들에게 그걸 어기라고 할 수는 없는 노릇이었다. 그리고 한두 명도 아니고 백여 명이 둘러싸고 있어 내전에 다가갈 수도 없었다. 결국 터지는 분통을 억누르며 처소로 돌아갔다.

그날 저녁, 궁인 이 씨를 통해 이주정이 서찰을 전해왔다.

「마마, 소신 이주정, 직숙을 하다가 의복을 갈아입을 겸 하루 쉬어야겠다는 핑계로 거처로 돌아와 이렇게 글을 올립니다. 이번 정변의 중심은 최항과 채충순입니다. 그들의 목적은 전하께 대량원군에게 양위하기로 결정했다는 왕지를 받아내는 것입니다. 정변을 일으켜 억지로 왕을 바꾼다면 마마와 전하를 따르는 이들이 반격을 할 테니, 그것을 막자는 술책입니다.

또한 이번 일에는 강조 장군이 가담했습니다. 강조 장군이 반정의 총책임자입니다. 그러나 강조 장군은 국경 수비대를 움직일 수 없으므로, 호경의 군사들을 이끌고 개경으로 올 것입니다. 그것은 강조 장군을 출병하게 함으로써 다른 지방 군대가 출병하는 것을 사전에 억제하겠다는 술책인 듯싶습니다.

그뿐만이 아닙니다. 유행간과 유충정 역시 목숨이 두려워서인지 아니면 정말 그들과 한패가 된 것인지, 그들의 지시를 따르고 있다고 합니다. 소신은 저들에게서 철저히 배제되어 있어, 평소에 소신을 따르던 궁인들이 이야기를 엿듣고 전해준 것을 종합해서 말씀드리는 것입니다.

저 역시 마마를 뵙지도 못하고 어렵게 인편을 통해 서찰을 올릴 정도로 감시가 이만저만이 아닙니다. 만약 이 서찰을 받으신다면 저는 살아 있을 것이고, 받지 못 하신다면 저는 죽은 것입니다.

혹 서찰을 받으신다면 답을 주십시오. 그러면 제가 그 지시를 전하께 전해 올리겠습니다. 물론 지금 전하를 뵐 수 있는 것은 오직 최항과 채충순뿐이라 저 역시 장담은 할 수 없습니다. 다만 마마께선 전하와 뜻이 통하는 한마디만 적어 보내주십시오. 행여 누가 보더라도 마마께서 제게 보낸 서찰이 아닌 듯이 쓰셔야 합니다. 마마의 친필로 적지 마시고, 궁녀 이 씨의 손으로 적게 하시면 제가 금방 알아볼 수 있을 것입니다.

회신은 제게 전하려 하지 마시고, 이 글을 가지고 간 병사가 오늘 밤 마마의 처소에서 근무하오니 그에게 전하는 게 좋을 것입니다. 그러면 그가 내일 아침 번을 마치고 돌아가는 편에 제게 전할 것입니다.

마마, 감히 드리는 말씀입니다만, 심기를 굳게 하소서. 그리고 황주나 거란, 즉 마마께서 청하실 수 있는 곳에 도움을 요청하십시오. 저와 뜻을 같이하는 몇몇 이의 말에 따르면, 만일 황주에서 먼저 출병한다면 지방에서 전하와 마마를 따르는 세력들이 힘을 얻어 출병할 것입니다. 비록 지금은 강조 장군의 위세에 눌려 감히 출병할 생각을 못 하지만, 누구라도 먼저 시작한다면 어려운 일이 아니라고 생각합니다.

물론 마마께서도 거란이라는 외세를 나라 안으로 들이는 것을 원치 않으시겠지만, 거란이 개경까지 오려면 돌아가신 서희 대감께서 만들어놓으신 강동 육성을 거쳐야 하는데, 그 성들은 강조 장군이 맡고 있습니다. 즉 거란이 오면 강조 장군을 반정의 총지휘자로 정한 반정 주체들과 맞서야 합니다. 뿐만 아니라 그 원인이 무엇이든 간에 전쟁이 되므로 우리 군사들이 결사대항해 시간이 많이 걸릴 것입니다. 하지만 황주에서는 호경의 군사들이 이미 출동하고 난 후라 개경까지 막힘없이 올 수 있을 것입니다. 그리고 황주에는 황보량 공이 계시니 사재를 털어서라도 분명히 마마를 지원할 거라고 확신합니다.

마마, 서두르셔야 합니다.

머리를 조아리고 간청하오니, 아무 생각 마시고 옥체를 보존하시

면서 지원군을 요청하십시오. 이 서찰의 회신에 지원군을 요청할

곳이 어디인가만 밝혀주시면 소신이 조치해보겠습니다.

엎드려 절을 올리며, 부디 강령하시기를 축원합니다.」

이주정의 서찰을 받아든 천추태후는 화가 북받쳐 온몸이 사시나무 떨리듯이 떨렸다.

정변을 일으킨 중신들이 치밀하게 계획을 세운 후 목종과 자신을 철저히 분리시키고, 김치양과 아들을 감금하는 동안 뭘 했단 말인가? 그들이 궁궐의 모든 문을 폐쇄하고, 심지어는 서북에 나가 있는 강조 장군까지 합세시킬 정도로 일을 진척시켰는데도 왜 몰랐단 말인가?

대량원군이 신혈사에서 변을 당할 뻔한 일이 생긴 후, 사태가 심각함을 느낀 천추태후와 김치양은 아무도 모르게 반정의 주체를 검토했다. 그때 김치양은 말했다.

"마마, 분명 경주를 중심으로 한 신라 왕족 중 하나가 일을 꾸몄을 것입니다. 육두품 출신들은 이미 정권을 차지했고, 중부나 북부의 호족들은 서희 대감의 가문과 마마의 황보 가문이 잘 다스려주니 이상이 없지 않습니까?"

천추태후는 그 말이 맞다고 생각했다.

"저도 같은 생각입니다. 그런데 그 조직이 너무 방대한 것 같아 마음에 걸립니다. 그리고 지난번에 삼사사 대감이 말씀하신 대로 궁녀 중에도 가담자가 있으니, 중신들 중에서도 가담자가 있을 수 있습니다."

"물론 신라 왕족 중 하나가 움직인다면 조직은 당연히 방대할 것입니다. 게다가 신라계 중신과 궁녀들 중 가담자도 있을 것입니다. 그러나 공연히 서두르다가 소문이 나서 그들이 흔적을 없앨 수도 있으니, 서서히 정확하게 밝히는 것이 좋을 것 같습니다. 그래서 다시는 고려 왕조를 겨냥한 그 어떤 반정도 꿈꿀 수 없도록 뿌리 뽑는 게 좋을 듯합니다. 저들은 지금 민심을 움직이려는 것이지, 그 자체의 힘은 없는 듯합니다."

천추태후는 그 말에 아무런 이견 없이 동조했다. 그리고 김치양을 중심으로 치밀하게 계획을 세워, 그들을 발본색원하자는 마음으로 은밀히 일을 추진하고 있던 중이었다.

그런데 바로 코앞에 반정의 주체들이 있었다니 믿을 수가 없었다. 자신과 김치양이 아무리 엉뚱한 곳에서 반역의 주체를 찾았고 그들이 단기간에 일을 처리했다 해도, 마음 놓고 서찰 하나 전할 수 없을 정도로 고립될 때까지 모를 수는 없는 일이었다.

정말 김치양과의 사랑에 눈이 멀어 그가 판단한 대로 엉뚱한 곳에서 반정의 주체를 찾고 있었다는 말인가? 원래 반정이라는 것은 멀리 있는 반대파가 일으키는 게 아니라 눈앞에 있는 심복이 일으키기에 당한다는 것을 알면서도, 멀리서 반역자를 찾아 오늘의 결과를 가져왔다고 생각하니 미칠 지경이었다.

결국 그들이 대량원군을 살해하려는 음모를 꾸미고, 그 일을 김치양이 아들을 왕으로 삼으려고 획책한 일이라고 소문을 내어 딘심을 어지럽힌 것이 틀림없다. 그리고 그 일을 빌미로 모함하여 목종과 자신을 몰아내려는 계획을 세운 것이다. 대량원군을 살해하는 게 믁적이 아니라, 상황을 지금처럼 만들기 위한 방법이었던 것이다. 그런데 자신과 김치양은 물론 목종까지도 그들이 대량원군을 살해한 후 누명을 뒤집어씌우려는 줄 알고 있었으니 미칠 지경이었다.

생각이 거기까지 미치자 새삼 신혈사로 독이 든 음식이 보내졌던 일이 생각났다. 만일 대량원군을 죽일 목적이었다면 중들이 먹지 않는 고기에만 독을 넣어도 될 일이었다. 그런데 떡을 아주 많이 해서 그 안에 독을 넣었다. 분명 대량원군이 매일 그 시간에 무예를 닦기 위해서 수련장으로 간다는 정보를 입수했을 텐데도, 일부러 그 시간을 택해 음식을 가지고 갔다. 그것은 대량원군이 음식을 먹기 전에 누군가가 떡을 먹음으로써 독이 들었다는 사실을 알게 하려고 치밀하게 준비한 것이다. 음식을 가지고 온 궁녀도 고기와 생선은 먹지 못해도 떡은 먹을 수 있을 테니, 먼저 먹으라 했다지 않은가?

저들이 이렇게 치밀한 계획을 세워 눈 깜짝할 사이에 반정을 일으킬 동안 대체 무엇을 했단 말인가?

어떻게든 목종의 왕권을 강화하여 북벌을 이루리라는 생각을 하기에 벅차, 나라 안에서 일어난 중신들의 불만을 읽지 못했다는 말인가? 그것도 아니면 서북 방면의 인재들을 등용하는 것이 불만인 신라계 중신들이 이제껏 독식하던 관직을 나누어주는 게 아까워서 우발적으로 꾸민 일일까? 그러나 서해도 출신인 강조 장군이 합세한 것을 보면, 단순히 우발적으로 일어난 것은 아니었다. 이번 정변이 당연한 것이라는 명분을 내세우기 위해 저들은 오랫동안 준비했을 것이다.

북벌을 목적으로 철저히 소외되었던 서북의 인재들을 등용하면서 중신들이 품은 불만을 읽지 못한 것은 사실이지만, 상황이 이 지경이 되도록 모르고 있었던 자신이 한심하고 아둔해 보여서 스스로를 용서할 수가 없었다. 이제까지 주변에서 칭찬하던 말과 스스로 평가했던 것에 현재의 자신을 비춰보니 초라할 뿐이었다.

그러나 이대로 있을 수는 없었다. 일은 어차피 벌어진 것이니, 수습책을 마련하는 게 시급했다. 지금 후회해봤자 누가 해결책을 제시해줄 수도 없는 일이다. 어차피 자신과 목종이 해결해야 될 일인데, 지금은 목종도 만날 수 없고 김치양도 없으니, 결국 자신의 몫이었다.

천추태후는 마음을 추스르고, 이주정의 서찰에 대한 답장을 쓰기 위해 궁인 이 씨를 불렀다.

짧은 글로써 지금은 비록 힘이 들더라도 버티면 원군을 청해서 이 난을 평정할 것이라는 뜻을 전하려면 어떻게 해야 할지 고민하던 천추태후는, 목종이 입궁하던 날 아침에 자신이 즐겨 보던 대화나무 아래에서 아들에게 한 말을 떠올리게 해주는 게 가장 좋겠다고 생각했다. 비록 그 말을 직접 하지 않아도 천추태후의 말임을 알 수 있도록 할뿐만 아니라, 어떤 어려움이 닥쳐도 섣부르게 행동하거나 포기 하지 말라는 뜻을 전하는 것이었다.

개령군이 입궁하기 위해 떠날 때가 되자, 천추태후는 아들과 단 둘이 매화나무 아래에서 모자지간의 정을 나누며 이런 이야기를 했다.

"개령군, 저 매화나무를 보세요. 한겨울에 꽃이 피지요? 하지만 만약 봄이나 여름에 꽃을 피우지 못했다고 섣부르게 판단해서 매화를 잘라버렸다면 어찌 저 고고하고 아름다운 꽃을 볼 수 있었겠습니까? 개령군은 궁으로 들어가 온갖 일들을 겪을 것입니다. 그러나 어떤 상황에도 실망하거나 성급하게 판단하지 말아야 합니다. 비록 힘이 들더라도 인내해야지 급하게 판단하거나 결정한다면 돌이킬 수 없는 우를 범할 수도 있습니다. 또한 어떤 어려운 상황이 닥치더라도 정면으로 맞서는 게 안 된다면 우회해서라도 해결할 생각을 해야지, 포기하면 절대 안 됩니다. 궁이라는 곳은 사가와 달라서 포기는 곧 죽음을 뜻할 수도 있음을 명심해야 합니다. 매화는 한겨울에 꽃을 피우기에 아름다운 것이지, 꽃들이 만개한 봄이나 여름에 핀다면 다른 꽃들에 자태가 가려져 아름답게 보이지 않을 수도 있습니다. 그리고 매화가 꽃을 피우는 겨울이 가고 나면 반드시 봄이 온다는 사실을 잊지 마세요. 아무리 어려운 일에 맞닥뜨려도 해결하고 나면 반드시 좋은 시절이 온다는 뜻입니다. 원래 영특하니 잘하리라 믿지만, 이 어미가 걱정이 되어 하는 말이니 명심하세요."

그러자 목종이 대답했다.

"명심하겠습니다. 그리고 소자가 궁에 입궐하는 즉시 매화나무를 심어, 어려운 일이 생기면 그 나무를 보면서 오늘 어마마마께서 들려주신 말씀을 되새기겠습니다. 하오니 어마마마께서도 제 걱정 마시고 옥체를 보존하소서."

그 후 개령궁은 입궁을 하자마자 침전에서 문만 열면 볼 수 있는 곳에 매화나무를 심고 자주 바라보았다.

천추태후는 궁인 이 씨에게 지필묵을 들고 부르는 대로 쓰라고 했다.

"이제 황주에 매화가 필 텐데, 그 꽃이라도 봐야 할 것 아닙니까?"

그것이 전부였다.

이것은 누구에게 적발이 된다 하더라도 궁인 이 씨가 제 사촌인 이주정에게 매화놀이를 가자고 조르는 글이라 우길 수 있었다. 이주정은 천추태후의 서찰을, 자신을 사모하는 사촌이 보내는 것으로 만들어 천추태후도 보호하고, 서찰을 전하기로 한 병사도 해를 입지 않게 하려는 의도로 일을 꾸민 것이다. 설령 발각되어도 꽃놀이를 가자는 철없는 타령을 트집할 사람은 아무도 없을 테니 안심이 되었다.

그러나 하고 싶은 말을 이 한 줄에 담은 천추태후는 가슴이 미어지는 고통을 당해야 했다.

어쩌다가 이 꼴이 되었단 말인가? 일이 잘못되려면 눈이 무엇에 씐다고 했는데, 자신이 그렇게 된 것 같았다. 심지어는 개령군이 입궁하던 날 허전한 마음에 금강스님 김치양을 품속으로 끌어들인 것에 대한 부처님의 벌이 아닐까 하는 생각마저 들면서, 머릿속이 도저히 정리되질 않았다.

천추태후는 서찰이 부디 잘 전달되어 황주의 원근이 도착할 때까지 목종이 버텨주길, 김치양과 작은 아들이 살아 있어주기를 부처님께 간절히 기원하며 뜬눈으로 밤을 지새웠다.

14
죽음

철저하게 고립된 천추태후가 어렵게 전한 서신을 받아든 이주정은, 급히 그것을 펼쳐본 후 서신을 전한 병사에게 말했다.

"이제 교대했으니 집으로 돌아가겠구나. 집으로 가는 길에 집에 들러 부인에게 내가 아침에 이른 일을 빨리 하라고 전해다오. 그리고 이것을 주거라."

이주정은 전대를 풀어 병사에게 주었다.

"내가 일을 시켜놓고 전대를 주지 않아서 말이다."

이주정은 병사를 믿었다. 그러나 자신을 감시하던 누군가가 병사와 무언가 이야기하는 것을 보고 나서 자신의 집으로 간다면 이상하다는 생각에 그를 다그칠 것이다. 그러면 병사는 궁인 이 씨에게 서찰을 전하고 답장을 받아 이주정에게 주었고, 전대를 전했다는 사실을 실토할 수도 있다.

하지만 사촌 간의 결혼이 성행하던 당시 상황에서 사모하는 사촌에게 궁인 이 씨가 매화 구경을 가자고 조른 것이요, 병사는 전대를 심부름한 것뿐이니 문제될 게 없었다. 이주정은 이미 부인에게 병사가 전대를 가져오면 사람을 황주로 보내라는 신호라고 일러놓았다. 황주로 보낼 서찰도 준비해놓고 나온 뒤였다.

그리고 사흘 후에 옷을 갈아입는다는 핑계를 대고 집으로 돌아가면, 밤낮으로 말을 달려 황주에 다녀온 심부름꾼의 대답을 들을 수 있을 것이다. 그리고 그 대답을 천추태후에게 전하면 되는 것이다. 그것은 문제가 없다. 다만 서찰을 왕에게 전하는 게 문제였다.

이주정은 천추태후가 쓴 말의 의미가 무엇인지 자세히 알 수 없었다. 다만 분명히 알 수 있는 것은, 이 말이 황주로 지원군을 요청하라는 뜻이라는 점과 목종이 천추태후가 뜻하는 바가 무엇인지 알 거라는 점이었다.

그렇다면 이제 목종을 만나야만 했다. 하지만 내전까지 갈 수 있을지 장담할 수 없거니와, 유행간이 왕을 만나게 해주지 않을 것이다. 그는 무슨 수를 써야 이 말을 전할 수 있을까를 고민하기 시작했다.

이주정은 이미 사태를 짐작하고 있는 터에 굳이 내전으로 가서 저들의 눈에 의심을 품게 할 필요가 없다고 생각해, 한 번도 찾아가지 않았다. 꼭 필요할 때 가보려고 일부러 마음을 억누른 것이다. 전해들은 바로는 내전 입구에서부터 철저하게 통제한다고 했다. 그렇다면 미친 사람처럼 큰 소리로 부르짖기 전에는 자신이 하는 말이 내전에 들리지도 않을 뿐만 아니라, 어떤 말을 한다고 해서 그게 전하의 귀에 들어가는지 알 수도 없는 노릇이다.

그때 이주정의 머릿속에 스치는 생각이 있었다. 목종이 개령군 시절에 머물던 뜰의 매화나무에 최소한 꽃망울이라도 맺혔을 것이다. 그 나뭇가지를 꺾어 화병에 넣어 전하의 쾌유를 빌면서 드리는 것이라 한다면, 적어도 전해주긴 할 거라는 생각이 들었다. 그리고 한마디 덧붙이면 되는 것이다.

유행간이 지금 저들의 칼이 무서워서 따르고 있는 것인지, 아니면 협조하기로 마음을 고쳐먹은 것인지는 모른다. 하지만 이제까지 목종과 천추태후의 측근으로 지내며 쌓은 정에 의해 최소한 그 정도는 해줄 것이라는 확신이 들었다.

이주정은 정변이 나기 얼마 전에 송에서 가져온 화병이라며 어느 관리가 선물로 준 것을 미처 집으로 옮기지 못하고 사물 관리소에 놓아두었던 것을 떠올렸다. 그는 매화를 꺾어서 화병에 꽂은 후 내전으로 갔다.

내전의 경비는 삼엄하기 그지없었다. 이주정이 내전으로 향하는 문에 들어서자 뜰을 가득 메운 병사들이 앞을 가로막았다.

"대감, 지금 전하께서는 아무도 만나지 않으실 것이니 돌아가시는 것이 좋겠습니다."

병사 중 한 명이 판에 박힌 말을 하자 이주정은 화를 내거나 노여워하는 기색을 전혀 보이지 않고 말했다.

"이 나라의 지은대사라는 직품을 가진 나 이주정이 그것을 모르겠는가? 나는 전하를 뵈러 온 것이 아니라 합문사 유행간 대감을 만나러 온 것이니 그리 알고 비키게나."

이주정이 유행간을 만나러 왔다고 하자, 중간 책임자인 듯한 병사 하나가 쏜살같이 내전을 향해 달렸다. 그리고 얼마 지나지 않아 돌아오더니 들어가도 좋다며 길을 내주었다.

이주정은 꽃병을 애지중지 다루면서 내전으로 갔다. 나전 앞에 다다르자 역시 생각한 대로 유행간이 앞에서 기다리고 있었고, 감시하려는 것인지 그의 옆에는 군사는 물론 다른 궁인들이 두어 명 함께 있었다. 유행간은 이주정을 보더니 겉으로는 차가운 척하나 반가운 기색을 감추지 못했다.

"지은대사 대감께서 여기까지 오셨는데 이를 어찌합니까? 전하께서 누구도 만나지 않으신다고 하니 저로서도……."

이주정은 더 들을 필요도 없다는 듯 일부러 편안한 얼굴로 말했다.

"이미 알고 있는 일이니 너무 심려치 마시오. 이 몸이 전하의 사랑을 받던 중신이라고는 하나, 전하께서 기력을 잃으신 마당에 무엇 하나 보답해드릴 게 없어 고민하다가 마침 매화를 좋아하신다는 게 생각나서 이렇게 화병에다 매화 가지를 몇 개 꽂아 들고 왔소. 그러니 합문사 대감께서 힘이 들지 않는다면 이 화병을 편찮으신 전하께 전해드리며, 빨리 쾌차하시어 황주로 매화 구경을 가시자는 말씀을 전해주시구려. 누가 알겠소? 이 꽃을 보시고 황주로 꽃구경을 가시고 싶은 욕심에 내일이라도 자리를 털고 일어나 건강을 찾으실지."

그러자 유행간은 미처 생각 못 한 일을 해주어 고맙다는 듯 말했다.

"역시 대감께서는 생각이 깊으십니다. 저는 전하께서 매화를 좋아하시는 것을 알면서도 그 생각을 못 했는데 말입니다."

유행간이 화병을 받아들자 이주정은 꼭 전해달라는 부탁과 함께 미련 없이 자리를 떠났다. 저 꽃이 확실히 전해질 거라는 확신이 들었다. 왜냐하면 화병을 받아드는 유행간의 얼굴에 미안한 표정과 함께 희망이 비친 까닭이다. 자신이 목숨 바쳐 모시던 왕이 매화를 좋아하면서도 감금되어 보지 못한 것이 미안할 터이고, 희망은 이 화병의 매화가 보통 꽃은 아니기를 바라는 마음에서 생긴 것이 분명했다. 물론 화병 안이나 꽃 사이에 무엇을 숨기지 않았나 검사하겠지만, 반드시 전하께 전해질 것이다.

이주정의 확신대로 화병은 목종에게 전해졌다.

유행간이 매화가 꽂힌 화병을 내려놓으면서 이주정 대감이 쾌차를 빌면서 들고 온 것이라고 하자, 목종은 그것이 모후의 뜻이라는 것을 직감할 수 있었다. 그래서 말도 하기 싫은 심정을 억누르며 물었다.

"이주정 대감이 그냥 꽃만 놓고 갔다는 말이오?"

"황송하오나 전하를 뵐 수 없으니 꽃을 놓고 가겠다면서, 어서 쾌차하시어 황주로 매화 구경을 가자고 전해 올리라고 했습니다."

목종은 천추태후가 황주에 지원군을 요청할 테니 최대한 참고 버티라는 뜻을 보낸 것임을 대번에 알았다.

황주를 떠날 때 모후가 매화나무 아래에서 꽃을 보며, 황궁에서의 포기는 바로 죽음을 의미하는 것이라고 했던 말이 생생하게 기억났다.

목종은 희망이 보였다. 아무리 격리를 당하고 고립을 시켜도 모후는 잘 이겨내어 처리해주실 것이라 믿었기에 이제껏 버틴 그였다. 일이 이렇게 됐으니 황주에서 지원군이 올 때까지 절대 양위를 하거나 내선을 하지 않을 것이라 다짐했다.

시간이 지나는 동안 최항은 채충순과 함께 하루에 두세 번씩 내전에 들어 목종에게 양위하라는 주청을 올렸다.

"전하, 이 길만이 전하와 고려를 구하는 길입니다. 만일 이대로 버티신다면 고려를 위해 최후의 수단을 쓰는 수밖에 없습니다."

목종은 간단히 대답했다.

"짐을 죽이시오. 짐을 죽여 없애면 그대들이 원하는 대로 대량원군을 왕위에 앉힐 것 아니오. 무엇을 망설이는 것이오? 다른 대답을 원한다면 어마마마를 만나게 해주시오. 경들은 그리 떳떳하면서 왜 짐이 모후를 만나는 것까지 막는단 말이오? 그리고 대량원군을 누가 죽이려 했는지는 경들이 더 잘 알고 있을 테니, 짐과 대화하고 싶으면 대전회의를 여시오. 거기에서 모든 걸 말할 것이오. 내선을 하든 양위를 하든, 짐이 병을 얻은 것도 아닌데 왜 내전에서 해야 한단 말이오? 대전에서 할 것이니 대전회의를 열란 말이오! 그러지 않을 거면 짐을 찾지 마시오. 짐은 죽으면 죽었지, 내전 안에서는 양위나 내선할 생각이 없소!"

태연히 자신을 죽이라고 말하는 왕 앞에서 더 이상 뭐라 말해야 할지 알 수가 없었다. 차라리 목숨을 구걸하거나 살 방도를 찾는 눈치라도 보이면 협박하며 회유할 수 있다.

하지만 목종은 양위나 내선을 하느니 차라리 죽겠다고 딱 잘라 말한 뒤, 다만 천추태후를 만난다면 상의해보겠다고 했다.

그래서 궁여지책으로 생각해낸 것이 천추태후를 빌미로 흥정을 하는 것이었다.

"태후 마마를 위해서라도 전하께서 양위를 하셔야 합니다."

그러자 목종은 태연히 대답했다.

"왜? 어마마마께서 여왕으로 등극하겠다고 말씀하셨소? 잘되었소. 그러니 어마마마를 만나게 해달라는 것 아니오? 그런데 어마마마는 못 만나게 하면서 어마마마를 위해서 짐에게 양위를 하라? 경들은 그것이 이치에 맞다고 생각하시오?"

최항과 채충순은 이렇게 시간을 보내느니 차라리 목종을 억지로라도 폐위시키고 대량원군을 모셔오는 것이 어떨까 생각해보았지만, 아직 불안한 자신들의 세력에 반감을 가진 자들을 염두에 두지 않을 수 없었다. 게다가 강조 장군이 이렇다 할 움직임을 보여주지 않아, 마음대로 그리 할 수도 없었다.

　그런데 황보유의를 통해 강조에게서 반가운 소식이 왔다.

　강조가 이미 개경 근처에 와 있으며, 황보량이 황주의 모든 사병들에게 어떤 일이 있어도 출병하지 말라고 조치를 취하고 송으로 떠났다는 것이다. 혹 출병을 한다고 해도 아주 작은 규모일 테니 걱정하지 말고 목종과 천추태후를 황주 귀법사의 연등회에 참여케 하라는 것이다.

　최항은 강조가 비상수단을 쓰기 위한 방법을 택한 것이라는 생각에 그의 명을 하나도 놓치지 않고 시행했다.

　"전하, 답답하실 텐데 황주 귀법사 연등회를 보고 오시지 그러십니까? 신들이 그동안 전하께 무례를 저질렀고, 또 생각한 게 있어서 드리는 말씀입니다. 유행간을 비롯한 전하의 측근들이 모실 것입니다. 이번에 서북면도순부검사로 임명받은 이주정 대감도 함께 갈 것입니다."

　그러자 목종은 깜짝 놀랐다.

　"이주정 대감이 서북면도순부검사로 임명되다니? 누가 임명했다는 것이오?"

　하지만 그런 말은 이미 의미가 없다는 것을 알고 있었다. 지금 조정에서 처리하는 모든 일들은 목종이 한 게 아님에도, 그가 한 걸로 되어 있었다. 그들이 할 수 없는 것은 단 한 가지, 대량원군에게 왕지를 내리는 일이었다. 중신을 임명하는 것은 그들끼리 손발을 맞추면 옥쇄를 찍지 않아도 될 일이다. 그러나 왕이 바뀐다는 내용의 왕지는 목종이 아니면 그 누구도 내릴 수 없다.

이런 상황에서 궁을 비우고 황주로 가야 하는지가 의문이었으나, 아무런 힘도 없는 왕이 궁을 비우든 말든 그리 중요한 일이 아니라는 생각이 들었다. 다만 천추태후에게서 아무런 연락이 없다는 게 불안할 뿐이었다. 그래서 최항에게 물었다.

"어마마마께서 불심이 더 각별하신데, 어마마마도 모시고 가는 것이오?"

그러자 최항은 자신 있게 말했다.

"당연히 태후 마마께서도 행차하십니다. 이미 태후 마마께서 가시겠다는 의사를 글로 써서 약조해주셨습니다."

최항은 목종에게 천추태후가 황주에 가겠노라고 쓴 서신을 보여주었다.

목종은 기가 막혔다. 아무리 실권이 없는 왕이라고는 하지만, 모후이자 태후에게 글로 약조하라고 하다니, 용납할 수 없는 일이었다. 하지만 지금 목종이 그런 것을 문제 삼는다고 해서 겁낼 사람도 없을 뿐더러, 오히려 웃음거리가 될 뿐이었다.

목종은 그런 쓸데없는 일에 신경 쓰느니, 차라리 모후를 만날 수 있어 다행이라고 생각하기로 했다. 지난번에 이주정에게서 매화를 선물받았을 때를 제외하고 아무런 연락을 받지 못했는데, 오늘 불쑥 이주정을 서북면도순부검사로 임명했다는 말을 들으니 상황에 대한 궁금증이 치밀었다. 그렇다고 이주정이 변절했을 리는 없으니, 그들이 뜻하던 대로 되지 않아 이번 반정을 포기하고 정리하려는 게 아닌가 하는 기대마저 들었다.

그러나 실상은 그렇지 못했다.

이주정의 목숨을 건 충정 덕분에 천추태후는 그나마 목종과 연락할 수 있었고, 황보량에게 지원병을 요청한다는 서찰을 보낼 수 있었다. 그러나 이주정이 보내온 소식은 절망에 가까웠다.

　　「마마, 황주의 황보량은 교역 일로 송에 갔다고 합니다.

　　그러나 그는 천추전이 불탄 뒤 미처 준비가 끝나지도 않은 물량만을 가지고 부랴부랴 떠났다고 합니다. 또한 떠나기 전날 그의 아들인 황보유의가 찾아갔답니다. 그러자 원래 거란으로 갈 예정이었던 황보량이 갑자기 행선지를 송으로 바꾸었다고 합니다. 게다가 이번 행장에 사병을 동원하는 데 중심 역할을 하는 사람들을 모두 데려갔을 뿐만 아니라, 남아 있는 이들에게도 적절한 조치를 함으로써 사병을 동원할 수 있는 방법을 제거하고 떠났다는 것입니다. 물론 가솔들을 지켜야 할 사병들을 보강했다는 것은 말할 필요도 없는 일입니다.

　　이런 일들을 근거로 소신이 판단하기로는, 황보량이 마마께 협조하는 것은 어려울 듯합니다. 그리고 아주 안 좋은 소식입니다만, 황보량의 아들 황보유의가 이번 반정에서 중요한 임무를 맡고 있다고 합니다. 소신도 뒤늦게 황보량의 아들이 이번 반정에 깊이 관여한 것을 알았습니다. 그러니 황보량의 협조는커녕 그가 우리에게 칼을 겨누지 않으면 다행인 상황이 아닌가 합니다.

　　마마, 소신 염치없으나 이 일을 어찌하면 좋을지 하명해주시기 바랍니다. 하명을 내리시면 목숨을 걸고 수행할 것입니다.」

　　이주정의 서찰을 받아든 천추태후는 기가 막혔다.

영원히 천추태후의 편일 거라고 누구도 믿어 의심치 않았던 기반인 황주가 등을 돌린 것이다. 심지어는 황보랑마저 등을 돌렸고, 그 아들은 반정의 중심에 섰다.

황보랑이 누구인가? 신정왕후 때부터 대종 왕욱, 심지어는 자신이 황주에 머물고 있을 때에도 온갖 편의를 봐주어 거란과 여진은 물론 송에까지 아무런 규제도 받지 않고 폭 넓은 교역을 한 사람이다. 대를 이어 부를 축적한, 고려 전역을 통틀어도 부끄럽지 않을 시대의 재력가다. 그는 은혜에 조금이나마 보답한답시고 목종이 개령군으로 봉해져 입궁했을 때에 사재를 털어 잔치를 열었다. 그리고 거란이 침입했을 때 목숨을 걸고 정보를 입수해왔다.

도대체 무엇이 얼마나 잘못되었는지 모르겠지만, 천추태후는 자신이 위기에 몰릴 동안 아무것도 못했다는 게 부끄럽고 한심했다. 자신과 김치양의 주변을 맴돌고 있었던 충신이라는 자들이 정갈 충신이었는지 아니면 충신의 탈을 쓴 아첨의 무리였는지 구분이 가지 않았다. 그리고 그들이 무능한 것이었는지, 아니면 시대의 흐름에 따라 배신한 것인지도 불분명했다.

그러나 부끄럽고 한심하다는 생각도 잠시였다. 중신들에 대한 판단도 나중 문제였다. 이제 어떻게 하면 좋을지가 문제였다. 그걸 논의하기 위해서라도 목종을 만나야 하는데 도저히 만날 수가 없었다. 그때 황주에 있는 귀법사 연등 행사에 어가가 행차한다는 말을 듣자, 목종을 만날 욕심으로 허락을 한 것이다.

사실 황주에 가고 싶지는 않았다. 십 년이라는 세월 동안 곳곳에서 불어오는 험한 바람으로부터 자신과 목종을 보호해줌으로써 즉위할 수 있도록 해준 곳이지만, 극적인 순간에 등을 돌림으로서 위기 상황으로 몰아넣은 것을 생각하면 도저히 가고 싶은 마음이 생기지 않았다. 그러나 한편으로는 그들이 왜 등을 돌렸는지 그 이유라도 알아보고 싶었다. 그리고 이미 대세는 목종과 자신이 궁 안에 있거나 없거나 상관없는 상황으로 돌아가고 있었다. 그래서 분명히 뭔가 계략이 있을 것임에도 가지 않겠다고 고집을 부리지 않았다. 또한 이주정을 통해 보낸 뜻이 실행되기 힘들 것임을 전해야 하나 방법이 없어서 고심을 하던 중에, 차라리 이 기회를 통해 목종과 직접 만나 새로운 방법을 모색해보기 위해 동반 출어를 허락한 것이다.

목종과 천추태후가 떠나는 날 아침, 어가 행렬이 꾸려졌다. 목종이 나오기 전에 천추태후가 먼저 자리를 잡자 이주정이 다가와 인사를 했다.

"신 이주정, 서북면도순부검사로 임명되어 전하와 태후 마마를 황주까지 호위하는 첫 임무를 맡아 수행하게 되었기에 인사드립니다."

"무슨 말씀입니까? 그렇다면 대감께서 우리와 같이 궁을 나선다는 말씀입니까?"

천추태후가 깜짝 놀라 눈을 크게 뜨고 묻자 이주정이 대답했다.

"그렇습니다. 신과 합문사 유행간 대감이 전하와 마마를 모시게 되었습니다."

"합문사 대감까지요? 그렇다면 저들이 껄끄러운 중신들을 모두 궁 밖으로 내보내고 일을 도모하겠다는 것 아닙니까?"

천추태후는 그들이 목종의 핵심 측근들을 모조리 궁에서 내몬 후 일을 벌이겠다는 것임을 직감했다. 그것이 오늘이 될지 며칠 후가 될지는 모르지만, 이미 모든 상황은 목종이 궁문을 나서면 종료된 것이나 마찬가지라는 생각이 들었다.

순간 천추태후는 목종에게 문을 나서지 말라고 당부하고 싶었다. 하지만 이미 황주도 등을 돌린 마당에 출어를 포기한다고 해도 뾰족한 수는 없었다.

천추태후는 하늘을 올려다보았다.

겨울 하늘치고는 검은 구름이 유난히 많다고 생각했는데, 아침 햇살에 온통 검붉게 느껴졌다. 섬뜩했다. 그때 곳곳에서 웅성대기 시작했다.

"하늘이 핏빛이다."

"하늘이 피로 물들었어."

사람들은 제각각 한마디씩 하며 하늘이 무슨 징조를 나타내는 게 아닌가 하는 불안에 떨었다.

그러나 이미 실권을 잃은 목종은 귀법사로 향하는 것을 연기한다거나 취소하는 등의 어떤 조치도 취할 수 없었고, 갈 길을 가야만 했다.

이주정 또한 하늘을 보며, 지금 떠나면 왕궁으로 돌아오지 못할 수도 있는 목종과 천추태후를 위해 하늘이 슬퍼하는 거라 생각했다. 이주정은 왕을 호위해서 황주에 다녀오라며 서북면도순부검사로 임명한 게 무엇을 뜻하는지 알고 있었다. 그러나 뜻을 알고 있다고 해서 왕을 호위하는 일을 거부할 수도 없고, 그런 명령을 거부할 힘을 잃었다는 것을 알기에 받아들였다. 그 역시 이 길로 영영 왕궁을 떠나는 것이라는 사실을 알고 있었다.

마음 같아서는 지금이라도 자신을 추종하는 세력에 궐기를 명해서, 반정 세력과 일전을 벌이고 싶었다. 그러나 지금 그렇게 했다가는 오히려 반정 세력이 그가 반역을 했다며 덮어씌울 수도 있었다. 결국 이주정은 이러지도 저러지도 못하고 떠나야 했다.

하늘이 핏빛으로 물든 것을 보니 마음마저 핏빛으로 물든 듯했다. 쏟아질 것 같은 피눈물도 가슴에 맺혔다. 이주정은 죽는 한이 있어도 두 분의 목숨만큼은 반드시 지키리라고, 피 눈물 가득한 가슴으로 굳게 다짐했다.

그때 기대를 잔뜩 안은 목종이 나와서 자리에 앉았고, 어가가 출발했다.

어가는 한나절을 가다가 점심 식사를 위해 멈췄다. 사람들은 천막을 치고 그 안에 왕과 천추태후를 함께 들게 함으로써, 오랜만에 대화할 수 있도록 자리를 만들어주었다.

자리에 앉자 목종이 다급한 목소리로 말했다.

"어마마마, 지난번에 제게 매화를 보내시면서 전하신 뜻이, 황주에 원군을 청해놓았으니 끝까지 기다리라는 말씀이 아니었습니까? 그런데 왜 아직 황주에서는 이렇다 할 소식이 없으며, 또 갑자기 황주로 가는 것을 허락하신 이유는 무엇입니까? 소자, 어마마마의 뜻을 따르면서도 영 납득이 가지 않습니다."

목종이 다급한 목소리로 묻자, 천추태후는 뭐라고 대답해야 할지 참으로 난감했다. 어차피 사실을 알려줘야 하지만, 그렇다고 양위를 하라고 말하기는 죽기보다 싫었다.

만일 저들이 왕과 자신을 죽이지 않고 왕에게 내선이나 양위할 것을 주청한다면, 이번에 황주로 가서 사람들을 설득해볼 생각이었다. 그리고 이 기회에 양계에 있는 군사들에게 연통을 넣을 심산이었다. 아직까지 천추태후에게는 누군가가 시작만 한다면 자신을 위해 출병할 사람이 많다는 자신감이 있었다. 그래서 일단 얼버무리고 넘어가고자 했다.

“글쎄 말입니다. 이 어미도 답답해 죽을 노릇입니다만, 황주에 가보면 그 속내를 확실히 알 수 있겠지요.”

“하지만 어마마마, 저들이 그렇게 긴 시간 동안 기다려주겠습니까? 소자를 앉혀놓고 하루에 몇 번씩이나 독촉을 하던 자들인데 기다려줄 리가 만무합니다.”

말이 씨가 된다고 했던가? 목종의 말이 끝나자마자, 유행간이 눈물을 흘리며 천막 안으로 들어섰다.

“전하, 신을 죽여주소서!”

유행간은 다짜고짜 땅에 엎드려 죽여달라면서 마냥 울기만 했다. 천추태후는 물론 목종도 놀라서 물었다.

“합문사, 무슨 일인지 말씀을 해야 알지 않겠소? 갑자기 죽여달란다고 해서 그럴 수도 없다는 것을 잘 알면서 어찌 그리 답답하시오? 그러지 말고 자세히 말해보시오. 도대체 무슨 연유요?”

그러나 유행간은 말을 잇지 못 하고, 소리를 죽여 울기만 했다.

그때였다. 이번에는 이주정이 큰일을 알리려는 듯이 기척도 없이 다급하게 천막 안으로 들어서더니, 유행간과 똑같이 엎드려 눈물을 흘렸다.

“전하, 소신 이주정을 죽여주소서!”

이주정까지 들어서자 천추태후는 올 것이 왔다는 생각이 들었다. 조금 전 유행간이 들어서면서 죽여달라고 했을 때에는, 혹시 그가 그동안 반정세력의 압력에 굴해서 마음은 그렇지 않은데 옹을 고립시키고 천추태후까지 만나지 못하게 한 것을 이 자리를 빌려 잘못을 청하는 것인가 생각했다. 그러나 이주정까지 죽여달라는 것을 보면 이미 무슨 일이 일어났다는 뜻일 터, 그 결론이 천추태후와 목종에게 결코 좋을 리 없었다. 천추태후는 반정의 상황이 종료되었을 거라 단정 지었다.

천추태후의 짐작대로였다.

강조는 군대가 개경 근처에 주둔하자, 신혈사로 정예부대를 보냈다. 그들의 가장 큰 임무는 대량원군이 입궁할 때까지 그를 안전하게 보호하는 것이었다.

다음으로 반정 세력에게 목종을 귀법사로 보내라는 명령을 내렸고, 황보유의를 신혈사로 보냈다. 정예부대에 황보유의가 지시를 하면 그를 도와 대량원군을 신속하게 궁으로 모셔오라고 했다.

지시를 끝낸 강조는 어가가 출발하는 날이 확정되자, 황보유의에게 대량원군을 모시고 신혈사를 떠나 오늘 사시쯤에 입궁할 수 있도록 하라고 지시했다. 그리고 어가가 궁을 떠난 후 두어 시간을 기다리다가, 개경 근처에 주둔해 있던 군사들을, 미리 계획한 대로 개경의 인근은 물론 시내의 요소요소에 배치했다. 그리고 일부 군사들과 함께 입궁했다.

강조는 입궁하자마자 궁내 요소마다 배치되어 있던 반정세력의 군사들을 흡수했다. 그리고 시내는 물론 궁에서도 이번 반정세력의 총책임자인 자신의 명에 항거하는 자는 신분 고하를 막론하고 그 자리에서 즉시 참수할 것이라는 포고령을 내렸다. 그 후에 대량원군이 막 궁에 도착했음을 알리고, 폐위된 목종을 양국공에 임명했으며, 대량원군의 즉위를 선포했다. 그리고 대량원군이 도착하자마자 새로운 왕 현종으로 받들어 모신다는 것을 만조백관과 함께 엎드려 조배함으로써 맹세했다.

그 후 모처에 유폐되어 있던 김치양과 그의 아들을 즉시 죽이라고 명령했다. 이 명령을 받은 강조의 정예부대는 즉시 그의 명을 받들었다.

그뿐만 아니라 지방의 모든 군에 만일 지금의 위치에서 벗어나 개경을 향해서 움직일 시에는 자신과 새로 옹립한 왕에 대한 항거의 뜻으로 보고, 왕명에 의한 반역죄로 다스리겠다고 선포했다. 즉 지금 막 옹립한 왕이 진정한 고려의 왕이므로, 만일 그에 항거한다면 곧 반역이라고 만천하에 알렸다.

그 모든 일련의 일들을, 개경에 남아 있던 이주정의 부하가 전속력으로 달려와 전해준 것이다. 물론 그 부하는 지금이라도 돌아가서 난을 평정해야 하지 않느냐는 뜻으로 달려왔다.

그러나 그 소식을 듣는 순간 유행간과 이주정은 이미 모든 상황이 끝났으며, 목종과 천추태후의 목숨이나마 보존할 수 있게 해드리는 것이 자신들이 할 수 있는 마지막 충성이라는 것을 알고 있었다. 다만 두 사람이 천막에 다다르는 시간에 차이를 둔 것은, 유행간은 병사가 말을 꺼내자 이미 상황이 종료된 것을 알았기 때문이고, 이주정은 행여 하는 마음에 끝까지 들어보았기 때문이다.

결국 강조는 막강한 군사력을 앞세워 동요할 수 있는 지방의 군대에 일어서면 반정이라고 못 박아, 항거하는 것은 생각도 할 수 없도록 만든 것이다.

이야기를 듣고 난 천추태후와 목종은 할 말을 잃었다. 아니 무어라 할 말이 없었다. 자신들이 과연 황주로 가야 할지, 그것이 더 시급한 문제였다.

기왕 내친 걸음이니 이대로 황주로 간다면, 다행히 목숨을 건져 안정된 나날을 보낼 수도 있을 것이다. 그러나 걸음이 떨어지지 않을 것 같았다. 물론 강조의 개입으로 인해 상황이 종료됐다고는 하지만, 여지가 남아 있을 수도 있는데 나 몰라라 하고 도망치듯 황주로 간다는 게 용납

되지 않았다. 게다가 황주가 등을 돌림으로써 이런 파국을 맞았으니, 굳이 황주에 간다고 한들 안전하리라는 보장도 없었다.

목종이나 천추태후를 시해한 후 새로운 왕을 앉힌 것이 아니라 궁을 비우게 한 후 옹립한 것을 보면 죽이려는 의도는 분명히 아니다. 하지만 그 마음이 언제 어떻게 변할지 알 수 없을 뿐더러, 설령 왕으로 옹립된 대량원군이나 반정 세력 중 일부가 옛 정을 생각해서 살려둔다 해도, 일부가 후환을 부를지도 모르는 씨를 남겨둘 수 없다고 하면서 죽이기를 원한다면 다들 못 이기는 척 그러자고 할 것이다. 결국 죽으나 사나 같은 상황이니 두려울 것도 없었다.

"주상, 이렇게 듣기만 해서는 상황이 정리되지 않으니, 우선 행렬을 돌려 왕륜사로 가는 것이 어떨까 합니다. 왕륜사는 예서 그렇게 멀지도 않을 뿐만 아니라 선대왕들께서도 자주 찾던 곳이기 때문에, 우리가 왕륜사로 간다면 어찌 하지는 못할 것입니다. 물론 이대로 황주로 갈 수도 있는 일입니다만, 이 어미 생각에는 도망치는 것 같아 마음이 썩 내키지 않습니다. 주상의 생각은 어떻습니까?"

"소자, 어마마마의 뜻을 따르겠습니다. 만일 이대로 황주로 향한다면, 그것은 그동안 소자를 따르던 많은 중신들을 버리고 도망치는 것과 무엇이 다르겠습니까? 그리고 이미 죽기를 각오한 몸인데 무엇이 두렵겠습니까? 게다가 삼사사 대감께서 처형을 당하셨다는 소식이 사실인지도 확인해보아야 될 것 아닙니까? 다만 어마마마를 편히 모시지 못하는 게 마음에 걸릴 뿐입니다."

목종은 위급한 상황에서도 자신보다 모후를 걱정하는 효심을 보였다.

결국 목종 일행은 행렬을 간소화하여 왕륜사로 향했다. 수행을 하던 사람들은 자신의 자리로 돌아가든, 아니면 가고 싶은 곳을 택해서 가라고 방면해주었다. 궁인들은 물론 짐을 나르던 노비들까지 제 갈 길로 가는 것을 허락해주었다. 뿐만 아니라 가지고 있던 재물도 그들에게 나누어주었다. 목종이 베풀 수 있는 마지막 특은이었다.

그러나 그들을 추종하던 일부 사람들은 끝까지 쫓아가겠다고 해서 어쩔 수 없이 따라오게 했다. 그러면서 마음이 바뀌면 가라고 말하는 것을 잊지 않았다. 천추태후에게서 어려운 백성일수록 사랑해야 한다고 배워왔던 목종다운 태도였다.

목종 일행이 왕륜사에 도착해서 제일 먼저 한 일은, 최항과 채충순을 만나 이야기의 전모를 듣는 것이었다. 그래서 궁으로 사람을 보냈더니 군사들의 호위를 받으며 그들이 왔다. 두 사람은 비록 폐위된 왕과 태후라고 하지만, 선왕이라는 것을 잊지 않고 깍듯하게 예를 갖추었다.

목종이 입을 열었다.

"짐이 잘한 것은 없다고 하나, 경들에게 칼을 겨누게 한 일도 없는 것 같은데, 짐을 궁에서 몰아내놓고 보위를 대량원군에게 넘겨주었다는 게 사실이오?"

그러자 최항이 대답했다.

"전하, 사실 신들은 이렇게까지 하려고 일을 시작한 게 아니었습니다. 하지만 삼사사 김치양 대감을 비롯한 신진 세력들의 견제로 인해 아무 일도 할 수가 없어, 전하께는 불충일지 모르나 고려의 앞날을 위해서 어쩔 수 없는 선택이라는 결론을 내리고 부득불 이렇게 한 것입니다. 이미 지난 일이니 잘잘못을 논하지 마시고, 이제 전하의 앞날을 위해 신들이 할 일이 있다면 그것을 말씀해주시는 게 옳다고 사료됩니다.

이번 일을 총지휘하신 강조 장군도 절대 사사로운 치우침이 없도록 과와 허물을 판단하라고 했으니, 비록 전하께 충성을 바쳤던 신진 세력들이라 할지라도 잘못을 저지르거나 관직을 무기 삼아 백성들에게서 재물을 약탈하지 않았다면 벌을 받지 않을 것입니다. 다만 과와 허물이 있는 자만 경중에 따라서 다스리되, 사사롭거나 한쪽에 치우침 없이 할 것입니다. 하오니 지난날에 대한 노여움이 있으시더라도 거두시고 앞날에 대해 말씀하셔서 그 뜻을 받들 수 있도록 해주십시오."

최항의 뜻은 간단했다.

이제 다 끝난 상황을 가지고 뭐라 하지 말고 살길이나 찾는다면, 아끼던 신하들도 선처해줄 거란 뜻이다. 그리고 이제 모든 것을 잃었음을 빨리 자각해서 기거할 곳을 찾는다면 목숨 정도는 보장해줄 수 있으니, 여러 말 말고 지금 이 자리에서 정하라는 것이다.

목종은 허무했다. 하지만 자신보다 모후가 더할 것이라 생각했다.

천추태후가 최항과 채충순을 만나러 가는 목종과 함께하지 않은 이유는, 이들의 대답을 이미 알고 있었기 때문일지도 모른다.

모든 것은 승자의 몫이다. 재물도 사람도 권세도, 심지어는 역사마저도 승자의 몫이다. 그런데 무슨 말이 더 필요하겠는가?

목종은 더 이상 말하고 싶지 않았다. 그러나 한 가지 꼭 묻고 싶은 것이 있었다. 바로 김치양의 소식이었다.

"삼사사 김치양 대감은 지금 어디 계시오?"

차마 죽였다던데 그것이 사실이냐고 묻기가 싫었다. 그러자 최항이 대답했다.

"전하, 이미 말씀드린 그대로입니다. 그 대상이 누구든 사사로운 감정에 치우치지 않고 과와 허물에 따라 공정하게 처리할 테니 염려 놓으시고, 전하께서 하실 말씀만 명하시면 받들 것입니다."

목종은 소리 내어 울고 싶었다.

아무리 폐군이라지만 바로 며칠 전까지만 해도 앞에서 머리를 조아리고 할 말도 못 하던 신하들이 묻는 말에 대답은커녕 본인 걱정이나 하라는 투로 말했다.

더 물어도 어느 곳으로 가겠다고 결정하는 말 이외에는 아무런 반응도 없을 것 같아 물을 수도 없었다.

그러나 어디로 갈지는 혼자 결정할 문제가 아니다. 모후를 모시고 가야 하는 까닭에 천추태후와 상의하는 게 좋을 듯싶어, 목종은 법당으로 나왔다.

천추태후는 법당에서 부처님에게 축원을 드리다가 목종이 생각보다 일찍 나오는 것을 보자, 자신이 예측한 대로 되었음을 알고 덤덤한 표정으로 목종을 맞았다.

"어마마마, 이제 우리가 어디로 갈 것인지를 대답해주셔야 할 것 같습니다. 소자는 어디라도 괜찮으니, 어마마마께서 다음 편하게 계실 곳을 고르소서."

그러자 천추태후는 더 이상 묻지도 않고 대답했다

"주상께서 이 어미의 뜻을 좇아주신다면 외가의 살붙이라도 있는 충주로 가는 것이 가장 편할 것 같습니다."

그리고 말없이 축원을 드리기 시작했다.

천추태후는 이번 일을 거치면서 황주로 가기가 싫어졌다. 물론 그곳으로 가면 천추전이 보존되어 있을 것이다. 그리고 두고 온 전답도 있는지라 살아가는 데 문제가 없을 터였다. 그러나 황주로 돌아가면 이번에 등 돌린 것을 용서해주고 다시 화해한다는 뜻이 되므로 싫었다.

목종은 천추태후의 곁을 조용히 물러나와 최항에게 충주로 갈 것이니 그리 알고 준비해달라고 했다. 그러자 최항이 말했다.

"사실은 어가와 함께 떠났던 인력과 장비들을 회수하는 것도 신들의 임무 중 하나입니다. 물론 그것은 신의 임무는 아니옵고, 함께 온 군사 중 그 임무를 담당한 장군이 있습니다. 그런데 이미 많은 인력과 장비들이 없어졌다는 것을 한눈에 알 수 있었습니다. 그러나 그것은 전하께서 재위 중에 그리 하셨을 수도 있으니 불문에 부칠 것입니다. 다만 아직도 이곳에 남아 있는 장비와 사람들은 저희들이 회수해갈 것입니다. 전하께서 충주로 가시기로 하셨다니, 전하와 태후 마마께서 타셨던 말은 남겨둘 것입니다. 그 말을 타고 충주로 가시면 됩니다. 그리고 황주 연등회에 다녀오시라고 국고에서 지급해드렸던 여비 중에서 갖고 계신 것이 있다면 충주로 가는 길에 쓰십시오. 그것이 신이 해드릴 수 있는 마지막 배려입니다. 그럼 전하, 부디 지난 일은 잊으시고 충주에서 새 삶을 여시기를 축원합니다. 강령하시기를 바라며 신은 이만 돌아갈까 합니다. 혹 신에게 하실 말씀이 있으시면 하명하십시오."

말로는 하명하라고 하나, 결국 최항이 목종에게 해준 것은 아무것도 없었다. 단지 그들이 타던 말 두 필을 놓아둘 뿐이었다.

아무리 폐위당한 왕이라고 하나 지급되었던 장비를 회수한다는 것도 우스웠다. 결국 목종이 편하게 지내는 꼴은 볼 수 없다는 것이다. 그런데도 여비 중에서 남은 것은 모두 가져도 좋다고 선심 쓰듯 하는 것을 보니 정말 우습지 않을 수 없었다. 언제부터 왕이 쓰는 경비를 일일이 따졌으며 남고 말고는 또 무엇이란 말인가?

그러나 이미 목종의 수중에는 그런 것이 남지도 않았다. 사람들을 방면할 때 모두 나눠주었다. 그렇기에 차라리 편했다. 만약 수중에 남아 있는 게 있다면, 얻어먹는 기분이 들어 돌려주었을 것이다.

단 한 가지 후회가 되는 일이 있다면, 아까 다른 이들을 방면하면서 끝까지 따라오겠다던 이들을 돌아가게 하지 않은 것이다. 자신에 대한 마지막 충의를 지키기 위해서 이곳까지 온 것이 죄인 그들은 도로 끌려가야 했다. 충성을 끝까지 지키기 위해서 남아 있는 사람들 하나 지켜주지 못하는 자신이 원망스러워, 저 사람들은 보내주면 안 되겠냐고 해보고 싶었으나 그래보았자 되지도 않을 일이었다. 그래도 혹시나 하는 마음에 목종이 물었다.

"장비는 다 가져가더라도 사람들은 놓아두면 안 되겠소?"

"그것은 곤란한 부탁입니다. 엄연한 관리들인 저들을 전하께서 사사로이 부리시게 할 수는 없습니다. 게다가 지금 저 사람들이 전하의 곁에 있어보았자 짐이 되었지 도움은 안 될 것입니다. 그리고 그 사람들이 전하를 모신다고 해도 결국은 돌아올 수밖에 없는 상황이므로, 이 시점에서 정리를 하시는 것이 전하로서도 나으실 것입니다."

고양이 쥐 걱정 하는 꼴이었다. 이미 실권도 잃고 저력도 없는데 무엇으로 하인들을 거느리고 먼 길을 간다고 하는 것인지 모르겠다는 얼굴이었다. 그런 부담을 덜어주기 위해서 데려가는 것이니 홀가분하게 해준 자신들에게 고맙다는 생각을 가지라는 투였다.

더 이상 말해보았자 무의미하다는 듯 목종이 말했다.

"알았소. 그만 가보시오."

그러고는 꼴도 보기 싫다는 듯 손짓을 했다. 그러자 최항이 큰 선심이라도 쓰듯 말했다.

"혹 마지막으로 전하께 인사를 올리겠다는 사람이 있으면 시간을 줄 것이나, 오래 지체하지 않으셨으면 고맙겠습니다."

끝까지 목종을 능멸하고 있었다.

당장 칼을 뽑아 목을 베고 싶은 심정이었으나, 이미 당할 대로 당한 수모다. 지금에 와서 참지 못할 것이 없었다.

차라리 참고 다음에 올 기회를 기다리는 게 현명했다. 공연히 흥분하여 난리쳐보았자 적개심을 품었다는 것을 보여줄 뿐이다. 힘이 빠져 모든 것을 포기한 듯한 모습을 보여주는 게 기회가 오더라도 재기하기 쉬운 여건을 만들어줄 것이다.

'참자.'

목종은 목까지 넘어오는 울분을 참느라고, 최항이 예를 갖추고 나가는 그 짧은 시간이 마치 며칠이라도 되는 것 같았다.

최항이 나가자 작별인사를 올린다고 끝까지 따라왔던 사람들이 서너 명씩 짝을 지어 방으로 들어와서 절을 올리고 나갔다. 마지막으로 이주정과 유행간이 들어왔다. 그들은 절을 올리고 나서 잠시 무릎을 꿇고 앉았다. 유행간이 입을 열었다.

"지금 막 태후 마마께 인사를 올리고 오는 길입니다. 그리고 이제 전하께 인사를 올리고 나면 영영 떠나야 하는가봅니다."

그러자 목종이 태연한 척 말했다.

"사람은 살아 있으면 다 만나는 법이오. 마지막이라는 것은 없소."

그러자 유행간이 말했다.

"고의로 그런 것은 아니나, 밖에서 전하와 최항 대감의 대화를 들었습니다. 궁으로 간다면 신은 죽음을 면치 못할 것입니다. 신이 죽어 없어지는 것은 괜찮사오나, 전하께서 다시 강령하게 일어서시는 것을 보지 못하고 죽는다는 게 억울할 뿐입니다. 전하, 부디 신심을 강하게 하시어 때를 반드시 맞이하십시오. 신이 저승에 가서라도 앞날을 축원할 것입니다. 그리고 이것은 혹시 하는 마음에 신이 늘 지니고 다니던 패물입니다. 신에게는 어차피 쓸 곳도 없고 쓸 시간도 주어지지 않을 것이나, 전하께서는 먼 길을 가시는 중에 반드시 쓰실 일이 있을 것입니다. 그리고 설령 신이 목숨을 부지한다면 이것이 아니라도 재물이 있으니 물리치지 마시고 받아주소서."

유행간이 소중히 지니고 있던 패물 주머니를 내놓자, 이주정 역시 패물 주머니를 풀었다.

"전하, 소신 역시 지니고 다니던 것이온데 받아주십시오. 소신도 돌아가면 쓸 시간이 없을지도 모르고, 이것이 아니라도 재물이 있사오니 물리지 마시고 받아주십시오."

목종은 두 사람이 내민 패물 주머니를 받기로 했다.

두 사람은 당장 몸에 지닌 패물이 아니더라도 먹고살 수 있는 만큼의 재물 정도는 충분히 마련해두었다. 하지만 목종은 최항이 큰 인심을 쓰는 척하면서 놓아두고 간 말 두 필을 제외하고는 아무것도 없었다.

왕일 때에는 이 나라의 모든 것이 그의 것이었다.

백성들이 가지고 있는 땅과 돈은 기본이고, 심지어 사람마저도 가져달라 난리였지, 목종이 갖는다고 불평하는 사람은 없었다. 그러나 권력을 잃은 지금 그가 무엇을 원한다고 해도 손으로 들어오지 않을뿐더러, 누구도 가진 것을 나누어주려고 하지 않을 것이다. 그래서 패물이 필요할 것을 알고 마지막 충정을 보이는 이들의 마음을 거절할 수가 없었다.

권력은 잡았을 때에는 가지는 것이 무한대지만, 그것을 잃으면 눈에 보이는 모든 것을 잃는 건 물론이요, 눈에 보이지 않는 자신의 마음까지 잃는 경우가 대부분이다.

속인들과는 다르게 왕륜사의 주지스님은 기력이나마 회복한 후 떠날 것을 청했지만, 천추태후와 목종은 더 머무르고 싶지 않다며 떠났다. 비록 잡기는 했지만 그들이 오래 머물수록 주지스님이 힘들 것이다. 그걸 뻔히 알면서 폐를 끼칠 수 없었다. 떠날 거라면 빨리 떠나는 게 서로를 위해서 좋은 일이다.

두 사람이 평민의 복장으로 하인들도 없이 말을 달리는 게 얼마만인지 몰랐다. 예전에 황주에서 천추태후가 어린 목종에게 마상 궁술을 가르치거나 승마 기술을 익히게 하기 위해서 말을 타고 달린 적은 있지만, 목종이 입궁한 이후로는 한 번도 없었다.

오랜만에 달리고 나니 가슴이 탁 트이는 것 같았다. 그러나 빈 가슴을 채우는 게 더 중요했다. 기쁨이나 보람이 채워준다면 그보다 더 좋은 것이 없다. 그러나 허무함이 채운다면 걷잡을 수 없는 슬픔 앞에 자신을 가눌 길이 없어진다.

두 사람의 가슴을 채울 것은 없었다. 지난날에 대한 자부심도, 그렇다고 앞으로 다가올 희망도 없었다. 남은 것이라고는 잠시 머물다 사라진 구름처럼 되어버린, 고구려의 기백을 가슴에 안고 요동 땅을 차지해 그날의 영예를 다시 누려보겠다던 빛바랜 꿈뿐이요, 바람처럼 왔다가 스쳐 가버린 권력이라는 허무뿐이다.

천추태후와 목종은 말에서 내려 아무도 없는 산 중턱의 너른 바위에 걸터앉아 껴안은 채 목 놓아 울었다. 이제껏 참았던 가슴속의 한을 모조리 풀기라도 하려는 듯이 한참을 울었다. 울어도 울어도 한은 풀리지 않았다. 오히려 더 많은 한이 가슴에 맺혔다. 급기야는 그 한이 목을 치솟고 올라와 짐승의 울음소리가 되어 산 전체에 메아리쳤다. 그러다가 무엇을 염원하듯 가는 외침이 되어, 산 정상을 넘어 저쪽 골짜기에 머물며 차곡차곡 쌓였다.

얼마나 울었을까?

점심 전인데도 해는 이미 하늘의 한가운데를 지나 서쪽 하늘 중턱에서 끝을 향해 가고 있었다. 두 사람은 민가가 있는 곳으로 내려가기로 했다.

너른 바위에서 일어나 말을 매어놓은 곳으로 온 목종은, 천추태후의 말고삐를 잡아 모후를 말에 타게 한 다음 말 위에 훌쩍 뛰어올랐다. 천추태후는 혼자 타도 불편하지 않다고 했지만, 목종은 천추태후가 말에 타고 난 후에 말고삐를 넘겨주고 나서야 올라탔다. 어머니인 천추태후를 향한 목종의 정성이었다.

두 사람이 마을로 내려오니 겨울이라 이미 저녁 식사를 마치고 난 듯 고즈넉하기 그지없었다. 목종은 몇 안 되는 민가 중 그래도 형편이 나아보이는 집을 찾아가 근처에 주막이 있는지를 물었다. 그러나 한참을 더 가야 한다고 했다. 점심 식사도 하지 않은 목종과 천추태후로서는 여간 난감한 일이 아니었다. 목종은 유행간이 준 패물 주머니에서 패물을 꺼냈다.

"이것을 줄 테니 밥을 좀 줄 수 없겠습니까? 젊은 저야 하루 굶은들 어떻겠습니까만 여기 계신 제 어머니께서는 점심도 드시지 않았습니다. 그러니 밥을 좀 주시고 아무 곳에서나 하룻밤 쉬어갈 수 있게 해주시면 고맙겠습니다."

주인은 상대가 목종이라는 것을 알지는 못했지만, 젊은 사람이 어머니를 생각하여 패물까지 꺼내 들며 하는 말에 감동했다.

"지금은 남은 밥도 반찬도 없습니다. 굳이 원하신다면 비록 보리밥이지만 새로 지어드릴 수는 있으나, 반찬이라고는 김치밖에 없습니다."

목종이 보리밥이라도 한 끼를 때울 수 있게 해달라고 주인에게 부탁했다. 그러자 주인이 밥을 지어, 김치 한 사발과 물 한 사발을 함께 내주었다.

목종은 친히 그 소반을 받아들고 천추태후와 하룻밤을 묵기로 허락받은 방으로 들어갔다. 비록 보리와 감자를 섞어 지은 밥이지만 자신이 먹지 않으면 마음 아파할 천추태후를 생각하여 맛있게 먹고 난 후, 소반을 다시 들고 나갔다.

이튿날 아침, 목종은 주인에게 다시 패물을 건네고 식사와 데운 물을 줄 것을 부탁했다. 목종이 따뜻한 물이 담긴 대야를 들고 천추태후에게 갔다.

"바깥바람이 차니 예서 세안을 하시면 소자가 가져다 버릴 것입니다."

목종은 천추태후에게 방 안에서 세안을 하라고 권했다.

그것을 본 주인은 효성에 감복하여 비록 우거짓국이나마 국과 나물을 얹어 소반에 차려주었다.

목종은 소반을 받쳐 들고 방으로 들어갔다. 천추태후는 그런 목종의 모습을 보니 가슴이 미어지는 것 같았다. 하지만 지금 북받치는 마음을 나타낸다면 자신은 물론 목종도 이 어려움을 이겨내기 힘들리라는 것을 누구보다 잘 알기에, 차라리 앞날에 대해 말하는 것이 더 좋다는 생각으로 말문을 열었다.

"드실 수 있는 한 많이 드세요. 비록 이 음식들은 우리가 궁중에서 먹던 것들에 비하면 하잘것없고 입맛에도 맞지 않겠지만, 이것이 바로 이

나라 백성들의 현실이며 우리들은 그런 백성들의 모습을 잊고 살았기에 이런 꼴을 당하고 있는지도 모릅니다. 그래도 많이 드시고 건강을 챙기셔야 합니다. 결코 이대로 끝나지는 않을 것입니다. 반드시 재기를 하셔야지요. 주상이 아니 계시다면 어떻게 재기의 화살을 당길 수 있겠습니까? 그러니 다시 올 그날을 기다리세요. 다른 사람은 모두 존재하지 않아도 주상이 계셔야 한다는 것을 잊지 마세요."

쌀 한 톨 찾기도 힘든 밥을 목종의 앞으로 밀어서 한 숟갈이라도 더 먹게 한 천추태후는, 목에 가시가 걸린 것처럼 깔끄러웠다. 그렇지만 자신이 먹지 않으면 목종 역시 먹지 않을 것임을 알기에 한 그릇을 다 비웠다.

모자가 서로를 위로하면서 지내는 날도 오래가지는 않았다.

두 사람이 어렵사리 적성현에 이르렀을 때 군사들이 그들을 기다리고 있었다. 군사들은 먼저 천추태후를 근처의 제법 그럴듯한 주막집으로 안내한 후 주위에 삼엄한 경계망을 펴고, 관아에 볼일이 있어 다녀와야 한다면서 목종과 함께 떠났다.

천추태후는 속으로 무슨 일인지 궁금했지만 도착하기 전부터 병사들이 기다리고 있었고, 자신을 깍듯이 예우하면서 주막집으로 모신 후 궁을 떠난 이후로는 입에 대보지도 못한 기름진 음식을 내놓는 것을 보니 과히 나쁜 일은 아닌 듯싶었다. 그래서 목종이 돌아오기만을 기다리면서 혼자서 이런저런 생각들을 해보았다.

혹시 중앙의 반란군 사이에 알력이 불거져 대량원군을 없애고 다시 목종을 모시려 하는 것은 아닌가? 만일 그렇다면 더 이상 좋은 게 없었다.

그것이 아니라면 황주의 황보량을 비롯한 측근들이 뒤늦게나마 잘못을 깨닫고 지방의 군병들과 연합하여 거병한 것인가? 그러나 그것은 가능성이 희박했다.

　또 한 가지 가능성은 비록 희망사항은 아니나, 자신이 실각한 것을 안 거란 성종이 고려에 어떤 경로를 통해서 압력을 넣은 것이다. 만일 원상태로 돌려놓지 않으면 당장이라도 거병을 하겠다고 말이다. 그것도 충분히 가능성은 있었다.

　그러나 거란이 벌써 그런 연락을 취해올 것 같지는 않았다. 다만 앞에 놓여 있는 이 음식상이 그런 상상을 할 수 있게 해준 것뿐이었다.

　하지만 목종은 밤이 되어도 돌아오지 않았다.

　목종이 돌아오지 못하는 이유는 단 한 가지였다.

　반정을 모의하고 시작했을 때부터 반정 세력은 목종을 시해하고 천추태후에게 화를 입힌다는 것이 내키지 않았고, 일이 그렇게 돌아갈까봐 오히려 걱정했다.

　만일 김치양을 앞에 내세워 반정의 구실로 삼았다는 거짓된 부분이 드러나고, 그것 때문에 목종은 물론 천추태후가 죽거나 다쳤다는 것이 알려진다면, 속아서 참여했으나 천추태후를 존경하고 흠모하는 많은 이들이 배신감에 못 이겨 반정에 대한 반정을 부를 것이다. 게다가 그들은 뜻을 이루기 위해서 황보 가문의 동조를 구했고, 그 기본 조건은 김치양을 제거하기 위한 것일 뿐 천추태후와 목종에게 전혀 해를 입히지 않는다는 것이었다.

　그러나 강조 장군은 그 말을 전해 듣는 순간, 자신은 그 약속을 지킬 수 없다고 생각했다. 강조의 생각으로는, 지금 반정을 주도하는 사람들의 대부분이 반정의 주체가 무엇인지 알지 못하는 게 분명했다. 아무리 이번 반정이 김치양을 제거하기 위함이라고는 하나, 분명 그 배경에는 천추태후와 목종을 제거하기 위한 목적이 짙게 깔려 있으며, 따라서 이번 거사의 주체는 목종이다. 그가 주군이었기에 김치양이나 천추태후가 있었지, 그가 없었다면 천추태후는 물론 김치양도 없는 것이다. 그렇다면 반정을 끝내기 위해서 목종은 반드시 제거되어야 했다.

더욱이 반정 세력을 포함한 모든 사람들이 목종보다 천추태후를 무섭고 두려운 존재로 여기는 상황에서 굳이 천추태후를 건드릴 이유는 없었다. 천추태후가 아무리 거란의 성종과 의남매를 맺은 사이로 감히 황제국도 아니면서 태후라는 칭호를 쓰도록 무언의 허락을 받았다고 해도, 또 황보 가문에서 떠받들고 있다고 해도, 그녀는 황보 성을 갖고 있는 여인이며 엄연히 따지면 왕족이 아니었다.

또한 그녀의 권세가 최고였다고는 해도 태후이지 왕은 아니다. 황제도 없는 나라에서 태후라는 존칭을 쓰고 있지만 그것은 거란 성종의 배려일 뿐이지 왕 이상은 아니다. 결국 천추태후는 반정이 벌어지는 한이 있더라도 주체가 될 수는 없다. 반정에 대한 거사가 일어날 경우 중심축이 될 수 있는 것은 오로지 목종뿐이므로, 그를 제거한다면 이번 반정은 끝날 것이라는 게 강조의 판단이었다.

또한 천추태후에게 해를 입히지 않기로 했으니 거란이 트집을 잡을 구실도 없었다. 목종이 죽은 것을 가지고 뭐라 할 수도 있겠지만, 천추태후가 죽는 날에는 트집을 잡을 수도 있으므로, 오히려 천추태후를 살려두는 것이 낫다는 게 강조의 생각이었다. 그렇다고 천추태후를 왕으로 옹립하려는 반정을 일으킨다면 고려의 왕실은 무너지고 황보의 왕실이 들어서는 것이므로, 목종만 죽여 없애면 모든 화근이 제거되는 것이다.

처음에 자신이 반정에 참여하는 조건으로 마무리 지을 권한을 요구한 것도 이런 일들을 염두에 두고 그런 것이었다.

결국 강조는 김광보를 책임자로 한 최측근 정예부대를 충주로 향하는 목종에게 파견해, 새로 즉위한 현종이 내린 사약이라고 속이며 먹게 했다. 만일 목종이 사약을 마시지 않는다면 칼로 베어서라도 없앰은 물론, 시신도 반드시 땅에 묻으라고 단단히 지시했다.

그러나 김광보는 차마 천추태후가 보는 앞에서 목종에게 사약을 마시게 할 수 없었다. 그는 관아로 간다는 핑계를 대고 목종을 마을 뒤편의 외딴 산 아래로 데리고 갔다. 그리고 강조의 명을 받아 사약이 내려온 것을 마치 현종이 왕지를 내린 양 말했다.

"양국공 송은 보위에 있을 때 국가의 정사는 돌보지 않고 소인배들과 어울려 술과 남색을 탐하며 국가의 대계를 흔들어놓았다. 하나 폐위를 당하고도 아직 국가의 지엄함과 백성들의 뜻을 모르고 새로운 세력을 규합하려는 음모를 꾸미고 있기에 그 죄를 물어 사약을 내리노라. 이는 국가의 백년대계를 위한 것이니 사사로이 목숨에 연연하지 말고 명을 받들지어다."

그러고는 목종에게 사약을 내밀었다.

목종은 기가 막혔다. 자신이 폐위된 후로 한 일이라고는 말을 달려 이곳 적성현에 온 것과 천추태후의 시중을 들며 아들 노릇을 한 일 이외에는 아무것도 없었다. 그런데 새로운 세력을 규합하려 했다고 사약을 내렸다. 이건 새로 즉위한 현종이 아니라 분명히 누군가에 의해 조작된 것이다.

"이놈! 당치도 않은 소리 말아라! 이것은 분명 대량원군이 내린 사약이 아니다. 누군가 대량원군도 모르게 내게 사약을 보내놓고는 마치 대량원군이 사약을 내린 것처럼 꾸미려는 것이 아니더냐?"

목종은 왕으로서의 지엄함을 잃지 않고 목소리를 높여 김광보를 꾸짖었다.

"물론 네놈은 명령을 수행할 뿐이라지만 어찌 한 나라의 지존을 이리 없애려 한단 말이냐? 비록 내 준비를 미처 못 끝내 ㅇ 리 되었다지만, 고구려 고토를 수복하고 대를 이어 내려오는 혼을 살리려 한 것이 소인배들과 어울려 국가의 대계를 흔든 것이더냐? 뜻있는 이들과 밤을 새워 정사를 논한 것이 남색을 탐한 것이더냐? 이 명을 내린 놈들은 백성들의 기개를 뻗어나가게 하는 것보다 제 놈들이 차지하고 있는 밥그릇이 더 중요한 것 아니더냐? 그놈들에게 갖다 주고 백성들이 마시라 한다고 해라!"

목종은 사약을 마실 생각은커녕 받아들지도 않고 내쳐버렸다. 그러나 이렇게 시간을 끌 일이 아니었다. 김광보가 목종의 뒤편에 서 있던 안패 장군을 보며 고개를 끄덕이자, 안패가 칼을 휘둘러 목종을 등 뒤에서 베고 말았다. 목종은 그 일격에 입에서 피를 토하며 앞으로 쓰러지면서도, 기개가 살아 있는 목소리로 말했다.

"네놈들이 이렇게 나를 죽인다고 해서 내가 죽을 것 같더냐? 내 몸은 죽을지언정 내 혼은 살아 지금 네놈들이 무슨 짓을 ㅎ 고 있는지 깨치게 해줄 것이다. 나를 죽인다고 해서 내가 받들고자 했던 고구려의 혼이 사라질 거라고 생각했단 말이냐? 내 어머니께서 살아계시고, 이 나라의 백성들이 존재하는 한 사라지지 않을……."

목종의 이야기는 거기까지가 끝이었다.

목종은 그렇게 숨을 거뒀다. 그를 죽이는 것으로 끝내지 말고 반드시 땅에 묻어야 한다는 지시를 받은 김광보는 부하들에게 땅을 파게 했다. 그러나 고려를 통치하던 왕인데 제대로 장례를 지내지 못하는 것은 물론 관 하나 쓰지 않고 그냥 묻는다는 것은 양심이 허락하지 않았다. 그래서 마침 그곳에 있던 폐가의 문짝을 뜯어 관으로 쓴 후 묻어버렸다. 그리고 목종의 허리춤에서 유행간과 이주정이 전해준 패물 주머니를 뽑아 천추태후에게 전하며 죽음을 알린 후 본대와 합류하라고 안패 장군에게 명령했다.

안패는 패물 주머니를 혼자 가지고 가서 전한 후 본대에 합류를 하겠다며 천추태후를 찾아갔다. 그리고 자신이 왔다는 소리도 못 한 채 문 밖에 엎드려 흐느꼈다.

"마마, 이것을 전해드리는 것 외에 더 드릴 말씀이 없음을 용서하소서. 부디 강령하소서."

그는 패물 주머니를 놓고는 쏜살같이 사라져 본대를 향해 가던 중, 목종이 죽어가며 남긴 말이 생각났다. 그리고 억누를 수 없는 죄책감에 조여 목종을 베었던 그 칼로 스스로 목숨을 끊었다.

안패의 흐느끼는 듯 고하는 소리에 문을 열었을 때 그는 보이지 않고 패물 주머니 두 개만이 놓여 있었다. 천추태후는 패물 주머니를 보는 순간 무슨 일이 일어났는지 알 수 있었다.

이미 밤 늦은 시간.

천추태후는 자신에 대한 마지막 예의라고 생각했는지, 무엇을 더 묻기라도 할세라 바람처럼 사라진 사내가 남기고 간 패물 주머니 두 개를 보며 망연자실했다.

지금 이 시각, 자신이 어디를 가도 목종을 찾을 수 없을 것임을 알 수 있었다. 어미로서 자식의 마지막 모습이라도 보아야 하건만, 그러지 못한 자신이 원망스러웠다. 눈앞에 놓인 음식 몇 가지가 차려진 상에 만족해 쓸데없는 상상에 젖었던 시간에 아들이 죽었다는 생각을 하자 부끄럽고 원통하기가 이를 데 없었다.

그것만이 아니었다.

이번 반정에서 자신이 할 수 있는 것을 제대로 해본 적이 없다는 생각이 들었다. 심지어는 스스로 생각하거나 판단한 것 모두가 정 반대로 결론 났다. 그리고 이런 일들은 자신이 고려를 사랑하는 순수한 마음을 잃고, 단지 인간적인 욕심을 채우려는 한 여인으로 변한 것을 모르고 살았기에 벌어졌다는 자책감이 들었다.

아들의 죽음에 대한 고통과 자책감에 짓눌려, 천추태후는 자리에서 정신을 잃고 말았다.

얼마가 지났을까?

눈을 떴을 때는 방에 이불을 덮고 누워 있었다. 주막 여주인과 낯선 사내 둘의 얼굴이 보이는 것이, 상황을 알 수가 없었다. 당황한 마음에 자리에서 일어나려고 했으나 도저히 일어날 수가 없어서 누운 채로 물었다.

"무슨 일입니까?"

떨어지지 않는 입을 겨우 벌려 더듬더듬 말했다. 천추태후가 눈을 뜨고 말하는 것을 지켜본 사내가 입을 열었다.

"참말로 다행입니다. 피로가 쌓인 데다 가슴속 울화를 견디지 못해서 정신을 잃으셨습니다. 삼 일 동안 깨어나지 못하시기에 행여 아주 못 일어나시는 게 아닌가 하는 생각마저 들었습니다."

그러고는 아주 어렵게 물었다.

"실례인 줄은 알지만 혹 기별을 넣을 곳이 있나 해서 가지고 오신 물건을 잠깐 들여다보았는데, 연락할 곳은 찾지 못하고 패물만 보였습니다. 타고 오신 말들도 범상치 않은 것이고요. 비록 촌로지만 관상을 좀볼 줄 아는데, 이목구비는 물론 몸 전체에서 풍기는 기품이 지체 높으신 분으로 보입니다. 혹 기별을 넣을 곳이 있습니까?"

말하는 투로 보아 시골 노인이라고는 하지만 글줄이나 읽은 사람임에 틀림없었다. 그러나 지금 천추태후는 아무도 만나고 싶지 않을 뿐만 아니라 실제로 만날 사람도 없는 처지였다.

천추태후는 고개를 저었다.

그러자 말을 시키던 노인에게 주막 여주인이 말했다.

"지금 막 정신을 찾으셨는데 무슨 말을 하실 수 있겠어요. 삼 일이나 정신을 잃고 계셨으니 차차 기력을 찾으시면 제가 여쭤볼게요. 의원님도 바쁘실 텐데 그만 가보세요. 제가 탕약이나 식사를 잘 대접해서 기력을 찾으시도록 할 것이니 그때 다시 봅시다."

여주인의 말이 옳다고 생각했는지, 모두 그렇게 하자면서 자리에서 일어났다.

잠시 후 여주인이 미음을 들고 왔다.

"마님께서 어느 지체 높은 집안의 분인지는 모릅니다만, 마님의 마음의 병이 어쩌면 평생 낫지 않을 수도 있다는 것은 알 수 있습니다. 대저 인간의 삶이라는 게 그 지위 고하를 막론하고 누구든 지난날의 즐겁고 좋은 추억이 있는가 하면 아픔도 있게 마련이지요. 그러나 즐거움은 잊기 쉬워도 아픔은 잊을 수도, 간직하고 살 수도 없기에 병이 되는 것이지요. 하지만 어쩌겠습니까? 받아들이고 살아야지. 인력이 할 수 있는 것이 거기까지려니 하고 사는 수밖에 더 있겠습니까? 자, 이 미음을 드시고 기운을 내십시오. 억울한 일이 있어도 기운을 차려야 바로잡을 수 있는 것입니다. 그리고 자신을 절대 용서할 수 없을 것 같아서 차라리 죽는 게 낫다는 생각으로 기를 쓰다가도, 이왕 죽은 목숨이라고 생각하면 못 할 일이 없습니다. 이 한 목숨 죽은 셈치고 남을 위해서 산다고 생각하니 그리 편할 수가 없더라는 말씀입니다. 비록 촌구석에서 주막이나 하면서 이 손님 저 손님 비위 맞추며 사는 하잘것없는 여편네라고는 하지만, 그래도 제 말을 듣기를 잘했다 싶으실 때가 있을 것입니다. 자, 어서 미음을 드세요."

여주인은 천추태후의 마음을 알고 있다는 듯이 말하며 직접 미음을 떠서 입에 넣어주었다. 천추태후는 그런 여주인의 말을 들으며 눈물이 앞을 가렸다. 그러나 여주인의 말대로 기운을 차려야 무엇이든 할 수 있으니, 입에 넣어주는 미음을 눈물과 섞어서라도 넘기는 수밖에 없었다.

점심경에 정신을 차린 천추태후에게 세 번이나 미음을 쑤어 입에 넣어준 여주인의 정성 덕분인지, 이튿날 아침에는 제법 기운을 차리고 일어나 앉을 수 있었다.

그러자 여주인이 어제와는 다르게 죽을 쑤어 가지고 들어왔다.

"드셔보십시오. 어제 동네 청년들이 냇가의 얼음을 깨트리고 물을 퍼내 그 안에 숨어 있던 붕어며 가물치들을 잡아 안주로 끓여달라며 가져왔기에, 술값과 수고비 대신 받은 토실한 붕어로 어죽을 쑤어봤습니다. 잉어가 아니라 아쉽기는 하지만 기운 차리는 데에는 어죽을 따라갈 것이 없습니다. 하늘이 빨리 기운 차리시라고 보내준 것이라 생각하고 드세요."

여주인은 자기 것도 한 그릇 퍼가지고 들어와서는, 맞은편에 앉아 보라는 듯이 맛있게 먹으면서 어서 먹으라고 재촉했다. 천추태후는 그녀가 자신의 죽 그릇을 방으로 들여와 먹는 이유가, 먼저 맛있게 먹음으로써 식욕을 돋워주려는 것임을 알기에 내키지 않지만 억지로 한 그릇을 다 비웠다.

그릇을 비우자 여주인이 말했다.

"내친김에 말씀을 드려야 마님께서 무리해서 밤중에 가시지 않을 것 같으니 곡해 마시고 들어보세요. 마님께서 여기 머물고 계시는 것을 아는 사람은 저와 어제 그 의원님, 그리고 비록 정식으로 혼례를 한 건 아니지만 한 이불을 덮고 자니 제 남편이라 할 수 있는 사내뿐입니다. 물론 이곳에 왔던 병사들은 알고 있지만, 그들이 또 오더라도 못 찾게 안방으로 옮겨드리겠습니다. 그곳에는 여차하면 숨을 비밀 처소가 있으니까요. 그러니 안심하시라는 이야기입니다. 저도 그렇지만 제 남편도 입이 천근처럼 무겁고 의원님 또한 저와 비슷한 아픔이 있는 분이라 어디 가서 쉽게 발설할 사람이 아닙니다. 더더욱 지금 조정이 뒤집혀 새 왕이 올랐다는 소문이 이곳까지 난 터인데, 그런 와중에 마님 같은 분이 여기 계신다는 소문을 낼 정도로 몰지각한 사람들은 아니라는 말씀입지요. 조정에서 일이 터지면 공을 세웠다는 것을 보여주려고 죄 없는 사람들을 굴비 두름 엮듯이 해 죽이고 귀양 보내는 것을 모르지 않습니다. 하니 마음 놓으시고 푹 쉬시다가 기운 차린 후에 떠나십시오. 무슨 대가를 바라서 하는 일이 절대 아닙니다. 그저 편히 계십시오."

말을 마친 여주인의 눈에 이슬이 맺혔다.

말하는 것이나 행동거지로 보아, 무슨 사연이 있는 여인임이 틀림없었다. 그러나 본인이 먼저 말하지 않는 것을 굳이 물을 이유도 없고, 어떤 사연인지도 대충 짐작했다.

잠시 시간이 지나자 치마폭으로 눈물을 훔친 여주인이 상을 들고 일어서려다가 무슨 생각이 났는지 잠시 머뭇거렸다.

"처음에 같이 오셨던 분은 아드님이시죠? 그분은 다시 안 오시겠죠? 마침 그때는 저 혼자 있던 터라 남편에게는 물론 의원에게도 말하지 않았습니다. 다만 제가 상을 차려드린 후 기척이 없어서 방문을 열어보니 정신을 잃었더라는 이야기만 했습니다."

여주인의 입에서 아들이냐는 말이 나오자 천추태후의 눈에서 다시 눈물이 솟구치기 시작했다. 여주인이 괜한 이야기를 했나 싶어서 어쩔 줄 몰라하는 것을 본 천추태후는, 억지로 눈물을 거두며 흐느끼는 목소리로 말했다.

"다시 오려고 해도 못 올 것입니다. 어쨌든 이렇게 신경을 써주시니 고맙습니다. 그럴 기회가 올지는 모르지만, 만일 온다면 오늘의 이 은혜는 절대 잊지 않을 것입니다."

그러고는 다시 목소리를 낮춰 흐느껴 울기 시작했다.

여주인은 차라리 자리를 피해주는 것이 더 낫다고 생각했는지 슬그머니 상을 들고 나갔다.

그날, 밤이 이슥해 주막의 손님이 아무도 없을 때 안방으로 장소를 옮기는데, 의원이 약 한 재를 들고 찾아왔다.

"이 약을 다 드시고 나면 울화도 좀 다스려질 것이고 기력도 많이 회복될 것입니다."

"그러지 않아도 기력을 회복시켜드리기 위해 무언가 해드리고 싶었는데 잘되었네요."

여주인은 마치 자신의 일이 해결된 듯이 기뻐하며 약을 받아 들었다.

그리고 막 일어서려는데 의원이 다시 입을 열었다.

"조정이 발칵 뒤집힌 것은 사실인가봅니다. 대량원군께서 새로 왕이 되시면서 삼사사 김치양 대감과 그 아들은 물론, 합문사 유행간 대감을 비롯해 일곱이 처형당했고, 지은대사 이주정 대감을 비롯해 삼십여 명이 유배를 갔지만 살아남기 힘들 것이라는 이야기가 있습니다. 결국 고구려의 기상을 찾으시겠다고 천추태후께서 영입하신 새로운 세력을 모조리 쓸어버린 것 같습니다. 이 시골에도 그런 소식이 당도한 것을 보면 정변은 이제 끝났나봅니다. 제발 더 이상 죄 없는 사람들이 죽어나가지 않기만을 바랄 뿐입니다. 그럼 약 잘 드시고 기운 차리십시오. 저는 이만 일어서겠습니다."

꼭 누구를 지칭해서 들으라고 한 이야기는 아니었다.

하지만 분명히 천추태후에게 전하는 것임을 알 수 있었다. 이제 정변은 끝난 것 같으나 분명히 후환이 계속될 테니, 다른 곳에 가지 말고 이곳에서 몸을 숨기고 있으라는 소리가 분명했다. 그리고 더 이상 죄 없는 이들이 목숨을 잃지 말아야 한다는 말 또한 그녀의 안녕을 빌어준 것임에 틀림없다.

사실 정변으로 목숨을 잃은 이들이 딱히 무슨 죄가 있는 것은 아니다. 그저 정변을 일으킨 자들의 반대편에 서 있었거나, 아니면 그 반대편을 기웃거렸다는 이유로 죽거나 처형을 당한다. 따라서 의원은 아녀자의 몸이라 기껏해야 남편이 정변에 연루되어 있을 테니, 공연히 억울한 죽음을 당하지 말고 화를 피하라는 뜻이었다.

천추태후는 너무 고마워서 무엇인가 보답해주어야 한다고 생각했지만, 김치양과의 사이에서 낳은 아들이 죽었다는 말을 듣자 눈앞이 캄캄해지면서 뭐라 말을 할 수가 없었다. 그들이 목종까지 죽인 이 상황에서 자신이 설 곳은 도대체 어디인지 알 수가 없었다. 그리고 이주정도 목숨을 보장할 수 없다는 말에 더 이상 기회가 오지 않을 것임을 알았다.

결국 천추태후는 그만 일어서겠다던 의원 앞에서 얼굴이 핏빛이 되어 숨을 멈추고 쓰러지고 말았다.

자리에서 일어서려던 의원이 깜짝 놀라 진맥을 하고 침을 놓았다. 그리고 여주인이 사지를 주무르자, 한참이 지나서 가까스로 숨을 크게 내쉬며 눈을 떴다. 천추태후의 눈에서는 하염없이 눈물이 흐르고 있었다.

15
천추태후, 끝없는 고구려의 혼

인간 세상이 제아무리 이상하게 틀을 잡아간다고 해도 세월이 가는 속도는 변하지 않고, 자연도 제 모습을 찾는 것을 게을리 하지 않는 법이다.

달이 바뀐 춘삼월의 어느 날 이른 아침.

천추태후는 주막 앞에서 여주인과 사내 그리고 의원과 석별의 정을 나누고 있었다.

"그동안 여러 가지로 애써주신 분들에게 이렇다 할 보답도 못 해드리고 떠나게 되어 그저 미안할 뿐입니다. 내 비록 지금은 이리 가지만 훗날 살아 있다면 날을 보아 꼭 한번 이 은혜를 갚으러 찾아올 것입니다. 그리고 의원님께서는 환자들을 위해 먼 길을 다니시느라 항상 힘드셨을 테니, 이 말을 타고 다니세요."

천추태후는 목종이 타고 왔던 말의 고삐를 손수 넘겨주었다. 그러자 의원은 황송해서 부들부들 떨며 겨우 고삐를 받아 쥐었다.

"그리고 안주인께 드릴 것이라고는 패물 남은 것밖에는 없습니다. 비록 이 패물이 값이 나간다 한들 내 목숨을 구해준 덕에 비할 수 있겠습니까. 하지만 지금 가진 것이라고는 이것과 말 한 필뿐이니 섭섭하더라도 받아주시지요. 그리고 바깥주인에게는 아들이 죽기 전에 내게 전해준 이것을 드리다."

목종이 어의를 벗으면서 머리에서 뺐던 용잠을 품어서 꺼내주었다. 그러자 그들 부부 역시 선뜻 받지 못하고 부들부들 떨었다.

"마마, 아직 끝난 것이 아닙니다. 부디 심기를 굳게 하시고, 아직도 많은 백성들이 마마를 흠모하며 뜻을 좇고자 한다는 것을 잊지 마소서."

"마마라는 말은 하지 마세요. 난 이미 태후도 아니고 그런 말을 들을 자격도 없는 한낱 평범한 여인입니다. 비록 작은 성의지만 여러분께서 기쁘게 받아주신다면 더 바랄 것이 없겠습니다. 언젠가 안주인이 말했지요. 어차피 죽은 목숨이라 생각한다면 못 할 것이 없다고요. 이미 죽은 목숨이라 생각하고 남을 위해서 산다면 마음 편하다고요. 그 말을 깊이 마음에 새길 것입니다. 엊그제 죽은 아들을 화장하면서 나도 함께 죽었으니까요."

그랬다.

정신이 든 천추태후는 여주인에게 패물 주머니를 모두 내놓으면서 며칠 전에 군사들에게 끌려간 아들이 이 근처 어디엔가 죽어 묻혀 있을 거라면서, 그 아들을 찾아줄 것을 호소했다. 그러자 여주인은 그런 일이 있으면 왜 진작 이야기를 하지 않았느냐고 오히려 천추태후를 나무라

다시피 하고는 패물 주머니는 필요 없으니 도로 넣으라고 했다. 그리고 날이 밝는 대로 군사들이 있었던 곳을 수소문해서 찾아보겠노라고 했다.

그리고 이틀 뒤.

그날 군사들이 가는 것을 본 동네 사람들의 말에 따라 뒤편의 남쪽 산 아래를 수소문했다. 다행히 겨울이라 폐가 주변에 땅을 팠다가 메운 흔적이 사라지지 않아 파보니, 아직 썩기는커녕 칼에 맞아 죽은 모습 그대로인 목종의 시신을 발견할 수 있었다.

목종의 시신을 안고 하염없이 우는 천추태후를 본 여주인과 사내, 의원은 지금 엄청난 분을 모시고 있다는 것을 단박에 알 수 있었다. 비록 목종의 겉차림은 왕의 것이 아니었으나 속옷은 미처 갈아입지 못해 용으로 장식된 옷을 그대로 입고 있었던 것이다. 분명 저 시신은 폐위당한 왕일 터, 그렇다면 저 여인은 틀림없는 천추태후였다.

한참을 울다가 그들이 두려워하는 것을 안 천추태후는 울음을 거두며 말했다.

"이미 죽어서 싸늘해진 시신을 부둥켜안는다고 무엇이 달라지겠습니까? 하지만 어미가 되어 아들의 시신을 보고 밥 한 그릇 떠놓지 않을 수는 없는 일이니, 이 폐가에 삼 일만 모셨다가 통째로 불을 놓아 화장했으면 좋겠습니다. 다만 아무 관계도 없는 여러분에게 폐를 끼치고 싶지 않으니 돌아가서 각자 맡은 일을 하세요."

천추태후가 그렇게 말했다고 해서 돌아갈 그들이 아니었다. 상대방이 천추태후라는 것을 모르고 그저 정변에 관계된 지체 높은 마님 정도로 생각을 했을 때에도 그렇게 극진히 모셨는데, 그가 바로 천추태후요 저 시신이 목종이라는 것을 알고 돌아갈 수는 없었다. 그들은 서둘러

제수를 차려 폐가에 빈소를 마련하고 제를 올렸다.

　그렇게 사흘을 꼬박 함께 고생한 뒤, 더 시간을 끌다가는 관아에서 알 거나 주변에 소문이 날 수도 있다는 천추태후의 의견에 따라서 폐가를 목종의 마지막 집으로 삼아 안에 땔감을 채운 후 불을 질러 화장했다. 그리고 그 잔해를 모아서 곱게 빻은 후 항아리에 넣어 그들만 알 수 있는 곳에 묻었다.

　그리고 지금 떠나는 것이었다.

　직접 입으로 말하지 않았는데도 그들은 그녀의 아파 문드러졌을 마음을 헤아리고 있었다. 그러나 천추태후는 아픈 마음을 나타내기는커녕 자신을 돌보아준 그들의 노고를 치하하며 은혜를 갚지 못하는 자신의 부덕을 탓했다.

　누구도 말하지는 않았지만 그들은 마음속으로 역시 시대 최고의 여걸이라고 생각했다.

　"자, 어서 받으시라니까요. 시간이 없어요."

　그러자 여주인이 천추태후를 바라보면서 말했다.

　"마마, 이제 어디로 가십니까? 미천한 저희들이 여쭐 일은 아니지만 그래도 알아야 마음이 놓일 것 같습니다."

　그러자 천추태후는 빙긋 웃었다.

　"황주로 갈 것이니 마음 놓으세요. 그곳에 가면 천츠전이 나를 기다리고 있을 겁니다. 하니 내 걱정은 마시고 이것이나 받으세요. 내 죽지 않는다면 꼭 한 번은 올 것입니다."

　천추태후가 받아줄 것을 재촉하자, 여주인은 그것을 받는 대신 치마 속에 손을 넣어 속옷 주머니에서 무엇인가를 꺼내 천추태후에게 건넸다.

"마마께서 그리 말씀하시니 이 미천한 여편네가 마마의 패물을 받는 대신 이 가락지와 비녀를 드리겠습니다. 황주가 예서 한달음에 갈 곳도 아니고, 그렇다고 제가 준비해드린 음식 가지고는 어림도 없으니, 이것들이라도 가지고 가십시오. 먼저 간 지아비가 남기고 간 물건들 중 마지막으로 간직하고 있던 것인데, 이렇게 쓰일 수 있다니 그저 황공할 따름입니다. 비록 부족하나마 이것이 황주 가시는 길에 보탬이 될 것입니다."

고이 간직했던 쌍가락지와 금비녀를 내놓는 것으로 보아, 짐작한 대로 그녀 역시 사연이 있는 여인이었다. 그러나 그런 것은 중요하지 않았다. 또한 그것을 받지 않는다고 거둘 여인이 아니라는 것을 알기에 천추태후는 내민 것을 받으면서 패물 주머니를 건네주었다.

그리고 말에 올라 채찍을 치려는데 셋 중 누가 먼저라 할 것도 없이 말했다.

"돌아가신 전하의 제사는 저희들이 죽을 때까지는 모실 것이니 걱정일랑 마시고 부디 옥체 강건하소서."

그러면서 흐느껴 울었다.

천추태후 역시 눈물이 앞을 가려 보이지 않았지만, 채찍을 치며 이제껏 말을 달렸던 속도 중 가장 빠른 속도로 출발했다.

천추태후가 돌아온 황주는 변한 것이 없었다.

비록 실각하고 돌아왔지만, 천추태후를 대하는 사람들의 태도는 어느 것 하나 다를 게 없었다.

천추전 역시 변한 건 아무것도 없었다.

건물은 물론 뒤뜰의 매화나무, 천추전을 지키면서 시중을 들던 하인들도 모두 그대로 있었다.

다만 떠날 때와 다르게 변한 것이 있다면, 함께 있어야 할 사람 둘이 없다는 것뿐이었다. 그리고 결코 이곳을 떠났을 때처럼 따뜻하지 못했다.

결국 가장 크게 변한 것은 자신의 마음이었다.

천추태후는 황주에 도착한 이튿날부터 매일 아침 천추전에 나가 다시 단군왕검과 고구려 선대왕들에게 올리는 제사를 진행했다. 그러나 아침마다 제사를 지내러 오는 백성들은 없었다. 그저 혼자서 지내는 것이다. 심지어는 천추전에 기거하는 사람들도 참여할 필요가 없다면서 혼자서 지냈다.

전과 다른 것이 있다면 비록 직접 하지는 않았지만, 마음속에 새로운 영정을 걸었다는 것이다. 죽은 지아비 경종과 아들 목종 그리고 김치양과 그 사이에서 낳은 아들의 영정을 함께 걸고 제사를 드렸다.

그날도 천추태후는 아침 제례를 마치고 혼자 생각에 잠겨 있었다. 그런데 밖이 소란스러워 내다보니 장사꾼 셋이서 하인과 실랑이를 하고 있었다.

"글쎄, 태후 마마께 꼭 필요할 것 같아 일부러 가지고 온 것이라니까요."

"지금 태후 마마께선 물건을 구입하실 상태가 아닙니다."

"이 물건은 방금 거란에서 들어온 귀한 겁니다. 태후 마마도 좋아하실 겁니다."

거란이라는 이야기가 나오자 천추태후는 순간 거란 성종이 떠올랐다. 하인 역시 같은 생각이었는지 그들을 안으로 들게 했다.

천추태후를 만난 그들은 거란 성종이 쓴 장문의 편지를 봇짐 깊숙한 곳에서 꺼내 내밀었다.

「누이동생인 천추태후가 변을 당했다는 것을 알았을 때에는 이미 그곳으로 출병하기에 너무 늦어 다음을 기약할 수밖에 없었소. 태후만은 죽이지 못할 것이라 여기고 안녕을 바라며 간자들을 시켜 소재를 파악하던 중, 다시 황주로 돌아왔다는 기별을 듣고 이리 글을 쓰오.

얼마나 마음고생이 심했소?

하지만 참고 기다리시구려. 짐이 해가 바뀌는 대로 출병하여 태후의 원한을 갚아줄 것이오. 뿐만 아니라 이 기회에 고려를 정복할 수도 있소.

하니 비록 지금은 태후의 마음이 천 갈래 만 갈래 찢어질 듯 아프더라도 약속한 대로 고려는 바다를 건너 송을 치고 거란은 북에서 쳐서, 중원에 요나라의 깃발이 휘날리는 날 요동까지 태후의 나라로 만들 생각을 하며 마음을 달래시구려.

지금 태후의 아프고 상한 마음을 세상 그 무엇에 비길 수 있겠소? 자신의 목숨을 잃는 것보다 더 마음이 아프고 갈기갈기 찢긴 순간을 겪었다는 것을 잘 알고 있소. 하지만 반드시 짐이 태후의 복수를 해줄 것이니 그리 알고 마음을 다잡아야 하오.

그리고 만일 거란의 병사들을 태후가 마음대로 부리고자 한다면 짐이 거병 후에 기꺼이 태후에게 모든 지휘권을 넘겨줄 것이오. 그러면 태후의 마음대로 병력을 움직여 뜻을 펼쳐볼 수 있을 것이오.

그러나 외세를 끌어들이는 것을 싫어한다는 것을 알기에 그 방법을 택하지 않을 듯해 한 가지 더 제안하겠소. 거란이 거병하여 왕을 복속시키는 동안 태후가 모르는 척하는 거요. 그러면 우리가 왕을 복속시켜 태후에게 모든 권리를 이양하고 현종은 그냥 자리만 지키게 한 뒤, 만약을 위해서 현종의 주위에 거란의 군사들을 항상 주둔시키리다. 그러면 전보다 과히 못하다 할 것 없이 태후의 뜻을 펼칠 수 있지 않겠소?

부디 오라비로서 보내는 짐의 제안을 물리치지 말고 받아들여준다면, 둘 중 어떤 방법을 택하든 짐이 그대로 하리다.」

거란의 성종은 거병하여 복수도 해주고 한도 풀어주겠다는 뜻을 담았다. 그러나 천추태후는 하나도 반갑지 않았다.

이런 날을 예견이라도 한 것처럼 강조 장군이 목종을 죽여 없앴다는 사실을 천추태후는 알고 있었다. 만일 목종이 살아 있다면 천추태후가 성종의 제안 중 하나를 받아들일 수도 있었다. 하지만 목종이 없는 상황에서 그런다면 왕조가 바뀔 수밖에 없다. 왕 씨 가문에서 대통을 이을 사람이라고는 목종과 현종밖에 없는 상황에서 목종은 죽고 현종은 왕이 되었으니, 새로 왕을 추대하려면 왕조가 바뀌어야 한다.

그렇다고 성종의 말대로 현종을 그대로 놓아두고 천추태후가 군림을 한다는 것은 말도 되지 않는 소리다. 이미 조정이 자신을 죽여 없애지 못해 안달하는 중신들로 가득 찬 판국에, 거란이 전장을 승리로 이끌고 권리를 이양해준다고 해서 할 수 있는 일은 아무것도 없었다.

다만 지금 할 수 있는 일이라고는 서로 완전히 다른 민족도 아니요, 종국의 목적이 같은데도, 단순히 나라를 달리하고 있다는 이유만으로 전쟁이 일어나 죄 없는 백성들이 죽는 걸 막는 것이다. 그래서 자신과 거란 성종이 맺은 송의 정벌에 관한 약속을 지키겠다는 현종의 언약을 받는 선에서 끝내주기를 바랄 뿐이었다. 그렇게 함으로써 비록 자신의 손으로 이루지는 못했지만, 고구려 선대왕들과 태조대왕의 뜻일 뿐만 아니라, 이 나라 백성들과 거란과 여진에 시달리면서도 요동 땅에 다시 고려의 깃발이 휘날릴 것이라는 바람의 끈을 놓지 않는 해동성국 발해, 아니 고구려의 백성들이 활짝 웃는 날이 돌아오기를 바랄 뿐이었다.

천추태후는 붓을 들어 그런 자신의 마음을 글로 써서 거란 성종에게 돌려보냈다.

에필로그

북벌, 아직 끝나지 않은 꿈

이야기를 마친 효종은 목이 타는지 술을 따라 단숨에 들이컸다.

"결국 요동까지 국토를 넓힐 수도 있었던 천추태후의 꿈은, 소위 그 시대의 사대부라고 하는 신라 육두품 출신들과 그 후손들의 벽을 넘지 못하고 끝을 맺었소. 그리고 그다음 해에 거란의 성종이 군대를 이끌고 왔을 때 현종은 개경을 내어주고 남으로 피난을 갔고, 궁궐이 다 타버리는 수모까지 겪고 말았소. 정변을 철저하게 준비했던 강조 장군 역시 그 전쟁에서 거란에 잡혀 죽었소. 결국 현종이 북벌에 참여하겠다는 약속을 하고 나서야 거란은 물러갔소. 그러나 궁여지책으로 했던 그 약속은 당연히 지켜지지 않았고, 그 뒤 거란은 다시 군대를 몰고 와서 앓던 이 같은 고려를 섬멸하려다가 강감찬 장군에게 일격을 당했던 거요. 하지만 지금은 그게 중요한 것이 아니니 그만 둡시다. 다만 한 가지 더 말한다면, 그날 거란 성종에게 '항상 아껴주시는 오라버니 전상서' 라고 시작되는 편지를 마지막으로, 천추태후가 자신의 존재를 다시는 세상에 드러내지 않았다는 것이오. 마지막에는 천추태후가 살아 있다는 사실만으로도 두려웠던 조정의 중신들이 태후를 죽여 없앨 음모를 꾸미게 되오. 천추태후가 먹는 약에 독을 섞은 것이지요. 그 독은 먹을수록 서서히 몸에 퍼져, 여러 날 먹었을 때 효과가 나타나는 것이었소. 천추태후는 그것을 알면서도 살아 있을 이유를 잃었다는 생각이 들어 평소와 똑같이 그 약을 계속해서 마셨고, 결국 한 많은 생을 마감했소. 짐이 이렇게 천추태후에 대한 이야기를 하는 이유는, 비록 경우는 다르다 하나 머지않아 그녀가 이루려고 했던 방법과 비슷한 방법으로 조선에 만주와 요동을 차지할 기회가 올 것이기 때문이오. 두고 보시오. 청이 조선에 나선을 정벌하라 할 것이오. 지금 흑룡강 북쪽을 중심으로 세력이 무섭게 자란 나선은, 분명 청에 두려운 존재요. 그들이 세력 확장을 위해서 청 쪽으로 눈을 돌리는 날에는, 아직은 불안한 중원의 내부 사정에 신경을 써야 하는 청으로서는 골치가 아파질 게요. 한마디로 청은 지금 나선까지 신경을 쓸 여력이 없소. 그러니 조선은 그 기회를 이용해 나선 정벌군의 규모를 크게 한 후 나선을 치는 것은 물론, 조선군의 규모가 만만치 않다는 것을 보여줘야 하오. 그 뒤 나선이 다시 세력을 확장할 수도 있으니 우리 조선이 책임지겠다는 구실로 만주에 주저앉는 것이오. 그러고 난 후 조선이 만주와 요동의 치안을 담당하며 나선을 막아내겠다고 주청한다면, 그들은 분명 허락해줄 것이오. 어차피 청의 입장에서 볼 때 조선은 자신들이 거느리고 있고, 조공을 바치는 나라 중 하나일 뿐이니, 우리가 만주와 요동을 차지하는 것도 관리라고 생각할 거요. 그런 다음 조선이 요동까지 뻗어 있는 고구려 후손들과 힘을 합친다면, 힘을 안 들이고 조선의 지배하에 둘 수 있을 것이오. 그렇게 고구려 후손들까지 합친 후에는 청의 지배를 받으면서 쩔쩔매는 나라에서 벗어날 수 있을 것이오. 조선이 힘만 키울 수 있다면 청과 대등한 관계로 돌아갈 수 있을 테니 말이오. 그날을 위해서 일단 머리를 숙이고 청이 원하는 대로 나선 정벌에 참여하기 위해, 군사력을 대폭 증강하자는 것이오. 그것은 돌아가신 소현 형님과 짐이 청에 있을 때, 용골대 장군과 나누셨던 이야기요. 형님께서 아무래도 만주와 요동은 조선이 관리하는 게 더 나을 테니 생각해보는 게 어떠냐고 말씀하시자, 용골대 장군이 좋은 생각이라고 대답했소.”

효종은 그때의 소현세자의 모습이 떠올라 감정이 북받치는지, 잠시 말을 멈추고는 천장을 올려다보다가 이야기를 계속했다.

“용골대 장군은 지략이나 앞날을 내다보는 눈이 뛰어나 누구보다 먼저 나선의 힘이 강해질 거라는 걸 알고 있었소. 그리고 형님을 존경하고 받든 사람이었소. 그는 형님이 조선으로 다시 돌아오시기 전날 용포를 선물하면서 말했소. ‘저하, 왕이 되시면 부디 힘을 키우십시오. 지금 나선이 힘을 키우고 있으니 머지않아 그들이 만주는 물론 요동을 차지하려 덤벼들 것이고, 청은 그들을 상대하기보다는 이곳 중원에 신경 써야 할 것입니다. 그리 되면 이 몸이 살아 있는 한, 만주와 요동을 조선이 지키게 하면 청이 그곳에 신경을 쓰지 않아도 될 거라 주청을 드려 그 땅을 저하께서 지배하시도록 해드릴 것이니 부디 힘을 키우십시오.’

그날 저녁 형님께서는 짐을 은밀히 부르셨소. ‘긑이 백성들의 피를 흘리지 않고도 고구려의 고토를 수복할 수 있는 기회가 을 것이다. 고려 초기의 여걸 천추태후가 꿈꾸었던 우리의 숙원이지. 조선이 청의 속국에서 벗어나 자주적인 나라가 될 수 있는 기회가 곧 올 거란 말이다.

우린 조선으로 돌아가면 힘을 합쳐 이 일을 꼭 해내야 한다.' 이제 형님께서 이 세상에 아니 계시니 과연 그 말이 유효할지는 모르지만, 분명 우리가 나선을 막아내기만 한다면 청은 요구를 들어줄 것이오. 짐의 뜻을 아시겠소?"

이완은 효종의 뜻을 충분히 알아들었기에 고개를 숙이며 대답했다.

"그러니 장군은 지금 이 순간부터 그 무엇보다 북벌을 위한 군사력을 키워야 하오."

이완은 가슴속으로 이미 전하의 뜻을 받들겠노라고 큰 소리로 대답했지만, 너무 엄청난 일이다 보니 선뜻 목소리가 나오지 않았다. 다만 기왓장을 두드리는 빗소리가 대신 대답해줄 뿐이었다.

이완도 효종의 말대로만 된다면 더 바랄 게 없다는 것은 잘 알고 있었다. 하지만 작금의 조정에서 왕이 마음대로 정사를 논할 수 있는 것이 아니요, 몇몇 사람이 입을 맞춘다고 될 일도 아니었다. 인조반정 이후 급격하게 세력이 공고해진 사대부들을 설득하여 그들이 힘을 합치기 전에는 이룰 수 없는 일이다. 그래서 선뜻 소리 내어 대답을 못 한 것이다.

효종이 즉위한 지 삼 년째다. 그 세월 동안 오늘의 이 말을 하기 위해 얼마나 많은 준비를 해왔는지, 듣지 않아도 알 것 같았다. 소현세자와 함께 무려 팔 년이라는 긴 세월 동안 볼모로 잡혀 있으면서 아무도 모르게 둘만이 그 구상을 했을 것이고, 소현세자가 독살당하자 혼자서는 이 일을 이루는 게 벅차 함께 발맞춰나갈 사람을 찾고 있었으리라.

"이제 짐은 장군을 어영청의 어영대장으로 임명할 것이오. 어영대장이라는 직위가 무엇을 해야 하는 자리인지는 장군이 더 잘 아시리라 믿소. 어영청은 후금의 침입에 대비하기 위해서 선왕께서 신설하신 것이니, 결국은 지금 우리가 추진하려는 것과 목적이 다르지 않소. 아시는 일이겠지만, 형님께서 비명에 가시자 짐을 세자로 책봉하려는 아바마마의 뜻에 항거하여, 원손인 조카 석철을 세자로 책통해야 한다고 주장하다가 뜻을 이루지 못하고 파직된 송준길 대감을 비롯한 많은 중신들을 복직시켰소. 짐이 오로지 왕이 되는 것만이 중요하다는 생각으로 살아왔다면, 어찌 짐을 보위에 올리면 안 된다고 했던 사람들을 복직시켰겠소? 또한 어떻게 본다면 형님을 독살해 짐이 왕이 되는 데 가장 큰 힘을 발휘한 김자점 대감을 비롯한 그 일당은 모조리 숙청했소. 김자점 대감은 짐이 복직시킨 중신들과 함께 이루고 싶은 꿈을 펼치는 데 가장 큰 방해가 될 뿐만 아니라 청에 조선이 북벌을 계획한다고 밀고했기에 숙청당한 것이지만, 만일 짐이 그저 왕이 되었다는 사실에 만족하고 안주하려 했다면 그런 일은 없었을 것이오. 분명히 말하지만 이제 우리는 반드시 북벌을 이뤄야 하오. 하니 장군은 오늘 이후부터 어영청을 확충하는 것은 물론, 짐이 지시하는 모든 일들을 빈틈없이 수행해야 하오."

청 세조가 천단에 제사를 지내고 등극을 반포하던 날 용골대 장군을 시켜 소현세자를 귀국하게 했다. 소현세자가 청에 볼모로 잡혀온 것은 단순히 친명배청 정책을 표명하며 청을 무조건적으로 배척하는 조선에 대한 견제책이었는데, 이제 명이 멸망해 그를 굳이 잡아둘 필요가 없어진 것이다. 그런데 누구보다 용맹하고 앞날을 내다보는 소현세자는, 청나라에 볼모로 잡혀가서 명나라가 그 끝에 다달았다고 스스로 판단한 후 적극적으로 청의 정복전쟁에 뛰어들어 종횡무진 전쟁을 치르며 대활약을 함으로써 용골대 장군의 존경을 한 몸에 받았다. 그런 소현세자가 귀국하게 되자 용골대는 평소 자신이 가장 존경하던 인물의 귀국을 축하하는 뜻에서 차기 왕이 되실 분이라는 의미를 담아 용이 그려진 붉은 옷을 선물했다.

세자의 빈객 신득연은 자신이 얼마나 인조에게 충성하는가를 보여주고 싶은 마음에 이런 상황을 필요 이상으로 자세히 써서 인조에게 보고했다. 그러자 반정에 의해 등극한 인조는 덜컥 겁이 났다. 그는 청이 이런저런 이유를 들어 자신을 폐위하고 소현세자를 등극시키는 것이 아닌가 하는 의심을 품은 것은 물론, 언젠가 화근이 될 수도 있는 소현세자를 없애는 것만이 자신이 사는 길이라고 생각했다. 더더욱 인질로 데려간 소현세자를 자신이 원하지도 않았는데 귀국시킨 것에 대해 의아하게 생각했다.

그런 인조의 생각을 가장 먼저 읽은 것은 인조반정에서 공을 세운 공서파의 거두 김자점이다. 그는 소현세자가 귀국한 지 얼마 되지 않아 인조의 극심한 냉대에 고심하다가 학질에 걸리자, 그것을 기회로 자신이 추천해서 인조의 후궁으로 보낸 사돈 조 씨의 사가에 출입하던 이형익이라는 의원을 시켜 삼 일간 침을 놓아 결국은 죽게 만들었다.

그러나 세자가 침을 맞다가 죽은 게 아니라 독살당했다는 사실은, 세자를 염하는 자리에 참석했던 진원군의 아내는 물론, 많은 사람들이 온몸이 검은 빛으로 뒤덮인 데다 얼굴에 선혈이 가득했다는 것을 증언함으로써 장안의 모든 백성들이 이미 알고 있었다. 즉 그 사건의 일등공신은 김자점이었고, 그가 아니었다면 효종이 왕이 될 수 없었다는 것은 누구라도 알았다.

소현세자가 죽은 후에도 인조는 원손인 석철을 보위에 올리지 않기 위해서 온갖 술수를 다 썼다. 그때 효종이 등극해서는 안 된다고 관직을 포기하고 사라진 사람이 송준길이요, 효종을 등극할 수 있게 여론을 몰고 간 사람이 김자점이다. 그런데도 효종은 김자적을 숙청하고, 송준길은 강직한 성격이라 북벌에 도움이 될 것이라는 생각에서 다시 불러들여 중용했다. 그러나 효종의 즉위에 관한 의견은 공서파와 청서파로 나뉘는 서인의 권력구도와 밀접한 관계가 있는 일로, 극한 표현을 쓰자면 중신들의 반은 효종의 편이고 반은 아니라고 할 수 있었다.

하지만 효종이 구상하는 대로 군비를 강화하고, 그로써 왕권을 강화하여 결국 절대왕권을 낳음으로써 사대부의 존재를 흔들 것이라고 생각한다면 문제는 다르다. 절대왕권이 수립되면 자신들이 설 곳을 잃게 된다는 생각이 사대부들의 머릿속에 굳어 그들 모두가 통일된 의견을 내놓을 수도 있다. 그것은 사대부 대 왕의 싸움이 될 것이며, 승자는 빤히 눈에 보이는 것이다. 결국 사대부가 효종이 생각하는 일을 망치는 요인이 될 것이다.

생각이 여기까지 미치자 이완이 말했다.

"전하, 전하의 뜻을 어찌 소장이 모르겠습니까? 하오나 걱정스런 것이 하나 있다면, 이 나라 조정의 많은 중신들이 얼마나 전하의 뜻을 따라줄지가 의문이라는 것입니다. 전하께서 소장에게 말씀하신 바와 같이, 천추태후가 거란과 손을 잡고 송을 도모하려고 수군을 증강시키려 하자, 신라 육두품 출신들과 그 후손들은 천 년 가까이 누리던 영화를 위해 그를 막았지 동조하지 않았습니다. 소장도 나라의 녹을 먹고 있는 신하이오나, 대저 중신들은 어떤 일이 일어나기보다는 지금 이대로 안주하는 것을 원합니다. 따라서 만일 전하께서 그런 일을 하시고자 한다면, 많은 분들을 설득하시고 힘을 모아야 할 것이라 사료됩니다."

그러자 효종은 이미 알고 있다는 듯이 말했다.

"짐도 그런 생각을 안 했겠소? 다만 짐이 생각하기에, 십 년의 세월을 두고 준비를 해서 십만 대군을 양성한다면 얼마든지 가능한 일이라고 보오. 그러면 중신들도 짐의 뜻에 따르지 않겠소?"

효종의 머릿속에 있는 모든 계획들을 알고 난 이완은 자신이 할 일이 무엇인지 뚜렷해졌다. 그러나 아무리 열심히 준비하고 왕이 그 뒤를 받쳐준다고 해도 결코 사대부들을 설득하기가 쉽지 않을 것인데, 효종은 그것을 가볍게 생각하는 것 같았다.

효종은 다만 북벌을 쉽게 할 수 있는 기회가 올 거라는 생각으로만 부풀어 있다. 하지만 그런 왕에 반대하여, 사대부들은 왕이 북벌을 내세워 군비를 증강하고 절대권력을 가져 막강한 힘을 휘두를 거라고 생각할 수도 있다. 아니 실제로 그리 될 것이 이완의 눈에는 보였다.

그러나 효종은 자신의 마음만 믿고 그것은 걱정하지 않는 것 같았다. 막상 일이 벌어지면 사대부들을 설득하는 가장 어려운 일을 누가 담당할 수 있을지가 이완의 숙제로 남겨진 것이다.

그날 이후 효종의 지지를 한 몸에 받은 이완은 어영대장이 되어 어영청을 대폭 개편했다.

그러나 반대는 어영청을 개편하는 것에서부터 일어났다.

무엇보다 큰 것은 당연히 재정 문제였다. 어영청을 확대하고 군인들에게 보수를 많이 지급하는 것이 효종의 계획이었으나, 그렇게 하려면 국가의 재정 상황이 우선되어야 했다. 그런데 재정 상황을 좌지우지하는 것이 소위 사대부라 일컬어지는 양반들의 몫이었다.

하루가 멀다 하고 치러진 전란과 전란으로 인한 백성들의 피해를 생각하기보다는 국고를 채우려는 욕심에 무리하게 매긴 세금 때문에, 백성들이 하나씩 토지를 잃고 양반들의 소작인으로 전락하고 있었다.

군비를 강화하기 위해서는 세수를 늘려야 하는데 백성들은 더 이상 낼 것이 없으니 당연히 양반들, 그중에도 소위 사대부라 일컬어지는 사람들이 세수를 부담해야 하는 것이 현실이었다. 그러니 그들이 그 양군법을 좋아할 리가 없었다.

그러나 그들은 반대할 수도 없었다. 어영청의 설립 목적이 외세가 침입했을 때 백성들에게 항전의식을 고취시키고 병력을 동원하는 것은 물론, 왕을 호위하는 것인 까닭에 어영청의 확장과 그 기반을 튼튼히 하는 것을 반대할 수는 없는 것이다. 다만 양군법 자체가 누구를 위한 것인지 모르겠다고 할 정도로 사대부들의 마음이 효종에게서 떠나기 시작했다.

왕의 뜻이 아무리 좋아도, 자신의 것을 내놓기 싫었던 그들은 그 일 자체를 탐탁하게 여기지 않았다. 그래서 어떻게든 꼬투리를 잡아 이 일을 그만두게 할 수 없을까 방법을 찾았지만, 이렇다 할 구실을 찾지 못해 울며 겨자 먹기로 아까운 재산을 조금이나마 세금으로 내놓을 뿐이었다.

결국 어영청은 그나마 모습을 갖춰갔지만, 훈련도감은 지지부진한 상태였다. 효종은 가슴이 아팠으나 자신의 마음을 알아줄 날이 머지않아 올 것이라는 확신을 가지고 그날을 기다렸다.

그러던 중 드디어 효종이 기다리던 날이 왔다.

용골대 장군이 예측한 대로 나선이 세력을 확장한 것은 물론 청을 위협하고 나선 것이다.

그러자 효종 5년인 1654년, 청의 차관인 한거원이 조총수 백 명을 요구했다. 조총수 백 명을 이끌고 삼월 십일까지 영고탑에 도착해, 자신들의 군대 삼천 명과 합세하라고 했다.

효종은 지금이 바로 기회라고 생각하고, 나선에 관한 지식을 동원해서 중신들을 설득하기 시작했다.

"나선은 사백여 년 전부터 우리와 같은 민족이라고 볼 수 있는 몽고족의 지배하에 있다가, 이백여 년 전에는 몽고족을 몰아내고 점차 세력을 확장하더니, 불과 얼마 전부터는 흑룡강 유역까지 진출했소. 그리고 급기야 삼 년 전부터는 흑룡강의 우측 알바진에 성을 쌓아 군사기지로 삼고, 다음 해에 우수리강 하구에 새로 성을 쌓으려 하여 청과 충돌이 자주 일어났소. 그래서 청이 이천 병력으로 나선군을 공격했으나 총포를 가진 나선군에 패하고 말았다 하오. 청으로서는 당연히 나선을 물리쳐야 하기에 조선에 원군을 청한 것이오. 비록 지금은 조선과 청이 군신의 관계를 맺고 있지만, 이미 후금 시절 조선이 임진년에 왜란을 맞자 누르하치대왕이 원군을 보내주겠다고 했던 것은 알고 있을 것이오. 아버지의 나라가 쥐새끼 같은 일본 놈들에게 침략당하는 것을 보고 있을 수 없으니, 허락한다면 왜놈들을 바다에 처넣겠다고 했었소. 물론 그때 우리는 명나라 눈치를 보느라 원군을 거절했지만 그렇게 조선에 호의를 보여줬던 나라가 바로 지금의 청나라요. 사실 그때 우리에게 호의를 보여줬던 후금, 그러니까 지금의 청나라 백성들은 아직도 대부분이 만주와 요동에 걸쳐 살고 있소. 그러니 만주에 살면서 나선 때문에 고통을 당하고 있는 우리 동족이나 다름없는 청나라 백성들을 모르는 척할 수는 없는 게 아니겠소?"

효종의 말은 당연히 청에 대한 지극한 예우인 것 같았다. 그러나 속뜻은 다른 것에 있었다. 아무도 반대할 수 없도록 청에 지원군을 보내는 근거를 만들고 나선을 정벌함으로써, 안으로는 자신이 주장했던 군사력의 증가가 왜 필요한가를 내세우고, 밖으로는 청에 조선의 군사력이 얼마나 강한지 보여줄 수 있는 기회라고 생각한 것이다.

그러나 효종의 생각을 모를 중신들이 아니었다. 그들은 청국이 조선보다 신무기도 더 발달했고 강하니, 결국 청국이 조선의 젊은 조총수들을 제물로 쓰려는 구실이며 쉽게 응해서는 안 된다고 했다. 그렇다고 응하지 말자는 것은 아니었다. 다만 쉽게 파병한다면 이후로도 청국은 수시로 파병을 원할 것이니, 파병을 하는 게 어렵다는 것을 보여줄 겸 최대한 시간을 끌다가 해야 한다는 것이 그들의 의견이었다.

효종은 기가 막혔으나 지금까지 자신이 하는 일을 못 이기는 척 어쩔 수 없이 따라온 그들의 비위를 더 이상 뒤틀리게 했다가는 자신 또한 반정의 주인공이 되지 말라는 법이 없다는 것을 잘 알기에, 그들의 의견을 일부라도 들어주자고 생각했다.

그렇다고 반정의 대상이 되는 것이 두려워서는 절대 아니었다. 비록 자신이 독살된다 해도 두려울 것은 없었다. 다만 자신이 천추태후처럼 시작도 못 해보고 당한다면, 저승에 가서라도 형님인 소현세자의 얼굴을 마주할 자신이 없어서였다. 소현세자뿐만이 아니라 강빈과 조카이자 원손인 석철, 그리고 그 일로 인해서 죽어간 수많은 사람들을 저승에서 볼 낯이 없을 것 같아 일단은 한 발 물러서기로 했다.

결국 파병은 시간을 끌다가 늦게 이루어졌다.

본래 영고탑에서 만나기로 했던 삼월 십일이 지난 삼월 이십육일에 출발해서 두만강을 건너, 사월 십육일에야 청병 삼천 명과 합세했고, 이십팔일과 이십구일에 나선군과 대접전을 벌인 결과 조선군은 대승을 거뒀다.

뿐만 아니라 주위에 토성을 쌓아놓고 회군하여 귀국했다. 마치 서희 대감이 거란이 침입로로 삼을 곳에 미리 성을 쌓아놓고 수비했던 것처럼.

물론 이 모든 것은 이미 훈련대장으로 자리를 옮겨 효종의 뜻을 알아서 받들고 있는 이완 대장의 철저한 지시로 이루어진 일이다.

효종은 그 소식을 듣자 기뻐서 어쩔 줄 몰랐다. 그래서 군사들의 대승에 잔치를 열자고 했지만 중신들은 시큰둥했다. 그들은 이번 승리를 이유로 점차 군비를 확충하는 것을 당연시할 효종이 걱정되었다. 그리고 그것을 막을 수 있는 구실이 필요했다.

그러나 효종은 그런 것은 신경 쓰지 않았다.

조선의 군대가 청군이 대패한 나선의 군대를 물리쳤고, 청군도 그것을 인정했을 뿐만 아니라, 실제로 전투가 끝나고도 더 머물러주기를 원한 까닭에 보름에 걸쳐 토성을 쌓고 귀국했다는 사실이 중요한 것이다.

이제 청도 조선을 얕잡아보지 못할 뿐만 아니라, 정말 소현세자가 원하고 바랐던 대로 조선에 나선을 막으라는 이유로 만주, 특히 흑룡강 쪽을 맡길 수도 있다. 그리고 흑룡강 쪽은 비록 요하와는 반대라고 하나, 흑룡강에서 요하에 이르는 곳은 중원과 비교한다면 척박하기 이를 데 없는 땅으로, 만일 조선이 나선을 잘 막기 위해 그곳을 지켜주겠다면 청으로서는 굳이 마다할 이유가 없었다.

그곳에 살고 있는 대부분의 백성들은 고구려의 후손들이거나, 같은 민족이나 다름없는 여진과 거란족이다. 물론 금나라를 거친 여진은 자신들을 만주족이라 하고 청을 세워 중원 본토를 점령하고 들어갔다고 하지만, 실제로는 백 명 중 한 명꼴도 안 되는 만주족이 지배하는 나라일 뿐, 그들은 아직도 만주와 요동의 곳곳에 걸쳐 살고 있다.

청은 원래 적은 민족으로 중원을 지배했기에 내부 사정이 그리 녹록하지 않았다. 따라서 조선이 나선과 맞서 싸워 이겨준다면 더 고마운 일이 없었고, 기꺼이 조선에 잘 지키면서 조공이나 바치라고 할 것이다.

그렇게만 된다면 실질적으로 지켜주는 군대이며 결코 이민족이라 생각해본 적이 없는 조선이 바로 그들의 나라가 되는 것이다. 그렇게 힘이 모이고 나면 옛날 고구려가 수와 당, 양 대에 걸쳐 중원을 농락했듯 청과 대등해지지 못할 이유가 없다는 게 효종의 생각이었다.

그런 효종의 생각을 빤히 알고 있는 중신들은 사사건건 군비를 증강하는 일에 반대하고 나섰다. 뿐만 아니라 조선군이 철수하고 난 후에는 청과 나선의 군대가 흑룡강 근처에서 계속 전투를 하면서 일진일퇴를 거듭한다는 것을 알고, 혹시 효종이 또 군대를 파병할까봐 겁을 냈다.

사실 효종은 그런 소식을 들을 때마다 군대를 파병하고 싶은 마음이 굴뚝같았다. 그러나 이제는 효종도 시대의 흐름을 읽을 수 있는 왕이 되었다. 그래서 기다려야 한다는 생각으로 섣부르게 군사를 움직이지 않았다.

그런 효종의 마음을 청의 황제가 읽기라도 했다는 듯 다시 한 번 파병을 요청했다. 그것도 이번에는 황제가 친히 칙서를 보내왔다.

청 황제의 칙서 앞에서 반대할 수 있는 신하는 아무도 없었다. 결국 조총수 이백 명과 화정 등 육십 명을 파병하라는 칙서에 따라 삼 개월분의 식량과 함께 군사를 파병했다. 그들은 청군이 일진일퇴를 거듭하다가 패전하기 직전에 도착하여, 청군을 대신해 나선군을 더파했다. 조선군이 나선을 대파하자, 청은 조선군에 더 머물러 줄 것을 요구했다.

효종은 그제야 자신의 뜻을 관철할 수 있는 좋은 기회가 왔다는 생각에 중신들을 설득하려고 애썼다.

"그동안 청군이 일진일퇴를 거듭하던 곳에서 우리 군대가 나선을 대파했고, 또한 청군이 더 머물러줄 것을 간곡히 요정하는 바라 그리 할 수밖에 없을 것 같소. 그것이 우리와 청국의 관계를 호전시키는 건 물론이요, 고구려 이래로 지금까지 만주와 요동 곳곳에서 살고 있는 우리의 백성들도 보호할 수 있는 방법이라는 게 짐의 생각이오. 그래서 짐은 이 기회에 더 많은 군사를 그곳에 파병하는 것이 어떨까 하오. 이제 우리도 우리 백성을 지킬 때가 되었소."

효종은 차마 잃어버린 땅을 찾는다고 할 수 없어, 백성을 보호하자고 말했다.

그러나 중신들은 한결같이 안 된다고 했다. 그 이유는 대부분 타당하지 않았으나, 일부는 그래도 이유가 되는 말을 했다.

"남쪽의 왜가 호시탐탐 노리고 있다는 것을 잊으시면 아니 됩니다. 임진년과 정유년에도 이 나라를 넘보았던 왜가 만일 북쪽에 조총수를 비롯한 많은 군사를 파병했다는 것을 안다면, 당장이라도 다시 쳐들어올 것입니다. 그러면 어찌하시렵니까? 물론 청에 대한 신의도 중요하고 그 땅에 살고 있는 우리 백성을 지키는 것도 당연히 신경을 쓰셔야 할 일이지만, 지금 이 땅에 사는 많은 백성들이 오로지 전하만을 보고 산다는 것을 잊으시면 안 됩니다."

그렇다고 이 기회에 만주와 요동을 차지하고 훗날 북경을 도모할 수 있는 화력을 기르자고 할 수도 없는 효종으로서는, 속이 이만저만 타는 게 아니었다. 아니, 그런 말을 안 한다고 해서 저들이 왕의 속마음을 모르는 게 아닐 텐데도, 마치 몰라서 그러는 것인 양 하는 게 더 얄미웠다.

그뿐만이 아니었다. 이번 일에서 반드시 자신을 지지할 것으로 생각하고 판서로 복직시킨 송준길마저 아직은 때가 아니라고 만류했다. 송준길은 효종과 독대하는 자리에서 북벌 이야기를 꺼내면 이렇게 말했다.

　"전하께서 먼저 동남쪽이 태평하지 못한 것을 근심하시어 마음을 바르게 하시고 사욕을 이기시어 조정을 다스리시면, 진실한 업적을 얻고 별다른 근심이 생기지 않아, 원대한 계획이 방해받지 않을 것입니다."

　마치 효종이 수신을 하지 않고 청에 대한 사사로운 감정을 가지고 있어 서두르는 까닭에 북벌이 방해받는다는 듯한 말투였다.

　효종은 몇 년 전에 이완을 불러 천추태후 이야기를 하면서 천추의 한을 풀자고 했을 때 그가 했던 말이 생각났다.

　분명 설사 중신들이 주상의 뜻을 안다고 해도 얼마나 호응할지가 미지수라고 하면서, 무릇 중신들이란 이대로 안정되기를 바라지 무언가 새로운 것을 하길 바라지 않는다 했다.

　그렇다면 그런 저들과 함께할 수 있는 게 무엇이란 말인가?

　물론 효종에게는 그럴 힘도 없었지만, 설령 힘이 있어 지금 주변에 있는 저들을 모조리 내치고 다른 인재들을 기용한다고 해서 과연 변할 수 있을 것인가?

　생각이 여기까지 미치자, 더 이상 할 수 있는 일이 없다는 생각이 들었다.

　지금 중신들, 아니 사대부들 중 누구에게라도 북벌에 대해 논하면서 삼전도의 굴욕에 대한 복수를 해야 한다고 말하면, 당연히 해야 하는 것으로 대답하곤 한다. 그러나 그것은 그들이 가지고 있는 타성에 젖은 생각의 표현일 뿐이지, 막상 그 일을 행동으로 옮기려 하면 지금 소유한 것을 잃을 수도 있다는 생각에 결사반대를 하고 나선다.

나라와 백성들을 위해서 해야만 할 일이기에 효종이 자신을 던져서라도 하고 싶어도, 주위에서 말로만 맴돌 뿐 압록강을 건너기 힘든 이유는 나라 밖의 세력 때문이 아니라는 것을 절실히 알 수 있었다. 왕이 넘고 싶고 백성이 건너고 싶어도, 소위 관리요 중신이라고 하는 이들은 말로는 앞에서 압록강을 넘으면서도, 실제 행동하려는 왕과 백성의 가운데를 잘라 넘지 못하게 하고 있었다.

효종은 천추태후가 왜 독약이 섞인 것을 알면서도 기꺼이 약을 마시고 서서히 죽어갔는지 그 심정을 이해할 수 있었다.

결국 천추태후의 마음 안에 자신을 담아 이해하려 했던 효종은 즉위한 지 십 년이 되던 다음 해에 마흔한 살의 젊은 나이로 의문의 급사를 했고, 역사는 그 이후로 북벌에 관한 이야기를 기록하지 못했다.

하지만 아직까지 천 년의 한이 풀리지 않았다는 것은 이 나라 백성이라면 누구라도 알고 있는 일이다.

사관은 이제 역사를 다시 쓸 지필묵을 준비하고 있을 것이다.

천추태후 千秋太后
천 년 전에 동북공정의 해결 방안을 제시한 여인

2002년, 중국이 1983년부터 국가적 차원으로 추진한 동북공정이라는 묘한 이름의 계획이 세상에 모습을 드러냈다. 현재 자국의 영토 안에서 일어난 모든 역사는 자국의 것이라는 해괴망측한 논리다. 중국은 무려 20년 동안 작업을 했는데, 아무것도 모르고 있던 우리는 뒤통수를 맞은 듯이 망연자실한 채 하늘만 쳐다보았다. 마치 일콘이 독도 이야기를 꺼내려고 수년 전부터 그에 대한 준비를 할 때는 모르고 있다가 문제가 불거지면 그제야 부랴부랴 호들갑을 떨고, 일본이 입을 다물면 언제 그랬냐는 듯이 조용해지는 것과 똑같다.

그러나 동북공정은 엄연히 독도 문제와는 차원이 다르며, 더 심각하다는 것을 자각하고 그것에 대처해야 된다.

나라 간에 영토를 정하는 규정은 현재 점유하는 나라와 역사적인 관점에서 그 땅을 점유했던 나라에 대해 국제사회가 어떤 판단을 내리느냐는 것이라고 한다. 그런 관점에서 봤을 때, 우리는 당연히 현재의 북한 땅이 우리 것이라고 주장할 수 있다.

하지만 다시 생각해보자. 북한과 우리는 같은 민족이요 통일될 같은 땅이나, 국제사회에서는 분명히 다른 나라로 인식되고 있다. 그리고 우리는 대한민국이라는 국호로 북한 땅을 점유한 적이 없다. 만약 북한 체제가 붕괴되어 중국이 무력으로 밀고 내려와서 그 땅을 점유한 후, 이 땅은 중국 역사의 한 조각인 고구려가 점유했던 땅이니 중국 땅이라고 한다면 뭐라 할 것인가? 티베트 사태를 봤을 때 중국은 충분히 그러고도 남을 나라다.

만약 중국이 고구려가 자기네 역사라고 우긴다면 결국 국경은 지금의 휴전선보다 조금 북쪽인 대동강의 어디쯤이 될 것이다. 그제야 뒤늦게 고구려가 우리 역사라는 증거를 찾는다고 호들갑을 떨 것인지, 아니면 궁여지책으로 조선시대를 끌어들일 것인지 궁금하다. 그것도 아니면 민족이 다르니 우리 민족은 결코 중국이 될 수 없다고 할 것인가?

그러나 역사적으로, 요나라의 거란이든 청나라의 만주족이든 중국 본토를 지배했다고 자부했던 나라들이 하나같이 중국 본토에 동화되어 민족 고유의 정체성을 잃고 흡수되고 말았다는 사실을 간과해서는 안 된다. 결국 중국인들은 아무리 우리가 민족의 고유성을 외친다 해도 고구려를 지배했던 우리 민족의 일부는 자국민이었다고 으길 것이다.

중국이 이미 그런 것을 염두에 두고 고구려를 역사이 편입한 것이라면 과민반응일까? 아니다. 중국은 지금 그러한 모종의 음모를 획책하고 있을 것이다.

만일 내가 군사적인 정보망을 가지고 있다면 요즈음 중국이 비밀리에 압록강 근처의 군사력을 얼마나 증강하고 있는지 반드시 확인해보고 싶다. 수많은 인원과 예산을 투입하여 역사를 왜곡해가며 동북공정을 국가적인 차원에서 완성하려는 저들의 저의를 그리도 읽을 수 없단 말인가?

이제라도 늦지 않았다. 천 년 전에 천추태후가 거란과 힘을 합쳐 송나라를 도모하려 했듯이 빨리 남북이 힘을 합쳐 중국의 속내를 파헤치고 대처해야 한다.

이 책을 쓴 이유는 이미 천 년 전에 중국의 동북공정을 읽고, 그 해답을 제시해주려고 노력했던 한 여인을 소개하기 위해서다.

고려시대 초기의 여인으로 천추태후라 불리는 고려 오대 국왕 경종의 비이자 칠대 국왕 목종의 어머니인 헌애왕후는, 우리가 살고 있는 오늘을 읽었다. 그녀는 자신이 고구려의 고토를 찾지 못한다면 천 년 동안의 한으로 남겨서라도 해내야 할 일이라며 자신을 천추태후라 칭하고,

기거하는 곳을 천추전「天秋殿」이라 했다. 비록 이루지는 못했지만, 그녀는 끝까지 고구려의 혼을 찾고 영토를 수복하려 했다.

그녀가 천추전을 지은 것은 역사서를 종합해보면 경종이 서거하고 나서 2년 정도 후이니 983년으로 결론이 난다. 그 사실에 뭐라 말할 수 없이 입이 벌어질 뿐이다. 중국이 1983년 동북공정을 시작했으니, 그녀는 이미 천 년 전에 중국이 동북공정을 할 것을 알고 있었을까? 아니면 나라를 사랑하는 마음이 그런 혜안을 주었을까?

비록 조선 초기에 왜곡된 역사의 뒤편에 숨고 말았지만, 이미 천 년 전에 우리에게 고구려의 혼을 살리지 않으면 반드시 어려움을 당할 것이라고 깨우쳐준 그녀야말로 시대의 여걸이요, 이 나라 역사의 획이다.

2009년은 천추태후가 1009년에 목종의 실각으로 인해서 고구려 고토 수복의 꿈을 접은 지 딱 천 년이 되는 해다. 우리는 이미 천 년 전에 메시지를 전한 그녀의 뜻을 바로 알고 동북공정에 대처할 방법이 무엇인지를 알아내야 한다. 그것만이 천 년 전에 우리에게 메시지를 전해준 그녀에 대한 유일한 보답이다.

또한 천추태후가 행한 인간적인 행위와 권력을 이용해서 그녀를 향락을 즐긴 여인이라고 폄하해서는 안 된다. 시대의 조류를 타고 그녀를 단순한 사극이나 소설의 재밋거리로 이용한다면 그것은 역사 앞에 죄를 짓는 것이다. 진정한 여걸이자, 나라를 사랑했던 천추태후의 참모습만을 전하는 것이 비록 소설이나 사극을 통해서 전하는 역사라 할지라도 옳은 일이다. 그녀의 삶과 진실을 올바로 전해야겠다는 이유로 이 글을 썼다.

천추태후는 이미 고려시대에 청천강 이북을 무주공산으로 보고, 그 땅은 물론 요동 땅을 우리 것으로 만들기 위한 방법을 제시했던 여인이다. 마치 북한의 현 체제가 붕괴한 후를 연상하듯이 말이다. 오늘의 우리가 역사를 바로 아는 것이 중요한 이유는 역사가 전해주는 메시지를 올바로 듣고, 그것을 통해 오늘의 문제를 풀어가는 방법을 배우고자 함이 아닐까? 이 글이 그 대답을 해줄 것이라고 확신한다.

마지막으로 한마디만 더 쓴다.

이 글을 쓰는 순간 나도 모르게 천 년의 세월을 넘어 그녀를 사랑하게 되었다. 사랑하는 그녀에게 이 글을 바치며, 작업을 무사히 마친 것을 하느님께 감사드린다.

2008년 여름, 유난히 더웠던 그 끝 편에서
신 용 우